10/18
12, AVENUE D'ITALIE. PARIS XIIIe

Sur l'auteur

Né en 1931, Don Carpenter a passé ses premières années en Californie. Son premier roman, *Sale temps pour les braves*, publié en 1966, a connu un énorme succès public et critique et l'installe dans le paysage littéraire américain. Pendant douze ans il travaille comme scénariste pour Hollywood, et fera de cette expérience la matière de plusieurs de ses livres. En trente ans, il publiera une dizaine de romans et de recueils de nouvelles. Il met fin à ses jours en 1995. *Un dernier verre au bar sans nom*, son ultime roman, est publié après sa mort grâce au formidable travail éditorial de Jonathan Lethem.

DON CARPENTER

UN DERNIER VERRE AU BAR SANS NOM

Édité par Jonathan Lethem

Traduit de l'anglais (États-Unis)
par Céline Leroy

10/18

CAMBOURAKIS

*Du même auteur
aux Éditions 10/18*

SALE TEMPS POUR LES BRAVES, n° 4655
LA PROMO 49, n° 4868
DEUX COMÉDIENS, n° 4963
▶ UN DERNIER VERRE AU BAR SANS NOM, n° 5181

Titre original :
Fridays at Enrico's

© The Estate of Don Carpenter, 2014.
Published by arrangement with Counterpoint LLC.
© Éditions CAMBOURAKIS, 2016,
pour la traduction française.
ISBN 978-2-264-06527-8

PREMIÈRE PARTIE

Jaime et Charlie

1

Jaime et Charlie se marièrent dans une chapelle en bois à South Lake Tahoe la veille au soir de leurs examens de fin d'année. En rentrant à San Francisco le lendemain, alors qu'il avait la gueule de bois et qu'il descendait des canettes de Miller, Charlie décida que la fac, c'était l'arnaque, et que même s'il ne lui restait plus qu'un satané partiel, facile qui plus était, pour obtenir son master, le diable l'emporte s'il allait le passer. Charlie ne conduisait pas. Il n'en avait pas la force. Jaime se dressait bien droite derrière le volant, voyant à peine la route à cause de son mètre cinquante, le nez relevé, ses yeux bleus injectés de sang dissimulés sous de grosses lunettes de soleil, le vent chaud soulevant ses cheveux blonds presque blancs. Elle avait dix-neuf ans.

« Je vais pas passer cette connerie d'exam », annonça Charlie. Il voyait clair dans le jeu de l'université. Il aurait perdu moins de temps, comprenait-il avec le dépit qui accompagne les lendemains de cuite, à bouquiner dans son coin. Il l'expliqua à sa jeune épouse tandis qu'ils traversaient la vallée brûlante et plate de Sacramento.

« Ou sinon, je peux foncer dans les voitures qui arrivent en face », répliqua-t-elle quand il fut arrivé au bout de sa tirade.

Charlie fouilla dans la boîte à gants à la recherche de quelque chose pour soulager la douleur. La bière ne suffisait pas. Il trouva un Alka-Seltzer dans son emballage en alu déchiqueté. Ça aiderait, s'il avait de quoi l'avaler. Il pensa le réduire en poudre et le diluer dans sa canette. Il pensa mettre le cachet sur sa langue et l'avaler avec une grande lampée d'alcool. Il pensa à *De par la grâce*, la nouvelle de James Joyce, et sourit.

« Tu es sérieux ? lui demanda Jaime.
— À quel sujet ? »

Elle aimait Charlie, mais à bien des égards, c'était un grand bébé. Il avait le plus beau sourire qui soit, large, agréable, décontracté, le sourire d'un homme qui avait vu du pays et qui aimait ce qu'il avait sous les yeux. Charlie était l'un des étudiants du département d'anglais vétérans de la guerre de Corée. Il écrivait un roman-fleuve sur ce qu'il avait vécu. Il avait beau être autodidacte, il était brillant, et tout le monde pensait que, du groupe, seul Charlie avait le potentiel pour devenir célèbre. Rien de tout cela ne dérangeait Jaime. Elle savait qu'elle était un meilleur écrivain que Charlie, mais elle n'avait pas son expérience de la vie. Ils s'étaient rapprochés de manière assez naturelle. Charlie était assis derrière elle pendant le cours de littérature de Walter Van Tilburg Clark. C'était le premier jour pour Jaime à l'université d'État de San Francisco et elle était nerveuse. Walter Clark, une espèce de gros ours vêtu d'un vieux pull décoloré au lieu du traditionnel costume cravate, expliquait aux trente étudiants devant lui quels livres ils allaient étudier. Alors que Jaime essayait de prendre des notes, elle sentit une haleine alcoolisée flotter jusqu'à elle par-derrière et, pour une raison ou une autre, cela l'irrita. Elle se tourna pour tancer Charlie du regard.

« Tu pourrais arrêter de souffler, s'il te plaît ? s'entendit-elle dire à cet homme souriant d'environ trente ans.

— Désolé », répondit-il. Il avait une voix d'une gravité électrisante. Elle ne put s'empêcher de remarquer le bloc-notes jaune sur lequel il dessinait des femmes nues. Elle haussa un sourcil pour lui signifier ce qu'elle pensait de ses talents artistiques, et se retourna pour prendre des notes. Après le cours, Charlie la rattrapa dans la petite cour qui donnait sur la Dix-neuvième Avenue à la sortie du bâtiment des Lettres et Sciences sociales. Il portait une vieille veste militaire, un jean et des bottes de motard sales. L'ambiance de l'université d'État de San Francisco en 1959 était plutôt décontractée. La plupart des étudiants travaillaient à temps partiel ou même plein, et beaucoup d'entre eux revenaient de la guerre, mais Charlie, lui, avait plutôt l'air d'un clodo. Ses cheveux noirs étaient trop longs et semblaient à peine peignés, mais quand il s'adressa à elle de sa voix grave et amicale, Jaime ne resta pas indifférente.

« T'as déjà lu des livres de la liste ? »

À cet instant, ils se retrouvèrent en plein soleil et, sans raison, Jaime se sentit merveilleusement bien, plus du tout seule.

« Si j'ai lu *Moby Dick* ? Oui, je l'ai lu.

— Oui, et puis les autres, là. *Le Routier des Indes* ? T'as lu, ça ? »

Jaime s'arrêta pour se tourner vers lui, ses livres contre sa poitrine. Charlie lui sourit comme un vieux chien gentil. Elle s'apprêtait à le corriger quand elle s'aperçut qu'il se moquait d'elle. Pourquoi cela la transportait-elle ? Elle l'ignorait. Elle rit et ils s'installèrent sur l'un des bancs en béton du patio où ils se partagèrent la dernière cigarette de Jaime. Le cours de Clark était leur dernier de la journée les mardis et jeudis après-midi. Ils prirent l'habitude de se rejoindre dans le patio avant le cours. Au bout de quelques semaines, à force de discuter, Jaime s'aperçut que Charlie ne connaissait pas son nom. Il l'appelait « chérie », mais il appelait sûrement la plupart des femmes « chérie ».

« Je m'appelle Jaime Froward », dit-elle un jour au moment d'entrer en classe. Elle épela pour lui.

« Génial. Moi, c'est Charlie Monel. » Il lui prit la main et la serra chaleureusement. Elle n'arrivait pas à dire s'il se moquait d'elle ou non. En cours, Charlie ne se portait jamais volontaire pour rien, ne prenait jamais la parole et passait son temps à dessiner dans son bloc-notes. À mi-trimestre, elle ignorait toujours s'il écoutait quoi que ce soit. Pour les partiels, il fallait rédiger une dissertation, l'examen le plus dur. Jaime choisit d'écrire sur *La Mort et l'archevêque* de Willa Cather et remplit trois feuilles de son écriture précise. Elle avait sué sang et eau durant la rédaction, ce qui était bon signe. Quand elle eut terminé, elle se tourna et vit Charlie penché sur sa copie à griffonner, le visage à trois centimètres du papier, le crayon tenu maladroitement dans la main. Il écrivait furieusement. La sonnerie retentit. Jaime rendit sa copie et sortit. Deux autres étudiants en plus de Charlie écrivaient encore. Elle alla s'asseoir dans le patio, s'alluma une Pell Mell[1], comme elle aimait les appeler, et attendit. Charlie émergea près de vingt minutes plus tard, l'air content, les cheveux ébouriffés. Il lui adressa un grand sourire et s'assit.

« Je peux te prendre une clope ? »

---

1. Les Pell Mell sont des cigarettes en chocolat qui parodient la marque Pall Mall. *(N.d.T.)*

Elle lui tendit son paquet. « Tu as écrit sur quoi ?
— *Maudit Dick.* C'est mon bouquin préféré. »

Quand les résultats tombèrent, Jaime découvrit avec fureur qu'elle n'avait obtenu qu'un B+. Charlie avait eu un A agrémenté d'une colonne entière de commentaires de la part de Clark rédigés au stylo bleu de son écriture minuscule. La seule chose que Clark avait notée sur la copie de Jaime était : « Vous avez une fine compréhension de Cather. »

« Je peux lire ta dissertation ? » demanda-t-elle à Charlie. Elle savait qu'elle était rouge de colère. Elle avait été la meilleure élève en littérature que le lycée Drew ait connue, du moins c'est ce qu'on lui avait dit.

Là, sur le banc, ils échangèrent leurs copies pour les lire. Elle eut des difficultés à déchiffrer celle de Charlie. Il écrivait comme un cochon, à croire qu'il avait appris tout seul. Mais une fois habituée, elle lut avec fascination et une certaine envie. Le style de Charlie était exubérant et ses idées brillantes, conclut-elle. Même s'il manquait un peu de raffinement. Elle termina sa lecture alors que Charlie était toujours concentré sur sa copie. Il remuait les lèvres en lisant, une habitude dont elle s'était toujours moquée, mais elle réalisait à présent que ça n'était pas drôle, plutôt touchant, charmant, même. Il arriva au bout. « La tienne est mieux », déclara-t-il. Il sourit douloureusement.

Elle éprouva un pincement de plaisir. « Alors comment se fait-il que tu aies eu un A et moi un B+ ? demanda-t-elle en le regrettant aussitôt.

— Putain, ça m'dépasse, dit-il avec un haussement d'épaules.

— Bon, au moins on est reçus.

— Ça te dirait de passer chez moi ? » demanda-t-il en la regardant droit dans les yeux, et, pour une fois, sans sourire. Elle attendait ce moment depuis le début du semestre. Qu'il fasse le premier pas, enfin. Elle déclinerait gentiment. Mais après tout, il avait aimé sa copie.

« Pourquoi pas, oui, s'entendit-elle dire. Tu habites où ? »

2

Charlie vivait à North Beach, sur Genoa Place, entre Union et Green, à mi-hauteur de Telegraph Hill. L'appartement était petit, deux pièces séparées par une demi-cloison, deux grandes fenêtres qui donnaient sur une allée. Cela n'empêchait pas la vue d'être plaisante avec des immeubles de différentes couleurs pastel en face et un grand pan de ciel bleu vif dès que le brouillard se levait. Fin 1958, quand Charlie avait emménagé, l'appartement était dans un état pitoyable. L'ancien locataire dealait des amphétamines. Ça sentait le chou chinois pourri et la plomberie qui fuyait. Les petites toilettes étaient sales et personne n'avait lessivé les murs ni nettoyé l'appareillage électrique depuis des années. Le vieux papier peint déchiré sur plusieurs couches était éclaboussé de peinture, de nourriture séchée et d'autres matières indéterminées. On racontait que le dealer avait tenté de se suicider aux barbituriques. Il s'était allongé sur son vieux matelas puant en attendant que la mort vienne, sauf que deux anciennes connaissances du Hot Dog Palace sur Columbus avaient frappé à la porte et, comme il ne répondait pas, l'avaient fracturée à l'aide d'un tournevis. Ils cherchaient des amphétamines mais avaient surtout trouvé le dealer qui ne respirait plus qu'à peine. Toujours selon ce qu'on racontait, ils mirent tout de même l'appartement à sac et finirent par tomber sur la planque avec le matos et le reste. Ils se droguèrent sur place et, dans un élan d'humanité, injectèrent du speed dans le bras du dealer. Il se réveilla plus tard et découvrit sa planque vide à l'exception d'un long mot d'explication écrit sur un sac en papier.

Après s'être débarrassé de la pagaille laissée par le dealer, Charlie lava le sol et les murs, ponça et revernit le parquet, fit sauter la peinture sur le bois et le papier peint sur le plâtre. Il passa trois jours à nettoyer la cuisinière et le petit frigo. Il teinta le bois et chaula le plâtre. L'air et l'odeur des lieux commencèrent à devenir merveilleux. Il acheta un lit de camp ainsi qu'un matelas dans un magasin de surplus de l'armée sur Stockton, des ustensiles de cuisine à la quincaillerie Figone sur Grant, vida sa valise en carton, déroula son sac de couchage sur le matelas, sortit ses livres et les disposa dans des cagettes d'oranges, et il se sentit chez lui. Le dealer avait finalement réussi à se tuer sur Land's End, il s'était gavé de barbituriques, puis avait regardé l'océan jusqu'à perdre connaissance. Lorsqu'on trouva le corps, il avait le numéro de téléphone de la morgue dans la poche.

Charlie possédait une berline De Soto de 1940, gris pâle et rouillée, mais une bonne vieille voiture fiable. Jaime et lui passèrent les vingt minutes de trajet entre la fac et North Beach à parler des cours. Ce qui n'engageait à rien. Il se gara sur Union juste au-dessus de Grant. Il se demanda s'il devait se dépêcher de faire le tour de la voiture pour ouvrir la portière à Jaime. Elle avait été terriblement silencieuse sur la route. Charlie n'avait pas tenté de l'amadouer par des discours brillants, et maintenant qu'ils étaient à North Beach il se demandait pourquoi il l'avait amenée là. C'était une sacrée belle fille, voilà pourquoi. Il sourit aussi innocemment que possible et dit : « Bon, ben nous y voilà.

— Je crois que je ferais mieux de rentrer à la maison », répondit-elle d'une petite voix.

Charlie fut soulagé. Il n'avait pas envie de séduire une pauv'petite gamine de dix-neuf balais si elle-même n'en avait pas envie.

« Où est-ce que tu vis ? demanda-t-il.

— Sur Washington, vers Fillmore. Je peux prendre le bus.

— Pas la peine. Mais puisqu'on est ici, monte boire un thé et je te reconduirai chez toi après. »

Comme elle ne disait rien, il descendit, contourna le véhicule et lui ouvrit la portière. Leurs regards se croisèrent quand elle descendit à son tour. Elle avait de très grands yeux, et bleus, de la couleur du ciel. Ils le regardaient d'un air égal, intelligent, et même inquisiteur.

« Salut, dit-il à ses yeux.

— Salut », répondit-elle. Il l'embrassa légèrement.

« Viens, c'est au bout de l'allée.

— Je laisse mes affaires dans ta voiture. » Ils remontèrent l'allée en pente côte à côte.

L'appartement lui plut. Elle s'était attendue – avait craint – un petit logement désordonné et se retrouvait dans la cellule d'un moine. Il n'y avait pas d'images aux murs, pas de belles photos ni d'affiches, rien qu'une bibliothèque. Il y avait le lit de camp avec une couverture de l'armée marron sous le sac de couchage soigneusement fermé, ainsi qu'une table nue et une vieille chaise de cuisine en bois, où il écrivait, manifestement, puisqu'un manuscrit était rangé dessous dans un carton. Un vieux réveil en fer qui faisait tic-tac et une poignée de capucines fraîches dans un verre d'eau étaient posés sur la demi-cloison qui séparait les pièces.

« J'adore, lança-t-elle. Tu payes combien ?

— Quarante-cinq par mois. » Il passa sous la voûte pour entrer dans la cuisine. « Tu veux du thé ? J'ai du Lipton ou du thé vert japonais.

— Du Lipton, c'est bien. » Il n'y avait pas d'autre endroit où s'asseoir en dehors de la petite table. Sinon, elle pouvait aussi bien se déshabiller et s'allonger sur le lit. Il la découvrirait nue en revenant. Surprise ! En fait, elle n'avait aucune intention de coucher avec lui, du moins pas ce jour-là. Il ne semblait pas être le genre d'homme à la renverser en arrière pour la prendre. Elle se sentait en sécurité. Elle s'approcha des livres.

« Tu as des livres formidables, déclara-t-elle.

— Surtout de l'occase que je récupère chez McDonald's. Tu connais ? Sur Turk Street.

— Dans le Tenderloin ? »

Il revint avec le thé, une théière en cuivre et deux petites tasses japonaises en terre cuite. « C'est la meilleure librairie d'occasion de la ville. Ils ont des milliers de livres dont aucun des employés ne connaît la valeur. Hemingway, cinquante cents, Melville, cinquante cents, Norman Vincent Peale, cinquante cents. Tout vaut cinquante cents pour ces types. »

Ils burent leur thé et discutèrent littérature. Charlie alluma la petite radio qu'il gardait dans la cuisine. Un jazz agréable se diffusa doucement dans l'air et Jaime se détendit. Pendant qu'ils parlaient, elle attendait qu'il prenne une initiative. Elle se demanda s'il savait s'y prendre avec les filles. Elle l'espérait car elle-même était timide. Du moins se percevait-elle ainsi. Elle se sentait timide à cet instant précis. Dans l'attente. Son petit ami, Bill Savor, ne lui plaisait plus. C'était un petit ami par défaut. Il n'y avait aucun point commun entre Bill Savor et Charlie Monel. Bill était étudiant, mais pas en lettres, même s'il voulait devenir écrivain. Lui étudiait les sciences de l'éducation pour avoir un diplôme d'enseignement dans le secondaire, histoire de pouvoir retomber sur ses pieds en cas de problème. Mais à trop prévoir de retomber, la chute était inévitable. La barbe ! Tout ou rien. Mieux valait l'attitude de Charlie – ou bien le rendait-elle plus romantique qu'il n'était ?

« Tu te dirais plutôt romantique ? Ou réaliste ? demanda-t-elle brusquement.

— À quel niveau ?

— Mon petit ami est réaliste.

— Si tu as un petit ami, alors tu ferais peut-être mieux de rentrer », dit Charlie, mais il n'avait pas l'air de vouloir qu'elle parte. Il bluffait juste pour voir sa réaction.

« Non, je veux dire, il est écrivain, mais tu sais, il pense que c'est impossible d'en vivre, donc il étudie pour devenir prof. » Bla-bla-bla. Un rougissement la gagnait, elle en était sûre. Quand est-ce qu'il allait se bouger ? Jamais ?

« Pourquoi ça te turlupine comme ça ? » demanda-t-il. À croire qu'il était entré dans ses pensées par effraction.

« Qu'est-ce que tu veux dire ?

— Je vais pas te draguer. Si je te plais, autant se désaper tout de suite et se mettre au pieu. On n'est pas obligés de passer par la case séduction ni toi ni moi. »

Il sourit et sirota son thé. Elle lui sourit en retour, pressant ses doigts sur ses genoux. « C'est aussi mon avis. Bon, je crois qu'il vaut mieux que je rentre à la maison. Je vais prendre le bus, tu ne vas pas ressortir maintenant que tu es bien installé chez toi.

— Nan, je vais te reconduire.

— C'est bête, tu vas perdre ta place de parking. Je sais combien c'est difficile de se garer à North Beach. En fait, on vient souvent ici le week-end. Et on tourne toujours la moitié de la nuit pour trouver une place... »

Charlie l'écouta divaguer et se demanda pourquoi il ne la prenait tout bonnement pas dans ses bras. Mais il n'en fit rien. Il se leva, prit ses mains dans les siennes, plongea son regard dans ses grands yeux bleus et répéta qu'il allait la raccompagner chez elle. Perçut-il une pointe de déception ? Il n'en était pas sûr.

3

Après North Beach, la maison de Jaime à la lisière sud de Pacific Heights faisait insipide et classe moyenne, étouffante. La demeure en elle-même était magnifique. Jaime l'adorait. C'était une de ces maisons victoriennes de charpentier avec une fausse façade ornementée, des fenêtres en saillie anguleuses qui exhibaient force rideaux en dentelle, de fausses colonnes doriques encadrant un petit porche au sommet d'une volée de fausses marches en bois. La maison était peinte en jaune pâle et les moulures, les colonnes et la treille de part et d'autre des marches étaient peintes en blanc. Des roses rouges grimpaient sur la treille et des arums d'Éthiopie envahissaient les bordures le long de la demeure, derrière un tout petit carré de pelouse mal en point. La maison donnait sur une rue d'habitations de deux étages plus ou moins respectables, certaines divisées en petits appartements, mais toutes bien entretenues derrière une allée piétonnière et une rangée de grands eucalyptus luxuriants à fleurs rouges. Jaime avait vécu là toute sa vie à l'exception de sa première année où la famille habitait dans le quartier de Sunset, ce dont elle n'avait aucun souvenir. Et quasiment toute sa vie, elle avait perfidement espéré que les finances de la famille augmenteraient assez pour qu'ils puissent déménager plus au nord, de l'autre côté de la crête, dans Pacific Heights même plutôt qu'à sa frontière, là où vivaient les vrais gens riches.

Mais son père, son pauvre vieil ivrogne de père, était journaliste au *San Francisco Chronicle* et en grandissant, alors qu'elle apprenait peu à peu la vie, Jaime comprit que sa famille ne serait jamais riche, malgré le désir que sa mère et elle en avaient. Son père, s'avéra-t-il, n'était pas le bon genre d'écrivain.

Jaime monta les marches à pas lourds après que Charlie l'eut déposée avec un sourire et un « À plus ! ». Elle n'allait pas si souvent à North Beach. Elle savait que beaucoup d'auteurs fréquentaient le quartier, raison pour laquelle elle s'efforçait de l'éviter. Cela n'empêchait pas la fascination, elle devait l'admettre. Quant à Charlie, il était séduisant, mais beaucoup trop vieux pour elle : il avait déjà des rides aux coins de ses yeux. Des yeux clairs. Marron clair, presque verts. De beaux yeux. Et il écrivait bien, même si sa graphie était illisible et que Jaime avait rarement vu un niveau d'orthographe aussi exécrable. D'une certaine manière, ce dernier point lui faisait plaisir. Elle était de ces gens qui écrivent sans une faute.

Elle aimait la porte d'entrée de chez elle. C'était une porte épaisse et lourde, blanche, avec un énorme bouton en vieux laiton orné ainsi qu'un heurtoir également en laiton placé sous des carreaux biseautés. C'était du solide, une porte qui inspirait le respect. Jaime l'ouvrit avec sa respectable clé Schlage. À l'intérieur, comme d'habitude, la maison était fraîche et silencieuse, sentait les fleurs tout juste coupées et la cire à parquet. « Maman ? » Pas de réponse. Sa mère était sortie jouer au bridge. Aucune importance. Jaime aimait avoir la maison pour elle toute seule. Son frère, âgé de vingt-cinq ans, vivait à Taipan, travaillait pour le gouvernement, et Jaime avait pris sa chambre à l'étage qui donnait sur le jardin. Elle monta les escaliers en serrant ses livres contre sa poitrine. Le papier peint représentait des scènes de campagne, des parties de chasse dans l'Angleterre victorienne, supposait-elle. Les escaliers étaient recouverts d'un tapis persan et la rampe avait été sculptée dans un bois sombre verni. Tout ceci était éminemment respectable. Un lustre en vrai cristal était même suspendu dans l'entrée. Pourquoi le petit appartement monastique de Charlie la rendait-elle si jalouse ?

Sa chambre était à elle seule bien plus grande que tout l'appartement de Charlie, avec ses lits jumeaux bien bordés côte à côte, son petit bureau avec sa machine à écrire portable Hermes, une lampe bridge derrière un fauteuil très rembourré tendu de tissu fleuri où elle s'asseyait pour lire. Elle avait sa propre bibliothèque qui bien sûr ne faisait pas le poids comparée à celle de ses parents en bas qui contenait des premières éditions d'Hemingway, Faulkner, Steinbeck et Fitzgerald derrière de vastes vitrines et exposait la grande gravure signée Picasso sur la drôle de cheminée en brique pourpre. Des trésors qu'elle rejetait soudain pour leur préférer la liberté de Charlie.

Sur quoi pourrait-elle bien écrire ? Elle sortit sa copie de partiel. B+. Peut-être qu'elle n'était pas aussi talentueuse qu'elle l'imaginait. Walter Van Tilburg Clark devait le savoir. C'était le plus respecté des enseignants écrivains de la fac. Il avait publié *L'Étrange Incident*, un western classique que Jaime n'aimait pas vraiment, même s'il était magnifiquement écrit. Elle préférait la nouvelle de Clark, *Fort-à-bras le Faucon*. À la fac, la rumeur circulait que non seulement Clark avait jeté son texte à la poubelle et que sa femme l'avait récupéré puis envoyé à *Atlantic Monthly*, mais qu'il avait aussi jeté la version finale de *L'Étrange Incident*, là encore consciencieusement sauvée de la corbeille par sa femme pour la faire parvenir à Random House. Apparemment, Clark souffrait d'accès de dépression durant lesquels son travail lui apparaissait si nul qu'il était tenté de le bazarder. Jaime connaissait ce sentiment. D'ailleurs, il lui tombait dessus à l'instant même.

Elle entendit le bruit sourd de la porte d'entrée et supposa que sa mère était rentrée. Elle se déshabilla. Elle remontait le couloir nue pour aller prendre sa douche quand elle vit son père monter les escaliers. Elle cria et retourna dans sa chambre en courant. « Papa ! » hurla-t-elle. Une fois en sécurité derrière la porte close, elle rassembla ses esprits et rit. Moi qui me crois tellement cool, pensa-t-elle. Convenablement vêtue de sa vieille robe de chambre en chenille rose, elle s'aventura de nouveau hors de sa chambre. Son père était dans la sienne, allongé sur le lit tout habillé à l'exception de sa veste. Il était sur le dos et regardait le plafond. C'était un petit homme empâté avec des lunettes rondes à monture argentée, une chemise à rayures bleues et blanches, une cravate tricotée rouge vif, des bretelles à rayures jaunes et vertes, un pantalon oxford gris et des chaussures en cuir cirées couleur crème à embout. Jaime adorait son père mais savait qu'il était soûl. Pourquoi serait-il à la maison, sinon ?

« Je suis désolée d'avoir hurlé comme ça », dit-elle.

Il ne la regarda pas. Il pinça les lèvres et respira bruyamment par le nez. La lourde odeur d'alcool flottait dans la pièce.

« Journée de repos ? demanda-t-elle joyeusement.

— Je me suis fait virer », répondit-il d'un ton sombre. Jaime rit et alla dans la salle de bains. Elle faisait couler l'eau et entrait dans la douche quand elle s'aperçut que le ton de son père n'avait pas été sarcastique. Il s'était vraiment fait virer. En une fraction de seconde, elle vit tout partir en fumée : la maison, la famille, la fac, sa carrière. Sans doute parce que son père était alcoolique, même si, jusque-là, elle avait présumé que la plupart des journalistes étaient soûls une bonne partie du temps. Peut-être que son père était un journaliste particulièrement alcoolique. Elle n'était jamais allée vérifier, mais elle avait entendu parler des longs après-midi et soirées au Hanno, le bar situé derrière les locaux du journal. Des groupes de journalistes imbibés qui discutaient de sport et d'Hemingway. Son père au milieu. Jusqu'à ce jour.

La peur s'installa au creux de son estomac. Elle laissa l'eau chaude lui couler dans le cou. Elle avait dix-neuf ans. Pourrait-elle trouver du travail ? Y serait-elle obligée, obligée d'aider ses vieux parents ? Peut-être que sa mère pourrait trouver un emploi. Elle avait déjà travaillé. Elle pourrait recommencer. Jaime se savonna la poitrine et se demanda si elle pourrait devenir call-girl. Elle s'imagina remonter le couloir d'un hôtel habillée comme une prostituée, toquer à une porte numérotée. Et la porte s'ouvrirait pour révéler un

Charlie Monel tout sourires. Non. Elle savait qu'elle serait incapable de se prostituer, même pour l'expérience que cela représentait. Même pour l'argent.

Au dîner, son père s'expliqua. Il avait fait une sieste, s'était levé, avait bu une ou deux tasses de café ainsi qu'un Martini avant le repas, et il était de nouveau charmant et détendu. Apparemment, une situation plus ou moins confuse avait entraîné son renvoi.

« Pas de panique. J'ai la possibilité de demander une procédure d'arbitrage au syndicat. J'ai mes indemnités de licenciement, on ne se retrouvera pas à la rue, et, par ailleurs, je peux toujours obtenir du travail à l'*Examiner*. Ils me courent après depuis des années. Inutile de se mettre martel en tête. J'en ai marre d'Abe et de ses conneries, de toute façon. Il est temps que je passe à autre chose. »

À la fin du repas, il parlait de terminer son roman. Tout cela était très déstabilisant pour Jaime qui se rappelait les nombreuses histoires de son père au sujet du grand roman qu'il allait écrire, qui les ferait gravir la colline et entrer de plain-pied dans Pacific Heights. Enfant, elle avait fouillé son bureau et la maison de fond en comble et n'avait jamais vu le moindre manuscrit. Peut-être qu'il le laissait au *Chronicle*. Peut-être qu'il le cachait dans le tronc d'un arbre du jardin. Peut-être qu'il n'existait pas.

« Je vais sortir de table si ça ne vous dérange pas », dit-elle et elle regagna sa chambre où elle se jeta sur son lit. Elle entendait sa mère et son père se beugler dessus. Elle se demanda quel était l'état réel de leurs finances. Avaient-ils de quoi survivre, ou était-ce un autre mensonge de son père ? Elle les entendit monter les escaliers, toujours en train de se disputer, entrer dans leur chambre, se changer, se disputer. Ses parents se disputaient beaucoup, en général à propos de choses insignifiantes, de choses sans rapport avec leur vie, sur des questions de politique, surtout. C'était des marxistes de gauche, des trotskistes, des partisans de la révolution mondiale immédiate. Même si, comme Jaime l'avait fait remarquer, ils étaient surtout prêts à vivre encore un peu en se payant sur le dos des paysans avant d'aller vivre dans une communauté quelconque, peut-être jusqu'à ce que la révolution soit tout à fait terminée.

Sa mère, qui avait enfilé son manteau en laine bleu foncé, passa la tête par la porte et dit : « On va jouer au bridge au Knickerbocker. Bonne nuit, ma chérie... » Quelques minutes plus tard, la maison était de nouveau silencieuse.

4

Elle n'arrivait pas à dormir. Ses pensées s'emballaient, non pas au sujet de l'avenir mais de Charlie Monel. C'était mauvais signe qu'elle ne puisse pas complètement se rappeler à quoi il ressemblait. Mais elle se souvenait du ton ronronnant de sa voix et du minuscule appartement aussi propre que spartiate où il vivait et travaillait. Bizarrement, elle n'avait pas vu de machine à écrire. Peut-être qu'il écrivait à la main. Encore plus littéraire. Charlie écrirait son roman sur la guerre de Corée et deviendrait sans doute un écrivain célèbre et admiré, le nouveau Norman Mailer ou James Jones. Elle n'avait aucune guerre sur laquelle écrire. Elle pensa à Stephen Crane qui avait écrit son grand roman de guerre sans même avoir eu besoin de la faire. Il avait inventé et puis voilà. Elle se demanda si elle pourrait inventer un roman de guerre. Bien sûr que oui. Elle pouvait être de celles qui font feu de tout bois, comme cette femme chez Henry James à qui il suffit de passer devant des baraquements pour écrire sur la vie militaire. Ou peut-être que lui aussi avait inventé tout cela. Elle songea à soumettre ce roman à Random House, sa maison d'édition préférée. Elle imagina le manuscrit de près d'un mètre d'épaisseur envoyé dans plusieurs cartons. Ils les ouvraient et, enthousiastes, se partageaient la lecture, se citant des passages les uns aux autres. Elle imagina la pipe de Bennett Cerf lui tomber des lèvres à la toute fin, face au choc d'une révélation propre à vous tirer les larmes des yeux. Et le visage ruisselant de larmes, justement, il murmurait, de cette voix grondante d'Harvard : « Il nous faut ce livre ! »

Imaginez leur surprise quand ils découvriraient que ce texte avait été écrit par une petite jeune fille à peine sortie de la fac qui n'avait jamais entendu le moindre coup de feu tiré sous l'effet de la colère. National Book Award. Prix Pulitzer. Hum, prix Nobel. Pearl S. Buck l'avait bien eu, non ?

Mais même dans ces moments de rêverie enfiévrée, elle savait qu'ils ne publieraient pas le roman de guerre d'une jeune fille sans expérience, quelle qu'en soit la qualité. C'était simple, ça n'arriverait jamais. Son cœur sombra de nouveau dans la réalité. Son père avait été licencié. Elle ne pourrait peut-être même pas terminer la fac. Elle serait peut-être forcée de travailler, mais pas comme prostituée.

Jaime se leva pour aller aux toilettes. Son chat lui manquait. Eliot était sorti par la fenêtre une nuit et n'était jamais revenu. C'était un chat sans domicile fixe, surtout parce que Jaime ne s'était jamais décidée à l'adopter pour de bon, si bien qu'il était couvert de cicatrices. Un gros chat de gouttière marbré roux à la gueule large, le roi du quartier. Assise sur la cuvette des toilettes, Jaime s'aperçut qu'elle était totalement réveillée, trop réveillée pour retourner se coucher. Deux possibilités s'offraient à elle. Elle pouvait enfiler son pyjama, se glisser entre les draps et rester allongée là toute la nuit à se ronger les sangs, ou elle pouvait s'habiller et se rendre à North Beach. Elle alla dans sa chambre vérifier le contenu de son portefeuille. Douze dollars. Largement assez.

Elle attrapa le bus 55 sur Sacramento. Il n'était pas tout à fait vingt-trois heures trente. Il n'y avait que deux autres passagers dans le bus, assis séparément. Jaime, vêtue d'un jean, d'un vieux chemisier jaune en flanelle et de son pull marron préféré, était assise derrière le chauffeur tandis que le véhicule descendait vers Van Ness, grimpait puis redescendait Russian Hill. Il n'y avait pas grand monde dehors dans cette partie de la ville, surtout des Chinois. Elle les regarda sortir d'un traiteur également chinois vivement éclairé, chargés de sacs blancs de nourriture à emporter, des gens heureux et souriants qui discutaient entre eux, bon sang, qu'est-ce qu'on allait se régaler à déguster tout ça à la maison... Elle avait faim elle aussi, et se demanda ce qui se trouvait dans ces sacs mystérieux. Sans doute de ces plats chinois qui semblaient si appétissants au restaurant, mais qui avaient un goût atroce, amer ou même rance quand vous les rapportiez chez vous. Elle se représenta Charlie affublé d'un casque de l'armée, sortant la tête d'un terrier de renard. Il mangeait de la nourriture dans un bol avec des baguettes, tout sourires, et se léchait les babines tandis que les explosions illuminaient le ciel. Elle soupira. Allaient-ils mourir de faim, maintenant que son père était au chômage ? Je suis tellement classe moyenne, pensa-t-elle. Que dirait Charlie ? Il le prendrait à la légère. D'ailleurs, c'était pour ça qu'elle allait à North Beach, pour que Charlie la rassure. Et il y avait ce petit chatouillement d'excitation un peu plus bas qui lui disait qu'elle pourrait accepter qu'il couche avec elle s'il se montrait particulièrement gentil et réconfortant.

Elle descendit sur Grant Avenue qui était encore bondée de Chinois, de touristes et d'ivrognes, avec les trottoirs grouillant de monde, la circulation au point mort, les lumières éclatantes et criardes des magasins pour touristes, la musique des bars et des restaurants plus forte que le reste. Cela faisait un bail que Jaime n'était pas venue le soir à Chinatown. Elle avait oublié combien les odeurs y étaient formidables, des odeurs de vie et de mort, se dit-elle, prenant note intérieurement de penser à créer un personnage en quête de vie qui traverserait le quartier sans remarquer l'effervescence autour de lui. Ironie. Au croisement de Grant et Broadway elle tourna à droite, passa devant l'entrée ouverte d'un night-club d'où sortait du Dixieland. Jaime aimait le Dixieland. Son père possédait une belle collection de disques de jazz. Peut-être qu'ils pourraient les vendre pour se faire de l'argent. Jaime écouta la musique un petit moment. Il y avait beaucoup de monde dehors, des hommes et des femmes en tenue de soirée, beaucoup de Chinois qui vaquaient à leurs affaires, quelques jeunes débraillés, souvent barbus. Ce quartier est vraiment génial, pensa-t-elle. J'ai été snob.

Charlie n'était pas chez lui. Ou du moins n'ouvrit-il pas sa porte. Sur Telegraph Hill à cette heure de la nuit, la circulation était fluide, et une fois sur Grant, les trottoirs étaient quasi déserts. Jaime se sentait parfaitement en sécurité. Juste déçue. Où pouvait-il être ?

Elle s'imagina Charlie entouré de gens, levant un verre de bière pour porter un toast. Il est sans doute dans un bar, mais lequel ? North Beach en regorgeait, et beaucoup accueillaient des poètes et des écrivains. Le problème était qu'elle ne savait pas trop lesquels. Elle avait entendu parler du Co-Existence Bagel Shop, du Place, du Coffee Gallery, tous situés sur les hauteurs de Grant. À seulement une ou deux rues de là. Elle était persuadée qu'ils ne la laisseraient pas entrer sans pièce d'identité et elle n'en avait pas sur elle. Elle ne voulait pas non plus pénétrer dans un de ces bars, y trouver Charlie et que les autres clients sachent qu'elle était partie à sa recherche. Tout aurait été différent s'il avait été chez lui, seul, au lit, en train de lire ou de dormir. Mais elle avait été bête. Charlie ne semblait pas du genre à se coucher tôt avec un bon bouquin. Bien sûr qu'il profitait de sa soirée. Mais au lieu de redescendre vers Grant, elle se dirigea vers Kearny et dévala l'escalier raide qui rejoignait Broadway. Elle pensait attraper un bus pour rentrer, mais au moment où elle traversait Broadway, très éclairée, les bars et les restaurants pris d'assaut, les trottoirs pris d'assaut, elle aperçut Charlie en long manteau blanc au bord de la chaussée devant le restaurant-club El Miranda. Alors qu'elle était à mi-chemin, une voiture se rangea, Charlie ouvrit la portière, un beau couple descendit, puis Charlie monta dans la voiture et partit avec. Il était donc voiturier. C'était son travail. Sans savoir pourquoi, Jaime en fut très heureuse et se sentit protégée, sur la bonne voie. Il ne lui fallut patienter que quelques minutes pour voir Charlie reparaître, se frayant un chemin vers elle au milieu de la foule des fêtards, souriant comme s'ils avaient prévu de se voir et qu'elle était pile à l'heure.

« Hey, Jaime !

— Salut, Charlie.
— Tu me surprends en plein boulot.
— La paye est bonne ? » s'entendit-elle dire. Quelle idiote. Elle enroula ses bras autour de son corps.

« Tu as froid ? Tu n'as qu'un pull sur le dos. Il peut faire très frisquet par ici. Tu connais ce maudit vent. Et les camions qui passent. Attends une seconde. » Il disparut, un ticket à la main. Le couple de clients bien habillés regarda Jaime avec ce qui ressemblait à du mépris. Elle était la petite amie du type qui garait leur voiture. Un déchet. Elle ne portait même pas de jupe. Quelle traînée.

Charlie ramena leur voiture aux clients, une belle Cadillac. Jaime avait un peu froid, à présent.

« Ce connard m'a donné une misère comme pourboire. Pardon pour la grossièreté.

— Oh, ne t'en fais pas pour ça. » Il ne lui avait pas demandé ce qu'elle faisait dehors si tard. Il ne lui avait pas demandé où était son petit ami, il se comportait avec naturel. « Je jure beaucoup moi aussi. » Elle lui sourit. « Putain de bordel de merde ! lança-t-elle et il partit d'un rire merveilleux.

— Dis voir, j'ai bientôt terminé. Ça te dérangerait de m'attendre ? On pourrait aller boire un verre après. » Elle commença à dire oui, mais il l'interrompit, l'air soudain inquiet. « Non, tu te gèles, là. Tu ferais mieux d'attendre à l'intérieur.

— Ici ?

— Non, ce rade est super chic, ils ne te laisseraient pas entrer. Il y a le Tosca Cafe au coin de la rue. Un endroit génial. Vas-y, installe-toi au bar, dis à Mario que tu es avec moi. »

Puis des clients arrivèrent, et avec un clin d'œil Charlie disparut de nouveau. Elle attendit qu'il revienne, cette fois vraiment transie. « À quelle heure tu quittes le travail ? demanda-t-elle. Il ne faudra pas trop que je tarde à rentrer chez moi.

— Je te raccompagnerai. Oh, et on pourrait s'arrêter au Hippo manger des hamburgers ! Il ne reste plus que trois voitures. Je ne devrais pas en avoir pour plus d'une heure.

— OK. » Elle ne précisa pas qu'elle n'était pas majeure et en descendant Broadway elle s'inquiéta qu'on lui pose la question. Le Tosca était situé à quelques numéros plus bas sur Columbus. Elle poussa les grosses portes en verre et fut accueillie par la chaleur, une odeur merveilleuse d'anis et l'aria le plus frappant du monde, celui de Cio-Cio San dans *Madame Butterfly*. Le bar était assailli de gens beaux et élégants. Il y avait deux rangées de clients au bar, et les banquettes autant que les tables du fond étaient occupées, les personnes au bout du bar parlant et riant par-dessus la musique. Jaime eut l'impression d'être chez elle. Elle n'essaya même pas d'approcher le bar et s'installa à un petit banc en cuir rouge près de l'entrée en attendant Charlie. Malheureusement, elle eut envie d'aller aux toilettes. Elle se demanda où elles étaient. Elle se leva et se dirigea vers le bar aussi naturellement que possible pour que personne ne remarque qu'une gamine de dix-neuf ans mal fagotée passait par là. Personne ne l'arrêta. Le vieux serveur sourit et lui désigna les toilettes des dames.

« Merci », dit-elle et, à cet instant, elle vit ses parents, assis sur l'une des banquettes en cuir rouge, qui la dévisageaient à travers la fumée.

5

En allant vers eux, l'estomac soudain noué, elle remarqua de nouveau combien ses parents se ressemblaient. Tous deux avaient un visage rond et rouge, celui de son père orné de ses lunettes et de sa petite moustache. Jaime avait peur de devenir comme eux un jour, grasse et maniaque. Ils étaient censés jouer au bridge.

« Salut, les parents, dit-elle. Pour une surprise…

— Comment nous as-tu trouvés ? » voulut savoir son père. Le cendrier devant lui débordait de mégots de Kool fumées sur environ six centimètres. Ne sachant que faire d'autre, Jaime s'assit à côté de sa mère qui se poussa et sourit en disant : « Elle ne nous cherchait pas, n'est-ce pas, ma chérie ?

— Non, maman. Mais maintenant qu'on en parle… »

Le vieux serveur apparut et adressa un regard interrogateur au père de Jaime qui commanda deux autres cappuccinos.

« Et pour vous, jeune fille ? demanda-t-il.

— La même chose », dit Jaime et le serveur s'en alla. Mal à l'aise, parents et fille regardèrent les gens autour d'eux dans la salle. Jaime remarqua les chandeliers, avec leurs fausses bougies et les petits abat-jour rouges. Charmant, comme tout ce qui se trouvait là à l'exception de ses parents. Le serveur leur apporta leurs boissons, avec un verre contenant des espèces de cônes glacés, moins coniques que ronds. Sa mère en prit un et mordit dedans, ce qui produisit un craquement, et Jaime reconnut l'odeur d'anis qui lui avait semblé si familière en entrant. Elle savait à présent pourquoi. Elle la respirait sur les vêtements de ses parents depuis des années. Des années et des années. Elle n'avait jamais su de quoi il s'agissait.

« Écoute, finit par dire son père, on n'avait pas trop le moral à cause de mon boulot, alors on est venus ici boire quelques verres…

— Oh, Farley, s'énerva gentiment sa femme. Il faut lui dire. » Elle sirota son cappuccino et Jaime le sien. Il avait un goût de chocolat chaud avec du brandy dedans. « Il est bon, dit-elle et elle prit une autre gorgée.

— Toutes ces années… commença sa mère. On t'a dit qu'on allait jouer au bridge.

— Je comprends, la rassura Jaime.

— Je ne crois pas, rétorqua son père.

— Vous ne vouliez pas que je sache que vous sortiez vous soûler. Je comprends parfaitement.

— Ce n'est pas ça du tout, la coupa son père.

— Mais si, dit sa mère.

— Je vous pardonne », dit Jaime. Elle avait toujours l'estomac noué. Elle but une autre gorgée réchauffante. Ce qui structurait sa vie s'effondrait. Ses illusions concernant ses parents partaient en lambeaux. Finalement, ce n'était pas des gens de la classe moyenne, des gens respectables. C'était des imposteurs, en fait, des imposteurs alcooliques et chômeurs. Et elle buvait en leur compagnie.

« Au fait, dit sa mère.

— Je dois retrouver quelqu'un. » C'était peut-être le brandy.

« Formidable, tu vas pouvoir nous présenter, dit son père.

— On ne voulait pas que tu prennes de mauvaises habitudes », reprit sa mère. Jaime et elle avalèrent une gorgée en se regardant. « Comme de boire…

— Ou de mentir », ajouta Jaime. Ce qui semblait détruire le pont amical que ses parents et elle tentaient de construire. Ils restèrent très silencieux au milieu de la musique d'opéra, des conversations bruyantes et des rires qui remplissaient l'espace. Charlie arriva enfin. Jaime le repéra près de la machine à espresso au bout du bar, en train de discuter et rire, à présent vêtu d'un jean et d'une veste sport marron. Jaime voulait bondir sur ses pieds, courir vers lui, l'attraper par le bras et partir. Mais elle n'en fit rien. Elle semblait clouée à la banquette. Elle ne pouvait plus que feindre de ne pas l'avoir vu, allumer sa dernière Pell Mell, finir son verre et attendre qu'il la trouve. Juste à ce moment-là, sa mère dit : « Où est ton petit ami ?

— Ce n'est pas mon petit ami, répondit-elle brusquement alors que Charlie approchait, l'air inquisiteur.

— Farley, Edna », dit-il aux parents de Jaime. Bien sûr qu'il les connaissait. Son bar préféré, leur bar préféré.

« Je suis leur fille, bonjour.

— Pousse-toi, dit-il et il s'assit à côté d'elle, tous les quatre serrés sur la banquette. Hé ho, Speedy ! cria-t-il en direction du vieux serveur. Trois cappuccinos et un Monica Bianca ! » Il sourit à Farley. « Alors comme ça tu es le papa de Jaime ? C'est génial !

— Hum, comment connais-tu ma fille ? demanda ce dernier.

— Est-ce que c'est l'homme que tu devais rejoindre ? voulut savoir Edna, de l'inquiétude dans la voix.

— Oui, maman », dit Jaime comme une fille obéissante. Oui, j'avais rendez-vous avec ce voiturier baraqué. Mais la gêne initiale passée, il fut fascinant de voir à quel point ils s'entendaient bien. Peut-être que c'était l'atmosphère, tous ces adultes de sortie qui prenaient du bon temps, ou peut-être était-ce simplement l'effet du brandy. Charlie, lui, buvait un lait chaud avec du Kahlúa et du brandy, ce que Jaime commanda ensuite. À ce moment-là, son père et Charlie parlaient de la guerre. *Farley et Charlie partent en guerre*, pensa-t-elle avec sarcasme, mais elle eut bientôt honte et les écouta. Son père avait servi durant la Seconde Guerre mondiale. Il y avait une photo de lui dans son bureau, en uniforme avec deux autres jeunes hommes. Ils se tenaient par les épaules et souriaient avec satisfaction à l'objectif, soûls, leur calot de travers. Quand Jaime était petite, elle était fière que son père ait plus de rayures sur sa manche que les deux autres. Mais elle ne savait rien de plus de sa carrière militaire. Lui n'en parlait jamais. Elle tressaillit en se demandant si son roman mystérieux traitait de la guerre, comme celui de Charlie.

« Alors, tu étais dans quoi exactement ? voulut savoir Farley.

— L'infanterie, dit Charlie et il lança un clin d'œil à Jaime.

— L'infanterie, répéta Farley pensivement en écrasant une autre cigarette à moitié consumée. Tu y étais durant la guerre ?

— Affirmatif. Pendant cette putain de guerre. Désolé. Je m'étais engagé pour me tirer de mon trou du Montana – bref, tu vois le topo, tu t'engages, tu devances l'appel. Tu t'en souviens, de celle-là ? Bref, ils m'ont bien eu. Je me suis engagé le 10 mai 1950. » Il sourit à Edna qui lui sourit en retour, un assez joli sourire, pensa Jaime. *Mon Dieu, ma mère flirte avec lui.*

Charlie poursuivit. « Vous connaissez la suite. Ils nous ont appris la base à Fort Lewis et nous ont balancés direct en Corée ensuite. Pardon, s'excusa-t-il une fois de plus à l'adresse d'Edna qui, une fois de plus, lui sourit largement.

— J'ai travaillé au *Chronicle*, le rassura-t-elle. J'ai entendu pire.

— Alors tant mieux. On peut se parler ouvertement.

— Tu as assisté à des combats ? demanda Farley obstinément.

— Bien sûr. À pas mal, même. » Il ne continua pas, alors Farley demanda s'il avait été blessé.

« En fait, dit Jaime pour mettre un terme à l'interrogatoire, il a été tué à la guerre.

— On ne m'a jamais tiré dessus et je n'ai reçu aucun éclat de métal, dit-il à Farley sans prêter attention à l'interruption. Mais j'ai été fait prisonnier pendant un moment et j'ai bien failli perdre mon putain de pied droit. Engelures, vous voyez le genre. D'ailleurs, j'ai perdu un ou deux orteils. Purple Heart, quelle blague.

— Tu as la Purple Heart ? » demanda Farley, de toute évidence terrassé par l'envie qui résonnait dans sa voix. Charlie acquiesça et Farley reprit son investigation, désireux de connaître toute l'horrible vérité. « D'autres médailles ?

— En fait, oui. La Good Conduct Medal. Le Pacific Theater Ribbon. La Korean Service Medal. La Bronze Star. »

Farley vida sa tasse et chercha Speedy du regard. Il semblait sous le choc. La Bronze Star. Jaime ne voyait pas très bien ce que c'était, mais elle savait que son père enviait désespérément Charlie. Il avait le visage plus rouge et strict que jamais. Peut-être croyait-il que Charlie mentait. Peut-être Charlie mentait-il vraiment.

« Tu as la Bronze Star ? » finit par demander son père, après que Speedy eut pris les commandes.

Charlie soupira. « Eh bien oui. Mais pas pour grand-chose. On a été deux ou trois à l'obtenir. » Il semblait vouloir changer de sujet. « Et toi ? demanda-t-il à Farley. Et toi, dans quelle branche tu étais ?

— J'ai bien été dans l'armée aussi, mais je n'ai jamais eu de médailles, répondit nerveusement Farley.

— Tu as vu des affrontements ? » Charlie n'allait donc pas le lâcher. Jaime attendit la réponse de son père.

Farley pesa ses mots. « Seulement entre mes supérieurs, dit-il, et Charlie laissa échapper un énorme rire. Enfin, on a tous eu ce problème ! » La tension se dissipa.

« Très bien, finis les récits de guerre », déclara Edna en posant une main sur celle de Farley. Jaime s'avoua qu'au-delà de l'ordinaire animosité adolescente elle aimait sa mère.

« Maman, tu es une femme bien », dit-elle. Elle passa un bras autour d'elle et celle-ci lui déposa un baiser mouillé sur la joue.

« Quelle belle famille, commenta Charlie. On allait sortir manger des hamburgers. Vous venez avec nous ? » Il finit son verre et se leva. Jaime embrassa sa mère sur la joue et se glissa hors de la banquette.

« Merci mais non », dit Farley. À Jaime : « Comment vas-tu rentrer ?

— Je la ramènerai saine et sauve, dit Charlie joyeusement. Allez, Jaime, je pourrais bouffer le c... Enfin j'ai très faim, quoi.

— Tu allais dire bouffer le cul d'une mule crevée, pas vrai ? dit Farley avec un sourire détendu. On disait pareil, de mon temps. »

Jaime et Charlie gagnèrent la sortie, Charlie distribuant les tapes dans le dos à ceux qu'il croisait, saluant les uns et les autres ; manifestement, c'était un habitué. Et personne ne demandait de pièce d'identité. Bien sûr elle était avec ses parents, mais Jaime nota le Tosca Cafe dans sa tête pour ne pas l'oublier.

6

Un vent froid soufflait pendant qu'ils remontaient Columbus vers Broadway. Assez naturellement Charlie passa son bras autour de son épaule pour la réchauffer, et tout aussi naturellement, elle se blottit contre lui.

« Écoute, dit-il, on peut remonter à l'endroit où est garée ma voiture et rouler jusqu'à Van Ness, ou sinon, on peut tourner à droite juste là et dîner à la salle de billard. Tu as déjà goûté les hamburgers de Mike ?

— C'est qui, Mike ? » Il était presque deux heures du matin et la rue était quasiment déserte. Ils tournèrent au coin et marchèrent sur un demi-pâté de maisons jusqu'à une salle de billard surpeuplée avec une partie restaurant très animée.

« Les gens viennent ici après la fermeture des bars », expliqua Charlie. Des flammes et des grésillements s'élevaient du long plan de cuisson derrière le comptoir où trois cuisiniers vêtus de blanc retournaient des hamburgers et brouillaient ce qui ressemblait à des œufs dans de petites poêles. Charlie s'approcha du comptoir et en quelques minutes ils étaient installés et observaient les cuistots. Charlie commanda pour eux deux. « Zéro mayo, moutarde, laitue ou tomates, juste de la viande et des oignons frits entre des petits pains », demanda Charlie, le regard affamé. Jaime avait bien chaud et se sentait très en sécurité. Elle était éméchée, aussi. Elle espérait ne pas vomir d'un coup après avoir mangé. Quand les hamburgers arrivèrent, déposés sur une feuille de papier sulfurisé, accompagnés de petits piments verts ratatinés, Jaime en croqua un. Des larmes lui montèrent aux yeux. « Délicieux ! dit-elle.

— Mange », dit Charlie avec entrain et il mordit largement dans la viande, le jus dégoulinant de ses lèvres et sur ses doigts. Jaime prit à son tour une bouchée de son gros hamburger basique et disgracieux. Elle n'en avait jamais mangé de meilleur. Elle engouffra le reste, se mettant du jus partout, puis mangea son autre piment ainsi que les deux de Charlie. Il commanda ensuite de petits verres d'un vin rouge maison, fort et presque amer, et ils se tournèrent pour regarder les parties de billard. La salle se remplissait de barmen, barmaids, strip-teaseuses, gardiens de parking, Italiens en costume bleu et chapeau gris. Jaime était la seule touriste au milieu de cette foule, mais elle ne se sentait pas comme telle. Les gens affluaient sans discontinuer et saluaient tout le monde. Ici, elle n'était pas une étrangère, pas avec Charlie.

La table devant eux n'était pas une table de billard, mais de snooker. Jaime n'en avait encore jamais vu. Pendant qu'ils observaient un jeune homme mince du nom de Tommy qui jouait contre Whitey, un homme trapu plus âgé, Charlie lui expliqua les règles.

« Il est meilleur, Tommy, par rapport à Whitey, non ? » demanda-t-elle au bout d'un moment.

Charlie rit. « Tommy est une fille. Regarde comment Whitey boite un peu plus quand il se fait dépasser. Tommy est voiturier juste en face, à côté du Enrico. C'est une bonne joueuse de snooker. »

Et une lesbienne, pensa Jaime, parcourue d'un frisson de surprise. Cette fille flirtait avec elle. Elle lui souriait à chaque bon coup, et haussait les épaules quand elle en ratait un. Jaime ne pouvait pas se tromper. Tommy portait une chemise d'homme hickory, un pantalon de toile beige, de petits richelieus aux pieds. Il ne faisait pas grand doute que c'était une des meilleures joueuses parce que beaucoup de monde suivait la partie, générant une grande quantité de fumée de cigare à l'odeur âcre. Ces gens étaient si sophistiqués. Elle avait vécu dans un monde si protégé. D'un coup, elle se rappela que son père avait perdu son travail. *Exit* la classe moyenne. Jetée à la rue. Mais Charlie était justement là pour la protéger.

« Alors, tu l'adores pas, ce rade ? » lui hurla-t-il. Elle sourit.

« Buvons un autre verre de vin », proposa-t-elle. Peut-être que personne ne vérifiait votre âge, à North Beach. Cela expliquait peut-être que l'adresse soit une attraction touristique si populaire.

« On arrête le vin, dit Charlie. Il est presque trois heures du mat'.

— Oh, il faut que je rentre à la maison !

— Je voulais jouer un peu au snooker, mais pas de problème. Je t'ai dit que je te raccompagnerais chez toi, alors on y va. » Il glissa de son tabouret, tendit les mains pour attraper Jaime. Elles étaient sèches et chaudes. Elle aimait ses mains.

Dehors il faisait froid et il n'y avait pas un chat dans la rue. « On pourrait remonter sur Grant ou prendre les escaliers », dit Charlie.

Ils gravirent les marches sur Kearny, Charlie péniblement, Jaime trois par trois. Arrivée en haut, elle se percha sur le muret qui bloquait la rue et regarda Charlie haleter, le souffle court tandis qu'il grimpait la colline.

« Tu ferais mieux d'arrêter de fumer », lui conseilla-t-elle lorsqu'il arriva à son niveau, pantelant et se tenant la poitrine. Il s'appuya sur le muret à côté d'elle, sanglotant presque à force de chercher son air. Puis il rit. « Tu es tellement jeune, dit-il. Viens. » Il la fit descendre délicatement du muret et la prit dans ses bras. Ils s'embrassèrent. Jaime avait accepté de coucher avec lui plutôt que de rentrer chez elle. Cela semblait parfaitement naturel. Elle était sans doute moins angoissée que Charlie à ce propos. Ils remontèrent Kearny vers son appartement. Quand ils arrivèrent à la voiture de Charlie, il l'appuya contre la carrosserie et l'embrassa de nouveau. Ce fut un long baiser, doux. Puis elle colla sa joue contre la sienne et murmura : « Emmène-moi chez toi.

— Tu ne veux pas rentrer ?

— Je veux être avec toi. » Elle était venue jusque-là dans l'espoir de le voir, mais pas pour coucher avec lui, pour discuter, lui expliquer que sa vie partait en morceaux, lui demander conseil. Tout cela semblait sans importance.

Elle se tint au milieu du salon-chambre de Charlie pendant qu'il allumait la lumière dans la cuisine. Ainsi éclairé, l'appartement paraissait sinistre. Pour cette nuit, il n'aurait plus rien de la cellule d'un moine. Cela lui ôtait toute envie de coucher avec lui, mais elle était là, elle l'avait cherché, et le pauvre Charlie allait devoir lui sortir le grand jeu.

« Tu n'utilises pas de machine à écrire ? demanda-t-elle alors qu'il revenait dans la pénombre.

— Bien sûr que si », dit-il, et il l'attira à lui. Elle se laissa faire.

« Ho ho », dit-il avant de la relâcher.

Il était trop sensible. Elle vint vers lui et pressa les mains et la joue contre sa poitrine. « C'est toi qui vas devoir tout faire, dit-elle. J'ai assez peur.

— Tu es sûre que c'est ce que tu veux ?

— Oui. Mais j'imagine que toi non. Ce n'est pas grave.

— Tu veux que je te ramène chez toi ?

— Mais non, à la fin ! Je veux qu'on couche ensemble.

— Alors pourquoi tu es si froide, d'un coup ?

— J'ai l'impression de ne pas te plaire. » Elle était en colère. Toute la chaleur de l'alcool avait reflué. Elle se sentait vide et idiote.

« Eh bien, si tu le prends comme ça, je ferais mieux de te raccompagner chez toi, dit-il plein d'amertume.

— Si je pouvais juste avoir un verre d'eau avant », dit-elle d'une toute petite voix. Elle s'assit au bureau en attendant qu'il lui rapporte un petit verre à yaourt de la cuisine. Il s'assit sur le lit et la regarda boire.

« Ça va ? demanda-t-il.

— Oui, ça va. J'ai eu une mauvaise journée. Ça passera dans une minute.

— Tu me plais beaucoup. Tu es vierge ?

— Je ne vois pas le rapport.

— Merci. Cela explique tout... notre réticence... »

Jaime se leva, le cœur battant la chamade. « Je ne suis pas réticente », dit-elle en se dirigeant vers lui. Elle prit sa tête entre ses mains, la pencha vers elle et l'embrassa, glissant sa langue dans sa bouche. Un instant plus tard, ils étaient allongés sur le lit, serrés l'un contre l'autre, entre baisers et gémissements.

« Vas-y ! » cria-t-elle.

7

Le père de Jaime avait une maîtresse, et il mourut chez elle, dans son lit, pour être précis. Mais Jaime ne découvrit le pot aux roses que la veille de l'enterrement. Elle savait seulement qu'il était mort d'une crise cardiaque ailleurs qu'à la maison.

Il serait exagéré de dire que Jaime et son père étaient en froid au moment du décès de ce dernier, mais ils n'étaient pas en très bons termes non plus. La faute à Charlie, bien sûr. Après leur première nuit ensemble, Charlie l'avait reconduite chez elle vers huit heures, par une belle matinée dégagée et pleine de promesses. Elle était déjà totalement amoureuse, mais l'ignorait encore. À vrai dire, elle croyait que tout le monde devait se sentir comme ça après avoir fait l'amour toute la nuit. Elle avait hâte de connaître un grand nombre de matins tels que celui-ci. Elle ne comprenait pas pourquoi elle avait attendu si longtemps.

« Alors on y est, c'est ça ? dit Charlie qui plissait les yeux en regardant la maison. On dirait un vrai manoir. » Jaime l'embrassa et descendit de la voiture.

« On se voit en cours, dit-elle avec un sourire.

— Pour sûr », et lui aussi sourit.

Elle fut surprise de tomber sur son père en robe de chambre dans la salle à manger. Elle avait oublié qu'il avait été licencié, ou n'avait pas bien réalisé que cela signifiait que désormais il passerait son temps à la maison. À moins qu'il ne retrouve du travail. Il avait une mine affreuse, assis là dans sa robe de chambre tout en satin, bleue avec ses revers rouge clair. Il ne portait pas ses lunettes et ses yeux rougis ressemblaient un peu à ceux d'un singe, à ceux des primates dans un zoo. De vieux yeux fous et tristes, pensa-t-elle, puis elle essaya d'affronter la situation en fonçant bille en tête.

« Bonjour, papa, dit-elle et elle s'assit à sa place habituelle à la table.

— Qu'est-ce que tu fiches à rentrer à huit heures du matin ?

— J'ai faim », déclara-t-elle au moment où sa mère arrivait de la cuisine, en pleine gueule de bois, son peignoir rose sur le dos et sur le crâne sa vieille charlotte rose qui la faisait ressembler à Martha Washington. Edna apportait la cafetière et, tandis que son père commençait à la morigéner, Jaime tendit sa tasse pour que sa mère la lui remplisse. Déjà, Charlie était trop vieux pour elle. Et il garait des voitures, sans même parler de ses ambitions littéraires. Tout le monde voulait être écrivain. Mais en attendant, ce n'était qu'un voiturier et un violeur ou presque puisqu'il avait sûrement dû la séduire ou plus ou moins la forcer. Elle se demanda ce que son père dirait s'il savait que Charlie était son premier amant. Elle ne lui dit rien. Elle écouta la leçon qu'il lui fit la tête haute en buvant son café à petites gorgées. Plutôt mourir que de prendre un air contrit. Elle ne se sentait pas contrite pour un sou. Son père insista pour qu'elle cesse de sortir avec Charlie, mais sa mère la sauva.

« Chéri, lui dit-elle, on ne peut pas lui demander de ne pas fréquenter des garçons.

— On peut lui demander de rester à distance d'hommes deux fois plus vieux qu'elle ! s'énerva-t-il, le visage de plus en plus rouge.

— Non, ça non plus. » Et ce fut terminé. Mais son père mourut sans doute en ayant des remords au sujet de sa fille.

Le frère de Jaime, Bill, arriva de Taipan bronzé et dévasté. Une espèce de veille avait été organisée à la maison dans l'après-midi avant les funérailles, qui réunissait un certain nombre de journalistes vêtus de leur plus beau costume bleu, debout dans le salon en train de se soûler en évoquant le bon vieux temps. Quand le dernier journaliste ivre eut descendu les marches du porche, Jaime et Bill s'assirent en tailleur sur les lits jumeaux de ce qui avait été la chambre de Bill et discutèrent. Jaime ne savait pas trop quoi penser de Bill. Il avait toujours détesté leur père, ce qui rendait sa tristesse et sa culpabilité actuelles difficiles à supporter. C'était son frère, bien sûr, et cela devait vouloir dire quelque chose, mais après une si longue absence, elle éprouvait énormément de froideur à son égard. Bill vivait à l'étranger depuis deux ans, et il avait six ans de plus qu'elle, un jeune homme mûr qui avait choisi la fonction publique. Bill avait un visage fin, un corps mince, et, culminant à un mètre soixante-treize, il était l'élément le plus grand de la famille. Son seul trait séduisant était une paire d'yeux d'un bleu plus dur et plus sombre que celui de Jaime.

« Tu sais où papa est mort, non ? » lui demanda-t-il finalement. Il lui parla de la maîtresse et expliqua que leur vie n'avait été qu'une imposture, l'image de la famille heureuse, un mensonge. Son père baisait à droite à gauche depuis des années. Et il payait le loyer de cette maîtresse en particulier.

« Où trouvait-il l'argent ? » s'entendit-elle dire depuis le tréfonds de sa léthargie.

Bill ignorait tout concernant l'état de leurs finances. Mais il savait que son père était mort pendant un rapport sexuel, qu'il avait été aussitôt saisi par la rigidité cadavérique et qu'il avait été difficile d'évacuer le corps de l'appartement de Pine Street, que les flics et les ambulanciers avaient ri et blagué parce que, comme tout le monde, ils connaissaient le vieux Farley Froward, et tout le monde savait que dans une situation similaire ce bon vieux Farley l'Fameux se serait montré aussi insensible et aurait blagué tout autant.

« D'où est-ce que tu tiens ces informations ? » lui demanda Jaime. Il afficha son petit sourire méchant et dit : « Tu n'écoutais pas ce qui se racontait en bas ?

— Je n'écoute pas aux portes », dit-elle méchamment à son tour. Ces événements lui donnaient l'impression d'être quelqu'un d'autre, en suspens dans un coin de la pièce, observant de haut ces idiots d'humains. Dont elle, qui n'avait jamais imaginé possible que son père puisse être infidèle. Ou qu'une femme, quelle qu'elle soit, puisse vouloir de lui. Sa mère était-elle une imposture elle aussi ?

« Et maman ?

— Maman supportait cette situation depuis des années. Pourquoi tu crois qu'elle boit autant, bon sang ?

— Je n'y avais jamais réfléchi. » Leur père était mort, ses cendres allaient être éparpillées dans le Pacifique deux jours plus tard. Apparemment, elle n'avait rien su de lui.

« Tu as d'autres secrets de famille à me révéler avant de repartir ? »

Il la regarda bizarrement. « Qu'est-ce que tu veux dire ?

— Est-ce que maman voit d'autres hommes ? Est-ce que la maison est vraiment à nous ? Est-ce qu'on s'appelle bien Froward ? Autre chose que je devrais savoir sur moi ? »

Son frère se leva, rougissant. « C'est bon, pas la peine d'en faire un fromage, non plus », répondit-il mystérieusement avant de sortir de la chambre.

Elle avait vu Charlie plusieurs fois à la fac depuis leur nuit d'amour et ils avaient aussi fait l'amour à l'arrière de sa De Soto garée près de Lake Merced. Ce deuxième épisode avait un peu clarifié les choses puisque, jusque-là, elle n'avait pas réussi à savoir si elle comptait pour Charlie ou si elle n'était qu'un bon coup. Après quelques acrobaties comiques, ils s'accouplèrent avec passion, après quoi Charlie lui déclara qu'il l'aimait.

« Oh, non, Charlie, dit-elle sans pouvoir vraiment y croire. Tu n'es pas obligé de dire ça.

— Je sais, mais j'en ai envie.

— Je t'aime bien, Charlie, s'entendit-elle dire, mais je ne suis pas prête pour l'amour. » On aurait dit la réplique d'un mauvais film. Charlie éclata de rire : « Tu n'as pas à être prête pour quoi que ce soit », et il la raccompagna à la fac.

Puis son père mourut. Elle refusa d'arrêter ses études. Quand elle vit Charlie avant le cours de Clark, il était déjà au courant pour son père et tendit les mains vers elle sans rien dire. Elle posa la tête contre sa poitrine. L'un des étudiants sourit et dit : « Pourquoi on n'est pas étonnés…

— T'occupe, lui dit Charlie et il passa un bras autour de Jaime. Peut-être que tu ne devrais pas être ici.

— J'en ai besoin », répliqua-t-elle sans trop savoir si elle parlait du cours ou de ses bras. Toutefois, elle ne vit pas Charlie durant les vacances. Elle réussit à traverser cette période en se jetant éperdument dans le travail et l'écriture, et passa beaucoup de temps avec sa mère. Elle se tint à l'écart de North Beach et crut franchement ne jamais revoir les gens de ce quartier, prenant peu à peu ses distances avec San Francisco. Elle pourrait trouver des petits boulots, observer la vie, écrire des nouvelles pour apprendre le métier, puis se mettre au roman.

Il leur faudrait vendre la maison. Elles recevaient les indemnités de licenciement de Farley mais avaient beaucoup de dettes. Il leur faudrait aussi se débarrasser des beaux meubles et du véhicule familial, une Buick de 57. Elles finiraient sans le sou et dépossédées. Edna avait travaillé au *Chronicle* longtemps auparavant, mais détestait à présent le journal et reprochait la mort de Farley à ses rédacteurs. « C'est leur faute s'il était sous pression, et ce sont eux qui l'ont licencié », dit-elle gravement à sa fille tandis qu'elles étaient assises dans ce qui était alors encore leur salon. Chacune avait un verre de vin à la main. Edna ne semblait pas troublée par le fait que Jaime se soit mise à boire. Cela les rapprocha.

« Qu'est-ce qu'on va faire pour l'argent ? demanda Jaime.

— Aucune idée. J'ai quarante-quatre ans. Je crois qu'il est trop tard pour que je perde du poids et rencontre un homme qui pourrait subvenir à nos besoins. » Elle gloussa et prit un air malicieux. « J'imagine que cette tâche te revient.

— D'épouser un type avec un bon gagne-pain ?

— Tu verras, ils sont formidables. Parce que, dans gagne-pain, tu as ET la gagne, ET le pain ! »

Jaime rit à en perdre haleine. Mais leur problème était bien réel. Sa mère avait dit que si elles vendaient la maison et déménageaient dans un quartier plus abordable, elles auraient suffisamment pour que Jaime termine la fac. Aucune d'elles n'évoqua le vieux rêve d'Edna d'effectuer le chemin inverse, d'emménager enfin à Pacific Heights. Sa mère ne le réaliserait jamais. La vie ne lui offrirait rien de plus. Pour Edna, c'était fini.

« Oh, maman », dit-elle tristement.

8

Kenny Gross dormait très peu. Son petit corps maigre et nerveux ne semblait pas en avoir besoin et son cerveau bouillonnait toujours de pensées. Il avait essayé de vivre avec une fille une fois, mais ça n'avait tenu que quelques jours. « Tu es trop intense », lui avait-elle dit avant de partir. Maintenant, il vivait dans un minuscule appartement sur Jackson Street près de Larkin. Il était situé au-dessus d'une blanchisserie chinoise et toute la journée quand il était chez lui il entendait bourdonner les machines et les voix de la famille qui dirigeait la blanchisserie, des voix rassurantes. On l'avait élevé en lui faisant croire que les Chinois étaient des gens sales et méchants, et il était heureux chaque fois qu'un Chinois contredisait les opinions de sa mère. Il aimait sa mère, mais il savait qu'il ne fallait pas trop la prendre au sérieux. C'est juste qu'avec les Chinois, ça ne passait pas : elle détestait aussi les Juifs, les Allemands, les Japonais, etc., etc., et déclarait n'aimer que les pays à majorité catholique. Kenny avait été élevé dans le catholicisme. Il avait même passé quelques jours dans un orphelinat catholique à Berkeley en attendant que sa mère leur trouve un endroit où vivre. Mais à la minute où il avait été assez grand pour penser par lui-même, il avait libéré son esprit de la folie envahissante et étouffante qu'était pour lui le catholicisme. Ces temps-ci, chaque fois qu'il voyait sa mère, elle lui rappelait qu'il était condamné à aller en enfer et Kenny lui rappelait alors qu'il n'avait qu'à se confesser, se repentir et communier pour que tout soit pardonné. Cette dernière tirade lancée sur le ton le plus sarcastique possible.

Ce matin-là, Kenny était dans sa voiture à six heures du matin, garé devant une maison de Washington Street, et il attendait le moment opportun pour se précipiter vers la porte d'entrée et voir si les habitants étaient déjà réveillés. Comme à son habitude, la nuit précédente, il s'était procuré le *Chronicle* du lendemain matin et avait parcouru les annonces à la recherche de quelque chose de fructueux. Cette annonce disait : « Mobilier à vendre. Beaux articles en nombre », et l'adresse était assez proche des quartiers privilégiés pour éveiller l'intérêt de Kenny. Non pas que les meubles l'intéressent. Kenny était un chasseur de livres. Il passait presque tout son temps libre à sillonner la baie de San Francisco en quête de livres d'occasion sous-évalués. L'un de ses trucs était de répondre à des annonces de ce genre et de jeter un œil aux meubles pour mieux chercher les livres. Souvent, les gens qui organisaient ces ventes traversaient une mauvaise passe et ne savaient pas ce qu'ils faisaient. Parfois, la personne qui avait accumulé les livres était décédée et la veuve n'en connaissait pas la valeur. C'est ainsi qu'il avait fait quelques bonnes affaires, notamment avec un exemplaire de *Hike and the Aeroplane*, un livre pour enfants et premier titre publié par Sinclair Lewis. Kenny le revendit pour cent cinquante dollars alors même que son état n'était ni neuf, ni même excellent, mais juste très bon. Il l'avait payé cinquante cents.

Assis dans sa vieille Ford bordeaux de 1949, il buvait du café dans la tasse de sa Thermos en lisant l'*Examiner* du matin à la lumière d'une lampe de poche. À cette époque de l'année, le soleil ne se lèverait pas encore avant une heure. Il faisait froid, mais Kenny était installé confortablement. La nuit précédente avait été bonne. Il avait écrit plusieurs heures d'affilée, la blanchisserie en dessous était fermée, l'immeuble presque silencieux à l'exception des bruits discrets habituels de la vie domestique et il avait pu pondre trois pages entières. Il écrivait une nouvelle assez barrée sur un vieux Chinois qui travaillait dans une blanchisserie le jour et rentrait chez lui le soir pour se consacrer à son invention, une machine constituée d'une infinité de petites pièces mouvantes, embrayages, roues, aiguilles, arbres, etc. Personne ne savait trop ce que fabriquait le vieil homme mais tout le monde le respectait. Kenny ne le savait pas trop non plus, mais il espérait que son imagination viendrait à sa rescousse. Il semblait s'approcher de la conclusion et ne savait toujours pas de quoi parlait son histoire. Il devait se faire confiance, il en était convaincu. Écrire à l'aveugle, en ne suivant que son élan, était le secret pour découvrir ce qui se cachait dans les plis les plus inaccessibles de son esprit. Ce que sa mère appellerait son âme, mais qu'il préférait appeler son essence.

Il regarda sa montre. Sept heures moins cinq. D'expérience, il savait que beaucoup de gens répondraient à cette annonce, il valait mieux arriver dans les premiers. Étrangement, aucun des autres chasseurs de livres de sa connaissance n'avait encore découvert sa stratégie avec les annonces de ventes de mobilier. Dans l'ensemble, il était le seul un tant soit peu intéressé par les livres. Il descendit de voiture et vit le panache que faisait sa respiration. C'était une belle matinée froide. Il monta les marches et sonna à la porte. Il espérait que ces gens ne lui en voudraient pas, mais généralement, non. Ils étaient pressés de vendre.

Au bout d'un moment, une petite femme rondelette en pull gris et pantalon vert ouvrit la porte et le regarda sans rien dire.

« Je viens pour la vente de meubles, expliqua-t-il.

— Oh. » Elle semblait un peu étrange, mais ouvrit la porte plus largement pour le laisser entrer. Il constata sur-le-champ que les meubles étaient de qualité. Des tapis persans dans tous les coins, des lampes Tiffany, au moins trois dans le salon, de beaux meubles anciens et bien entretenus. Il se déplaça dans le salon en faisant mine de les observer.

« Je suis Mme Froward », déclara la femme et elle lui tendit une main moite. Il comprit qu'elle était soûle. Ou du moins son haleine sentait-elle l'alcool.

« Tout ceci est d'excellente facture », dit-il alors qu'il continuait son tour d'horizon. Il jeta un coup d'œil à ce qui se trouvait dans la salle à manger. Toujours aucun livre. Ce qui était bon signe, à vrai dire. Quand une maison de ce genre ne possédait que quelques livres, dans la plupart des cas, ils étaient exposés dans le salon. Bien sûr, il pouvait aussi ne pas y avoir de livres du tout.

« Auriez-vous une bibliothèque à vendre ? demanda-t-il. C'est surtout ça que je cherche.

— Par ici. » Elle le conduisit dans le couloir vers la bibliothèque. Pour Kenny, ce fut comme de pénétrer dans la mine du roi Salomon. Partout où il regardait il voyait des livres merveilleux dans leur jaquette d'origine. Les noms lui sautaient à la figure : Joyce, Faulkner, Fitzgerald, Steinbeck, Hemingway… Il tendit la main vers un exemplaire du *Soleil se lève aussi*, également dans sa jaquette d'origine. Le livre était en excellent état. Il l'ouvrit à la page de copyright et vit la lettre A où il avait espéré la trouver. Première édition. Il vérifia un Fitzgerald. Première édition. Il redoutait d'avoir la main qui tremble en remettant le Fitzgerald à sa place. Il se tourna vers Mme Froward en souriant.

« Beaux livres. Vous êtes bibliophile ?

— Mon mari, oui. Mais il est décédé. »

Exactement ce que Kenny avait souhaité entendre. Mais quelque chose l'embêtait. « Je pourrais vous acheter tous ces livres, s'entendit-il dire. Si vous me faites un bon prix.

— Que me proposez-vous ? » Elle s'assit dans un beau fauteuil en cuir, bien usé, sans doute l'endroit où le mort lisait les livres de sa collection. Il regarda autour de lui. Environ deux cents ouvrages.

« Je pourrais vous en donner cinquante cents le livre. Cent dollars pour le tout. Je pourrais les emporter ce matin. »

Elle leva les yeux vers lui et, cette fois, il y lut de la douleur qui ne dura qu'une fraction de seconde, mais qui était bien là. « Je ne sais pas. Vous récupéreriez beaucoup de livres de valeur. Je ne pensais pas les vendre, en fait, mais nous avons besoin d'argent.

— Écoutez, se surprit-il à dire, d'ici peu, des gens vont arriver en masse pour les meubles. Ils essaieront de vous baiser, si vous me passez l'expression, mais c'est vrai, tous ces objets de valeur, ils les voudront pour une bouchée de pain. Il va falloir vous préparer à marchander... » Son cœur flancha alors qu'il s'écoutait parler. Mais il ne pouvait pas voler une vieille ivrogne. Ce n'était pas son genre, voilà tout.

« Vous ne connaissez pas la valeur de tout ça, je me trompe ? » demanda-t-il. Il s'assit sur la petite causeuse et eut un choc en remarquant pour la première fois que le petit tableau sur le mur d'en face était un Matisse. Ou ressemblait à un Matisse, en tout cas. « Matisse ? » demanda-t-il et elle acquiesça d'un air absent. Elle avait dû boire toute la nuit. Son mari meurt, elle est sans défense. Et les pilleurs arrivent. Kenny soupira. S'il avait été un véritable homme d'affaires, il lui aurait fait une offre d'ensemble pour la maison, l'aurait baisée dans les grandes largeurs et aurait empoché une fortune. Mais parce qu'il était écrivain, qu'il avait plus besoin d'être un homme d'honneur qu'un homme fortuné, Kenny expliqua les réalités de la vie à Mme Froward.

« Madame, si vous me permettez, vous n'êtes pas en état de vendre vos biens.

— C'est vrai. Et pourtant, il va bien falloir le faire. »

Il soupira de nouveau. Dernière chance de se comporter comme un vautour. « Laissez-moi appeler un marchand de bonne réputation. Lui pourra se charger de vendre vos meubles aux enchères et d'en obtenir le bon prix. Cela va prendre un moment, mais sinon, les autres vous plumeront. »

Il appela Butterfield et leur expliqua la situation. Ils enverraient quelqu'un et, pendant ce temps, Kenny chasserait les visiteurs en leur disant que la vente était terminée.

« Pourquoi faites-vous ça ? demanda-t-elle.

— Je ne sais pas, ma petite dame », dit-il. Il ne pouvait pas lui dire qu'il était un homme d'honneur, si ?

9

Jaime crut qu'elle n'avait plus ses règles à cause de la mort de son père. Mais non, elle était enceinte, et manifestement, cela datait de sa première nuit d'amour avec Charlie. Et pour couronner le tout, lorsqu'elle annonça la nouvelle à sa mère, Edna rétorqua d'un ton brusque : « Parfait, maintenant tu es sous sa responsabilité. Tu peux aller vivre avec lui.

— Oui, parfait », lui renvoya Jaime tout aussi brusquement en pensant au luxueux appartement de Charlie. Au cours de cette première nuit, il avait ouvert son sac de couchage qu'il avait étalé par terre près du lit de camp, et ils avaient fait l'amour dessus. Plus tard quand elle avait eu sommeil, elle avait tiré des vêtements sur elle et avait dormi. Mais elle ne pouvait pas envisager de vivre comme ça. C'était une fille de la classe moyenne. Elle n'était pas habituée à la pauvreté. Et de toute façon, elle ne pensait pas que Charlie serait heureux d'être père. Elle n'avait pas vraiment le choix. Les avortements coûtaient cher.

Sa mère et elle vivaient dans la maison pendant que les agents immobiliers essayaient de la vendre et que des étrangers défilaient sans cesse pour la visiter. La plupart des beaux meubles avaient disparu, vendus aux enchères, et la maison était étrange, pleine d'échos bizarres. Elle avait l'impression que son père était simplement en vacances, parti sans elles. Il lui manquait, mais elle lui en voulait aussi un peu de cette absence. Pourquoi ne nous a-t-il pas emmenées avec lui ? Elle s'attendait à ce qu'il passe la porte d'entrée, le col de son pardessus noir relevé, un feutre gris mouillé enfoncé sur les yeux, des gouttes de pluie sur ses lunettes et sa moustache. Pendant que sa mère s'affairait à vendre leurs affaires et à chercher un appartement où vivre qui ne soit pas un taudis, Jaime s'efforça d'étudier, de se concentrer en cours et d'écrire. Elle travaillait à une nouvelle sur une fille qui lui ressemblait assez. Elle peinait sur ce texte qui lui paraissait soudain ne plus aller nulle part. Il s'était passé trop de choses depuis qu'elle en avait commencé la rédaction. Elle le jeta à la corbeille. Aucun de ses meubles à elle n'avait été vendu. Sa chambre était intacte. C'était la seule pièce avec un tapis, et un tapis qui n'était pas persan. Elle n'avait pas encore annoncé sa grossesse à Charlie. Il s'était tenu à distance après la mort de Farley, par simple décence, ou parce qu'il trouvait Jaime trop facile. Chaque fois qu'ils se croisaient, il se montrait toujours amical et intéressé, mais elle-même prenait un air hautain, comme si la mort de son père l'avait affectée profondément, aussi profondément qu'elle aurait affecté un personnage de roman russe, même si Jaime n'avait lu qu'*Anna Karénine*.

Enfin, lors d'un cours, tandis que Clark cherchait un passage dans un livre, Charlie lui donna une petite tape sur l'épaule et elle se tourna. Ce jour-là, il avait les yeux dorés. « Salut, dit-il.

— Je suis enceinte », déclara-t-elle avant de se retourner. Le cerveau engourdi, elle écouta le professeur Clark lire les Upanishad (ils étudiaient *La Route des Indes*) et attendit la réaction de Charlie, même s'il pouvait difficilement interrompre la leçon. Il lui toucha de nouveau l'épaule et elle sut, par ce simple geste, que tout allait bien se passer. Elle se mit à pleurer. À ce moment-là, Clark la regarda et dut voir briller ses larmes. Ses yeux bleus s'écarquillèrent, et il reprit sa lecture. Ce n'est pas le cours, Walt, voulut-elle lui dire. Elle sortit un Kleenex de son sac et se moucha bruyamment.

« *Gesundheit !* » murmura Charlie et elle sentit sa main sur sa nuque. Clark sourit et, une fois de plus, poursuivit sa lecture. Quand la sonnerie retentit, Jaime se leva et fit face à Charlie. Elle savait qu'elle avait les yeux rouges et bouffis, mais Charlie l'attira à lui et elle pleura contre sa veste militaire.

Bien sûr, son appartement ne leur conviendrait pas. On s'était arraché la maison de famille à peine mise sur le marché, sans doute pour trois fois rien, et Jaime et sa mère devaient déménager d'ici un mois. Edna semblait distraite et buvait trop. Jaime n'arrivait pas à lui parler. Elle ne savait pas si elle vivait le plus beau moment de sa vie ou le pire. Elle ne se sentait bien qu'en compagnie de Charlie. Elle ne se sentait en sécurité qu'en compagnie de Charlie. Ce qui était fou. Que savait-elle de lui ? Il venait d'une petite ville du Montana, Wain. Sa mère était morte et son père travaillait dans un dépôt de bois de construction. Il avait été soldat et avait reçu une médaille que son père lui avait enviée. Elle savait que c'était un écrivain enthousiaste sans grand talent littéraire, et, enfin, elle savait que tout le monde à l'université pensait qu'il était l'étudiant le plus prometteur. Sans doute parce qu'il était grand et fort et qu'il avait un beau sourire.

Ils sortirent fumer une cigarette sous les arbres dans la cour entre le bâtiment des Sciences humaines et sociales et celui de l'administration. Il tombait une pluie fine.

« J'ai pensé que c'était peut-être ça, dit-il.
— Quoi donc ?
— Que tu étais enceinte.
— Qu'est-ce qui t'y a fait penser ? »

Il sourit. « J'avais envie que tu le sois. » Il lui caressa la joue, sa cigarette tombant romantiquement entre ses lèvres. « Tu sais ce que je ressens pour toi.

— Qu'est-ce que tu ressens ? » Elle avait franchi la ligne. Elle n'aurait jamais dû lui poser cette question.

« Je t'aime.

— Oho », dit un étudiant en passant. Charlie lui lança un sourire ironique et se tourna vers Jaime. « Je suis fou de toi. Je veux t'épouser. Je veux que tu aies notre bébé. Et tout le reste.

— Moi je ne veux pas, s'entendit-elle dire. Je dois terminer mes études.

— Je suis patient. » Soudain son visage fut déformé par le doute. Elle eut envie de rire devant cette expression comique tandis qu'il comprenait qu'elle pouvait se refuser à lui. « Attends une seconde.

— Je t'aime moi aussi, dit-elle.

— Tu n'envisages pas d'avorter ou quoi que ce soit dans le genre, rassure-moi ? » L'angoisse résonnait dans sa voix. Il tenait Jaime par les bras, cigarette à la bouche.

« Je ne sais pas, dit-elle, consciente du pouvoir de ces mots. Je ne sais pas ce que je vais décider.

— S'il te plaît, ne fais pas ça. » Il recracha sa cigarette et l'embrassa avec empressement. « Tu comprends pas ? On est faits l'un pour l'autre. »

À présent, c'était lui qui avait le contrôle. « Allons boire une tasse de café empoisonné », dit-elle. Parlant tout bas, ils marchèrent bras dessus bras dessous sur les pelouses qui descendaient en douceur vers la cafétéria où ils tombèrent sur un groupe de jeunes écrivains qui prenaient eux aussi un café. Jaime et Charlie se joignirent à leurs collègues, leur secret bien au chaud entre eux deux. Ils vivraient ensemble et auraient leur enfant. Charlie, une fois son diplôme en poche, chercherait un emploi comme enseignant. Jaime accoucherait, puis terminerait ses études. Ils partageraient tout. S'ils s'aimaient encore dans quelques années, ils se marieraient. Elle aurait vingt et un ans et serait en mesure de décider.

Elle regarda ses camarades. Il n'y avait que des hommes à table. Sur la poignée de femmes qui participaient au cours de création littéraire, aucune n'était considérée comme un grand écrivain potentiel. En fait, la plupart des étudiants de ce séminaire se dirigeaient vers des carrières dans l'enseignement. Peu d'entre eux deviendraient écrivains. À cet instant, ils discutaient argent. Certains concourraient pour le Eugene F. Saxon Award, dix mille dollars offerts par les éditions Macmillan pour le manuscrit partiel le plus prometteur. Jaime y aurait bien participé, si seulement elle avait eu un roman en cours.

10

Quand Charlie remporta le Saxon, ce fut lui le plus surpris de tous. Il n'avait même pas voulu s'inscrire. Son directeur de recherches lui avait affirmé joyeusement que la première partie de son roman pouvait lui valoir le Saxon, mais qu'en plus, si elle était soumise avec les bonnes recommandations, il obtiendrait peut-être une bourse pour le cursus d'écriture littéraire à l'université de l'Iowa, le plus prestigieux du pays. « Paul Engel va adorer », lui dit le professeur Wilner. Charlie savait que sa première partie n'était pas prête. Il n'y manquait ni les personnages ni rien, mais c'était encore diablement grossier et ça énervait Charlie chaque fois qu'il la relisait. Il lui avait fallu des années pour sortir cette première partie, même dans sa forme la plus brute, et maintenant que tous ses enseignants et amis étaient repassés dessus, elle continuait de l'énerver. C'était *mauvais*.

Longtemps auparavant, quand il avait décidé de devenir écrivain, il avait réfléchi aux diverses façons de procéder. Il pouvait tout bonnement se mettre à écrire. Coucher par écrit ses expériences et ce qu'il en pensait. Voilà comment il en était arrivé là : par les choses qu'il avait vues. Les sentiments qu'elles avaient fait naître en lui. Une autre possibilité était de lire obstinément tous les romans de guerre pour voir ce qui avait déjà été fait. L'inconvénient étant qu'il pourrait finir par imiter les autres écrivains de guerre, ce qu'il préférait éviter. Bon sang, ce qu'il voulait, lui, c'était écrire le *Moby Dick* de la guerre. Ou du moins essayer. La troisième option consistait à passer un diplôme universitaire, même s'il n'avait pas eu le bac. Apprendre ce qu'ils pouvaient lui enseigner. Il avait une équivalence qui lui avait été délivrée par l'armée à l'époque où ils croyaient faire de lui un officier, pour qu'il puisse entrer dans une fac qui n'aurait pas de critères de sélection trop drastiques. Il avait fini par faire les trois.

Amusant de voir comment tournaient les choses, cependant. Il y avait ce cadeau de dix mille dollars, le montant que l'armée aurait versé à son père s'il était mort en Corée. Tout ce qu'il avait à faire pour l'obtenir était de terminer son roman, ce qui était de toute façon dans ses projets. Mais voilà, il était subitement tombé amoureux d'une fille qui était subitement tombée enceinte. Au moment précis dans son histoire où il avait les moyens de se marier. Il avait même les moyens de ne plus être voiturier au El Miranda, de s'installer pour écrire à plein-temps et lire.

Il pourrait lire des romans de guerre jusqu'à plus soif, ne serait-ce que pour évaluer ce qu'il lui restait encore à dire, de *The Gallery* de John Horne Burns à *Guard of Honor* de James Gould Cozzens, en passant par *Guerre et Paix* de Je-vous-le-donne-en-mille. Il lut Hemingway, Dos Passos, Mailer et Jones. Il lut *La Conquête du courage*. Tous ces titres avaient deux points communs. C'était de grands livres écrits par de grands écrivains, d'un niveau bien supérieur à tout ce que pourrait jamais produire Charlie Monel même s'il y passait le restant de ses jours. Le restant de ses jours plus une deuxième vie. Surtout ce salaud de Tolstoï qui poussa Charlie à croire que le suicide valait peut-être le coup. Et tu veux pondre le *Moby Dick* de la guerre ? Quelle blague...

La seule chose qui restait à Charlie, s'il décidait de poursuivre cette vaine carrière, était de raconter comment ça se passait en Corée et au Japon pendant qu'il y était. Ce qui était arrivé à Kim Song. Raconter qui avaient été les camarades faits prisonniers avec lui. Quel homme il était à cette époque. Cette mission lui incombait. Autrement, il aurait laissé tomber depuis longtemps.

À partir de là, le seul problème qu'il lui fallait encore régler était de convaincre Jaime de l'épouser. Il était tombé amoureux d'elle une fraction de seconde après l'avoir vue pour la première fois, se dit-il. Ce n'était pas tout à fait le coup de foudre. Mais elle réagissait de manière capricieuse, soudain prête à passer sa vie avec Charlie pour, deux minutes plus tard, affirmer qu'elle allait partir de son côté. Elle était parfaite pour lui. Elle était plus belle qu'il ne pouvait l'espérer, plus intelligente, plus drôle et écrivait bien mieux que lui. Ils pouvaient vivre ensemble et élever leurs enfants, elle lui apprendrait à écrire aussi bien qu'elle et lui l'inciterait à prendre un peu plus de risques dans son écriture. Et il la protégerait des aspects plus durs de la réalité. Elle n'aurait pas à travailler. Travailler comme serveuse ou autre, ça la briserait. Elle avait parlé de s'enfuir dans une bourgade et de se dégoter un petit boulot pour que ses récits gagnent en réalisme. Charlie avait des doutes. Le meilleur moment de sa journée de travail, comme pour n'importe quel travailleur acharné, c'était celui où il s'arrêtait. Elle avait une vision romantique du travail, comme de l'écriture. Lui aussi, bien sûr, mais pas exactement la même.

Quand Charlie évoqua le Saxon Award, elle sembla bien le prendre, sans trop s'énerver, l'embrassa agréablement et lui dit qu'il le méritait entre tous.

« Vraiment ? Mais pourquoi ? voulut-il savoir.

— Parce que tu es très prometteur. »

Ils buvaient de la bière côte à côte au Coffee Gallery. C'était un samedi après-midi et les lieux se remplissaient de touristes, pas de touristes ordinaires mais de voyous, le genre motard, mauvais garçon. Charlie n'aimait pas ces nouveaux arrivants qui envahissaient North Beach. Ils faisaient monter les loyers et accaparaient tous les bons bars.

« Combien de temps pourrions-nous vivre avec dix mille dollars ? demanda Jaime.

— Oh, deux ou trois ans.

— Quel moine tu es. Mais tu vas dans l'Iowa, non ? »

C'était la question. Devait-il continuer sur sa lancée et faire la demande pour cette bourse plus ou moins acquise d'office ? Se voyait-il arriver à Iowa City avec une femme enceinte ? Jaime avait-elle envie de s'installer dans l'Iowa ? Pourrait-elle s'inscrire en troisième année ? Était-il prêt à partir sans elle ? Il s'imaginait dans un dortoir pris d'assaut par la neige au milieu de nulle part, recevant une lettre où Jaime lui disait qu'elle allait se faire avorter à Tijuana. Il en frémit. Si elle faisait ça, alors c'était qu'elle ne l'aimait pas vraiment. Il ne savait pas d'où lui venait cette idée, mais il y croyait.

« Tu n'irais quand même pas faire passer le gosse, hein ? » lui demanda-t-il. Des types étaient attablés à côté d'elle. Un grand Noir avec un tee-shirt sans manches et une chaîne épaisse en travers de l'épaule sourit à la question. Chaque fois que Jaime et lui avaient une conversation privée, un abruti s'en mêlait. Charlie fusilla du regard le gars, qui lui sourit avec insolence. Ils auraient pu se retrouver sur le trottoir dans les douze secondes, mais à la place, Charlie sourit à son tour et dit : « C'est ma tournée ! » Il fit signe au serveur pour qu'il serve les deux tables.

« Non, dit Jaime.

— Non quoi ?

— Non, je n'irai pas me faire avorter. »

Il pencha la tête vers elle. « Alors on n'a qu'à se marier, putain.

— *On n'a qu'à se marier, putain* », se moqua-t-elle. Il n'aimait pas quand elle jurait, mais puisqu'il avait montré l'exemple, il ne pouvait pas dire grand-chose.

« Si on se marie, je n'irai pas dans l'Iowa. On trouvera un appartement à North Beach, on vivra avec ma bourse et on écrira.

— Ça ressemble au paradis. » Quelque chose clochait. Elle l'aimait. Il en était sûr. Ou l'espérait. Mais elle traînait les pieds. Elle le tenait par les couilles, évidemment. Elle savait qu'il ferait tout ce qu'elle lui demanderait. Alors qu'est-ce qui clochait ? « Qu'est-ce qui t'inquiète ? » demanda-t-il. Il tressaillit intérieurement, se préparant à quelque chose de terrible. Mais après avoir vidé son verre de bière elle rota discrètement, s'excusa et dit : « Ma mère. Si j'emménage avec toi, elle sera toute seule. » Elle serra sa main dans la sienne. « Je pourrais rester chez ma mère et accoucher ici pendant que tu seras dans l'Iowa.

— Arrête tes conneries. Ta mère n'a qu'à vivre avec nous.

— Non, dit Jaime tristement. Ma mère est alcoolique. »

11

Le dernier grand événement avant les examens de fin d'année était l'oral de Charlie. Il devait s'asseoir face à trois érudits dans une petite salle et leur expliquer, avec ses mots, une grande vérité sur la littérature dont ils n'étaient pas censés avoir connaissance. Il devait faire la démonstration de son savoir devant eux. Il savait depuis le début que ce moment arriverait, mais jamais il n'avait cédé à l'inquiétude. Jusqu'à la veille au soir.

« Bon sang, mais qu'est-ce que je vais bien pouvoir raconter à ces gens ? » Ils étaient dans son appartement qui avait changé du tout au tout au cours des dernières semaines. Au lieu d'utiliser son vieux lit de camp, ils dormaient à présent dans les lits jumeaux de Jaime que Charlie et elle avaient rapportés de Washington Street. Il y avait beaucoup d'autres affaires appartenant à Jaime, des vêtements, des livres, un presse-fruits bruyant avec lequel Jaime préparait son « cocktail Lait de tigresse » que Charlie avait goûté une fois. Pour être honnête, il préférait le truc qu'on lui faisait boire dans le camp de prisonniers. Jaime se tenait en culotte dans la cuisine, un tee-shirt de Charlie sur le dos. Ses cheveux blonds étaient en pétard. Elle s'occupait de la vaisselle pendant que Charlie faisait le lit. Ils s'y étaient précipités après le dîner, bien sûr. Ils se précipitaient sans cesse au lit, ces temps-ci. Elle irait bientôt vivre dans le nouvel appartement de sa mère et Charlie sentait monter la panique.

« Dis-leur simplement que tu es grand et fort, et que tu promets d'écrire merveilleusement, mais seulement s'ils te donnent ton master. Supplie-les, dit-elle par-dessus le bruit de la vaisselle. Rappelle-leur que tu t'es battu courageusement pour ton pays, et que maintenant tu aimerais avoir un diplôme. Ils te prendront sûrement en pitié.

— Nom de Dieu. » Il s'assit sur les draps tout juste bordés. Les draps de Jaime. Un gros carton de linge et d'affaires prenait une place précieuse dans le coin. Jaime avait commencé par remplir Charlie d'amour, puis elle avait rempli son appartement d'affaires.

« Si tu jures trop, ils prendront sans doute peur », dit-elle en revenant dans la pièce. Elle le regarda avec affection. « Tu as le trac, pas vrai ?

— C'est ça que j'ai ? » Il avait éprouvé ce sentiment en Corée, mais en Corée, c'était normal. À présent qu'il était ici, il trouvait bizarre d'avoir peur de rencontrer trois hommes dont il savait parfaitement qu'ils l'appréciaient et avaient bien l'intention de valider son diplôme. C'était ces mêmes hommes qui le poussaient à partir pour l'Iowa afin qu'il devienne comme eux, des écrivains respectables avec un poste à la fac. Ray West, un gars de l'Utah, auteur d'un livre sur les mormons et d'une formidable nouvelle intitulée *Le Dernier des grizzlis* qui résumait précisément l'état d'esprit de Charlie cette nuit-là ; Herb Wilner, auteur de nouvelles formidables publiées dans des revues comme *Esquire* ; et le vieux Walter Clark. Charlie se massa le ventre, espérant apaiser le malaise.

« Il faut que je rentre étudier, dit Jaime. Tu vas avoir ton master, mais moi je vais sûrement rater mes examens. » Edna et elle s'étaient installées dans un grand appartement sur Sacramento Street, entre Leavenworth et Jones. Charlie les avait aidées pour le déménagement. C'était plutôt pathétique. Tous leurs beaux meubles avaient été vendus et ce qui restait n'occupait pas la moitié de l'espace. Elles avaient un magnifique parquet en bois dur que Charlie lessiva, cira et polit pour elles avec une machine de location, mais elles n'avaient que quelques tapis minables. De toute évidence, Edna n'avait pas loué le bon appartement. Elle aurait dû prendre un meublé moins grand et économiser l'argent au lieu de choisir ce lieu fantôme plein d'échos. Charlie voyait bien que Jaime détestait rentrer là-bas. Mais sa mère n'avait personne d'autre pour lui tenir compagnie. Edna n'aimait plus ses anciens amis. La plupart étaient liés au *Chronicle*, l'assassin de Farley, et les autres étaient socialistes, marxistes, communistes, etc., à ses yeux, un groupe d'imbéciles, donc. Elle ne voulait même plus aller au Tosca, pas à cause de son statut de repaire marxiste, mais parce que les souvenirs qu'elle y avait la peinaient. Charlie n'avait pas bien connu Farley, ce n'était qu'un journaliste parmi d'autres qui venaient boire à North Beach, mais il lui était apparu comme un type bien, même s'il était un peu nerveux sur les questions internationales, peut-être. Il imaginait combien il pouvait manquer à Edna. Mais elle ne sortait jamais de son appartement en mal de décoration, coûteux et fantomatique, à descendre du vin rouge.

« On devrait vivre ensemble tous les trois », répéta-t-il. Il n'en avait pas particulièrement envie, mais c'était toujours mieux que la situation actuelle. Jaime, elle, ne voulait pas en entendre parler.

« Je préférerais ne pas devenir un cliché », répondit-elle mystérieusement.

Au final, l'oral de master fut un moment comique, se dit-il quand il l'eut passé. Il se sentait bien le matin, alla en cours, rapporta des livres à la bibliothèque, mangea un poivron farci à la cafétéria, mais lorsqu'il parvint au bureau de Wilner, le poivron farci explosa plus ou moins dans ses intestins, et il fut pris d'une terrible envie de chier. Au lieu de quoi il frappa courageusement à la porte et serra les fesses.

Wilner lui ouvrit et sortit. C'était un petit Juif à l'air doux qui avait fait partie de la 82e division aéroportée dite « All-American » en 1944. Il sourit nerveusement à Charlie : « Allons boire un café. » Alors qu'ils traversaient le campus, Wilner confia : « J'ai vomi un certain nombre de fois avant mon oral de master. » Ils prirent place à la cafétéria et, pendant que Charlie buvait nerveusement son café amer, Wilner lui raconta des anecdotes sur des gars parmi les plus courageux qui s'effondraient de terreur à l'idée de passer un oral. « C'est très mystérieux, dit-il. Voir ces gros malabars devenir blancs comme un linge à l'idée d'exposer leur façon de penser.

— Oui », dit Charlie. Il était trop tard pour le tuer.

Wilner se leva brutalement. « Bon, il est temps d'y aller », déclara-t-il. L'oral dura quarante minutes, du moment où il entra dans le minuscule bureau où Clark et West se tenaient en souriant et lui serrèrent la main jusqu'à celui où il sortit, les jambes en coton, l'estomac retourné, les fesses toujours serrées. Il ne savait pas du tout s'il avait réussi ou pas. Il s'adossa au mur et attendit que Wilner sorte. Il avait choisi de parler de *Moby Dick*, même si on l'avait prévenu que c'était un sujet très exigeant, et peut-être plus vaste que nécessaire. Mais il adorait le livre et le connaissait sur le bout des doigts, donc il ouvrit la bouche et débita des âneries, les mots lui tombant des lèvres les uns derrière les autres sans faire sens jusqu'à ce que la réserve s'épuise et qu'il se taise.

Wilner sortit et, en silence, ils remontèrent le long couloir désert vers son bureau. À la porte, le professeur se tourna et lui serra la main.

« Appelez-moi Herb », dit-il. Il avait une bonne poignée de main ferme. Charlie avait son diplôme. Une fois passée la formalité du dernier écrit organisé quatre jours plus tard. Et l'inscription à l'université de l'Iowa.

« Ma biche d'amour, dit-il à Jaime au téléphone, il faut que je prenne l'air. Si on allait dans les montagnes, juste pour une nuit ou un truc dans le genre, histoire de se changer les idées, perdre un peu de sous aux tables de jeu, se soûler, s'amuser et puis on revient pour notre dernier examen.

— C'est toi qui commandes », dit-elle. Charlie ne put que rire.

DEUXIÈME PARTIE

Le groupe de Portland

12

Le groupe de Portland se forma autour de Dick Dubonet après qu'il eut vendu une nouvelle à *Playboy* pour trois mille dollars. Le plus souvent, *Playboy* payait mille cinq cents, mais ainsi que Dick le découvrit, si la nouvelle était placée en début de magazine, ils payaient le double. Le loyer de Dick s'élevait à trente dollars par mois et il dépensait à peu près la même chose pour se nourrir. Les charges s'élevaient à environ quatre dollars, plus quatre pour le téléphone. Ses frais les plus importants, de loin, concernaient sa voiture, la bière, les cigarettes et l'occasionnelle folie sous forme de café au Caffe Espresso. Dick était célibataire et avait besoin de ces dépenses apparemment superflues pour séduire des filles. Puisqu'il n'avait pas vraiment envie de dilapider ses revenus pour elles.

En fait, il était au lit avec une fille quand son agent l'appela pour lui annoncer la nouvelle. Une merveilleuse créature qu'il avait rencontrée dans une brasserie près de l'université. Elle était rentrée avec lui parce qu'il avait déjà la réputation d'être l'un des rares écrivains de Portland à réussir, ou de tout l'Oregon, pour ce qu'il en savait. Il publiait des nouvelles depuis deux ans dans des magazines tels que *Nugget*, *Caper* et *Fantasy & Science-fiction*. À vingt-cinq ans il avait vendu son premier texte pour quatre-vingts dollars à *Ellery Queen's Mystery Magazine*. Il racontait l'histoire d'un écrivain qui se vengeait des éditeurs en empoisonnant la colle sur les rabats des enveloppes de retour. Qui bien sûr lui étaient retournées et ne laissaient donc pas de preuve. C'était une sympathique petite nouvelle, et l'éditeur du magazine lui avait rédigé une belle lettre en même temps qu'un chèque de quatre-vingts dollars. Quelques mois plus tard, ce même éditeur, Robert P. Mills, écrivit à Dick qu'il quittait son poste pour devenir agent littéraire indépendant. Dick voulait-il être son premier client ? Avec un agent, la moitié de la bataille était gagnée. Depuis lors, Bob Mills avait lancé la carrière de Dick en vendant une histoire par mois.

« Qui était-ce ? » demanda la fille. Elle le regarda d'un air narquois de sous les couvertures. Il n'était pas gêné qu'elle le voie presque nu, en caleçon. Il avait un corps plaisant et nerveux bien que petit, et une peau très bronzée. Il avait le teint naturellement mat, les yeux presque noirs, des cheveux bouclés et sombres. Il se savait beau mais cela ne le rendait pas vaniteux.

« Les affaires », dit-il d'un air détaché. Il essaya de se rappeler son nom. Il pensa retourner au chaud dans le lit et lui faire à nouveau l'amour. Ils l'avaient déjà fait deux fois durant la nuit. Ce serait la troisième, le minimum s'il voulait qu'elle l'envisage comme un amant. Vraiment ? Elle était mignonne, mais il n'avait rien retenu la concernant. Et il y avait un autre problème. Il se demanda si ces bonnes nouvelles qui venaient de lui tomber dessus, ces nouvelles incroyablement bonnes, pouvaient provisoirement le rendre impuissant. Il penserait avec fièvre à *Playboy* et aux opportunités qui n'allaient pas manquer de se présenter à lui au lieu de se concentrer sur l'amour. Le risque était trop grand.

« OK, chérie, on s'active », dit-il donc en affichant son sourire de Smilin'Jack. Il lui fallut près d'une heure pour arriver à la faire partir. Elle voulait se doucher, elle voulait du café et une cigarette, elle voulait discuter, mais Dick, lui, ne pensait qu'à sa relation naissante avec Hugh Hefner. Il n'en revenait pas qu'à la toute première nouvelle vendue au magazine qui payait le mieux du pays, il obtienne le double du prix habituel. Ça se passait comme pour Herbert Gold, Nelson Algren ou les gars de ce genre-là. De plumitif à la petite semaine qui vivotait difficilement il était devenu, en l'espace de deux coups de fil, une figure littéraire. La fille partie pour de bon et les événements de la nuit consignés dans son journal intime, Dick sortit son carbone de La Nouvelle. Il avait besoin de savoir ce qui rendait celle-ci différente des autres. À ses yeux, elles se ressemblaient toutes plus ou moins.

L'appartement de Dick était un grand studio au deuxième étage d'un vieil immeuble en bois près du centre, sur SW Fourth Street. Il y avait des fenêtres sur deux murs et beaucoup de lumière, un détail important vu le climat de Portland. Son lit se résumait à un matelas posé au sol avec une jolie courtepointe excentrique que sa mère lui avait donnée. L'espace comprenait aussi deux vieux fauteuils trop rembourrés et un coin cuisine avec un petit frigo pas tout jeune ainsi qu'une cuisinière. Son bureau donnait sur le jardin de derrière et il s'y était assis en jean et tee-shirt blanc pour tenter de comprendre comment il avait atteint la case compte double. L'histoire parlait d'un homme qui attirait une femme dans son lit en faisant semblant de ne pas avoir envie d'elle ; sûrement rien de très original, un simple prétexte pour faire de l'humour, avait-il cru quand il l'avait envoyée à Bob. Il avait misé que *Caper* l'achèterait peut-être pour deux cent cinquante billets. Au lieu de quoi, *Playboy*, roi des magazines de fesses, lui en avait donné Trois Mille Dollars !

À la fin de la semaine, toute la ville était au courant. Dick avait à peine besoin de payer une bière ou un espresso tellement les gens étaient impatients de l'entendre raconter la vente. À Portland, ils n'étaient qu'une poignée d'écrivains ou d'artistes divers et variés, et ils se connaissaient tous plus ou moins. À présent, ils savaient que Dick Dubonet, pas le plus prometteur de la bande, et même souvent méprisé parce qu'il ne rechignait pas à commencer au bas de l'échelle, avait décroché la timbale. Même le plus grand esthète sorti de Reed College reconnaîtrait que trois mille dollars représentaient beaucoup d'argent pour deux heures de travail. D'accord, plutôt cinq ou six heures.

Le meilleur moment fut celui où il raconta l'histoire à son ami et rival Martin Greenberg. Marty était un type formidable, grand et mince, avec des yeux affamés enfoncés dans leurs orbites, ainsi qu'une petite bouche délicate presque féminine. Marty n'avait que dédain pour ce que vendait Dick aux magazines de fesses, parce que lui-même avait de bien plus hautes ambitions. En attendant, il vivait aux crochets de sa petite amie et, s'il avait écrit quoi que ce soit, Dick n'en avait pas encore vu la couleur. Mais il parlait bien, et c'était amusant de se disputer avec lui. Et impossible de nier que Marty avait un truc avec les filles, surtout les intellos. Traîner avec Marty avait souvent permis à Dick de coucher.

Ils se croisèrent au milieu de Park Blocks alors que Dick se rendait chez Meier & Frank pour s'acheter un nouveau jean et que Marty allait à l'université d'État de Portland pour passer l'après-midi à la bibliothèque.

« Salut ! » lança Dick de sa voix la plus grave. Marty portait son pardessus, et sa chevelure brune de moins en moins épaisse flottait autour de son visage. Une faible pluie tombait, mais aucun d'eux n'y prêtait attention. Ils se serrèrent la main formellement et Dick se demanda si Marty était déjà au courant.

« Laisse-moi t'offrir un café », s'entendit-il dire. Marty haussa les sourcils. Il savait que Dick ne jetait pas l'argent par les fenêtres.

« Que se passe-t-il, aurais-tu fait une grosse vente ? » Finaud, le con.

« Qu'est-ce qui te fait croire ça ? »

Marty se contenta de sourire, les mains dans les poches, alors Dick lui annonça la nouvelle. « Trois mille ?

— Moins la commission », précisa Dick. Marty n'avait pas d'agent.

Soudain Marty prit un air sérieux. « C'est vrai ?

— Oui. » C'était un peu exaspérant que Marty ne pose aucune question sur la nouvelle elle-même. Comme la plupart des gens, seul l'argent semblait l'intéresser.

« Écoute, dit Marty. J'ai besoin d'emprunter du blé.

— Ah oui ? » Dick était tombé dans le panneau.

« Cinquante », dit Marty de sa voix gutturale légèrement infléchie par son accent new-yorkais.

Dick soupira. Il prêterait cinquante dollars à son ami. Le prix du succès. Ou, plus exactement, le prix de la fanfaronnade.

13

Trop tard. Il avait trop joué les matamores. Lorsqu'il entra au Jerry Tavern, toutes les têtes se tournèrent ou du moins eut-il cette impression. Il afficha un sourire tout en dents. Il alla même jusqu'à commander une bière, ce qu'il n'avait pas eu l'intention de faire sauf s'il avait aperçu quelqu'un, de préférence une femme, avec qui il aurait aimé s'asseoir.

« C'est la maison qui régale », déclara Nick le barman en glissant une chope de Blitz-Weinhard à cinquante cents vers lui. La première gorgée fut délicieuse, comme toujours. Au moment où il baissait son verre et léchait la mousse sur sa lèvre supérieure, son regard plongea dans des yeux presque aussi sombres que les siens.

« Je suis Linda McNeill », dit-elle. Elle avait une peau d'une blancheur incroyable, des cheveux noirs coupés au bol. « Je suis une amie de Marty Greenberg », ajouta-t-elle et elle sourit, exhibant de profondes fossettes rieuses.

Comment m'as-tu reconnu ? voulut-il lui demander mais il garda la question pour lui. Marty fréquentait une fille qui jouait dans l'orchestre symphonique de Portland.

Dick commanda deux autres bières d'un geste de la main et escorta Linda McNeill vers une banquette. Elle semblait cacher une jolie silhouette sous ses habits d'hiver.

« Je suis contente de tomber sur toi, dit-elle. Je pars pour San Francisco dans quelques jours, juste histoire de rendre visite à quelques amis, et voilà que je tombe sur toi.

— Comment m'as-tu reconnu ?

— Je t'ai déjà aperçu dans le coin. Ici, au Lompoc House, au Caffe Espresso, aux bars habituels, quoi. » Elle poursuivit en expliquant que si elle-même n'écrivait pas vraiment, elle connaissait beaucoup (beaucoup) d'écrivains et ne manquait pas d'aller les voir quand elle descendait à San Francisco. En moins de vingt minutes, elle mentionna Jack Kerouac, Lawrence Ferlinghetti, Allen Ginsberg, Gary Snyder, William Burroughs et Gregory Corso. Apparemment elle les connaissait tous, étant l'un des soutiens éminents du mouvement Beat dont elle parla sans cesse avec ardeur pendant que Dick lui payait bière sur bière. Elle avait retiré son écharpe, son chapeau et son manteau bleu foncé, révélant un corps prometteur. Comme elle s'exprimait avec beaucoup d'enthousiasme, il lui arrivait aussi de temps en temps de relever ses cheveux à l'arrière pour dévoiler un joli cou fin ou d'avancer les seins vers lui de manière engageante. Elle allait remettre une liasse de poèmes qu'elle avait écrits à Don Allen, l'éditeur de l'*Evergreen Review*, et si elle avait cherché à rencontrer Dick, c'était pour voir s'il avait des nouvelles qu'elle pourrait lui transmettre par la même occasion. À l'entendre, Don et elle étaient très proches et ce dernier suivait volontiers ses conseils en matière de publication.

Dick n'y crut pas trop. Mais comme Linda parlait avec vivacité, qu'elle était très jolie et semblait flirter avec lui, bien qu'avec une relative discrétion, il joua le jeu. Il ne cherchait pas forcément à publier dans l'*Evergreen Review*. Ils payaient des clopinettes, il l'avait lu dans le *Writer's Digest*. Et même si on faisait grand cas des auteurs de la Beat, ils n'étaient pas trop son genre.

« J'étais au lycée avec la sœur de Gary Snyder, déclara-t-il à un moment donné.

— Je lui dirai bonjour de ta part.

— J'ai bien une nouvelle qui pourrait convenir, dit-il plus tard alors qu'ils étaient tous les deux un peu pompettes et qu'il avait dépensé trois dollars. Tu voudrais la lire ?

— Bien sûr. Je suis bonne critique.

— J'aimerais beaucoup lire de ta poésie, se souvint-il de dire. Je te raccompagne chez toi, si tu veux, et en route on peut faire un crochet par chez moi pour récupérer la nouvelle. » Linda accepta et, après avoir terminé leur verre, ils pénétrèrent dans la nuit froide et humide. Ils remontèrent quelques rues vers son appartement dans son Austin jaune, sa fierté et sa joie, qui fut très appréciée. « Quelle adorable petite voiture ! Elle est tellement mignonne, je n'en reviens pas !

— Tu veux monter une minute pour te réchauffer ? demanda-t-il alors en se garant devant l'immeuble.

— Je peux aussi t'attendre ici. Tu en as pour longtemps ?

— C'est-à-dire que je ne suis pas sûr de me rappeler où je l'ai mise. »

Il l'aida à descendre de voiture. Sa paume était chaude et sèche. Elle n'était donc absolument pas nerveuse. Un bon signe parce que Dick avait bien l'intention de se jeter à l'eau. Il sentait monter l'excitation. Il aimait le jeu de la séduction. Il suivit Linda dans les escaliers sombres sans la toucher. Il ne voulait pas faire de faux pas, avoir de geste malencontreux. Il fallait les préparer avec précaution, sans les effaroucher, puis laisser advenir les conséquences naturelles de cette proximité.

« J'adore ton appartement, dit-elle quand il eut allumé la lumière. C'est un vrai repaire d'écrivain.

— Tu veux passer à la salle de bains ? demanda-t-il poliment. Je vais chercher la nouvelle. » Elle alla aux toilettes qu'il avait toujours propres au cas où de telles occasions se présenteraient, et il regarda dans le frigo. Une bouteille de bière. Il espérait que ce serait assez. « Tu voudrais une bière ? lança-t-il.

— Tu as du café ? demanda-t-elle par la porte.

— Oui. Moi aussi, ça me dit plus de prendre un café », répondit-il pour qu'ils soient sur la même longueur d'onde. Il fit bouillir de l'eau, sortit deux tasses et des soucoupes, versa une large quantité de café soluble Folger dans chacune des tasses. Il s'interrogea au sujet de tous ces poètes célèbres qu'elle prétendait connaître. Et Kerouac. Elle parlait de Kerouac comme si elle avait vécu avec lui. Il se demanda ce qu'elle faisait à Portland. C'est vrai, beaucoup de ceux qui appartenaient au mouvement Beat avaient étudié au Reed College, mais cette époque remontait à loin.

Elle sortit de la salle de bains et se planta au milieu du studio, les mains croisées sur la nuque, soulevant ses cheveux noirs et soyeux. « J'ai envie de pouvoir m'attacher les cheveux, dit-elle. Qu'est-ce que tu en penses ?

— Je pense que tu es la plus belle femme de Portland. »

Elle rit. « Non, vraiment. Attachés ou relâchés ?

— J'aime les deux. » Il s'avança vers elle et elle ne se raidit pas mais sourit timidement et baissa les yeux, les relevant à nouveau au moment où leurs lèvres se touchaient. Il ne força rien, mais déposa un baiser doux, et, alors qu'il était sur le point de se reculer, il sentit sa main sur sa joue. C'était le signe qu'il avait attendu. Il glissa sa langue dans sa bouche et elle l'entoura de ses bras, pressant le bassin contre lui, ce qui suscita aussitôt une érection.

« Je me sens bien avec toi », dit-elle.

C'est tellement génial d'être adulte, pensa-t-il tandis qu'ils allaient au lit joyeusement et sans plus de difficulté. Mais s'il s'était senti adulte au moment de coucher avec Linda McNeill, le lendemain matin, après des heures à faire l'amour, il se sentait comme un enfant. Un enfant heureux. Le sexe dépassait tout ce que Dick avait connu, et Dick avait été prof de ski à Aspen, Colorado, si bien qu'il se considérait plutôt comme très au point. Mais cette fille, c'était autre chose. Ce n'était pas une question de gestes. Il les connaissait. C'était la passion, l'esprit. La seule chose à laquelle il pouvait penser était le Kāma Sūtra, le fil de la passion. Elle avait tiré les fils de sa passion avec paresse, sensualité, humour, amour, bonheur et l'avait pris dans un cocon.

14

Le père de Dick Dubonet avait possédé un petit cabinet du temps où il était avocat. Il mourut d'une crise cardiaque quand Dick avait dix-sept ans et laissa tout à son fils et à sa femme. Dick eut accès à son héritage le jour de son vingt et unième anniversaire, juste à temps pour le sauver des études de droit. Il obtint sa licence à Lewis & Clark et passa deux ans à skier d'abord à Timberline, puis à Aspen en tant que pisteur secouriste et membre de l'équipe des Flambeaux où ses collègues pisteurs et lui offraient un spectacle de nuit consistant à descendre les pistes en brandissant des torches. Il prit beaucoup de notes en vue d'un roman sur les secouristes à ski. Il savait depuis des années qu'il voulait être écrivain et s'efforçait d'écrire un peu chaque matin. Il recevait une bonne centair de dollars par mois de son fond en fidéicommis. Rien d'extraordinaire, mais c'était une base. Ainsi libéré des contraintes financières, il pouvait voyager, regarder autour de lui, rencontrer des filles, se faire des amis.

Mais au lieu d'être épanoui, un tire-au-flanc du tire-fesses, Dick était malheureux comme les pierres. C'était une de ses facultés, être malheureux sans raison. Ce qui expliquait peut-être pourquoi il se voyait écrivain. Un écrivain connu vivait à Aspen, Leo Norris, auteur de trois best-sellers, de gros volumes bien gras que Dick put à peine lire, mais qui avaient rendu Norris riche et célèbre, de sorte que Dick se montrait toujours attentif quand Norris était dans les parages. Il possédait une grande propriété à l'extérieur de la ville où défilait un flot continu de visiteurs des plus glamour. Quand il venait en ville pour faire la fête, il était toujours entouré de gens beaux alors que lui-même était un gnome aux sourcils d'un roux féroce et à la voix qui aurait pu trancher du bacon. Ce qui frappa Dick en premier chez Leo Norris, c'était son air profondément malheureux, insatisfait de tout ce qui aurait dû le rendre heureux. Dick tomba un jour sur lui à la petite épicerie près de l'Aspen Lodge. Tous les deux achetaient du café soluble et tous les deux voulaient le dernier paquet de Folger. En fait, Dick l'avait déjà en main quand Leo Norris lui colla son visage courroucé sous le nez et gronda avec hargne : « J'allais le prendre. »

La première pensée de Dick fut : *Pas d'bol, Errol*, mais il ne dit rien. L'impolitesse de cet homme était choquante, même pour un pisteur secouriste. De toute évidence, il voulait que Dick lui cède le paquet et prenne une marque de qualité inférieure. Il savait sans doute que Dick savait qui il était, et espérait que sa renommée ainsi que sa richesse lui donneraient le droit à du Folger. Mais il faisait froid ce matin-là, Dick avait une légère gueule de bois et une gentille fille qui l'attendait dans son lit.

« Vous aurez plus de chance la prochaine fois, dit-il à Leo Norris et il fut amusé de voir cet écrivain célèbre se mordre la lèvre de frustration. Allez, ça va, prenez-le », lâcha-t-il en lui tendant le café. Il se dit : souviens-toi de ne pas devenir un connard.

Dick finit par se fatiguer de la conversation des tire-au-flanc du tire-fesses. Il brûla les notes pour son roman et rentra à Portland où il trouva la piaule de célibataire parfaite et se fixa le but d'apprendre à écrire. C'était un jeune homme ordonné qui savait que le chemin le plus sûr vers le succès était le travail acharné et méthodique. Il consignait ses dépenses qui étaient peu nombreuses. Être écrivain ne coûtait presque rien : machine à écrire, une jolie petite Smith Corona portable, vingt-cinq dollars ; du papier, un dollar la rame, plus le carbone et l'encre pour les copies ; des enveloppes en papier kraft et des timbres ; c'était à peu près tout. Il était lancé.

Bien sûr, il y avait toutes sortes de manières d'écrire. Il voulait toutes les essayer, mais la priorité était d'écrire des nouvelles, faire tomber les barrières éditoriales, être payé pour son travail. Puis d'étendre ses activités. Il lisait des tas de magazines différents à la recherche d'idées. Lisait des récits à énigme, de la science-fiction, de la littérature sentimentale, de la fiction pure – tout y passait, du *Saturday Evening Post* à *Rogue*. Quand il tombait sur une histoire qui lui plaisait, il la recopiait avec détermination, en apprenait la structure, les ficelles. Chaque matin, il se levait, buvait une ou deux tasses de café, lisait le *Daily Oregonian*, puis s'installait devant sa machine à écrire noire rutilante, faisait craquer ses articulations et écrivait au moins mille mots. Sept jours par semaine, quels que soient la personne qui restait dormir ou son état d'esprit, et même pendant les vacances. S'il y avait une fille dans l'appartement, il s'efforçait de lui expliquer qu'il avait obligation d'écrire. La plupart le prenaient de bonne grâce et trouvaient la sortie d'elles-mêmes. À d'autres, il fallait faire plaisir, les raccompagner chez elles ou offrir le café, mais elles finissaient toujours par partir et il pouvait se remettre à écrire.

Clac, clac, clac, faisaient les histoires en sortant de la machine, en général sur dix ou douze pages. Dick tapait son premier et son deuxième jet en interligne simple, et avec des marges étroites. Le troisième et le dernier jet étaient tapés sur un papier à lettres de luxe en interligne double et au format recommandé par le *Writer's Digest*. Il gardait une archive de chaque histoire qu'il envoyait. Quand les enveloppes de vingt-cinq centimètres par trente lui revenaient, il les ouvrait sans rien espérer, en sortait la nouvelle et la lettre de refus qu'il lisait, puis transférait le texte dans une nouvelle enveloppe qu'il envoyait au magazine suivant sur la liste qui commençait par *Playboy* et se terminait par ceux publiant de la littérature de gare. Certains magazines gardaient les textes indéfiniment, et d'autres les imprimaient sans rien payer. Il évitait ces derniers et lisait attentivement les rapports du *Writer's Digest*. Il n'envoyait rien au *New Yorker*, à *Esquire*, *Atlantic Monthly* ou *Harper's*. Il ne se considérait pas encore comme assez bon. Il s'en tenait aux publications porno, policières ou de science-fiction. Maintenant qu'il était passé pro, il ne les envisageait plus comme des magazines.

Son petit héritage lui permettait de se maintenir à flot parce qu'il dépensait avec parcimonie. Même s'il adorait les femmes, il était déterminé à ne pas se marier ni même à entretenir une relation sérieuse avant d'avoir au moins cinquante mille dollars en banque. Il y avait encore du chemin à parcourir, aussi fut-il stupéfait de tomber amoureux de Linda McNeill.

Après leur première nuit ensemble, Dick ne voulut pas la laisser partir. Il la voulait près de lui, dans son appartement où il pouvait la regarder, la toucher, lui parler. C'était comme de s'apercevoir d'un coup que vous aviez besoin d'héroïne, et en grande quantité. Il savait que ce serait une terrible erreur de lui faire part de ses sentiments, mais il comprit très vite qu'il ne pouvait rien lui cacher.

« Je t'aime », laissa-t-il échapper. Il était en train de regarder sa peau, sa peau incroyablement blanche, passait son corps en revue centimètre par centimètre, la caressant, lui effleurant la bouche de ses lèvres pendant qu'elle était allongée sur le lit, souriante.

« On dirait bien. » Elle lui toucha l'épaule.

« Je dis ça à toutes les filles, répliqua-t-il, essayant désespérément de se ressaisir, mais elle rit.

— Je ne te crois pas.

— Qu'est-ce que tu ne crois pas ? »

Elle lui passa la main dans les cheveux et lui fit tourner la tête pour le regarder dans les yeux. Les siens étaient plutôt tranquilles, amusés, même. « Je t'aime aussi. Mais on ne va pas se marier, dis ?

— Bon sang, j'espère pas, blagua-t-il.

— Tant mieux. » Elle l'attira doucement vers elle pour qu'il l'embrasse. Il avait l'impression qu'elle lui brûlait les lèvres, tant il était sensible.

Ils ne se quittèrent pas durant trois jours. À un moment donné, le premier matin, Dick avait dit : « Bon, j'ai cette habitude. Je dois écrire pendant deux heures. Il va falloir que tu ailles faire un tour, mais on peut se retrouver cet après-midi, sauf si tu as autre chose de prévu... »

Elle était encore au lit, les draps tirés sur elle dans la pièce froide. « Pourquoi ?

— Pourquoi quoi ?

— Je peux rester ici pendant que tu écris. J'ai déjà été avec des écrivains, tu sais. »

Kerouac. Il avait oublié ses aventures avec les écrivains Beat. Mais il ne savait pas s'il pouvait écrire en sa présence. Il allait devoir s'en convaincre. Il prépara du café et lui en apporta une tasse au lit, puis il s'installa à sa machine à écrire. Il était au milieu d'une nouvelle, pour *Playboy*, espérait-il, et il lui fut donc relativement facile de se mettre au travail. L'habitude prit le dessus. Elle ne fit aucun bruit et, très vite, il oublia presque son existence. Il tourna sur sa chaise, une vieille chaise en bois pliante pour jouer au bridge. Elle était allongée au lit, les cheveux noirs sur l'oreiller blanc, les mains croisées sur les épaules. Dick n'avait jamais rien vu de plus beau dans sa vie.

« Tu es doué, n'est-ce pas ? Je le devine à ta façon de taper. »

D'une certaine façon, il la crut.

15

Son parfait studio de célibataire était devenu trop petit. Heureusement qu'elle avait l'expérience d'autres écrivains et savait comment se faire discrète, mais, en dehors de cette première fois, Dick n'aimait pas trop l'avoir dans la pièce pendant qu'il essayait d'écrire. D'un autre côté, il ne supportait pas son absence. Seul un déménagement pouvait résoudre ce dilemme. Il laissa son travail en suspens durant un mois, le temps de leur lune de miel, de courtes escapades dans le nord de l'État, et de trouver un endroit où ils pouvaient emménager ensemble. Linda refusait de lui dire où elle vivait et avec qui, ou même s'il y avait quelqu'un d'autre. « Il ne faut pas » était sa seule explication. Elle ne voulait pas qu'il la raccompagne chez elle, lui demandait de la laisser à l'intersection de NW Twenty-First et Johnson, dans un quartier industriel pourri. Dick comprenait, comme il comprenait que Linda n'expliquerait jamais pourquoi elle avait quitté un San Francisco excitant et scintillant où résonnait le be-bop pour le morne et pluvieux Portland. Elle avait suivi un type dans le Nord, bien sûr. Et vivait avec cet abruti sur NW Twenty-First. Et allait le quitter pour Dick Dubonet.

Dick n'était jamais content. Les appartements qu'ils voyaient étaient toujours trop chers, trop petits, trop grands, ou trop éloignés du centre. Dick ne s'imaginait pas vivre à l'est de la Willamette River, même si les prix étaient plus élevés à l'ouest. Enfin, ils trouvèrent la perle. Son ami Karl Metzenberg, le patron du Caffe Espresso, lui parla d'un pâté de maisons sur un flanc de colline qui était condamné pour la construction d'un échangeur d'autoroute, un grand morceau du vieux Portland devant disparaître afin que rien ne freine la circulation nord-sud. Mais le projet avait pris du retard et les maisons étaient disponibles à la location à des prix défiant toute concurrence.

SW Cable Street comptait douze maisons, chacune dotée d'une grande volée de marches qui grimpaient entre des murs de soutènement verts de moisissure et des jardins luxuriants laissés à l'abandon. Toutes les maisons en bas de la colline étaient louées à des artistes. Celles en hauteur trouvaient plus difficilement acquéreurs à cause des escaliers. Dick et Linda en choisirent une à quarante-cinq dollars par mois. Elle était la propriété d'une banque peu regardante. De toute façon, ces maisons finiraient par être démolies. C'était parfait. Ils s'installèrent au 33 Cable Street, grand salon, grande cuisine et salle à manger, deux chambres. Dick fit de la chambre qui donnait sur la rue son bureau et, par beau temps, il voyait Mount Hood, à près de cent kilomètres à l'est.

Ils passèrent une semaine à écumer les magasins d'occasion, St Vincent et Goodwill. Dick calcula que le déménagement plus la présence de Linda allaient lui coûter cher, montant la note à deux cents dollars par mois. Heureusement que, parmi les traits de caractère qu'ils avaient en commun, il y avait le fait d'être économe. Elle était aussi attentive que lui. En marchandant, ils faisaient de bonnes affaires qu'ils rapportaient ensuite chez eux, de sorte que même si l'argent filait entre les doigts de Dick, il ne s'en inquiétait que tôt le matin quand il se réveillait avec des sueurs froides. Elle était si belle qu'il en devenait paranoïaque. Que voulait-elle de lui ? Était-ce vraiment de l'amour ? Ou avait-elle une idée derrière la tête ? Elle le voyait encore comme un écrivain qui pouvait obtenir de fortes sommes des magazines. Elle ignorait la vérité. Était-ce l'argent qui l'avait attirée ? Elle pouvait très bien faire semblant d'être économe comme lui pour l'amadouer et qu'il se sente en confiance. Puis, quand il ne pourrait plus se passer d'elle, elle se transformerait en panier percé. Il détestait avoir de telles pensées, mais tôt le matin, complètement réveillé alors que Linda dormait encore, elles lui venaient à l'esprit. Pour la dix millième fois il en conclut qu'il avait un complexe d'infériorité. Il l'attirait parce qu'il avait eu du succès, oui, mais aussi à cause de ses autres qualités. Sa beauté. Il fallait bien qu'il le reconnaisse. Sa belle voiture. Son argent. Son talent. Même si pour le talent, il avait encore quelques doutes. Il espérait en avoir. Si ce n'était pas le cas, il compenserait par le travail. Encore une qualité. Pas étonnant qu'elle soit tombée sous le charme. Quel prince. Il savait pourquoi lui était tombé sous le charme de Linda. Elle était trop bien pour lui. Trop belle, elle plaisait trop aux autres hommes. Complexe d'infériorité exacerbé. Quand il entrait dans un bar ou qu'il arrivait à une fête avec Linda, il en rayonnait de vanité. Comme s'il avait besoin de prouver quel type séduisant il était. La vente à *Playboy* avait beaucoup fait pour son ego, mais Linda avait été encore plus efficace.

L'écriture resta en souffrance pendant un mois, mais il avait quatorze nouvelles en circulation. Heureusement pour la santé mentale de Dick, Linda décrocha un poste de secrétaire en centre-ville, elle s'absentait donc en journée. Dieu merci. Mais jusqu'au jour où elle lui tendit son premier chèque, quatre-vingt-sept dollars et cinquante-huit cents nets, il eut du mal à croire qu'elle l'aimait vraiment. Or cette confirmation-là lui était nécessaire car d'un autre côté Linda n'aimait pas trop ce qu'il écrivait.

Sur le coup, il rit. « Tu n'es pas censée aimer. » Elle n'avait pas été emballée, loin de là, par sa dernière nouvelle en date, celle qu'il n'avait encore envoyée à personne. « C'est pour les mecs. C'est une histoire d'homme.

— Elle me plaît, mentit-elle, son expression innocente rendant encore plus clair son mensonge. Tu as lu *October in the Railroad Earth* ? » Elle était là, l'inévitable comparaison. L'odieuse comparaison. « Ouais, j'ai

lu. Et j'admets que je ne suis pas Kerouac, ajouta-t-il d'un ton bourru.
— Oh, je ne...
— Ben voyons. Tu ne rien du tout... » Il se vexa un long moment. Il avait l'habitude qu'on le complimente sur un texte avant de le remettre à sa place d'une remarque cinglante. Beaucoup de gens voulaient secrètement être écrivains, et ils étaient jaloux. Il avait l'habitude qu'ils disent : « Au fait, j'ai lu ton histoire », puis attendent qu'il leur demande comment ils l'avaient trouvée. Tombant ainsi dans le piège. Pour qu'ils puissent répondre : « Écoute, c'était pas mal », ou faire une autre critique de ce genre. Il espérait ne pas réagir chaque fois que Linda snoberait son travail, et se dit que ça devrait lui être égal si elle ne tombait pas raide dingue de chaque mot qu'il écrivait. Pourtant, ça ne l'était pas. Il se disait alors que si elle aimait systématiquement son travail, il finirait sans doute par se fatiguer d'elle. De cette manière, l'excitation était constante, et constant aussi le besoin de mieux faire. Elle serait son aiguillon, son idéal scintillant.

Ils organisèrent une fête quand la nouvelle parut dans *Playboy*. Elle était en début de magazine, comme prévu, et l'illustration était magnifique. Une photo de Dick accompagnait celles des autres contributeurs, et Dick amusa la galerie en racontant la session photo qui avait duré trois heures pour tirer un minuscule portrait. Tout le quartier fut invité ainsi que ses amis de l'université d'État et de Reed College. Des peintres, des sculpteurs, des musiciens, beaucoup de musiciens avec leurs guitares et leurs banjos, quelques aspirants écrivains, des enseignants ainsi que des travailleurs sociaux, et quand la fête battit son plein, ceux qui ne jouaient pas d'un instrument se mirent à danser, la nouvelle danse à la mode de Portland mains sur les hanches et jambes envoyées en l'air le plus haut possible. La fête fut un grand succès et les gens en parlèrent pendant des mois. Portland avait enfin un groupe.

16

Stan Winger commença à mettre par écrit les différentes pensées et idées qui le traversaient dans la prison du comté de Multnomah à Rocky Butte. De toute façon, il n'y avait rien d'autre à faire que s'asseoir sur les bancs et jouer aux cartes, or Stan était fauché et il avait soixante jours à tirer. Au début, cela lui avait paru stupide de griffonner tout ce qui lui passait par la tête, mais Marty Greenberg s'était enthousiasmé pour l'intelligence de Stan et avait parlé de liberté intellectuelle, de pouvoir des idées. Bien sûr, à ce moment-là, ils étaient gavés de café après avoir passé la moitié de la soirée au Jolly Joan sur Broadway. Le Jolly Joan était ouvert toute la nuit, une grande salle pleine d'oiseaux de nuit et d'insomniaques, l'un des rades où Stan avait l'habitude de traîner quand il était à la rue. Les habitués se connaissaient tous plus ou moins, ne serait-ce que de vue, et, un soir, Stan et Marty avaient discuté jusqu'à quatre heures du matin assis côte à côte au long bar. Ils n'étaient plus que quelques-uns à cette heure-là et Marty flirtait avec la serveuse en uniforme rose et blanc.

« Laisse-moi t'emmener loin d'ici, blagua-t-il.

— Je t'apporte ta commande et ensuite on pourra s'envoler pour Mexico », dit-elle. Elle était rondelette, jolie. Stan n'aurait jamais pu plaisanter aussi facilement. C'était une qualité qu'il admirait. Cela faisait quelques fois qu'il voyait Marty, et il le prenait pour un intellectuel, ce qui était vrai.

« Tu te charges d'acheter les billets », dit Marty en envoyant un clin d'œil à Stan.

Stan sourit et souleva sa tasse de café pour masquer sa timidité. Il aurait voulu avoir le don de parler aux gens. Heureusement pour lui, Marty Greenberg l'avait et ouvrit Stan aussi facilement qu'une conserve de petits pois. En à peine un mois, ils étaient devenus amis ou, du moins, des compagnons de fin de nuit, et désormais, Stan se rendait au JJ en espérant tomber sur Marty pour une de leurs grandes conversations. Stan n'avait jamais réalisé à quel point il était coincé.

« Tu es un timide, tu n'aimes pas trop parler, lui dit Marty. C'est pour ça que tu devrais devenir écrivain.

— Je ne sais pas écrire. Je n'ai même pas terminé le lycée.

— Encore mieux », justifia Marty et ils se mirent à parler de la merde dans laquelle se trouvait le système éducatif de ce pays. Stan était d'avis que le problème venait du fait que les élèves avaient appris à être plus forts que le système. « Avant, si tu foirais un truc, tu étais puni, mais les gamins ont fini par comprendre que les profs avaient peur d'eux, et peur de les punir. Tu sais, "vas-y, recale-moi et crève". »

« Je te trouve assez clairvoyant », lui dit Marty à une autre occasion. Marty était-il étudiant ? Stan n'en était pas sûr. Stan ne dit pas à Marty qu'il était cambrioleur.

Au début, écrire ses pensées fut difficile. Son cerveau avait beau bouillonner d'idées, quand il s'assit pour de bon sur le banc étroit de la salle commune, les hommes autour de lui jouant aux cartes ou aux dominos, et qu'il ouvrit le bloc-notes qu'il avait réussi à se dégoter, le simple fait de voir cette page blanche avec ses petites lignes bleues lui vida la tête. Il resta là à faire cliqueter son stylo-bille rétractable jusqu'à ce que quelqu'un lui dise : « Hé ho, ducon, qu'est-ce tu fous, bordel ? » Gêné, il se pencha en avant et se mit à écrire. Incapable de penser à autre chose, il écrivit sur l'espace où il se trouvait. Ça occupait. Il avait du mal à s'entendre avec les autres hommes, en prison ou ailleurs, et il était beaucoup trop timide pour lier amitié avec les femmes. Le plus grand avantage, quand on est voleur, c'est que ça ne prend pas beaucoup de temps. L'inconvénient, c'est que ça en laisse beaucoup de libre. Surtout dans les périodes creuses, qui revenaient souvent. Stan n'avait jamais fait de vrai gros casse. En fait, il n'était pas très doué, comme voleur. En résumé, il ne savait pas trop se maîtriser et se mettait à voler dans les moments où il perdait un peu la boule. C'était comme si une aura lui tombait dessus, un sentiment léger, un sentiment vide, mais pas déplaisant. D'un coup, il devenait idiot et avait l'impression que personne ne pouvait l'arrêter. Rien n'était réel. Il marchait dans une rue, voyait une maison, savait que ses occupants n'étaient pas là et qu'il pouvait y pénétrer. Arrivé à ce stade, l'excitation l'avait complètement gagné, il se sentait encore invulnérable et contournait la maison par l'arrière comme s'il était chez lui, l'air de rien, un petit gars ordinaire qui rejoignait la porte de la cuisine, l'escalier extérieur ou qui soulevait une fenêtre et se glissait à l'intérieur, et ce moment de la pénétration par effraction était indescriptible, il prenait entièrement possession du centre de son corps, une sensation parfois si intense qu'il devait faire une pause pour tenter de retrouver ses esprits.

À l'intérieur, dans le silence de la maison, cette agréable sensation prenait le dessus. Il était puissant, c'était lui le patron. La maison lui appartenait. Quand il s'était assuré d'être seul, il se contentait de marcher au milieu de ce silence, profitait de ce qui différenciait une maison d'une autre. En général, il choisissait celles qui étaient bien entretenues. C'était là qu'il se sentait le mieux. Le fait de se trouver chez quelqu'un était une expérience incroyablement intime, comme si les propriétaires et lui devenaient soudain très proches. Ce qui ne l'empêchait pas de faire des choses. Des choses qui n'avaient rien à voir avec la nécessité de gagner sa vie. Des choses auxquelles il n'aimait pas penser. En général, il était précautionneux et se montrait soigneux, n'allait que dans les endroits susceptibles de renfermer des objets de valeur. Mais une fois les bijoux et le cash en poche, un sentiment encore plus étrange l'envahissait. Il se mettait à pisser sur le lit ou dans les tiroirs de commode pleins de sous-vêtements féminins. Qu'est-ce que c'était que ces conneries ? Souvent il déféquait sur la table du salon ou dans un autre endroit tout aussi choquant. Ou bien il se préparait à manger avec ce qu'il trouvait dans le frigo, traversé par cette énergie sensuelle qui lui donnait un courage au-delà de toute mesure. Alors même qu'il se comportait comme le pire des lâches.

Il lut ce qu'il avait écrit. Il fut dégoûté. Plus que ça, même. De la daube sans intérêt et qui ne tenait pas debout. Mais quand les gardiens lui prirent son carnet, il comprit le pouvoir de l'écrit. Il n'y avait rien dans ces quelques pages susceptible de gêner qui que ce soit, de simples descriptions d'objets et de gens, de mauvaises descriptions qui plus était, mais les matons en firent des confettis. Pour lui montrer leur pouvoir.

Mais ce qu'ils montrèrent au contraire, c'était leur vulnérabilité.

Un autre que lui aurait peut-être souri au gardien en lui disant un truc du genre : « Fais-toi plaisir. J'ai tout là-dedans », et se serait tapoté le crâne. Sous-entendant qu'il pouvait tout balancer. Mais bien sûr, Stan Winger n'était pas ce genre de gars. Il se contenta de ramasser les morceaux là où le gardien les avait fait tomber, et de continuer.

Il vivait sur SW Fourth Street au Mark Hotel où la chambre lui coûtait sept dollars par semaine. Il cambriolait toujours en journée et souffrait d'insomnie de sorte qu'écrire lui faisait du bien. Des livres de poche et des romans de gare formaient des piles sous son lit, le seul divertissement qu'il connaisse. À présent, il pouvait s'asseoir sur son lit avec son calepin sur les genoux et écrire. Il rêvait de développer ses talents d'écrivain au point de pouvoir en vivre. Il écrirait le genre d'histoires qu'il aimait, à sensation, mais sans toutes les bêtises qu'il détestait. Il ne se prenait pas vraiment au sérieux, mais il ne lui fallut pas si longtemps pour écrire tous les soirs. Cela faisait un bail qu'il avait cessé de noter ses impressions et il se consacrait à de vraies histoires quand il montra un de ses textes pour la première fois à Marty Greenberg.

« C'est toi qui as écrit ça ? » Ils étaient au Jolly Joan, il était environ quatre heures du matin et il neigeait fort contre les grandes baies vitrées. Marty rayonnait en lisant le carnet, s'arrêtant de temps en temps pour rire ou regarder Stan avec fascination. « Ce truc est incroyable ! dit-il finalement avant de refermer brusquement le carnet et de le rendre à Stan.

— Eh ben, fut tout ce qu'il put dire.

— Non, corrigea Marty en agitant la main. Pas si incroyable que ça, mais en tout cas incroyable pour le genre dans lequel tu écris. Je n'ai jamais trop lu de romans policiers, mais on dirait que tu maîtrises les codes. »

À cette époque, Marty savait que Stan vivait de ses cambriolages. Ainsi que Stan l'avait prévu, ce statut le rendit encore plus intéressant aux yeux de Marty.

« Tu sais ce que tu devrais faire ? Tu devrais écrire sur ces vols. Un témoignage de l'intérieur. Quelle formidable contribution. »

Stan n'avait pas envisagé d'apporter une contribution. L'idée d'écrire sur le vol le terrifiait. « Tu veux m'envoyer en taule ? blagua-t-il et Marty rit.

— Je veux que tu donnes le meilleur de toi-même. »

17

Marty emmena Stan Winger prendre un café au Caffe Espresso de Karl Metzenberg par une nuit pluvieuse en lui expliquant que c'était un bar fréquenté par beaucoup d'artistes et d'écrivains de Portland. « Dont un grand nombre de filles », précisa Marty alors qu'ils montaient la colline depuis le Jolly Joan. Stan enviait l'attitude de Marty avec les filles. À vingt-quatre ans, il n'était jamais sorti avec aucune et n'en avait jamais embrassé non plus. Il cambriolait des maisons depuis l'âge de treize ans. Pas le temps pour les filles. On pouvait le dire comme ça. Une des raisons pour lesquelles il avait arrêté l'école était que la seule raison d'y aller était de rencontrer des filles, et aucune des filles du collège Parkrose ou du lycée David Douglas ne s'intéressait suffisamment à lui pour lui parler. Et bien sûr, il n'était pas capable, lui, d'engager la conversation. Les mots ne sortaient pas. C'était en partie ce qui l'avait conduit à la délinquance. Il avait besoin d'argent, et en tant que gamin adopté il n'en avait jamais eu. Avec l'argent il pouvait acheter l'amour.

À l'instant de franchir les grandes doubles portes blanches du Caffe Espresso, il eut l'impression d'être sur le point de vivre une nouvelle aventure. On ne l'avait jamais pris au sérieux avant, sauf en tant que voleur, et encore, seulement les flics. Mais Marty Greenberg le prenait au sérieux en tant qu'écrivain débutant et semblait l'apprécier en tant que personne. Le bar, une salle de taille moyenne avec deux ventilateurs en bois sous le haut plafond qui déplaçaient paresseusement la fumée, était à moitié plein. Marty présenta Stan à Metzenberg, un jeune type trapu qui portait une chemise de soirée, un nœud papillon, ainsi qu'un grand tablier blanc, humble et soumis tel un maître d'hôtel sorti d'un film, mais avec un sourire ironique pour indiquer qu'il s'agissait plus ou moins d'une plaisanterie. Metzenberg les escorta à une table dans un coin au fond. Toutes les tables avaient des nappes. Marty commanda des espressos. Stan n'en avait jamais bu, mais voulait bien essayer. Certaines des filles qui se trouvaient là étaient plutôt très belles, des étudiantes ou des doctorantes, d'après Marty.

« Stan est écrivain, expliqua Marty à Metzenberg, juste assez fort pour que les deux filles assises à la table d'à côté l'entendent.

— Dick Dubonet vient juste de partir », dit Metzenberg. Les filles tendaient à présent l'oreille. Stan savait qui était Dick Dubonet, même s'il dut attendre que Marty le lui dise pour comprendre qu'il y avait des auteurs publiés dans une ville comme Portland.

Le type en question écrivait dans *Playboy*. Un des magazines préférés de Stan, même s'il les soupçonnait de trafiquer leurs nus. Mais il n'était pas trop fan des nouvelles qu'ils publiaient. Les textes lui semblaient mous du genou, trop portés sur le sentimental, un élément absent de la vie de Stan. Il préférait de loin les histoires qui mettaient en jeu des choses plus graves, comme la vie et la mort. *Playboy* publiait parfois ce genre d'histoires, mais pas assez souvent. Il se demanda à quoi ressemblaient les écrits de Dick Dubonet. Mais il ne posa pas la question. Il ne savait pas comment la formuler. Il ne demanderait pas à Marty, pas dans ce repaire d'intellectuels. Stan n'éprouvait de l'angoisse qu'après un cambriolage, jamais avant, mais la perspective de rencontrer des filles lui glaçait les sangs.

Marty parlait déjà à celles de la table voisine. Stan essaya d'avoir l'air plus enthousiaste que nerveux. Les deux jeunes femmes lui avaient jeté des coups d'œil, et autant qu'il puisse en juger, avaient détourné le regard, indifférentes. Si Marty les emballait pour de bon, il devrait gérer les deux à lui tout seul. Stan avait déjà décidé qu'il ne ferait aucune tentative de séduction ce soir-là. Il était beaucoup trop tendu.

Mais les filles se levèrent et partirent. Stan en éprouva un soulagement immédiat, mais aussi un peu de déception. Le jour viendrait où il coucherait avec une femme qu'il n'aurait pas payée. Il pensait s'offrir une pute plus tard dans la soirée. Pas aussi facile qu'avant, à Portland. Quand Stan avait commencé à fréquenter les bordels, le centre-ville en comptait plusieurs, tous protégés par les flics, installés dans des hôtels au-dessus de commerces. Le prix se montait à cinq dollars le petit câlin et dix le grand, ce qui, aux yeux de Stan, valait vraiment la peine. Puis Portland avait élu maire une femme, Dorothy McCullough Lee, et sa première décision après avoir pris ses fonctions avait été de convoquer le chef de la mafia locale, Francis Feeney, de lui notifier qu'elle connaissait l'adresse de toutes les maisons closes de Portland et qu'elle les voulait fermées le soir même. Le soir même, elles étaient fermées. Stan était obligé d'aller vers le nord, à Vancouver, dans l'État de Washington, sur l'autre rive de la Columbia, pour tirer son coup. Ce n'était pas bien grave car Vancouver possédait un ou deux bons clubs où jouer aux cartes et Stan adorait les cartes. D'ailleurs, il racontait parfois qu'il était joueur professionnel. Ha ha ha. Les gens trouvaient que c'était une façon romantique de gagner sa vie. Il l'expliqua à Marty qui lui promit de ne dire à personne qu'il était voleur et s'en tiendrait à la version joueur.

Bref, à Portland il n'y avait plus de filles de métier pour faire l'amour à Stan. Bien sûr, il y en aurait pour les mecs friqués dans les grands hôtels comme le Benson ou le Multnomah, mais pas pour un garçon tel que Stan. De toute façon, il aimait les putes à la petite semaine de Vancouver. Il leur parlait plus facilement. Elles étaient comme lui, des criminelles-nées, pas d'excuses.

« Quel dommage de les voir partir, regretta Marty lorsqu'elles eurent disparu. J'espérais plus ou moins coucher avec une nana ce soir. Ou te présenter à Dick Dubonet.

— Je croyais que tu avais une petite amie », dit Stan. Les gens jouaient aux échecs aux tables voisines. Lui-même y avait joué un peu en prison. Il se demanda comment il se débrouillerait face à ces intellectuels. Sans doute pas très bien.

« Tu as raison, dit Marty. Mais elle est à la maison. Et nous, on est ici. » Il expliqua que sa copine, une serveuse du Jolly Joan, et lui ne vivaient ensemble que par commodité. Ils s'étaient connus au Reed

College, et quand ils avaient tous les deux décroché avant les examens de fin d'année, ils avaient décidé de partager un petit appart sur SW Second. « Mais on n'est pas amoureux, précisa Marty. J'ai honte, mais c'est comme ça. »

Ils discutèrent de l'amour pendant un moment, puis Dick Dubonet apparut, dégoulinant, claquant son grand chapeau de safari sur son jean et les saluant avec un grand sourire. « Marty ! »

Stan se leva pour serrer la main de l'écrivain. C'était un petit gars plutôt beau, environ trois centimètres de moins que Stan qui ne mesurait lui-même qu'un mètre soixante-dix. Mais il avait une bonne poignée de main bien ferme. Stan avait honte de la sienne, de ses paumes moites la plupart du temps, si bien qu'il n'aimait pas trop serrer la main d'autres types.

« Désolé, j'ai la main moite, dit-il en le regrettant aussitôt.

— Tout l'Oregon est trempé ce soir », lança Dick Dubonet assez fort, comme s'il s'adressait aussi aux tables environnantes. Il se carra dans sa chaise, très à l'aise. La figure centrale du bar, manifestement.

« On ne faisait que parler d'amour, expliqua Marty d'une voix également forte. Stan est écrivain, lui aussi. »

Dick haussa d'un coup les sourcils. « Vraiment ? Comment tu t'appelles, déjà ?

— Je n'ai rien publié. » Stan sourit à la nappe.

« Ah, dit Dick. Un aspirant.

— C'est ça », admit Stan en le détestant férocement.

Marty posa une main sur le poignet de Stan et sourit. « Pas la peine de le détester.

— Hein ? » Était-ce écrit sur son visage ? « Je ne déteste personne.

— Tu écris souvent ? demanda Dick sur un ton amical.
— Comment ça ?
— Tous les jours ? Une fois par semaine ? Deux heures par mois ?
— C'est pas tes oignons, putain. » Il regarda Dick droit dans les yeux. Il avait mal à l'estomac. Il n'était pas du genre à se battre, mais il n'était pas obligé de supporter ces conneries. Ils ne bougèrent pas et écoutèrent les bruits de la salle un moment. Une espèce de musique classique tintait en fond sonore.

« OK, dit Marty. Ma faute. On recommence. »

Stan regarda Dick, dans l'attente d'un commentaire. Dick semblait contrarié, plus du tout maître de la situation. Peut-être qu'à l'intérieur, c'est une lavette comme moi, songea Stan, et son cœur se réchauffa. Il se força à sourire. « Désolé, dit-il. Je suis trop susceptible. Je ne suis pas écrivain, je m'amuse, c'est tout. Ce qui me botte, tu vois, c'est les romans de gare, les polars, ces trucs-là.

— J'ai publié dans *Ellery Queen's Mystery Magazine* », lui révéla Dick. Il ne souriait pas mais n'était plus en colère.

« Super magazine.

— À mon tour, désolé, s'excusa Dick en tendant la main. Je suis con.

— Moi aussi », concéda Stan. Cette fois, leur poignée de main fut ferme et chaleureuse.

« Alors on est d'accord, se réjouit Marty en brandissant sa tasse de café en guise de toast. *Aux trois cons.* »

18

À ce moment-là, il ne cambriolait plus de maisons. À la place, il se faisait de l'argent en volant des vêtements pour un type. Ce dernier avait une liste de clients réguliers, des hommes d'affaires à qui il refourguait de la marchandise volée. Le client disait ce qu'il voulait, le type le disait à Stan et Stan se rendait dans un magasin habillé avec des fripes de l'Armée du salut et ressortait en portant les articles exigés. C'était facile mais ça demandait du cran. Ça n'était pas comme d'entrer par effraction dans une maison mais c'était drôle, excitant. Il fallait faire attention à garder la tête froide et à ne pas choper tout ce qui lui passait sous la main. « Ne jamais avoir les yeux plus gros que le ventre » était un vieux conseil d'escroc.

Un jour il entrait chez Sichel, le meilleur magasin de vêtements pour hommes de Portland, afin d'y prendre un manteau en poils de chameau, taille cinquante-deux, lorsqu'il tomba sur Marty Greenberg en train de s'admirer dans un nouveau pardessus devant le triple miroir. Marty sourit timidement et prit des poses de modèle dans le manteau. « Comment tu le trouves ?

— Euh, bien », dit Stan. Il se demandait comment Marty avait les moyens de s'offrir un manteau à cent dollars, mais il ne posa pas de questions. Impossible de voler quoi que ce soit, maintenant. Il sentit retomber toute son énergie, le laissant vide et déprimé. Il regarda Marty essayer d'autres vêtements et s'aperçut qu'en fait son ami était là pour s'amuser. Stan fit semblant de n'être venu que pour jeter un coup d'œil.

« Meilleur magasin dans tout Portland, affirma Marty.

— Il paraît. »

Le Jolly Joan était au coin de la rue. « Si on allait dire bonjour à ma copine ? » proposa Marty. Le soleil était de sortie et, à l'exception d'un vent froid, c'était une belle journée de printemps. Ils marchèrent côte à côte, mains dans les poches, tête baissée contre le froid. Pour une raison ou une autre, le simple fait de voir Marty donnait à Stan l'impression d'être un homme différent. Il pourrait toujours retourner récupérer le manteau plus tard, même s'il ne retenterait pas Sichel de sitôt. Fahey-Brockman de l'autre côté de Broadway avait de bonnes vestes.

« Comment va l'écriture ? » lui demanda Marty. Il lui tint la porte vitrée du Jolly Joan ouverte et Stan entra dans le tourbillon de bruit et de chaleur.

« Super bien », dit-il.

Rencontrer toutes ces nouvelles personnes avait rendu Stan plus lucide sur ses nuits passées à griffonner dans ses carnets. Avant, c'était de l'amusement. Maintenant, *il écrivait*. Ces autres gars avaient tous une femme à eux, ils étaient à l'aise avec les femmes. En fait, à moins qu'il ait compris de travers, Marty Greenberg autant que le célèbre Dick Dubonet vivaient tous les deux avec des femmes qui gagnaient leur vie, et Marty n'avait même pas l'excuse d'écrire. Marty était philosophe, et quand il déciderait de coucher ses pensées sur le papier, cela donnerait une œuvre si imposante que le monde entier serait obligé d'y porter attention. Mais en attendant, il laissait sa petite amie ou colocataire, quel que soit son statut, bosser pour payer le loyer. Stan avait connu un ou deux maquereaux en prison. Des mecs plutôt divertissants, comme Marty. Quand ils n'étaient pas à l'ombre, ils traînaient au Desert Room et discutaient de leurs grands projets. Exactement comme Marty, si ce n'est que ceux de

Marty étaient plus philosophiques qu'entrepreneuriaux, si c'était le mot qui convenait.

Stan n'arrêta pas d'écrire. Il faisait en sorte d'écrire deux heures chaque nuit, se remémorant les questions méprisantes de Dick. Mais il en eut assez de replier ses doigts courts et boudinés autour d'un stylo et d'écrire avec un bloc-notes sur les genoux. S'il prenait l'affaire au sérieux, il lui fallait apprendre à taper à la machine. Il pensa en voler une mais changea aussitôt d'avis. Le vol ne représentait qu'une partie de sa vie. Il voulait que ce soit différent avec l'écriture. Quelque chose de parfait, de pur. Qui ne fasse pas partie de sa maladie dont il admettait qu'elle gouvernait sa vie. Ce désir sexuel malsain qui le prenait les jours où il volait. Qui finirait par l'envoyer en prison. Cette chose bizarre, perverse, indicible. Marty pensait que cambrioler des maisons faisait de Stan un héros, même s'il ignorait les détails et savait seulement qu'il avait « fait quelques casses à l'occasion ». Mots prononcés avec un sourire entendu comme si Stan était Jesse James.

Il se rendit donc dans un magasin qui vendait des machines à écrire en face de Gill, la grande librairie, et s'acheta une Underwood portable de seconde main. Il n'en dit rien à Marty. Il entra ensuite chez Cameron, le bouquiniste, et acheta un manuel de dactylographie à vingt-cinq cents et le rapporta à sa chambre d'hôtel. Taper n'avait rien de compliqué, une fois qu'il eut pris l'habitude de tenir la petite machine en équilibre sur ses genoux. Il utilisa un vieux pupitre pour y mettre le manuel. Quand il en eut marre des exercices proposés, il eut l'idée de taper des histoires qu'il aimait particulièrement. Cela l'entraînerait et lui montrerait un peu comment les autres écrivains, les vrais, s'y prenaient.

La petite amie de Marty travaillait au bar du Jolly Joan. C'était une très belle jeune femme juive avec de grands yeux sombres, une peau olivâtre et des pommettes hautes, une vraie beauté, une fille qui pourrait être star de cinéma. Depuis l'autre côté du comptoir, elle sourit à Marty et nettoya le zinc devant lui d'un coup de lavette.

« Salut, Marty », dit-elle, puis elle sourit à Stan. Il ne se souvenait pas qu'une femme aussi belle lui ait jamais souri aussi franchement. Cela lui fit l'effet d'une dose de morphine. « C'est ton ami Stan ? » Il lui serra la main. Dieu merci, il avait la paume sèche. « J'ai tellement entendu parler de toi », dit-elle. Elle s'en alla préparer les cafés qu'ils avaient commandés. Belle silhouette, aussi, remarqua Stan. Il se tourna vers Marty qui lui sourit largement.

« Ouais, dit Marty. Elle s'appelle Alexandra Plotkin.
— Elle est très belle, répondit Stan bêtement.
— Terriblement belle, même. C'est un problème, d'ailleurs. Tu sais, les gros lourds qui rappliquent pour t'expliquer que tu as de la chance de sortir avec une fille pareille. Bien sûr, ça n'est pas vraiment ma copine, mais je ne le leur dis pas. »

Tard ce soir-là, Stan essaya d'écrire, mais il ne pouvait s'enlever de l'esprit le visage d'Alexandra. Qui lui souriait. Il finit par abandonner, déposa sa machine à écrire dans le carton sous le lit et tenta de dormir. Le sommeil mettant un temps infini à venir, il resta allongé tranquillement, le beau visage flottant au-dessus de lui. Il dut finir par s'endormir car il se retrouva dans une vaste demeure sombre et lugubre mais merveilleusement meublée. Il se mettait à traverser les pièces en chaussettes quand il tomba sur Alexandra au milieu du parquet, les bras le long du corps. Au réveil, il éprouva une sensation de chaleur et de bien-être au souvenir du corps de la jeune femme dans le rêve. Ce n'était pas la copine de Marty. Elle lui avait souri. Elle pourrait peut-être devenir sa petite amie. Bon sang. Quel imbécile. Comment ne pas ricaner en se voyant allongé là à rêvasser comme un con ? Il se raccrocha de toutes ses forces à sa bite : pourquoi ne pas se branler histoire de passer à autre chose ? Mystère. Peut-être qu'il respectait trop Alexandra. Peut-être qu'un jour quand même, il aurait la chance – il refusait d'employer des termes vulgaires, y compris en pensée – de coucher avec elle, de lui faire l'amour.

Même s'il en avait envie, il ne saurait pas comment s'y prendre. Les putes ne vous apprenaient rien en matière de romance. Cela lui donna une idée d'histoire. Sur un cambrioleur qui rencontre une fille. Une histoire idiote parce que avoir un cambrioleur pour héros, ça n'existait pas, mais comme celle-ci s'écrivait toute seule dans sa tête, il laissa faire. Quatre jours plus tard, il l'avait terminée et tapée. À la relecture, il la trouva aussi bonne que beaucoup de nouvelles qu'il avait pu lire. Il n'avait plus besoin que d'une personne instruite pour l'aider à corriger la grammaire et l'orthographe. Il était très mauvais en orthographe, il le savait. Et il devrait faire taper le texte par une professionnelle. Lui était trop brouillon. Il se demanda combien pourrait lui payer le *Ellery Queen* ou un autre magazine. À cet instant, assis au bord de son lit, ses onze pages entre les mains, il perçut un point commun entre le vol et l'écriture. Il s'agissait dans les deux cas de questions extrêmement intimes.

L'idée de montrer son texte à Marty lui faisait peur. Et il savait qu'il lui faudrait aussi demander à Dick Dubonet de le lire. Marty ne connaissait pas grand-chose à ce genre littéraire. Le sarcastique Dick Dubonet. Stan eut l'estomac noué en imaginant Dubonet lire ces pages, son expression méprisante sur le visage. Stan n'était pas sûr de pouvoir le supporter. Il perdrait ses nouveaux amis, et tout ce que cette amitié semblait lui promettre. D'un autre côté, s'il n'essayait pas de leur faire lire son histoire, alors il n'était qu'une mauviette.

19

La copine de Marty était silencieuse, avec de longs cheveux blonds, pas renversante selon Dick, mais elle avait un joli petit corps caché sous des couches de vêtements. Elle s'appelait Mary Bergendaal et jouait du pipeau dans l'orchestre symphonique. Elle était appuyée contre Marty pendant qu'ils parlaient. Dick n'aimait pas trop qu'on lui vende l'histoire d'un autre.

« Je la lirai, avait-il dit à Marty au téléphone, si tu me payes un hamburger au Jerry. »

Ils s'étaient donc retrouvés, des hamburgers ainsi qu'une assiette de frites posés devant eux, pour parler du lien entre littérature américaine et romans de gare. Marty n'avait rien voulu manger, et refusait même les frites que Dick lui proposait avant de les avaler.

« Le truc, c'est qu'il n'est pas vraiment écrivain, dit Marty entre deux bouchées de Dick.

— Alors pourquoi je devrais le lire ?

— Par bonté humaine. Non, mais sérieux. Vraiment. Tu ne veux pas donner un coup de main ? »

Dick rit. « Évidemment, dit comme ça. » Il se sentait bien. Les hamburgers étaient excellents et il décida que jouer les experts lui plaisait. Il aurait seulement voulu que Mary Bergendaal soit plus jolie ou plus animée. Il aimait entreprendre les jolies filles. Non pas qu'elle manquât de charme, simplement son visage n'était pas très vivant. Peut-être qu'elle investissait tout dans le pipeau.

« Comprends-moi un peu, reprit Marty. Ça fait quelque temps que j'encourage ce gars. Il est quasi analphabète, genre rejeton de la classe ouvrière, et il a ce désir profond d'écrire des histoires. C'est la première qu'il a les tripes de montrer à quelqu'un. »

D'un geste théâtral, Marty sortit l'enveloppe de papier kraft de sous son pardessus, s'éventa avec et dit : « C'est du lourd. Ça me plaît. » Il la tendit à Dick qui la soupesa et la posa sur le siège à côté de lui.

« Je ne peux pas te promettre de m'y coller tout de suite », dit-il. N'importe quoi. Mais il ajouta : « J'essaierai de te donner un avis dans une semaine. » Hum. Sacré fanfaron. Il regarda Mary. Elle regarda sa cigarette.

« Le but est de l'encourager, dit Marty. Pas de l'achever.

— Allez, t'inquiète, je serai gentil. »

Il lut l'histoire à la minute où il arriva chez lui. Linda n'était pas encore rentrée du travail, il était donc seul à l'appartement. Il s'était attendu à lire une bouillie sans nom et fut agréablement surpris de voir que ce gars savait construire une phrase basique. La lecture le happa aussitôt, même si le contenu ne l'emballait pas trop. L'idée était sympathique : un cambrioleur entre dans une maison qu'il croit vide et réveille une fille sublime qui dormait dans sa chambre. Le cambrioleur essaye de s'en sortir en la baratinant, mais cette dernière voit clair dans son jeu. Retournement de situation : le type lui plaît. Ironie, il se fait prendre alors qu'il couche avec la fille. Sympathique. Mais les personnages et les dialogues étaient grossiers, et la fin pas aussi surprenante que l'espérait l'auteur. Pas très originale non plus. En fait, c'était de la merde.

Mais Dick avait promis d'être gentil avec ce mec, le pote insomniaque de Marty qui vivait en centre-ville. Marty n'arrêtait pas de déblatérer sur ces personnages qu'on rencontrait « dans la rue ». Et voilà que ce personnage-ci voulait accéder à la classe moyenne par l'écriture. Ça semblait triste, pathétique. Aux quatre coins du pays, s'imaginait-il, des gens de la classe ouvrière qui ne lisaient que des conneries aspiraient à écrire des conneries du même genre. Ce type avait besoin d'une dactylo. Et de faire des études. Dick se demanda comment Stan gagnait sa vie. Marty avait dit qu'il était joueur professionnel, mais Marty montrait tout sous un jour exagérément romantique. Dick se disait que Stan devait avoir un petit boulot quelconque.

Aurait-il la force de caractère de regarder Stan Winger dans les yeux et de lui dire d'oublier l'écriture ? Juste parce qu'ils savaient lire et écrire, les gens pensaient qu'ils *pouvaient* écrire, c'était ça le problème. Il soupira. S'il disait à ce mec que sa nouvelle était passable mais pleine d'aspérités, il risquait de la reprendre, d'écrire comme un dératé, puis de revenir vers Dick pour une deuxième lecture, des conseils, peut-être même pour obtenir le nom de son agent. Il se demanda ce que Bob Mills dirait d'un texte pareil. Mais c'était peut-être le meilleur moyen de sortir de ce dilemme. Dire qu'il adorait cette histoire, l'envoyer à Mills et laisser ce dernier la refuser. Alors Dick serait débarrassé de cette affaire. Mais passerait aussi pour un couillon. Si seulement Marty avait pu se mêler de ses oignons.

Linda rentra et Dick oublia l'histoire qu'il laissa traîner sur la table basse pendant que Linda et lui filaient dans la chambre. Après le dîner, il entra dans le salon alors qu'il essuyait une assiette et découvrit Linda en train de lire la nouvelle de Stan. Pour une raison ou une autre, cela éveilla sa colère, qu'il garda néanmoins pour lui.

« Comment tu la trouves ? demanda-t-il nonchalamment, l'estomac dur comme de la pierre.

— C'est ce que tu as écrit de mieux », déclarat-elle en le regardant sérieusement. Elle se remit à lire comme si elle ne pouvait pas détacher les yeux de la page. Dick explosa.

« Ce que j'ai écrit de mieux ? Tu ne vois pas que ce n'est pas moi qui l'ai dactylographié ? Et que ce n'est pas mon style, et que c'est de la merde ? » Il tremblait. Elle continua de lire calmement. Linda ne réagissait plus à ses colères. Il respira profondément pour faire baisser la pression, attendre qu'elle termine. À son plus grand dégoût, elle lâcha une petite exclamation comme si la fin l'avait surprise, puis sourit à Dick.

« Qui est l'auteur ?

— Un con », lâcha-t-il. Il lui arracha les papiers des mains et les emporta dans son bureau. *Aux trois cons*, se souvint-il, et son humeur s'adoucit. Il se comportait en idiot jaloux. Et devant Linda. Il se frotta le visage durement pour se défaire de l'expression mauvaise, dénouant ses muscles faciaux jusqu'à afficher un grand sourire. C'était douloureux. Qu'est-ce qu'elle y connaissait, bordel ? Il retourna dans le salon. Linda le regardait.

« Je déconnais, dit-il. Je trouve ce petit texte drôlement bien. Pour ce genre de littérature. »

Linda prit un exemplaire d'*Esquire* et se mit à le feuilleter. Dick tourna en rond dans son bureau. *Ce que tu as écrit de mieux.*

Ils se retrouvèrent au Caffe Espresso le samedi après-midi.

« Premièrement, dit-il à Stan, les traits pathétiquement tendus, j'ai beaucoup aimé ton histoire. Comprends-moi bien, elle a besoin d'être retravaillée, mais la vache ! je m'attendais à de la *daube*, pas à un truc aussi bien ficelé. » Stan était toujours aussi contracté. Ses doigts repliés sur la table étaient aussi blancs aux articulations que la nappe. « À mon avis, il faudrait repasser dessus une fois, ensuite, te trouver une dactylo, et là, elle sera prête à être envoyée.

— C'est génial », lâcha Marty. Stan ne dit rien.

« En fait, reprit Dick de sa voix la plus profonde, la plus calme et la plus aimable, je crois que je pourrais la soumettre à mon agent. Comme ça tu auras l'opinion d'un professionnel.

— Merci », dit Stan nerveusement. Il n'était pas très beau. En fait, il ne représentait aucune menace pour Dick. Il fallait qu'il apprenne à contrôler sa jalousie. Car, à vrai dire, c'était très plaisant comme expérience, être l'enseignant, l'expert.

« Tu vois ? dit Marty à Stan. Je t'avais dit qu'il t'aiderait.

— Merci beaucoup, dit Stan à Dick. Pour le temps que tu y as consacré, tout ça.

— Mais de rien, voyons, fit Dick de manière expansive. Un jour on sera collègues. Et c'est toi qui m'aideras. » Il espérait qu'il n'en faisait pas trop. Mais apparemment, les gens ne se fatiguent jamais des flatteries.

« Un détail, juste, ajouta Dick. Je retravaillerais un peu le personnage du cambrioleur. Il ne sonne pas très vrai. »

Marty grogna et lança un regard à Stan.

« Qu'est-ce qui vous fait rire ?

— Rien », dit Marty. Il regarda Stan. « Est-ce que je peux lui dire ? Il est vraiment cool. »

Stan sourit timidement. « J'étais cambrioleur. Des petits casses, tu vois. J'ai basé mon histoire là-dessus.

— Tu es un criminel ? demanda Dick.

— Un criminel professionnel, précisa Marty d'un ton doucereux.

— Je l'étais », corrigea Stan. Il y avait une lueur dans son regard que Dick voyait pour la première fois. « Tu as besoin de quelque chose ? » demanda-t-il à Dick malicieusement.

20

« Puisque tu l'as tellement adorée, suggéra Dick à Linda, pourquoi tu ne lui taperais pas son histoire ? » Ils étaient au Buttermilk Corner, la cafétéria en étage où Linda aimait déjeuner. Elle l'invitait. Dick prit un cheeseburger ainsi qu'une pomme au four, et Linda, deux parts de tourte au poulet. Elle travaillait dans un cabinet d'avocats et il lui arrivait d'avoir du temps à tuer. Elle avait proposé à Dick de lui taper des doubles au propre, mais il y voyait un piège. Il préférait s'occuper de ses nouvelles tout seul, merci, surtout parce que cela lui donnait une opportunité de repasser encore une fois sur son texte.

« Pourquoi pas ? Il est fascinant, en plus.

— Parce que c'est un monte-en-l'air, tu veux dire ? » Dick n'avait pas pu garder le secret.

Linda sourit. Elle avait un visage de paysanne, se dit-il. Avec l'âge, ses traits s'épaissiraient, son corps s'épaissirait aussi très probablement, et elle deviendrait une de ces femmes solides accoutrées d'un gros manteau et d'un fichu sur la tête comme on en voyait dans le magazine *Life*. « Pourquoi est-ce qu'on n'organiserait pas une fête ? proposa-t-elle. Comme ça, tu invites tes potes délinquants et je verrai s'ils me plaisent assez pour être leur dactylo. »

Ce fut une autre fête avec guitares et banjos, et où l'on dansa beaucoup. Brownie McGee et Sonny Terry étaient à Portland la semaine précédente et jouaient dans un garage des quartiers est. Il y avait eu un monde fou lors de cette nuit mémorable et les gens continuaient de chantonner le blues qu'ils avaient entendu. Dick invita Stan Winger qui resta dans son coin à biberonner de la bière et à écouter. Il ne tapa même pas du pied en rythme tandis que tous les autres sautaient bruyamment et criaient. Mais ce fut une soirée formidable qui dura jusqu'à cinq heures du matin, et Stan fut l'un des derniers à partir. Il semblait soûl même s'il tenait bien l'alcool.

La fête lui avait plu. C'était sa première ou presque et il en avait eu des crampes d'estomac au début, mais les autres invités semblaient si sincères et désireux de l'accepter parmi eux qu'il se détendit et passa la soirée à couler des regards en direction des jolies filles. Les très belles filles. Il n'en revenait pas de voir à quel point les filles étaient belles à ce niveau de la société. Mais la copine de Marty Greenberg, la plus belle de toutes, n'était pas là. Marty était accompagné d'une grande rousse qu'il nomma Cybella au moment des présentations. Mais peu importait, c'était une excellente danseuse, avec de longues jambes sublimes qu'elle lançait en l'air sans se soucier de ce qu'elle dévoilait, la culotte et le reste. Toutes les femmes étaient à l'avenant, se soûlaient, embrassaient des types ouvertement et exhibaient leur corps. La moitié portait des robes ou des chemisiers à décolleté plongeant et leurs seins débordaient de partout.

Au moment de partir, Dick et Linda, bras dessus bras dessous, le remercièrent d'être venu et Linda, une étincelle dans le regard, le prit à part sur les marches du perron. Le ventre des nuages s'illuminait par intermittence. Elle le tint par les bras et le regarda droit dans les yeux très sérieusement. Bien sûr, ils étaient tous les deux ivres, et Dick n'était qu'à quelques mètres de là en train de parler avec d'autres fêtards qui descendaient les marches, titubant et poussant des cris de joie, etc.

« J'adore ta nouvelle, lui dit Linda. Alors voilà ta récompense », et elle l'embrassa légèrement sur les lèvres. Après quoi, il se contenta de la dévisager, sentant ses doigts sur ses bras. « Je te la taperai, si tu veux. Pour que Dick puisse l'envoyer à son agent.

— Hé ben », dit Stan comme un idiot.

Linda rit et l'attira à elle. « Tu as tellement de talent », lui chuchota-t-elle à l'oreille.

Il rentra chez lui plein de Linda, et s'en voulut à mort. Ce n'était pas de l'amour, mais de la passion, certainement. C'était la copine de Dick et elle se montrait gentille avec lui, mais il ne pouvait pas s'empêcher de la désirer. Voilà comment il remerciait Dick de faire son maximum pour l'aider. C'était mal de penser au baiser de Linda et au frottement de ses seins contre lui, de sentir encore à cet instant leur chaleur contre lui. Avant de sombrer corps et âme dans ses rêvasseries, il se dit avec sévérité que même si l'opportunité se présentait, il ne tenterait rien avec Linda. Il n'avait jamais rien tenté avec personne de toute façon. Mais peut-être que ça serait différent avec Linda. Elle l'avait embrassé, non ? Et eu ces mots aimables à propos de sa nouvelle. Peut-être qu'elle ferait le premier pas. Cette idée le réconforta.

Mais se faire dactylographier son texte pour qu'il soit ensuite envoyé à Robert P. Mills ne lui procura pas autant de plaisir que prévu. Il finit par retrouver Linda tard un mardi soir au Jolly Joan avec sa dernière version, désormais longue de quatorze pages. Ils prirent place sur une banquette et Stan sirota du café pendant que Linda lisait les passages inédits. Il marina en attendant que tombe le verdict. Il ne s'agissait pas d'un verdict, mais lui le vivait comme ça. Elle leva enfin les yeux, et le regarda avec douceur. « Tu es un bon écrivain.

— Désolé pour les fautes. La grammaire et l'orthographe, tout ça.

— Je peux t'aider sur ce point, si tu veux. Je peux arranger ça. »

Ils passèrent une heure à vider des tasses de café et à revenir sur l'ensemble de la nouvelle. À la fin, il se demanda ce qu'elle avait voulu dire par « bon écrivain ». Gentiment et l'air de rien, elle démonta chacune de ses phrases ou presque. Elle n'aimait pas les mots qu'il avait choisis, n'aimait pas sa façon d'utiliser les points d'exclamation et n'aimait pas non plus les personnages, ou alors voulait les changer en des gens totalement différents. À présent, Stan n'était même plus sûr de reconnaître ce qu'il avait écrit. Il ne se sentait plus écrivain. L'auteur, c'était elle. Lui s'était borné à amasser des éléments grossiers qu'elle avait transformés en véritable récit. Elle rassembla les feuilles, en égalisa les bords et les remit dans leur enveloppe.

« Quelle nuit, pas vrai ? » dit-elle avec un sourire. Il n'eut pas la force de parler, resta assis bouche bée, haletant comme un poisson hors de l'eau. « Je ferais mieux de te reconduire chez toi, dit-elle. Dick va penser qu'on s'est enfuis tous les deux.

— Je peux marcher », répondit-il. Il avait rêvé qu'après le travail elle ferait un geste dans sa direction et qu'il la prendrait facilement dans ses bras. Mais là, il se sentait vide et asexué. « Rends-moi le texte,

dit-il. Il n'est pas encore prêt à être dactylographié. »
Il tendit la main mais Linda garda l'enveloppe sur ses
genoux avec son sac.

« Non. Laisse-moi le retaper et ensuite on verra.
S'il te pose toujours problème, alors on le modifiera. »
Elle sourit comme si tout allait bien.

Quand ils arrivèrent dans son quartier, il paniqua à
l'idée que peut-être, peut-être seulement, elle lui demanderait de monter chez lui. Il devait l'en empêcher. Il
vivait dans un trou à rat. « Dépose-moi là, n'importe
où », dit-il.

Elle gara la voiture au coin de Jefferson et de
Second. Il n'y avait pas de circulation. Il était presque
trois heures. Était-il censé se pencher vers elle pour
l'embrasser ? Il se souvint de la fête avec ces gens qui
s'embrassaient à tout bout de champ. Un petit baiser ne
la perturberait pas. Il tenta un sourire, mais une grimace
apparut à la place. Ils étaient côte à côte dans la petite
Mini jaune de Dick et il sentait le parfum de Linda.

« Ce sera tapé dans un jour ou deux, dit-elle. Tout
dépend de ma charge de travail au bureau.

— Merci pour ce que tu fais », dit-il. Elle se pencha
et l'embrassa. Quand elle se recula, elle l'observa avec
un air interrogateur. Incapable de trouver quoi que
ce soit à dire, il lança finalement un « Salut ! » et
descendit de voiture. Il regarda le véhicule s'éloigner.
Exactement le genre de voiture qu'il voudrait avoir
un jour. Mais il n'arrivait pas à se concentrer sur la
voiture. Il savait qu'il avait échoué. Elle lui avait tendu
une perche, et il était resté muet.

En se déshabillant dans sa petite chambre vulgaire
où ils n'auraient jamais pu monter, il réalisa qu'elle
ne lui avait donné aucun feu vert. Son regard interrogateur concernait tout autre chose, comme s'il avait
eu mauvaise haleine sans le savoir. En remontant le

couloir désert, nu avec sa serviette blanche à la main, il décida de s'acheter un flacon de Listerine. On ne savait jamais.

21

Quand Dick eut relu la nouvelle version de l'histoire de Stan Winger, retravaillée et tapée au propre, il dut admettre qu'elle était plutôt pas mal. Son agent ne la rejetterait peut-être pas. Peut-être que Dick avait découvert un nouveau talent très prometteur. Peut-être qu'il allait payer cher ce coup de main. Pouvait-il laisser tomber Stan ? Lui dire froidement que, finalement, le texte n'était pas assez bon ? Non. Il l'envoya à Bob Mills et attendit patiemment, espérant recevoir de mauvaises nouvelles. Il aurait pu avoir honte, mais il n'avait rien d'un être parfait ni de quoi que ce soit d'approchant. Il était jaloux. Son statut de voleur permettait à Stan d'exercer sur les autres une fascination contre nature, surtout sur Linda qui s'enthousiasmait sans cesse à son sujet. Elle disait : « Ce garçon s'entendrait tellement bien avec Corso » ou « Jack adorerait Stan ». Elle n'avait jamais proposé à Dick de rencontrer ses amis Beat. En fait, chaque fois qu'il suggérait une escapade à San Francisco, elle l'en dissuadait. « Je ne suis pas encore prête à y retourner », résumait-elle mystérieusement.

Linda recevait des lettres de son autre ami Beat John Montgomery, pleines de ragots sur Jack et Gary, Phil et Michael, etc., et qui rendaient Dick complètement dingue. Montgomery était dans *Les Clochards célestes* et Linda parlait à tout le monde de la lettre de son clochard céleste. Après quoi elle surnommait Dick son clochard du tire-fesses. « Des clochards célestes au clochard du tire-fesses, blaguait-elle. Tout *schuss* ! »

L'agent de Dick lui écrivait rarement. Mills préférait griffonner une note au crayon en bas des lettres de refus ou d'acceptation, et c'est ce qu'il fit aussi avec Stan Winger. « Winger comme O. Henry, gribouilla-t-il sur une lettre de refus, mais je ferai tourner son texte. » La missive venait du *New Yorker*, un rejet catégorique. Mills envoyait de plus en plus les récits de Dick à des magazines réputés depuis la publication dans *Playboy*, mais rien n'aboutissait. Pourtant, ce qu'écrivait Dick devenait trop bien pour les magazines érotiques, et *Playboy* rechignait bizarrement à réitérer l'expérience.

Dick pensa écrire quelque chose sur Stan Winger. Une bonne revanche au cas où Stan serait accepté quelque part dès son coup d'essai. L'histoire d'un cambrioleur qui vole la petite amie de son mentor. Bien sûr, il ne s'était rien passé de tel, mais tous les éléments étaient réunis. La fiction exagérerait la réalité pour la rendre divertissante. Ce qui le retint d'écrire cette histoire était que Linda la lirait. Non pas que cela lui donnerait des idées, mais on ne savait jamais. Ça pourrait la mettre très en rogne. « Tu ne me fais pas confiance ? » dirait-elle de cette voix indignée et vertueuse. De sorte qu'une bonne histoire ne fut jamais écrite et tout West Portland attendit de voir si celle de Stan Winger serait acceptée ou rejetée.

Ce suspense ne taraudait pourtant pas Stan. Il était déjà étonné que l'agent lui ait pris son texte, même si Dick avait précisé que cela ne faisait pas de lui un client. « Il va le faire tourner, c'est tout », avait-il dit. Stan était gêné, mais il ne pouvait rien y faire. Linda l'avait mis dans cette situation en envoyant de la vraie mauvaise littérature à un agent sérieux, ruinant d'avance la réputation de Stan. Il savait ce qu'il avait à faire s'il voulait impressionner Linda. Il devait apprendre à écrire. Il parla à Dick et à ses amis de s'inscrire à un atelier d'écriture en cours du soir, mais ces derniers le découragèrent. L'université de Portland en proposait, mais sans diplôme du secondaire, on ne le prendrait pas. En centre-ville se trouvait l'école Multnomah, une sorte d'école de commerce pour les gens déjà dans la vie active, il avait vu des encarts dans l'*Oregonian* et les Pages jaunes. Il se rendit dans un immeuble sur SW Alder et découvrit que cette institution enseignait aussi la stylistique et avait une section de création littéraire, et que oui, ils prenaient tous ceux qui pouvaient payer les frais d'inscription. Stan choisit la stylistique et l'atelier d'écriture, et paya ce qu'il devait.

Au grand soulagement de Dick, la nouvelle fut rejetée par le premier magazine auquel Mills l'envoya. Malheureusement, il ne s'agissait pas d'un refus pur et simple, mais d'une invite, « Envoyez-nous d'autres choses !!! », rédigée par un idiot, sous quoi Mills avait écrit au crayon : « ??? » Dick décida qu'il était temps de se délester de Stan Winger. Après tout, il lui avait fourni un agent, une éditrice (Linda) ainsi qu'une entrée dans le cercle littéraire de Portland, aussi restreint fût-il. Qu'il vienne lui-même récupérer le courrier qui lui était destiné. Dick descendit Broadway vers le Jolly Joan et laissa la lettre à la copine de Marty qui la transmettrait à Marty qui trouverait Stan. Les escrocs sont tellement sournois. Manifestement, Stan ne voulait même pas que son agent sache où il habitait.

Stan montra timidement sa toute première lettre de refus à son professeur, M. Monel. D'emblée, il aima M. Monel. Un homme imposant, pas plus de trente ans, arborant un air joyeux et une belle crinière. Debout devant ses étudiants, six femmes plus Stan, il annonça qu'il n'y connaissait rien en matière de création littéraire, mais que quand le boss avait appris qu'il écrivait « un bon vieux roman » durant son temps libre, il lui avait attribué le cours. « La création littéraire, ça ne s'enseigne pas, dit-il platement, et ça ne s'apprend pas non plus. Je crois qu'on naît avec. Ce qu'on peut faire ici, dans ce cours, c'est écrire beaucoup, lire aux autres ce qu'on aura produit, et tenter de s'entraider. » Exactement ce que recherchait Stan, et c'était de la bouche de ce genre d'homme qu'il voulait l'entendre. Stan ne put se retenir d'aller le voir après le cours et de lui proposer de prendre une bière.

« Bien sûr », répondit Charlie avec un grand sourire.

22

Charlie adorait l'Oregon. Le simple fait de traverser la frontière avait été génial ; la Californie sèche et brûlante, le ciel bleu, et de l'autre côté de la frontière, de gros nuages noir et blanc qui déversaient de la pluie sur des montagnes recouvertes de forêts d'un vert très foncé. Des montagnes, mais pas comme les chaînes accidentées qu'il avait connues dans le Montana de ses origines. Vertes, mais d'un vert inédit pour lui, comprenant tous les tons et toutes les nuances imaginables, des verts chauds et des verts froids, des très sombres et d'autres presque blancs. Charlie n'avait jamais vu autant de vert de sa vie. Et la pluie, comme pour expliquer à Charlie dans quoi sa famille et lui s'engageaient, se mit à tomber en grosses gouttes éclaboussantes depuis la frontière de l'État jusqu'à

Portland. Charlie conduisit tout du long au volant de leur Volkswagen de 1961 flambant neuve, qui par une coïncidence étonnante était aussi verte, d'un vert doré. Il avait prévu de partager la corvée de la route avec Jaime, mais la pluie avait été si incessante qu'ils n'avaient jamais changé de place. Et puis, il y avait ces énormes camions qui transportaient du bois, de la largeur de la voie et chargés de troncs qui faisaient entre quinze et dix-huit mètres de long, arpentant les routes de l'Oregon dans un rugissement comme s'ils en étaient propriétaires. Plus d'une fois, Charlie avait dû serrer fort le volant pour ne pas être envoyé sur le bas-côté par l'appel d'air et d'humidité en croisant violemment l'un de ces monstres. C'était comme de pénétrer dans un monde entièrement nouveau, exactement ce que Charlie et Jaime voulaient. Entassées sur la petite banquette arrière se trouvaient Edna et bébé Kira. Le camion de déménagement Lyons leur apporterait leurs livres ainsi que leurs meubles et Charlie espérait seulement qu'ils n'entreraient pas en collision avec des bûcherons.

Deux jours plus tard, la pluie s'interrompit durant une heure, le temps de montrer à Charlie et Jaime les beautés de la campagne environnant leur ville d'adoption. Ils se trouvaient dans le quartier de Council Crest, dans les collines au sud-ouest de Portland, et on leur faisait visiter une maison bien trop onéreuse à quatre-vingts dollars par mois. Tout était trempé, mais il ne pleuvait pas, et ils regardèrent par les grandes fenêtres panoramiques avec regret car ils furent obligés de décliner l'offre. La vue donnait sur le centre-ville, charmant à travers la brume. Puis les nuages se dissipèrent et ils virent, sur ce qui devait faire des centaines de kilomètres, les collines ondoyantes et boisées qui entouraient la ville, et même, au loin, les quatre sommets volcaniques enneigés qui surplombaient l'ensemble. Mount Hood, Mount Adams, Mount Jefferson et Mount St Helens, apprit Charlie.

« Mon Dieu, que c'est beau », murmura Jaime en se rapprochant de Charlie. Il passa un bras autour d'elle.

« Nous sommes des Orégonais, désormais », déclara-t-il solennellement, et il lui serra l'épaule. Kira et Edna, elles aussi orégonaises, étaient restées au Sunrise Motel. Heureusement qu'Edna était là, pensa Charlie pour la centième fois. Non seulement elle leur servait de baby-sitter à domicile, mais elle avait aussi aidé Charlie à convaincre Jaime que quitter San Francisco n'allait pas détruire leur vie. Jaime avait beaucoup résisté quand la seule offre d'emploi qu'avait reçue Charlie avait été à l'école de Multnomah.

« J'imagine que je ne suis pas leur premier choix, avait-il concédé avec un sourire, mais elle avait préféré ne pas l'entendre.

— Ce n'est pas un choix tout court, avait-elle répondu mystérieusement.

— Toujours mieux que l'Iowa. » Mais pourquoi ça ? L'Iowa avait accepté Charlie, après qu'il avait ravalé sa fierté et passé son dernier examen. Mais Charlie, lui, n'avait pas accepté cet exil loin de sa famille. Jaime l'avait persuadé qu'ils avaient besoin de l'argent du Saxon pour le bébé et leur vint donc l'idée de se laisser un an ou deux pour terminer leur roman. Charlie ne comprenait pas pourquoi Jaime n'écrivait pas. Elle était douée, tellement plus que lui. D'une certaine manière, son travail d'écriture se résumait à leur bébé à qui elle avait absolument voulu donner un nom ressemblant au cri que poussent les aigles d'Amérique. D'après elle. *Kiiiiir*, c'était le souvenir que Charlie gardait des aigles du Montana. Kira n'en était pas moins un joli prénom, et le bébé, que Charlie trouvait déjà particulièrement féminin et mystérieux, le portait bien. C'est aussi à cette occasion qu'Edna se révéla sous son vrai jour. Dès qu'elle sut que sa fille était enceinte, elle grimaça : « J'imagine qu'il va me falloir arrêter de boire », et c'est ce qu'elle fit. Elle passa quelques nuits hantées par de mauvais rêves, puis tout alla bien.

Le premier effet visible de ce changement fut que Charlie découvrit en sa belle-mère une amie et une femme à la conversation brillante. Edna était quelqu'un de bien. Au début, ils hésitaient à boire ne serait-ce que de la bière devant elle, mais elle rit : « Oh, allez-y. J'ai eu ma dose. » Elle perdit rapidement du poids et devint une femme séduisante, aux joues encore rebondies, aux hanches rondes, et qui ressemblait beaucoup à sa fille.

Edna aimait l'idée de déménager dans l'Oregon, même si c'était pour un travail mal payé et sans sécurité, une simple école de commerce, à la limite de l'escroquerie. « Il nous faut tous repartir de zéro », déclara-t-elle.

Ils trouvèrent la location parfaite à Lake Grove, à treize kilomètres au sud de la ville, près du lac Oswego. La maison avait été construite tout de suite après la Seconde Guerre mondiale sur un demi-hectare boisé, avec une petite clairière pour faire un potager derrière la maison. Il y avait un appartement pour sa belle-mère construit au-dessus du garage, minuscule mais parfait pour Edna, une allée circulaire en gravier qui menait à la porte d'entrée, une petite clôture en bois et de la végétation à foison. L'intérieur de la maison était sombre et confortable, agrémenté d'une grande cheminée, d'une vaste cuisine et de trois chambres. Ils passèrent deux semaines à acheter des meubles d'occasion et s'estimèrent chez eux quand Edna posa sa litho signée de Picasso sur le manteau de la cheminée.

Tout aurait dû être parfait. Charlie avait du travail, de l'argent à la banque, un bureau où travailler. Il peinait sur son roman, un peu, pas trop, mais ce satané texte était mauvais, point barre. Il commençait à comprendre qu'il était très difficile de dire quoi que ce soit sur la guerre. Le domaine avait été pas mal exploré, d'Homère à James Jones. Même l'expérience de prisonnier de guerre de Charlie avait été abordée dans un livre de e.e. cummings intitulé *L'Énorme Chambrée*. Il avait complètement déprimé Charlie. Il racontait la période que cummings avait passée dans un hôpital français durant la Première Guerre mondiale et, quand Charlie était arrivé au bout, il avait le visage ruisselant de larmes et savait que cummings avait dit tout ce qu'il y avait à dire sur ce que c'était que d'être prisonnier. Dans la foulée, cummings était devenu l'un de ses écrivains préférés. Bien sûr, personne, pas même e.e. cummings, n'avait *tout dit sur tout*. Si bien que Charlie n'était donc pas libéré de son obligation de terminer ce roman de guerre horriblement long, terriblement ennuyeux et totalement vain. Roman qu'il ne montrerait plus à personne tant qu'il ne serait pas un tant soit peu présentable. C'était en partie pour ça qu'ils étaient venus à Portland. Pour s'éloigner de l'intense compétition littéraire. Là, il pourrait écrire en paix et commencer à accepter les réalités de la vie conjugale.

Son boulot d'enseignant était absurde, mais merveilleux, et il se dit finalement content qu'aucune école respectable n'ait voulu de lui. Celle de Multnomah était une institution qui offrait des enseignements pratiques, pleins de bon sens pour ceux qui voulaient aller de l'avant. La plupart des étudiants étaient de jeunes adultes qui avaient sans doute eu une première expérience de la vraie vie trop peu concluante à leur goût. Ils voulaient apprendre de Charlie comment écrire de manière compétente, et, sacré nom, il le leur apprendrait. Il ne lui fallut que quelques cours pour comprendre que son job était d'autant plus important que l'école était ouverte à tous. Charlie pouvait apprendre à ses étudiants comment réussir dans leurs autres cours. Il vit tout de suite que la plupart d'entre eux n'avaient jamais eu de chance. Ils étaient là pour s'en inventer une, et Charlie voulait les y aider.

Bref, le boulot était formidable. La maison était formidable. Tout était formidable sauf Jaime.

23

Elle détestait tout, de la pluie qui s'était mise à tomber à la frontière de l'État à leur maison de style ranch au fond des bois. C'était la première maison du genre dans laquelle elle entrait. Elle semblait incroyablement miteuse et étriquée avec ses pièces pareilles à des boîtes, ses plafonds bas, ses installations électriques en ferraille minable, et son lino partout où il aurait dû y avoir du carrelage. Jaime avait l'habitude des salles de bains carrelées de Californie, et au diable tout ce qui ne remplissait pas ces critères. Le seul avantage qu'elle trouvait à la maison était sa situation géographique, à treize kilomètres de Portland, une ville presque aussi délibérément laide qu'Oakland.

Elle avait vingt ans et un bébé, vivait au milieu de nulle part avec une mère folle et un mari qui enseignait dans une école de commerce de troisième zone. Pas étonnant qu'elle soit déprimée. La veille encore elle vivait sans même s'en apercevoir dans un monde imaginaire de richesse et de statut social. La vie sur

Washington Street avait été incroyablement raffinée et protégée, et San Francisco incroyablement sophistiqué, vivant et varié. Tout avait disparu à présent. Jaime vivait au milieu de gens qui ne semblaient pas savoir qu'ils étaient dans l'Enfer pluvieux. Elle se sentait comme une exilée.

Néanmoins, sa mère l'étonnait. En moins d'un an, d'ivrogne inintelligible, Edna s'était transformée en femme active et intelligente. Jaime aimait que sa mère ne soit pas tout le temps abrutie par l'alcool, mais n'était pas sûre d'aimer l'avoir avec eux. Elle était censée s'occuper de Kira, mais en fait Jaime se chargeait de tout pendant qu'Edna se contentait de critiquer. C'était bien qu'Edna ait son propre appartement au-dessus du garage, sa propre petite cheminée et sa chambre en mezzanine, mais elle était sans cesse fourrée dans la cuisine de Jaime à boire un nombre incalculable de tasses de thé et à parler tandis que Jaime s'occupait de la maison et du bébé. Dehors, la pluie. Charlie avait acheté quatre stères de bois dans un dépôt quelconque. Il avait passé un après-midi entier à l'extérieur avec deux types du coin en veste à carreaux et casquette, à entasser du bois sous l'appentis entre la maison et le garage, et depuis, le seul moment où Jaime sortait ou presque était celui où elle allait chercher des bûches. Et chaque fois, elle respirait l'Oregon en hiver, une lourde odeur de bois humide qu'elle détestait autant que la pluie elle-même.

Puis Edna la stupéfia en annonçant qu'elle se sentait inutile et voulait travailler.

« Bonne chance, maman », rétorqua Jaime.

Peu après, Edna s'acheta une Mercury d'occasion avec ses économies sorties d'elle ne savait où, alla à Portland et se trouva un poste à l'*Oregonian*, le journal le plus important de l'État. Elle était secrétaire de rédaction pour la rubrique des petites annonces, comme au temps du *Chronicle* des années plus tôt. Cela permit à Jaime de souffler un peu, mais pas suffisamment. Quand Charlie était à la maison, c'est-à-dire pas si souvent, soit il dormait soit il écrivait dans son bureau. Jaime ne lui demandait pas si ça avançait, et il ne lui posait pas non plus la question. Elle n'avait jamais lu l'intégralité de son manuscrit. Il tenait dans deux cartons et devait désormais peser dix-huit kilos. Franchement, ce roman en cours l'effrayait. Elle ne savait pas trop pourquoi. Cette chose changerait leur vie quelle que soit la forme de son aboutissement. Si elle était conforme à leurs espérances, Charlie monterait en grade dans le monde des lettres et cela pouvait être destructeur. Mais si le livre était un échec, ça le tuerait, éviscérerait le Charlie qu'elle aimait, le transformerait en l'un de ces vieux enseignants amers avec un roman raté dans un tiroir de leur bureau.

Quant à elle, elle avait abandonné. Kira lui prenait toute son énergie. Même quand Kira dormait, que sa mère était au travail et Charlie parti, elle n'avait pas la tête à écrire. Cela lui suffisait de rester assise au calme à la cuisine avec une tasse de thé et la radio qui passait de la pop insipide. Elle pensait aux filles qu'elle avait connues, celles qui briguaient le titre d'artiste, les joueuses de trombone, les poétesses, les peintres, les comédiennes, celles qui comme Jaime avaient rêvé de romans. Que leur était-il arrivé ? La même chose qu'à Jaime ? Leurs ambitions enterrées sous le mariage ?

L'expérience qu'avait Jaime de la neige se limitait à des séjours à la montagne quand elle était petite et elle ne s'était jamais retrouvée prise dans un vrai blizzard. Sa première fois fut à bien des égards sa meilleure. Il se mit à neiger un dimanche matin, alors qu'ils étaient tous les quatre à la table de la cuisine.

« Il neige », déclara Charlie en regardant par la fenêtre. Jaime donnait à manger à Kira et ne se tourna pas pour regarder.

« Formidable », dit-elle, mais à l'intérieur, elle était un peu excitée. Dès qu'elle en eut l'occasion, quand Kira s'endormit dans son parc, elle alla se poster à la porte de derrière, là où l'avant-toit la protégeait de la neige qui tombait bien droit. Elle regarda ce spectacle en se demandant pourquoi cela la faisait se sentir si bien. Les flocons étaient gros, impressionnants, même, et le sol en fut vite couvert. Il y avait un silence incroyable, aussi, *le silence de la neige qui tombe*, essaya-t-elle dans sa tête. Elle s'accrochait aux arbres et aux arbustes, altérant l'apparence de tout l'environnement et, pour la première fois, Jaime pensa qu'elle finirait peut-être par aimer l'Oregon. Puis Charlie sortit et, comme un petit garçon, il fabriqua des boules de neige qu'il lança sur elle.

« Viens ! hurla-t-il. C'est ta première tempête de neige ! »

Elle joua le jeu, trempée et frigorifiée, courut dans la neige. Ils la regardèrent s'accumuler toute la journée, faisant des commentaires du genre : « Bon sang, ça monte haut ! » Charlie expliqua à Jaime et Edna que ce n'était pas un vrai blizzard pour autant, qu'il fallait aller dans le Montana pour connaître ça. « J'ai vu la température tomber de vingt et un à moins vingt-trois en moins de trois quarts d'heure, leur raconta-t-il alors que la neige se collait en silence contre les fenêtres.

— Tu devrais le mettre dans ton livre », dit Jaime. Il y avait quelque chose d'étrange dans sa réaction à cette neige. Elle voulait qu'elle continue de tomber et monte jusqu'à quinze mètres pour voir ce qui arriverait. C'était un sentiment anarchiste, un je-m'enfoutisme absolu. Que la circulation soit paralysée, que les commerces et les écoles ferment, que tout s'arrête pendant que la neige ensevelissait tout.

« Tu te souviens de la nouvelle *Les Morts* ? demanda Charlie en interrompant ses pensées.

— Oui. Celle où Joyce raconte que la neige recouvre l'Irlande. »

Il sourit. « Tu veux que je reste sous la neige pour te prouver mon amour ?

— Ça va aller, merci. »

Le lendemain au lever, la neige était toujours là et formait une méchante croûte de glace. Charlie dut déblayer l'allée circulaire et attendre que le chasse-neige trouve son chemin jusqu'à eux.

« Qu'est-ce qui te fait croire qu'un chasse-neige va passer ? » demanda-t-elle. Elle était sur la véranda et le regardait s'activer avec la pelle.

Charlie soufflait de joyeux panaches de vapeur. « C'est forcé qu'un chasse-neige passe. » Une heure plus tard, il passa effectivement, et Charlie et Edna partirent travailler. Le bruit que faisaient les voitures était sinistre, le raclement du moteur tandis que les roues avançaient sur la neige silencieuse. Après leur départ, elle s'assit dans la cuisine. Kira dormait dans un coin de la pièce. Les flocons se remirent à tomber. Jaime pensa se suicider.

Elle voulut garder pour elle ce séisme existentiel et aveugle, mais le soir même, au lit, elle en parla à Charlie. Il était sur le dos et touchait sa jambe sans la regarder. « Il faut que tu t'habitues à ces hivers.

— Tu crois que c'est ça ? »

Il se tourna vers elle et au bout d'un moment il sourit. « C'est l'hiver, c'est tout. Faut le savoir. Les régions enneigées sont des régions à suicide.

— Ça t'a déjà traversé l'esprit ?

— Bien sûr. Dans le Montana, les gens passent l'hiver à y penser. Si les fusils ne gelaient pas, tout le monde serait mort. » Il gloussa. « Je blague. »

Elle avait touché une corde sensible, elle le savait. Son expérience de prisonnier de guerre, peut-être ? Il n'en parlait jamais. « Je réserve ça au livre, répétait-il. Je n'y pense que quand je travaille. » Avait-il pensé au suicide dans le camp de prisonniers ? Cela avait-il été horrible ? Il avait eu très froid, sans doute. Elle se demanda si la neige rappelait à Charlie son expérience de prisonnier.

« Faisons l'amour, dit-il et il glissa la main sur son ventre chaud.

— Non », répondit-elle.

24

Charlie découvrit rapidement que Stan était un voleur. Ils buvaient de la bière dans une des brasseries du centre et parlaient d'écriture, mais au bout d'un moment Stan raconta à Charlie ses aventures dans la prison du comté. « Tu devrais écrire là-dessus », l'incita Charlie. Stan était l'auteur enthousiaste d'histoires à sensation, mais Charlie pensait qu'il pouvait faire mieux. Il ne critiquait pas la littérature de genre, il poussait seulement Stan à écrire sur des choses qui lui étaient plus intimes.

« Tu n'es pas toujours obligé de surprendre le lecteur à la fin, expliqua-t-il une nuit alors qu'ils buvaient au Broadway Inn.

— C'est ce qui fait l'intérêt du truc.

— Tu devrais lire plus de classiques », lui conseilla Charlie. Il mentionna Maupassant, Tchekhov, Hemingway, Steinbeck et John O'Hara. Stan sortit son petit carnet et écrivit consciencieusement les noms. Une semaine plus tard il vint trouver Charlie après le cours de stylistique et dit qu'il était plongé dans Maupassant. « Bon sang, ce type connaît son affaire, dit-il avec un grand sourire, et Charlie fut submergé par une vague de plaisir.

— Tu m'étonnes ! » dit-il à voix basse pour que les autres étudiants ne l'entendent pas. Stan lui lança un clin d'œil comme s'ils complotaient quelque chose. Ça ne fit pas un pli, l'écriture de Stan s'améliora d'un coup. Ce qu'il écrivait n'était pas encore renversant, mais ses dialogues avaient gagné en vérité.

Une nuit, Stan reçut des nouvelles. Un texte qu'il n'avait pas montré à Charlie avait été acheté par le *Raymond Chandler's Mystery Magazine*. Pour cinquante dollars.

« Tu viens de me doubler, fiston, dit Charlie avec regret. Je n'ai jamais rien vendu. » Stan reconnut qu'on l'avait beaucoup aidé sur ce texte et invita Charlie à une fête pour célébrer la vente.

« Viens avec ta femme, dit Stan.

— J'essaierai. »

L'hiver avait été long, les tempêtes de neige s'étaient succédé, fonte, verglas, pluie sans discontinuer durant de longues et mornes semaines, puis retour de la neige. Cela n'affectait pas Charlie. Sa nouvelle Volkswagen adorait la neige, et il roulait sans problème quand les propriétaires de grosses voitures au moteur plus puissant chassaient pour finir dans les congères. Il apprit à Jaime à conduire dans ces conditions climatiques mais elle ne perdit jamais sa nervosité et il finit par prendre en charge la plupart des courses et tout ce qui exigeait de quitter la maison. Il s'inquiétait pour Jaime. Elle restait enfermée toute la journée, n'écrivait pas, et si elle semblait de bonne humeur la majeure partie du temps, Charlie devinait le tic-tac d'une bombe à retardement. On l'avait invité à des fêtes, à boire des bières en soirée avec ses étudiants et même avec l'administrateur de l'école, mais Jaime avait toujours une raison pour ne pas l'accompagner. « Vas-y, toi, disait-elle. Moi, je suis bien ici.

— Je déteste te laisser seule.

— J'ai été seule toute ma vie. »

Bien sûr, elle avait le bébé vingt-quatre heures sur vingt-quatre, et sa mère le soir, mais Charlie comprenait ce qu'elle voulait dire. Il essayait de rentrer à la maison tout de suite après les cours du soir, mais l'ennui c'était qu'après deux heures d'enseignement il était toujours très agité. S'il rentrait à la maison, soit Jaime dormait, soit il l'ennuyait à mourir en lui racontant sa journée à l'école. S'il s'attardait en ville, il buvait des bières avec Stan Winger et rentrait ivre.

« Viens. Juste cette fois. Stan est un type intéressant. » Il fit une pause. « Il est voleur. »

Elle ne comprit pas tout de suite. « Il vole les histoires des autres ?

— Il cambriole des maisons. »

La fête se tenait sur SW Cable, dans les collines à l'ouest du centre-ville. La neige avait été dégagée des routes, mais il tombait une pluie très froide, et Jaime ne décrocha pas un mot durant les treize kilomètres de trajet. Elle avait rechigné à passer une soirée parmi des péquenots de l'Oregon, et encore plus avec des péquenots lettrés. Néanmoins, Charlie n'était pas inquiet. Jaime était si jolie qu'elle pouvait se comporter n'importe comment, les gens ne lui en tiendraient pas rigueur. Il espérait juste qu'elle ne traiterait personne de péquenot. Il s'avérait que, dans l'Oregon, on n'aimait pas trop les Californiens.

« Ce ne sont pas des péquenots », dit-il par-dessus le grincement des essuie-glaces. Elle fit un petit bruit.

En montant les marches glissantes vers la maison, Jaime prit la main de Charlie et dit : « Je suis encore enceinte.

— C'est formidable, répondit Charlie après un trop grand nombre de marches. Fais attention où tu mets les pieds. » Ils étaient devant la porte, qu'on leur ouvrit grand, et Charlie sentit la chaleur de la maison sur son visage réfrigéré. Un petit gars aux yeux brillants se tenait devant lui.

« Je suis Dick Dubonet, bienvenue dans mon chalet », dit-il.

Jaime sourit et tendit la main. « Bonjour, je suis Jaime Monel. » Elle se fondit dans la fête comme si elle en était l'hôtesse.

« Oh, quelle belle épouse ! » s'exclama Dick Dubonet et Charlie l'aima sur-le-champ. Non pas parce qu'il avait dit que Jaime était belle, mais pour son enthousiasme de ravi de la crèche. Charlie s'était préparé à trouver Dick Dubonet antipathique depuis qu'il avait entendu Stan en faire une description pleine de cette déférence qu'on doit à un héros. Et il était tout ce à quoi Charlie s'était attendu, trop exubérant, trop littéraire, trop petit. En revanche, Charlie ne s'était pas attendu à son ouverture d'esprit ni à son absence de sophistication, même si le gars se démenait pour se comporter de manière sophistiquée.

« Et voici ma femme, Linda, dit Dick.

— Je ne suis pas ta femme, répliqua Linda en souriant à Charlie.

— Je ne vois pas pourquoi nous aurions besoin que l'État approuve notre relation », se renfrogna Dick.

Une vingtaine de personnes étaient présentes, et des musiciens avec guitares et banjos étaient assis près du canapé. La musique était forte et énergique, mais personne ne dansait. Sur la table du salon, de la nourriture et des boissons, surtout des bouteilles de bière Blitz-Weinhard ; Charlie alla au buffet, s'évertuant à retrouver l'usage de son cerveau. Un autre enfant, là maintenant. Le voulait-il vraiment ? Est-ce que c'était à cause de ça que Jaime se comportait de manière si étrange ? Il se servit de la salade de pommes de terre avec du salami et des olives sur une assiette en carton et se versa un verre de bière. Derrière lui on commençait à danser. Stan apparut à ses côtés pour se servir à manger.

« La clique des gens de lettres », dit ce dernier. Fièrement, pensa Charlie. Bon, pourquoi pas ? Il se retourna, prêt à s'amuser, prêt à accueillir un nouvel enfant. En revanche, il ne s'était pas préparé à Linda McNeill dont il croisa le regard alors que les banjos à cinq cordes trouvaient leur rythme de croisière.

25

Stan fut témoin du regard échangé entre Charlie Monel et Linda, et cela lui gâcha la soirée. Non seulement il en comprit la signification, mais depuis son poste d'observation, il vit que Dick Dubonet avait lui aussi aperçu leur regard malgré sa brièveté, et à ce que Stan put en juger, Dick l'apprécia aussi peu que lui. Le regard était simple. La plus belle femme de la pièce envoyait un signal au plus bel homme des lieux. « Je suis à toi. » Et le banjo continua de jouer.

« *Wake up, wake up, darlin' Corey !* » hurlèrent les invités en chœur par-dessus la musique à l'instant où Stan s'asseyait dans un coin sans même taper du pied. Il avait beaucoup fantasmé sur Linda. En se basant sur un regard qu'elle lui avait lancé, peu de temps auparavant, et sur tout le temps qu'elle lui avait accordé pour l'aider à retravailler son texte. Il s'était convaincu qu'une publication changerait sa vie et comprenait qu'en fait il s'était surtout imaginé vivre une aventure avec Linda. Il avait automatiquement supposé que. Il avait oublié qui il était. Il avait oublié la réalité. Ce genre de femme était faite pour des hommes tels que Charles W. Monel.

« *But the kitty came back, the very next day,*
The kitty came back, 'cause she couldn't stay away... »

Bien sûr la femme de Charlie était elle-même jeune et belle, avec des cheveux d'un roux flamboyant coupés à la garçonne et un corps à la silhouette androgyne. Elle dansait à présent avec Jeffrey Lyman, un gamin insouciant dont Stan se disait qu'il devait être homosexuel, un type sympathique. Charlie obtiendrait ce qu'il voulait de Linda, Stan en était sûr. Et pourquoi pas ? Ces gens étaient des artistes, ils s'échangeaient sans doute tout le temps leur femme ou leurs petites amies. Les deux personnes qui s'embrassaient sur le canapé n'étaient pas arrivées ensemble. Stan eut envie de se taper une fille, mais Vancouver paraissait d'autant plus loin par cette pluie froide, et Stan n'avait pas envie de se poser dans un bus. Ses insuffisances en matière sexuelle l'envoyaient souvent ruminer dans un coin durant les fêtes. Elles expliquaient aussi très certainement pourquoi il cambriolait des maisons. Elles expliquaient toute sa vie. Y compris pourquoi, à cette fête pourtant organisée en son honneur, il se sentait comme une merde. Cette publication n'avait fait que souligner son inadéquation en tant qu'être humain. Prenez la question de Linda.

C'était elle qui lui avait annoncé que son texte avait été pris. Elle l'avait invité à déjeuner au Buttermilk Corner dans le dessein de le lui dire. Puis, alors qu'il avait la bouche pleine de rôti de bœuf, elle avait lancé : « Bob Mills a appelé. Devine quoi ?

— Quoi ? » avait-il demandé en avalant sa bouchée de viande. Son cœur battait déjà à tout rompre. Il avait espéré qu'elle l'invitait parce qu'elle tombait amoureuse de lui. Du coup, il resta bouche bée, l'écouta lui annoncer la bonne nouvelle. C'était assez décevant.

Elle posa la main sur la sienne. « Tu n'as pas l'air content. Réjouis-toi, tu es un auteur publié.

— Je ne suis pas auteur, dit-il, rouge de gêne.

— Mais si. » Linda lui adressa un de ses merveilleux sourires. « Non seulement tu l'es, mais tu es l'un des meilleurs de Portland. Avec une seule nouvelle. »

Elle savait sans doute qu'il souffrait d'un complexe d'infériorité.

À présent, à la fête, elle vint s'asseoir par terre avec lui. Les musiciens avaient rangé leurs instruments et le phonographe jouait un jazz sonore. Stan était un peu ivre et, quand elle passa un bras autour de ses épaules, il détourna le visage pour qu'elle ne sente pas son haleine. En vain. Elle lui prit le menton et le tourna vers elle. Elle était à trois centimètres.

« Je veux un baiser de l'invité d'honneur », dit-elle et elle l'embrassa. Pour la deuxième fois. Son esprit se vida d'un coup. Une fois revenu à la réalité, il vit qu'elle lui souriait, les yeux pleins d'une affection qu'il n'avait jamais connue de sa vie. Comment ne pas tomber amoureux ?

Mais il garderait cet amour secret. Pour toutes les raisons déprimantes imaginables. C'était la copine de Dick Dubonet. Elle l'avait aidé par pure gentillesse. Et elle allait coucher avec Charles Monel. Qu'il avait invité à la fête. Avec fierté. Son professeur. Étrangement, il n'en voulut pas pour autant à Charlie. Ça (ou est-ce qu'on disait « ce » ?) n'était pas sa faute.

Cinq semaines plus tard, il apprit que le *Raymond Chandler's Mystery Magazine* avait mis la clé sous la porte. Son texte ne fut ni payé ni publié. Stan eut son nouvel agent au téléphone et Mills lui dit de sa voix grave et sèche que l'histoire était bonne, et qu'il parviendrait certainement à la placer très vite ailleurs. Continue d'écrire. En raccrochant, il vit le sourire de Dick et l'air triste de Linda.

« Heureusement que tu n'as pas dépensé l'argent, dit Dick.

— J'étais sûr qu'il y aurait un problème », affirma Stan. Sans amertume.

« Allons manger un hamburger au Jerry, proposa Dick. C'est moi qui invite.

— Alors dans ce cas », dit Linda avec un sourire contrit en direction de Stan. Ce fut un sacré trajet, Linda sur ses genoux dans la petite Mini. Le Jerry n'était qu'à moitié plein. Marty était là avec sa joueuse de pipeau assise à côté de lui. Marty a trop de femmes, pensa Stan. Si on s'en tenait aux critères classiques, celle-ci n'était même pas jolie, petit menton, joues rondes, les yeux baissés la plupart du temps. Elle avait une chevelure magnifique, en revanche. Et une très belle peau. Avant que leur commande n'arrive, les deux femmes allèrent aux toilettes, et les trois hommes se détendirent.

« Elle traverse une période difficile, dit Marty au sujet de Mary Bergendaal.

— Je parie qu'une joueuse de pipeau, ça taille super bien les pipes », plaisanta Dick Dubonet. Ils rirent.

Stan se rappela la conversation seulement parce que quelques semaines plus tard il entra au Jolly Joan vers trois heures du matin après une ou deux heures d'écriture et trouva Marty assis seul au bar avec une tasse de café. Stan prit le tabouret d'à côté, content de rencontrer un visage familier. Mais Marty était maussade.

« Comment est le café ce matin ? demanda Stan.

— Tu te souviens de Mary Bergendaal ? » Marty paraissait hagard et Stan sut immédiatement ce qu'il allait dire. Nom de Dieu, c'était écrit sur le visage de cette fille.

« Elle est morte, c'est ça ? » Il sentit ses entrailles se glacer.

Marty fronça les sourcils. « Oui. Comment le sais-tu ? » Il n'attendit pas la réponse et se mit à parler de Mary Bergendaal. Elle était si réservée, une petite fille silencieuse, c'était tout, qui passait la plupart de son temps à travailler son instrument. Marty était son seul ami en dehors de l'orchestre symphonique de Portland, et il ne s'était pas vraiment comporté en ami. « Je l'ai laissée faire », dit-il, son habituelle expression amusée remplacée par ce qu'il fallait bien appeler de l'angoisse. Elle avait vingt-quatre ans et s'était tiré une balle de fusil dans la tête. Marty avait vu l'arme sous le lit plusieurs fois.

Pour une raison ou une autre, la mort de Mary Bergendaal affecta Stan plus fortement que cela n'aurait dû. Il la connaissait à peine. Ils avaient été assis en face au Jerry, cette autre fois. Qu'aurait-il pu lui dire ? « Ne te suicide pas. » C'est ça, oui. S'il éprouvait tant de compassion pour cette fille, c'était peut-être parce qu'il s'identifiait à elle. Une solitaire, dévouée à son art. Jusqu'au moment de la révélation. Tout ça sert tellement à rien, putain. Quand on n'a pas l'amour.

Stan se lança dans un nouveau texte sur Mary. Il n'avait ni le temps ni l'imagination pour trop la maquiller, alors il écrivit simplement l'histoire d'une fille seule qui se fatigue des blagues graveleuses sur elle et son instrument. Il l'intitula « Le mot de trop » et l'envoya à Mills sans la montrer à personne, pas même à Charlie. Mills la retourna aussitôt. « Belle histoire, mais pas commerciale. » Stan était d'accord. Il ne savait même pas pourquoi il avait envoyé ce foutu texte. Il l'avait écrit tout bonnement parce qu'il en avait eu envie. En le relisant, il se dit que c'était mal écrit, mais que c'était son meilleur. Il le mit de côté, avec ses travaux expérimentaux.

26

Son premier hiver dans l'Oregon se termina par une fausse couche. La douleur fut atroce. Elle resta assise sur la cuvette des toilettes en se tenant le ventre pendant des heures, l'esprit ailleurs, entendant la pluie marteler le toit sans discontinuer. Charlie n'était pas encore rentré de ses cours. Sa mère était dans son propre appartement, Kira endormie dans sa chambre. Une des qualités de Kira était qu'elle dormait bien. La douleur se manifesta par intermittence comme un doigt qui lui fouillait les entrailles, puis dans un accès de douleur infernale, elle perdit le fœtus. Elle l'aurait appelé Isis.

Jaime se sentait coupable. Elle n'avait pas voulu tomber enceinte, et quand elle l'avait dit à Charlie, lui non plus, manifestement, ne voulait pas d'un autre enfant, pas si tôt. Être à la fois épouse et mère de deux enfants à son âge, autant creuser tout de suite sa tombe. Mais quand l'enfant mourut en elle, elle pénétra dans des ténèbres qui rendirent les débuts de la dépression légers en comparaison. Il y faisait si noir que cela ne ressemblait même plus à du noir. Elle était parfaitement rationnelle, seulement elle n'éprouvait rien. Elle était en deçà de la sensation, en deçà du suicide. Assise à la table de la cuisine, son sang imprégnant une serviette Kotex et alors qu'elle attendait le retour de Charlie, elle réfléchit à une mort simple et ordinaire. Ils n'avaient ni comprimés ni fusil à la maison. Il lui faudrait se taillader les veines jusqu'à en perdre la vie. Elle se souvint de la nouvelle de Jack London sur l'homme qui s'y était mal pris. Elle pensa à son amie à San Francisco qui s'était égratigné le bras avec une lame de rasoir, soixante-quatre petites coupures parce qu'elle n'avait reçu qu'une seule carte pour son anniversaire. Des marques d'hésitation, on appelait ça. Jaime ne voulait pas que Charlie rentre et la découvre avec une lame à la main, du sang partout et de petites coupures sur tout l'intérieur du bras. « Je n'y suis pas arrivée... » Non. La voiture de sa mère était dans le garage. Elle pouvait prendre le tuyau de l'aspirateur, le fixer au pot d'échappement, le passer dans l'habitacle par la vitre, colmater l'ouverture avec du papier journal, et démarrer. Trois petits tours et puis s'en vont.

Sa dépression dépassa rapidement la phase suicidaire quand elle pensa aux effets qu'elle aurait sur sa fille, sa fille bien vivante, Kira. Qui dormait dans la pièce d'à côté. Qu'apprendrait-elle de la mort de sa mère ? À se tuer. Jaime sombra plus profondément, une poussière dans le cosmos, ha ha ha, moins que les éléments qui constituent la matière, moins qu'un atome, jusqu'au néant de la réalité. Le vide. Ne lui laissant même plus de raison de mourir.

Charlie arriva, ivre. « Oh, tu es debout. Ça va ?

— Je vais bien. »

Il loucha vers elle, le regard vitreux. « Alors, au lit ! » dit-il dans un ronronnement profond et il se pencha pour l'embrasser dans la nuque. Elle perçut l'odeur de la bière et des chips dans son haleine.

« Je ne peux pas. Je viens de faire une fausse couche.

— Hein ? » dit Charlie en la relâchant et elle ne le vit plus. La pluie heurtait le toit.

« Tout va bien.

— Nom d'un chien. » Charlie posa les mains sur ses épaules et elle sentit son énergie se déverser en elle, la remplir d'un amour terrible, doux et triste. « Tu dois être mal.

— Je t'aime », dit-elle sèchement. Une fois couchés, il la serra contre lui jusqu'à ce qu'elle s'endorme. Il plut toute la nuit, bien sûr, et le lendemain aussi, mais soudain cela s'arrêta et le ciel de l'Oregon vira au bleu vif. Comme pour dire : un enfant de perdu, le monde de retrouvé. Non, pensa Jaime. Je n'aimerai pas le printemps. Mais l'air était sec et doux, le ciel bleu, alentour tout était vert et en pleine croissance. Elle se mit à arpenter les bois derrière leur maison, à regarder les petits trilles sortir de terre et déployer leurs fleurs blanches à trois pétales. Les fougères quant à elles émergeaient d'un sol quasiment noir, et les oiseaux chantaient dans les arbres. Jaime ne put s'empêcher de se sentir vivante. Puis elle entendit un bébé pleurer.

Elle était à cent mètres de la première habitation, au milieu de la forêt, et le bruit était proche. Qui pouvait abandonner un bébé dans les bois, même par une agréable journée de printemps ? Elle n'entendit aucune autre voix pendant qu'elle se rapprochait des pleurs, le cœur battant la chamade. Ce n'était pas un bébé, mais un jeune chat siamois. Qui, en voyant Jaime, lâcha un miaulement sonore proche d'un cri de bébé.

Jaime rit et ramassa le chaton aux yeux d'un bleu éclatant. Il ne devait pas avoir plus de six semaines. Que faisait-il dans les bois ? Jaime ne le sut jamais. Elle se renseigna auprès des voisins, mais la réponse était toujours : « Ça arrive que des gens se débarrassent de leur chat. »

« Je t'appellerai Isis », lui dit-elle et elle tint le chaton contre sa joue. Néanmoins, le chat ne remplaça pas l'enfant. La dépression de Jaime ne se dissipa pas malgré le printemps. Au contraire, elle empira à tel point que Jaime se mit à écrire. Elle ne savait pas exactement quoi. La fausse couche lui avait rappelé qu'elle avait perdu son père à un âge pour le moins inacceptable, et elle s'aperçut qu'elle ne s'était jamais habituée à cette perte. Pour le simple plaisir de l'invoquer, d'essayer de le comprendre, elle se mit à écrire sur lui, et leur vie sur Washington Street. Après quelques jours passés à écrire quand Kira dormait, elle se mit à désirer ces moments où, par l'écriture, elle pourrait quitter cette cabane dans les bois et revenir à une époque ainsi qu'à un lieu civilisés. C'était un bonheur de pouvoir à nouveau parcourir les rues de San Francisco, ne serait-ce qu'en imagination.

« Sur quoi écris-tu ? demanda Charlie quand il apprit ce qu'elle faisait.

— Je prends juste des notes. Sur mon père.

— Formidable, dit-il chaleureusement. Tu devrais écrire un livre sur lui.

— Peut-être », dit-elle.

27

Charlie avait de la peine pour son meilleur étudiant et l'invita à Lake Grove pour un pique-nique dans le jardin. C'était le mois de mai, la vallée de la Willamette bourdonnait de vie ; des cieux d'un bleu intense, un air humide et dense qui s'élevait de la rivière, gorgé d'insectes et d'oiseaux, et, bien sûr, des couples d'amoureux partout. Stan Winger ne semblait pas avoir de chance avec les filles. Charlie ne le trouvait pas laid, seulement transparent, trop timide, le genre de gars dont il est difficile de se rappeler l'apparence. Le genre de gars qu'on oublie très facilement, pensa Charlie avec ironie. Qui avait grandi dans des foyers d'accueil, des maisons de correction, en prison, qui avait grandi avec les codes de la rue, ce qui était sûrement mieux que rien du tout. Charlie se souvenait de quatre gars originaires de New York qui s'étaient retrouvés à Kim Song. Ils se serraient les coudes. Les chrétiens et eux. Ils avaient été soûlants, mais eux avaient tenu bon. Contrairement à Charlie et à presque tous les autres. Bref, il faudrait trouver une fille à Stan.

« Comment ça se fait que tu n'as pas de voiture ? » lui demanda Charlie. Ils roulaient vers le sud de Portland, le long des berges de la rivière.

« Je n'ai pas le permis », dit Stan. Il portait un pantalon noir et une vieille chemise de costume. Ses habits de pique-nique, pensa Charlie.

« Je t'apprendrai, si tu veux. » Il essaya d'imaginer un gamin américain grandissant sans qu'on lui apprenne à conduire.

« Ce serait super », dit Stan sans enthousiasme. Il était un peu nerveux. Ce n'était pas son premier pique-nique, il était déjà allé à une ou deux des fêtes en extérieur avec des gamins du gang de Broadway qui avaient bien foutu le boxon, une fois au Rooster Rock State Park sur la rivière Columbia, un tourbillon de cris d'ivrognes, de courses-poursuites et de peau brûlée par le soleil, et une autre fois ici même sur les rives de la Willamette, ambiance bière, filles et bains de minuit, sauf que Stan n'avait pas de copine, qu'il n'alla pas nager tout nu, mais se soûla et fut arrêté avec les autres en fin de soirée. Les flics laissèrent rentrer chez eux les gamins de la classe moyenne. Stan et un ou deux autres furent envoyés à Woodburn. Six mois de ces conneries, et il n'avait même pas pu coucher. C'était peut-être pour ça qu'il était angoissé, ou alors il n'était qu'un cas désespéré, un naze, et quoi qu'il arrive, il ne serait jamais capable de s'amuser. Ou c'était peut-être parce que Dick et Linda seraient là.

Ils se garèrent dans l'allée circulaire en gravier devant la maison. Il n'y avait pas d'autre voiture. Le carré de pelouse était trop haut et mal entretenu, la porte d'entrée ouverte avec un petit chat assis sur le seuil en train de faire sa toilette au soleil. L'animal leva les yeux vers Stan mais ne bougea pas, si bien que Stan dut l'enjamber pour pénétrer dans la maison de son professeur. C'était mieux que ce qu'il avait imaginé, chaleureux et accueillant. Jaime sortit de la cuisine le sourire aux lèvres, la main tendue.

« Stan, ça me fait tellement plaisir de te voir. » Elle portait un tee-shirt d'homme et Stan devinait le contour de ses mamelons, ce qui le fit rougir. Manifestement, elle ne portait pas de soutien-gorge, et elle avait les mains mouillées. « Je suis très contente que tu sois en avance, dit-elle en le conduisant à la cuisine par la main. Tu vas m'aider à découper les pommes de terre. »

Charlie partit acheter de la bière et Stan resta seul avec Jaime et l'enfant dans son parc, dans un coin de la cuisine. Les cheveux roux de Jaime poussaient, laissant apparaître leurs racines blondes. Après avoir découpé les pommes de terre, Stan s'assit avec une tasse de café et écouta Jaime raconter les dernières nouvelles, une conversation à la fois brillante et charmante à laquelle il ne réagissait que par d'occasionnels grognements quand il arrivait à suivre. Il réalisa au bout d'un moment qu'elle le « divertissait ». Pas étonnant que Charlie l'adore. Intelligente, drôle, belle, gracieuse, une bonne maîtresse de maison, et Charlie avait dit qu'elle était l'un des meilleurs jeunes écrivains qu'il ait jamais lus. Bien sûr, il parlait de sa femme, mais quand même. Charlie s'efforçait de toujours avoir un mot gentil, certes, mais il ne mentait jamais. Et Stan comprit aussi qu'il ne tromperait pas non plus Jaime, pas avec Linda ni avec personne d'autre. Ce serait déshonorant.

« Tu voudrais prendre Kira ? » demanda Jaime. Elle lui tendit la petite fille. Kira ne sembla rien remarquer au début, puis le regarda dans les yeux et sourit. Il ne s'était jamais senti aussi flatté de toute son existence. Il n'osa pas réfléchir à cette émotion qu'il découvrait, portant cet objet inestimable. Ce petit humain. Cette vulnérabilité. Puis, le regard toujours rivé sur Stan, Kira ouvrit la bouche et poussa un hurlement, pas assourdissant, juste un hurlement d'enfant.

« Le déjeuner arrive, dit Jaime en reprenant la petite.

— Quel âge a-t-elle ?

— Seize mois. » Elle installa Kira dans sa chaise haute et commença à la nourrir. Stan resta là à siroter son café, à l'aise comme il ne l'avait jamais été dans aucune maison. La mère de Jaime apparut de quelque part à l'arrière et s'assit avec sa propre tasse de café.

Jaime fit les présentations et dit : « Stan est l'un des meilleurs étudiants de Charlie. »

Edna lui lança un clin d'œil et sourit. « Vous n'avez pas l'air d'un étudiant.

— En fait, je suis cambrioleur », répondit Stan en lui renvoyant son sourire.

Edna rit. « Ça vous arrive d'aller aux courses de lévriers ? » Ils se découvrirent donc un point commun. Edna et ses collègues pariaient sur les chiens. À vrai dire, toute la journée, entre deux relectures d'articles, elles discutaient des chiens sur lesquels elles parieraient le soir. Stan s'y était rendu quelques fois. Il lui avait paru stupide de jouer de l'argent sur ces animaux quand dès le premier virage ils finissaient presque tous dans un carambolage et que Dieu lui-même serait incapable de prédire lequel gagnerait.

Dick et Linda arrivèrent dans leur petite Mini jaune, suivis par une ou deux autres voitures d'amis, dont Marty Greenberg et sa copine serveuse, Alexandra. La cuisine fut envahie de tout ce petit monde, discutant et buvant des bières, Stan parmi eux, détendu, à l'aise, familier de tous ou presque plutôt que d'être l'inconnu du groupe, comme d'habitude. Marty vint le trouver pour lui taxer une cigarette. « Allons faire un tour dans la jungle », proposa-t-il et Stan le suivit dans la lumière du jardin. Charlie avait une vieille table de pique-nique et deux bancs où ils s'installèrent. Le ronron des conversations bruyantes leur parvenait par les fenêtres ouvertes de la cuisine, ainsi que la fumée de cigarette. Dehors, tout sentait le bois humide.

« J'ai grandi à Brownsville, Brooklyn, dit Marty. Ici, c'est le paradis.

— Qu'est-ce qui t'a amené à Portland ?

— Reed College. »

Charlie apparut avec sa canette de bière. « Venez, les gars », dit-il en les conduisant sur un chemin à travers bois. Deux minutes plus tard, les bruits de la fête s'étaient évanouis et Stan n'entendait plus que les oiseaux dans les arbres et leurs pas sur le sol détrempé.

« Faites gaffe aux grosses bêtes poilues », dit Marty.

Il faisait chaud et humide dans les bois, avec les taillis verts qui leur arrivaient aux genoux et le sol meuble sous leurs pieds. Charlie les emmena jusqu'à une clairière. Y poussaient quelques rangées de petits végétaux vert-jaune et difformes. Charlie les désigna fièrement. « Marijuana. La plante du futur.

— La vache, dit Marty en souriant. C'est pas illégal de la cultiver ?

— Elle n'est pas à moi, répondit Charlie platement. Même si je compte bien la fumer.

— Elle est à qui, alors ? demanda bêtement Marty.

— Hé, dit Stan. Lâche-le.

— La récolte devrait être prête dans à peu près un mois, expliqua Charlie.

— Tiens-moi informé », dit Stan avec un sourire entendu. Il avait déjà fumé un petit joint. Il avait adoré.

« S'ils te chopent en train de fumer ce truc, intervint Marty, ils t'envoient te faire soigner à Lexington, dans le Kentucky.

— N'ayez pas peur », dit Stan. Il lança un clin d'œil à Charlie qui le lui renvoya. « N'ayez pas peur » était une de leurs citations préférées de *L'Énorme Chambrée* que Charlie avait prêté à Stan un mois plus tôt. « Tu sauras garder le secret, pas vrai ? »

Marty le regarda. « Je n'arrête pas d'oublier que tu es un criminel. » Mais à ces mots, il sourit à son tour.

28

« Tu manques de caractère », dit Linda à Stan. Ils étaient accroupis à côté des plants de marijuana de Charlie. Elle lui toucha la joue. « De traits de caractère. Personne ne t'a jamais dit comment être toi. Tu es une motte d'argile, Stan. Tout ce dont tu as besoin, c'est d'être modelé. »

Il rougit avec colère, pris sur le fait. Bien sûr qu'il manquait de caractère. Mais pourquoi en parler maintenant ? Parce qu'il lui avait montré la marijuana de Charlie ? Il ne l'avait pas voulu.

« Où étiez-vous passés, les garçons ? » avait-elle demandé. Elle lui avait pris la main et ils avaient marché dans la forêt. Elle semblait mener la marche, mais ils avaient fini dans la clairière. « Oh, c'est génial, avait-elle dit en s'accroupissant.

— Je n'avais pas prévu de te les montrer. » Sa peau le brûlait là où elle le touchait.

« Tu as besoin d'un mentor, dit-elle. Quelqu'un pour te guider. C'est Charlie qu'il te faut.

— C'est mon professeur, répondit-il bêtement.

— Charlie est un homme formidable », ajouta-t-elle avant de retirer sa main et de s'asseoir par terre. Stan s'assit à son tour et sentit immédiatement l'humidité imprégner son pantalon. Linda était très belle. Elle portait une chemise d'homme bleu clair nouée à la taille, et un short en jean qui dévoilait une grande quantité de peau blanche. Elle n'arrêtait pas de parler de Charlie, quel grand écrivain ce serait, et quel homme généreux il était déjà. À l'entendre, Charlie valait bien Jésus-Christ.

« Tu savais que c'était un héros de guerre ? » demanda-t-elle.

Stan secoua la tête. Il commençait à se demander si Charlie et Linda n'étaient pas amants après tout. Elle semblait en savoir long sur lui.

« J'imagine que tu préférerais qu'il soit ici à ma place », dit-il en le regrettant aussitôt. Les mots lui avaient échappé et il la regarda pour voir la moue de mépris. Mais elle lui sourit tristement, lui mit la main sur la nuque et l'attira à elle pour l'embrasser, glissant sa langue entre ses lèvres, son odeur lui remplissant le cerveau si bien qu'il arrêta de penser et se contenta de la respirer. Il la prit dans ses bras sans réfléchir, la fit s'allonger par terre. Ils s'embrassèrent passionnément, puis elle roula sur lui et il sentit ses seins. Elle gémissait fort en lui déposant des baisers sur le visage. Il avait la queue qui durcissait de plus en plus tandis qu'elle pressait le bassin contre le sien, et, gagné par un sentiment de liberté totale, il comprit qu'ils allaient faire l'amour, là dans les bois, sous le ciel, eux deux, Stan et Linda.

Mais non. Elle roula sur le côté, haletante, et s'assit. « Bon sang », dit-elle. Stan se redressa. Il se mit à frotter son pantalon et sa chemise qu'il avait sales et mouillés. Lui aussi haletait un peu, et il n'arrivait pas à croire qu'elle s'était écartée juste au moment où il était persuadé qu'elle ne le ferait pas. Elle avait des brindilles et des feuilles détrempées collées sur elle, il l'aida à s'en débarrasser.

« Mince. » Elle fit un geste et Stan vit qu'ils avaient aplati des plants de marijuana. Linda rit en essayant de les remettre d'aplomb, mais certains étaient complètement écrasés. « Heureusement qu'on n'a pas baisé, dit-il, ou c'est toute la récolte qui aurait disparu. » Elle rit une fois de plus, un éclat de rire brusque et clair, puis elle lui tendit la main. Il se mit debout pour l'aider à se relever.

« Ah, encore un de ces accès de passion », dit-elle comme si cela n'avait pas signifié grand-chose, mais ensuite, elle regarda les mains de Stan et les embrassa. Le maelström d'émotions dans lequel il était plongé s'apaisa d'un coup. « Merci de ne pas en avoir profité », ajouta-t-elle, et ils retournèrent à la maison. Charlie allait s'apercevoir que quelqu'un avait écrasé ses plants, même si Stan espérait le contraire. Non, en fait, il s'en moquait. Surpris en train de faire des roulades avec Linda ? Il plaidait coupable.

La fête s'éternisa. Stan pensait se faire raccompagner par des invités, mais Charlie lui dit : « Reste plutôt dormir. Je te ramènerai demain. » Si bien que Stan passa un dimanche tranquille en famille. Il dormit dans le bureau de Charlie, un sac de couchage jeté sur un lit de camp, mais confortable, et à un moment donné durant la nuit le petit chat sauta sur lui, ronronnant bruyamment avant de s'endormir serré contre sa jambe. Stan eut peur de bouger. Il ne voulait pas énerver le chat. Au matin, il fut le premier debout, mais passa vingt minutes seul dans la cuisine, effrayé à l'idée de réveiller quelqu'un en faisant du café jusqu'à ce qu'Edna entre, enveloppée dans une robe de chambre rose. « Je vais préparer du café », dit-elle en s'activant aussitôt. Les autres se levèrent peu après et burent leur café en fumant des cigarettes. La radio passait de la musique classique ; Jaime donnait à manger au bébé dans sa chaise haute. Stan et Charlie finirent par avouer leur mal de crâne dû à toute la bière ingurgitée. Charlie n'était pas obligé d'écrire ce jour-là. Ils n'écrivaient pas le dimanche. « Il faut avoir un jour de repos par semaine, expliqua Charlie. Sinon tu deviens dingue. » Charlie écrivait tous les matins pendant au moins une heure, et Jaime écrivait aussi au moins une heure dans la journée. Quelle discipline, pensa Stan. Rien à voir avec ces conneries sur l'« inspiration » : on s'y met, et on gratte comme un dératé tous les jours, sauf le dimanche.

Ils ne firent strictement rien. Remirent la maison en ordre, jetèrent les bouteilles de bière et de vin à la poubelle. Pour le déjeuner, Jaime prépara du poulet frit et, assis à la table de pique-nique, ils parlèrent des légumes qu'ils feraient pousser pendant l'été. Il était temps de bêcher et de planter. Stan se porta immédiatement candidat pour aider dans le potager. « Si vous avez besoin de quelqu'un pour arracher les mauvaises herbes », lança-t-il. Peut-être avait-il dépassé les bornes, mais non, Charlie sourit et dit : « Surtout, te gêne pas pour venir aussi souvent que tu veux », puis Jaime renchérit : « Mais oui », et tous se sourirent. Stan avait l'impression de faire partie de la famille. L'après-midi, il fit la sieste comme les autres (il imagina que Charlie et Jaime faisaient l'amour, parce que Edna avait pris la petite dans son appartement au-dessus du garage). Le chaton revint dormir sur Stan, renforçant son sentiment d'être un membre de la famille.

Charlie le reconduisit chez lui et à dix heures du soir ils étaient dans la Volkswagen, garés devant l'immeuble de Stan, un bâtiment miteux dans un quartier miteux, après une journée à Lake Grove. Tous deux fumèrent côte à côte, Charlie ayant éteint le moteur, et Stan comprit qu'il voulait parler. Il patienta.

« Est-ce que tu voles encore ? »

Ils n'en avaient jamais discuté auparavant.

Stan acquiesça. « Je sais, j'devrais arrêter.

— Je ne veux pas te faire la morale. Mais ça me rendrait vraiment malheureux de te voir finir en prison.

— Ben... » fit Stan. Il n'avait rien à dire. Il savait pertinemment que ce n'était pas bien d'être voleur. Sauf qu'il l'était.

« J'entends bien que c'est idiot de te dire de te trouver un job quelque part. Après tout, je suis comme toi, je n'aime pas bosser dur non plus. » Charlie lui raconta tous les boulots de merde qu'il avait effectués au fil des ans. « Des boulots vraiment pourris, mais bon sang, vieux, ça vaut toujours mieux que la prison.

— Je ne sais pas, dit Stan. La prison, c'est pas si terrible. » Il essaya de le tourner à la blague. « La prison n'est que la prison, vieux.

— J'ai été en prison. J'ai été prisonnier de guerre pendant quatorze mois.

— La vache.

— Je voulais juste dire que si tu as besoin d'aide pour trouver un boulot honnête, demande-moi. Tu es mon meilleur étudiant.

— Je gagne surtout ma vie en jouant, ces temps-ci, mentit Stan pour lui ôter une épine du pied. Je joue aux cartes dans des tripots de Vancouver, tu connais ?

— Tu dois être un sacré bon joueur », dit Charlie d'une voix neutre avant de laisser tomber le sujet.

29

Dick Dubonet avait un don particulier pour se faufiler à travers bois. Tel un Indien, il savait éviter la brindille qui allait casser, n'effleurait aucune branche par inadvertance. Silencieusement, il suivit Stan et Linda, les battements de son cœur réguliers, l'esprit vigilant. Puis il les observa dans la clairière, leur conversation inaudible. Il ne voulait pas s'approcher davantage et toutes sortes d'oiseaux faisaient un boucan d'enfer, si bien qu'il dut se contenter de regarder. Quand ils s'embrassèrent et roulèrent dans l'herbe, Dick fut si excité qu'il en pleura presque et il eut une envie pressante de se branler. La jalousie le rendait malade et, dans un même temps, il voulait hurler tant l'excitation était extrême. Il savait qu'il serait jaloux en venant à Lake Grove, mais pas de Stan Winger. Winger n'était ni beau ni musclé, il ne possédait rien, et, au fond, ce n'était qu'un criminel à la manque. Comment être jaloux de lui ?

Pourtant c'était bien Linda et Stan qu'il espionnait comme un voyeur à une fenêtre. Ils ne firent pas l'amour sous ses yeux, ce qui le soulagea et le déçut terriblement. Il entendit les éclats de rire de Linda et, quand Stan et elle reprirent le chemin du pique-nique, Dick se figea et les vit passer à trois mètres de lui. Il attendit un moment pour qu'ils ne l'entendent pas, puis pénétra dans la clairière. Il s'en était douté. De la marijuana, environ la moitié des plants laminés. Sans réfléchir, Dick s'accroupit et tenta de les remettre droits. Ils se relèveraient sans doute d'eux-mêmes. Dick n'avait jamais fumé de marijuana, mais, désireux d'essayer, il arracha quelques grosses feuilles et les fourra dans sa poche. Il faisait très chaud dans la clairière et la sueur jaillit par tous les pores de son corps. Il avait fumé de l'opium une fois à Naples quand il était dans l'armée. Il avait d'abord vomi, mais ensuite, la substance lui avait procuré les rêves les plus doux de sa vie. Il se demanda quels étaient les effets de la marijuana en comparaison. Il savait seulement que les Noirs et les musiciens en consommaient beaucoup. Donc ça devait être bien.

Personne n'avait remarqué son absence, et encore moins Linda qui était dans la maison quand il reparut. Dick s'assit à la table de pique-nique avec Jaime et la petite fille. Il s'était préparé à ne pas aimer Jaime parce qu'elle était encore plus belle que Linda et qu'elle était avec Charlie. Elle avait un drôle d'air, avec ses cheveux mi-roux mi-blonds, mais cela la rendait sexy, aussi, et Dick se demanda s'il y avait une chance pour qu'il lui plaise. Non pas qu'il le veuille. Mais il avait tellement peur que Charlie ne lui vole Linda qu'il envisagea de séduire délibérément Jaime. Une séduction vengeresse. L'ennui, c'est qu'il avait de l'affection pour elle. Elle l'avait beaucoup fait rire à la fête organisée chez lui, et maintenant, ici, elle lui témoignait bienveillance, gentillesse et douceur, lui expliquait qu'elle avait adoré sa nouvelle publiée dans *Playboy*, contrairement à la plupart de ses amis, s'il était honnête. Marty Greenberg avait presque ricané parce que, d'après lui, ce texte ne faisait pas le poids à côté de Dostoïevski, mais cette jeune femme adorable et sophistiquée de San Francisco avait absolument tenu à lui dire qu'elle avait aimé le lire, et autant qu'il puisse en juger, il n'y avait pas une once de complaisance dans ses propos. Bien sûr, peut-être qu'une fois en tête à tête Charlie et elle riaient à s'en taper sur les cuisses en repensant à ce ridicule petit texte commercial. Mais il n'y croyait pas trop.

Il y avait une grosse couverture étalée sur la pelouse à leurs pieds avec une bâche en dessous pour la protéger de l'humidité. Jaime et Kira s'y installèrent, cette dernière mains levées accrochée à Jaime tandis qu'elle s'essayait à faire quelques pas.

« Elle n'a encore jamais marché », dit Jaime à Dick. Une explosion de rires grossiers leur parvint de la maison où Charlie était entouré de sa cour.

« Elle devrait ? Elle me paraît super petite.

— Bientôt. »

Dick s'assit en tailleur à quelques dizaines de centimètres de la jeune Kira. Il but une gorgée de bière puis agita la bouteille devant l'enfant. Elle sourit en voyant la bouteille et s'avança vers elle. Jaime lui lâcha les mains et Kira trotta – il n'y avait pas d'autre mot – vers Dick et tomba sur les fesses. Elle éclata de rire et c'est son cœur à lui que Dick sentit éclater. Il la prit dans ses bras et la berça, et quand elle se mit à crier de plaisir, il eut l'impression d'être le roi d'Angleterre.

« Tu as un don », déclara Jaime. Ses yeux brillaient. Dick tendit l'enfant gigotant à sa mère. « Quelle belle petite », murmura-t-il. Il était tellement ému. Il n'aurait jamais imaginé. Jaime lui sourit en faisant sauter Kira sur ses genoux. « C'est quelque chose, n'est-ce pas ?
— Ouais.
— Quand est-ce que vous prévoyez d'avoir un bébé, Linda et toi ?
— S'ils sont tous comme ça, dans pas très longtemps.
— Tu veux bien la surveiller ? Je vais dire à Charlie qu'il vient de rater les premiers pas de sa fille.
— Je ferai attention », promit Dick. Jaime lui donna Kira qui se mit aussitôt à hurler, le visage rouge et furieux. Avec un sourire, Jaime la reprit et se dirigea vers la maison, laissant Dick tout seul.

Une journée pleine d'émotions. Qui ne s'améliora pas sur le chemin du retour. Linda parla durant tout le trajet du roman de Charlie, auquel elle avait jeté un coup d'œil.

« Il t'a montré son manuscrit ? demanda Dick, bouillonnant de jalousie.
— Bien sûr que non, j'y ai jeté un œil en cachette. Il le range dans des cartons, des tonnes de pages écrites à la main ou mal tapées à la machine. J'ai juste lu

quelques feuillets dactylographiés. Mais c'est de la littérature. » Les dialogues de Charlie. L'expérience de Charlie. La prose vibrante de Charlie. L'écriture illisible de Charlie, la très mauvaise orthographe de Charlie, les maladresses de Charlie. « C'est brut », dit-elle comme si cet aspect était la plus noble des qualités littéraires.

L'expérience qu'avait eue Dick de la vie militaire n'était pas propre à se retrouver dans un roman de guerre. Il avait été journaliste dans l'armée, il travaillait pour le *Stars and Stripes* à Naples. Pendant que Charlie et beaucoup d'autres gars se battaient en Corée, crevaient de froid, se faisaient capturer ou laver le cerveau, lui passait ses week-ends à Capri et le reste de son temps à boire avec ses potes du *S and S* en parlant d'art. Pas de quoi écrire le moindre satané livre. Son expérience de l'armée avait été un fiasco, pour ce qui était de l'écriture. Et Charlie avait la Bronze Star. Quelle putain de blague. Dick se demandait comment il l'avait eue, l'imaginait en train de courir à travers la fumée, fusil brandi, bouche déformée par un cri de défi. Tout ce que Charlie en disait quand on le poussait dans ses retranchements était qu'il avait reçu la décoration uniquement parce qu'il était le plus beau mec de sa section. Dick connaissait assez les militaires pour savoir que ce n'était pas entièrement faux. Mais courageux *et* modeste ? Il commençait vraiment à faire chier, le Charlie.

Dick l'aimait tout de même beaucoup. Il ne croyait pas vraiment que Charlie et Linda feraient quoi que ce soit dans son dos. À vrai dire, il avait plus confiance en Charlie qu'en Linda. Et en son for intérieur, il était persuadé que Charlie deviendrait un écrivain célèbre. Le travail de Dick n'avançait pas si bien. Charlie et lui en avaient même parlé. Charlie s'était montré très

respectueux de la vente à *Playboy* et lui avait dit :
« Une somme rondelette qui doit faire plaisir, non ? »

Mais la seule autre somme qu'il avait reçue de son pote Hefner était un chèque de cent dollars à Noël, cadeau du magazine. Ils refusaient ses textes, et les autres aussi. Il n'avait vendu que deux bricoles depuis, et rien de ce qu'il avait écrit après l'affaire *Playboy*. Il gagnait péniblement sa vie, quatre-vingt-huit dollars pour une histoire et cent cinquante pour une autre. Impossible de devenir riche. Les gens avaient raison, il fallait publier un roman. Avec ça, les éditeurs se souviendraient de son nom. Seulement Dick avait peur de se lancer dans un roman. Cela lui glaçait le cœur de travailler aussi longtemps sur quelque chose pour qu'ensuite on lui en refuse la publication. Peut-être qu'il n'avait pas de roman à écrire. Pas de guerre ni de bombardement aérien, jamais tué personne. Rien sur quoi écrire. Sa vie ? Une plaisanterie. Bien sûr, la plupart des romanciers inventaient leurs intrigues. Il en était aussi capable. Le faisait pour ses nouvelles. C'était mettre trop d'œufs dans le même panier, et donc, plutôt que de se lancer, il rêvassa à son roman à venir tout en continuant de produire des nouvelles calibrées pour *Playboy*. Si seulement il pouvait en placer une autre, si ce n'était le gros lot à trois mille, au moins une à mille cinq cents, cela lui donnerait la force de s'embarquer dans une aventure de plus grande ampleur. Il voyait déjà le gros titre sous son portrait en couverture de *Playboy* : « Dubonet en plein travail sur son premier roman ».

En attendant, il lui fallait accorder de l'attention à son amitié avec Charlie. Dick réfléchit à une sortie où il pourrait lui montrer les charmes de la vie orégonaise. Et se montrer lui aussi sous son vrai jour car il était prêt à passer à l'étape supérieure. San Francisco n'était-il pas la destination idéale ? Linda n'avait que San Francisco à la bouche, North Beach, toutes les riches expériences culturelles qu'offrait une vie dans un environnement vraiment créatif. Charlie et Jaime ne resteraient sans doute pas longtemps dans l'Oregon. Charlie parlait déjà de rentrer à San Francisco dès qu'il aurait terminé son roman.

« L'Oregon est un endroit formidable pour écrire, avait-il dit avec un sourire radieux. Mais je ne voudrais pas mourir ici. »

30

Rien n'est jamais aussi pur que ce qu'on s'était imaginé enfant. Prenez l'écriture. Prenez l'amour. Prenez l'amitié. Jeune et innocent, Dick Dubonet s'en était fait une idée très pure. Il se voyait encore comme un idéaliste, mais ses idéaux avaient subi beaucoup d'attaques ces derniers temps, et il se posait des questions. Il s'interrogeait, c'est tout. Quand Linda et lui étaient tombés amoureux, ils avaient été capables de se parler, Dick sentait qu'il pouvait tout lui dire sans qu'elle ne se moque ni ne s'offusque. Ils restaient au lit dans le noir et il lui racontait ses rêves d'avenir : gagner beaucoup d'argent grâce à l'écriture, ce qui lui donnerait la liberté de s'épanouir dans le monde, de voyager, de voir les choses telles qu'elles sont et d'écrire sur elles. Mais d'abord il devait se servir des magazines pour se faire une réputation, puis écrire le roman qui lui apporterait, espérait-il, la richesse et la notoriété, après quoi il mettrait en œuvre tous ses projets. Qui incluaient désormais Linda et qui, à vrai dire, n'avaient aucun sens sans elle.

Puis soudain, il sentit Linda lui échapper. Il voulut aborder la question avec elle, mais s'aperçut qu'il n'y arrivait pas. Que se passerait-il s'il lui disait une phrase du genre : « Tu m'as l'air très intéressée par Charlie, non ? » Elle serait bien capable de lui répondre. Il n'était pas sûr de pouvoir encaisser ses réactions potentielles. « Oui. » Il en crèverait. « Non. » Il ne la croirait pas. « Occupe-toi de tes affaires. » Signifierait qu'à force de la harceler au sujet de Charlie, en cas de rupture, la faute lui reviendrait. « Mais bébé, je t'aime trop pour te tromper, et je suis désolée. » C'est ça, oui.

Elle ne le trompait pas vraiment, mais disons qu'elle donnait cette impression à tout le monde. Dick s'était rendu au Caffe Espresso une nuit alors qu'il croyait Linda à la maison et l'avait trouvée en compagnie de Charlie, Stan et d'une grande fille sans charme qu'il ne connaissait pas. Il s'était assis pour boire un café avec eux et avait fait semblant de ne pas être du tout surpris de voir Linda. Elle ne s'était expliquée à aucun moment. Dick était sorti dans l'espoir de tomber sur Charlie qui avait pris l'habitude d'aller de temps en temps au bistrot après ses cours du soir. Dick espérait l'entraîner dans une partie d'échecs. Il espérait que Charlie saurait jouer. Dick pensait avoir un assez bon niveau, ce qui, pensait-il, faisait de lui l'un des meilleurs joueurs de la ville, du moins dans les cafés. Ce serait drôle de battre Charlie Monel à quelque chose, même si ce n'était qu'à une petite partie d'échecs. Mais quand il évoqua la question (une partie était en cours à la table voisine, deux binoclards de Reed voûtés au-dessus du plateau), Charlie agita la main en riant pour signifier sa capitulation.

« Tu me mettrais la pâtée », dit-il et il ne se laissa pas convaincre.

Bref, écriture, amour et amitié se confondaient dans son cœur. Il n'arrêtait pas de penser que Linda s'était tournée vers lui à cause de son potentiel d'écrivain. Cela ne l'avait pas gêné avant, il croyait même que ça faisait partie de son charme. Mais Charlie s'était installé en ville et les gens avaient commencé à dire qu'il était ce qu'il y avait de mieux depuis Kerouac. Pas étonnant qu'il plaise à Linda. Quiconque vit par l'épée périra découpé en petits morceaux. Ce n'était que justice, sauf qu'il appréciait sincèrement Charlie, et comprenait ce que Linda voyait en lui. Un écrivain, un vrai, un grand homme, un homme fort, un type qui avait connu les combats, à la fois combattant et combattu, un prisonnier de guerre en enfer. Comment faire le poids face à ça ? Il voulait que Charlie soit son meilleur ami. Il voulait l'aider dans l'écriture de son roman, dans cette écriture brute, ainsi que Linda l'avait qualifiée, et il voulait que Charlie l'aide en retour dans son propre travail, ses textes qui manquaient de passion ou d'autre chose, qu'il lui pointe les problèmes. Alors Dick mit ses sentiments dans sa poche avec son mouchoir par-dessus, mais ça lui était égal, parce que s'il enfouissait ses sentiments, peut-être qu'ils ressortiraient dans l'écriture. Peut-être que c'était comme ça que Charlie était censé l'aider !

Le printemps avait été chaud et pluvieux, et voilà que l'été promettait d'être « pur Portland », gros nuages bas sur la ville la plupart du temps, pluie, température avoisinant les trente degrés, si bien que quand le soleil finissait par faire une apparition, la chaleur et l'humidité donnaient envie de pratiquer l'auto-strangulation jusqu'à ce que mort s'ensuive. Dick et Linda se rendaient souvent chez les Monel, et au-delà, dans un endroit appelé Latourette où l'accès au lac Oswego était libre. Ils y allaient tous ensemble pour de longs après-midi à nager, boire de la bière et discuter, et ça leur était égal s'il pleuvait. Latourette était un grand espace désert sur la rive sud du lac, à moins de deux kilomètres de chez Charlie, le terrain descendant en pente raide depuis la route et n'offrant qu'un vieux ponton, une végétation sauvage et des rochers sur les berges. En général, Stan Winger se joignait à eux. Il avait passé beaucoup de week-ends chez les Monel et faisait désormais partie de la famille, apparemment, du moins agissait-il comme si c'était le cas, descendant vers l'eau en portant Kira et ses affaires de bébé avec autant de naturel que si c'était sa propre fille. Dick devait admettre qu'il était un peu jaloux de la proximité entre Stan et Kira, alors qu'après tout c'était Dick qui l'avait vue effectuer ses premiers pas. Après cela, lui aussi avait eu l'impression de faire partie de la famille.

Cela ne dérangeait pas du tout Dick qu'il y ait d'autres gens à Latourette. Des lycéens fréquentaient aussi les lieux, et cela lui procurait un plaisir secret de voir ces gamins couler des regards discrets vers Linda et Jaime dans leur maillot de bain, ces très belles femmes, du genre que la plupart des hommes n'ont jamais l'occasion d'aborder et encore moins de toucher. Dick était avec elles, leur parlait, et, ainsi que ces mômes l'apprendraient rapidement, avait accès à leur intimité. Même si Linda détestait quand il se montrait trop affectueux en public. « Arrête de m'embrasser », s'énerva-t-elle un après-midi quand ils étaient dans la cuisine de Charlie à écouter tomber la pluie. Dieu merci, Charlie n'était pas dans la pièce, mais Stan, assis juste à côté, eut beaucoup de mal à maintenir une expression neutre.

Puis quelque chose d'extraordinaire arriva. Dick se demanda si ce qu'on appelait réalité existait, ou s'il vivait dans un rêve. Une nuit alors qu'ils dînaient chez eux sur Cable Street, Linda dit, sur le même ton que si elle lui demandait de lui passer les pommes de terre : « Mon fils va vivre avec moi pendant six semaines. Si tu ne veux pas de lui ici, je me trouverai un autre endroit où habiter.

— Attends. Quoi ? »

Son fils avait neuf ans. Elle l'avait donc eu à seulement quinze ans.

« Bien sûr qu'il peut vivre avec nous. Comment s'appelle-t-il ? »

Linda sourit. « Il s'appelle Louis. Comme son père. »

Son père ! Qui s'avéra être exactement le genre d'homme que Dick ne voulait pas qu'il soit : grand, musclé et tatoué avec une tignasse de cheveux bruns comme celle de Charlie et un regard intense de psychopathe. Il leur amena le garçon un dimanche après-midi. Louis père conduisait une vieille Ford extrêmement bruyante, carrosserie découpée et moteur débridé, peinte avec de l'apprêt rouge et gris, un rêve de voiture pour un lycéen. Il monta les marches jusqu'au porche en portant le gamin sur son épaule, on aurait dit Paul Bunyan, il ne lui manquait plus que la hache. Sauf que Louis n'était pas bûcheron. Dick ne parvint jamais trop à savoir ce qu'il faisait dans la vie ou ce qui était arrivé entre Linda et lui. Tout ce qu'elle dit après le départ de son ex-mari était qu'elle l'avait rencontré sur un voilier et qu'ils avaient divorcé à Mexico.

Petit Louis était une autre paire de manches. Un mouflet ordinaire de neuf ans à l'exception de son regard, dur. Dick comprit tout de suite que ce gamin ne faisait confiance à personne. Un gamin qui avait déjà enchaîné pas mal d'expériences douloureuses.

Comme Stan, élevé dans des foyers d'accueil. Stan aussi avait ce regard dur, des fois. Ça n'allait pas être très marrant de vivre avec ce môme pendant six semaines. Mais d'un autre côté, quel meilleur moyen de resserrer encore ses liens avec Linda que de devenir ami avec son fils ?

Ils s'assirent tous les trois très formellement à la table du dîner ce soir-là, Linda visiblement nerveuse. Le cœur de Dick débordait de compassion. Elle était sans doute encore plus effrayée que Dick d'avoir un petit dans les parages.

« Écoutez, lança Dick aussi joyeusement que possible. Je viens d'avoir une idée formidable. Et si on prenait un chat !

— Oh, c'est une idée merveilleuse », dit Linda en dévisageant son fils. Le regard de Louis ne s'adoucit pas.

31

Le boulot de Linda était trop précieux pour qu'elle démissionne d'un claquement de doigts, de sorte qu'il revint à Dick de surveiller Louis. Ça n'était pas évident. Le premier matin, Dick expliqua qu'il lui fallait quelques heures de calme pour écrire et que Louis devrait s'occuper tout seul.

« Ça va aller ? » finit-il par demander. Il ne savait pas quoi dire d'autre. Louis acquiesça sans croiser son regard, et Dick alla dans son bureau en fermant la porte derrière lui. Assis à sa machine à écrire, il fit craquer ses articulations, retira le petit presse-papiers en verre posé sur le manuscrit et inséra une nouvelle feuille dans la machine. Il soupira. Il était au milieu d'un texte racontant l'histoire de deux hommes qui se disputaient une femme, et à cet instant, le regard rivé sur le papier, il se demanda pourquoi il se donnait tant de mal. Il s'inquiétait pour le gamin dans la pièce d'à côté qui ne faisait strictement aucun bruit. Il avait neuf ans. Il aurait dû être louveteau, avoir un tas d'amis louveteaux avec qui jouer, comme ça avait été le cas de Dick. Dick avait connu tous les agréments de la classe moyenne : les scouts, les amis du quartier, une mère au foyer. Tandis que ce pauvre môme n'avait rien. Il s'interrogea sur le genre de vie qu'il menait avec son père. Linda ne semblait rien savoir sur son compte, quel était son métier, où il vivait. « Comment se fait-il qu'il ait obtenu la garde ? » fut l'une de ses premières questions, mais Linda dit simplement : « Il l'a demandée. » Ce qui signifiait qu'elle n'en avait pas voulu, bien sûr. Quel genre de femme était-elle ?

Pauvre Linda, son incompétence se révélait. Une femme parfaite à l'exception de ce défaut dramatique. Elle n'aimait pas son enfant. Dick songea qu'elle le confondait peut-être avec son père. Dick s'imagina que c'était une brute, un homme qui battait les femmes, et les enfants aussi, sans doute, même si Dick n'avait remarqué aucune trace de coups sur Louis. Peut-être que Dick était simplement jaloux parce que Grand Louis était grand, dégageait cette énergie romantique du motard hors-la-loi, même si Linda insistait pour dire qu'il n'était pas comme ça. Elle l'avait rencontré lors d'une régate. « Je n'ai jamais vu aucun proprio de voilier qui lui ressemble », ironisa Dick.

Linda lui jeta un coup d'œil mauvais. « Il faisait partie de l'équipage. Il n'a jamais rien eu à lui. » Elle aussi avait fait partie de l'équipage. En fait, Linda connaissait bien le monde de la voile parce qu'elle avait vécu deux ans à Newport, sur la côte orégonaise.

« Une pipe pour un tour en mer », lui dit-elle dans un moment d'ivresse alors qu'ils évoquaient le passé. Dick avait été choqué mais avait ri pour dissimuler sa stupéfaction. « J'adore la mer, avait-elle ajouté avec nostalgie. Quand on sera riches, on s'achètera un bateau à nous. » Ils auraient tellement de choses à acheter, quand ils seraient riches. Une cabane dans les montagnes pour qu'il lui apprenne à skier. Des voyages vers des destinations exotiques. Des weekends en Inde. Le meilleur de la vie. Il regarda la page blanche dans sa machine à écrire. Aucun mot ne s'était écrit. Il se demanda ce que faisait Louis. Il devait lui faire confiance. Il ne pouvait pas aller vérifier comment il se sentait toutes les deux minutes ou le gamin étoufferait. Il se leva, ouvrit la porte. Louis était assis au milieu du salon, en tailleur, les yeux dans le vague.

« Ça va ? » demanda Dick. Il éprouva de la douleur rien qu'à regarder ce pauvre môme.

« Ça va. » Mais son regard disait : « Va te faire foutre. »

Dick jeta un coup d'œil par la fenêtre. Les nuages étaient bas, mais il ne pleuvait pas. L'air était lourd, la journée serait oppressante. « Tu sais quoi ? lança Dick. Je n'ai pas envie de travailler. Sortons faire un tour. »

Une fois dans la voiture, Dick se demanda désespérément où aller. Il roulait en direction du sud, vers Lake Grove. Il ignorait s'il serait bien accueilli chez Charlie et Jaime à neuf heures du matin un jour de semaine. S'ils n'avaient pas autre chose à faire, ils seraient sans doute tous les deux en train d'écrire. Mais Dick n'avait nulle part ailleurs où se rendre et le silence du gamin le rendait dingue. « Cette voiture est géniale, non ? dit-il et Louis acquiesça, regardant les arbres par la vitre. Quand il fait beau, on peut abaisser la capote », conclut Dick maladroitement.

Il s'engagea dans l'allée circulaire. Pas de voiture dans le garage. Il n'y avait peut-être personne à la maison. « Si ça se trouve, on a fait beaucoup de route pour rien », le prévint Dick. Mais Jaime ouvrit la porte d'entrée, les regarda d'un air ébahi puis sourit et dit : « Entrez ! » L'inquiétude de Dick monta d'un cran. Jaime verrait tout de suite qu'il était dépassé par le petit.

« On se promenait dans le coin avec mon pote », dit-il joyeusement. Ils entrèrent dans la maison. « Je te présente le fils de Linda, Louis, qui est venu passer quelque temps avec nous.

— Bonjour, Louis. » Sans attendre la réponse, Jaime prit Louis par la main et l'emmena dans la cuisine. En quelques minutes, ils se retrouvèrent autour d'un café et de tartines grillées. Kira, elle, dormait. Jaime était en train d'écrire mais était contente de cette interruption, du moins c'est ce qu'elle dit. « Charlie est sur la base aérienne, il prépare des candidats libres à passer leur diplôme du secondaire », expliqua-t-elle. Louis regardait ses cheveux, à moitié roux à moitié blonds. Elle sourit. « J'ai commis une grave erreur de style, mais je les laisse pousser. » Comme le garçon ne répondait pas, elle regarda Dick d'un air interrogateur.

« Il n'est pas bavard. » Il voulait exposer la situation à Jaime, mais pas devant Louis. À cet instant, Isis le chat entra et la journée se transforma du tout au tout. Le chat miaula et sauta sur la table, et le regard de Louis s'illumina. L'animal marcha droit sur lui, renifla sa tartine grillée et miaula de nouveau comme pour dire : « Du pain grillé ? C'est tout ? » Louis sourit pour la première fois, devant Dick, en tout cas.

« Les chats sont des diplomates, dit Jaime.

— Je peux le prendre dans mes bras ? » demanda Louis. Jaime sourit en acquiesçant et Louis souleva la chatte par les pattes avant et la tint debout devant lui. Le chat miaula, mais sans se débattre ni tenter de s'échapper. La dureté avait disparu des yeux de Louis, et Dick désira ardemment l'empêcher de réapparaître. Même s'il savait qu'elle reviendrait inévitablement. Bientôt, le garçon et le chat avaient quitté la cuisine et jouaient sur le tapis du salon, hors de vue.

« Que se passe-t-il ? demanda Jaime, et Dick lui raconta tout.

— Est-ce que tu sais où je pourrais trouver un beau chat pas trop cher ? » L'enfant se déplaçait à travers les pièces avec l'animal perché sur son épaule. Dehors, la pluie commença à tomber. Jaime sourit. « Je demanderai aux voisins.

— Un chien serait trop d'embêtements. »

Elle rit et eut des mots hilarants et très insultants pour les chiens, leur façon de manger, de baver partout, de vouloir la place du milieu dans le lit, leur besoin d'être sans cesse rassurés. Dick rit à gorge déployée et passa une très bonne journée malgré un mauvais début. Il commençait vraiment à aimer cette femme. Puis la petite se réveilla, tout ensuquée et débraillée, et Jaime la prit dans ses bras. Elle laissa Dick la porter pendant qu'elle préparait à manger.

« Vous allez devoir acheter des tas de jeux et de puzzles, dit Jaime. Comment est-ce que Linda a perdu la garde, tu le sais ?

— Je crois qu'elle l'a juste laissée à son ex », répondit-il tout bas. Dans la pièce d'à côté, Louis parlait au chat. Puis Kira se mit à braire et Dick eut l'impression de sentir une drôle d'odeur. « Tu ferais mieux de la reprendre », suggéra-t-il et Jaime vint à sa rescousse.

L'heure de partir arriva, il le fallait bien, et il dut séparer Louis du chat. « Tu en auras un à toi bientôt, dit-il mais le regard du garçon se durcit à nouveau.

— OK », lâcha-t-il en montant dans la voiture. Jaime tenait Isis dans ses bras. Dick eut envie de pleurer.

« Attendez », les arrêta Jaime. Dick resta debout, la portière ouverte. « Vous pouvez prendre Isis.

— Tu n'es pas sérieuse.

— Bien sûr que si. » Jaime donna le chat au petit. Isis se mit aussitôt à ronronner, et Louis la caressa, le regard plus doux. « Tu en as plus besoin que moi. » Jaime toucha délicatement le bras de Dick.

« Dans ces conditions, j'accepte. » Il l'aurait embrassée.

Jaime se pencha pour parler à Louis. « Si elle t'embête, donne-lui une petite tape sur le derrière. » Le garçon sourit joyeusement. « Merci, dit-il.

— Tu vois un peu comme il est poli ? » demanda Dick fièrement.

32

Tous trois passèrent beaucoup de temps ensemble, Dick, Louis et Isis la chatte. Dick travaillait deux heures chaque matin, et ce fut un grand soulagement pour lui de constater que non seulement Louis pouvait jouer tout seul, mais qu'en plus il était si discret que Dick pouvait laisser la porte du bureau ouverte, tendant tout de même l'oreille au cas où il y aurait un problème. Il arrivait que la petite Isis lui saute sur les genoux et ronronne bruyamment avant de s'endormir, les griffes légèrement plantées dans son jean. Louis, après avoir remis en ordre le canapé sur lequel il dormait, plié les draps et les couvertures et les avoir rangés dans un carton, consacrait sa matinée à lire des bandes dessinées prélevées dans la collection de Dick ou à dessiner sur le gros bloc de papier que sa mère lui avait acheté. Il était doué, d'ailleurs. Loin des dessins d'enfants, il représentait des oiseaux, généralement des faucons, et généralement en train de dévorer une souris, ou d'en saisir une entre leurs serres. Dick l'observait depuis le seuil du bureau pendant qu'il taillait ses pastels avec soin, utilisant le petit taille-crayon en plastique rouge que Dick lui avait prêté. Il les taillait lentement et regardait la matière cireuse s'enrouler puis se casser, la ramassait sur la moquette et la mettait dans sa bouche. Puis il se mettait sur le ventre et commençait à dessiner, passant un long moment sur les plumes qu'il coloriait avec attention, s'arrêtant pour retailler ses crayons jusqu'à ce qu'ils soient le plus fins possible.

« Où as-tu appris à faire ça ? demanda Dick un jour en contemplant un balbuzard avec une truite agonisant entre ses pattes.

— Dans un livre. » *Le Guide des oiseaux ouest-américains* de Roger Tory Peterson. Dick sortit son propre exemplaire et le donna à Louis qui s'exclama : « Ça alors ! » Mais quand Dick montra fièrement les plus beaux dessins de Louis à Linda, elle rétorqua : « Pourquoi il ne peut pas dessiner quelque chose de plus joli ? » Elle ne voyait là que des images de prédateurs. « Pourquoi il ne peut pas dessiner des maisons et des vaches comme tout le monde ? » Cela venait de l'amie de Kerouac.

L'après-midi, Dick faisait toujours en sorte de sortir. D'ordinaire, il le passait à réécrire, à lire ou à faire la sieste, mais là, c'était bien, cela l'obligeait à s'oublier un peu, à quitter la maison, à aller dans le monde. Accompagné de Louis, il sillonna tout Portland, se rendit au zoo dans les collines à l'ouest et même jusqu'à Northeast Marine Drive, le long de la rivière Columbia qu'ils remontèrent vers Rooster Rock et les chutes de Multnomah, et une fois ils allèrent jusqu'à l'élevage de poissons où ils observèrent les étangs remplis de millions d'alevins de saumons et les longs bassins où tournaient les vieux esturgeons de deux mètres et plus, des poissons qui semblaient aussi vieux que des dinosaures. Ils rendaient aussi souvent visite aux Monel à Lake Grove.

Dick avait toujours pensé qu'il serait un mauvais père. Mais voilà qu'il se surprenait lui-même, et il s'étonnait de l'impact que ça avait sur lui. La façon dont Louis tendait automatiquement la main pour prendre la sienne dès qu'ils allaient quelque part. La sensation de cette main dans la sienne. Leur façon de partager des blagues. Et surtout la façon dont ce petit môme semblait comprendre l'importance de l'écriture pour Dick, le respect presque religieux avec lequel Louis se tenait tranquille durant ses heures de travail. Cela touchait tellement Dick qu'il en avait les larmes aux yeux chaque fois qu'il y pensait. Une nuit, au lit avec Linda, après avoir fait l'amour de manière inhabituellement tendre, il lui dit : « Faisons des enfants.

— Je ne crois pas, non », répondit Linda à moitié endormie. Elle se détourna, indiquant par son immobilité qu'elle ne voulait pas en parler, mais il insista.

« Il n'y aurait pas moyen qu'on garde Louis avec nous ? Je veux dire, si tu n'as pas envie de tomber à nouveau enceinte ? »

Elle revint vers lui. Il n'arrivait pas à déchiffrer son expression. « Laisse les choses comme elles sont, d'accord ?

— Je n'aime pas l'idée de le renvoyer chez son père. » Voilà. Il l'avait dit. « En fait, je ne fais absolument pas confiance à son père.
— Moi non plus. Mais on ne peut pas garder Louis.
— Pourquoi pas ? » s'obstina-t-il.

Linda s'assit et le regarda droit dans les yeux. « Je ne veux pas de lui. » Son ton n'autorisait aucune réponse. Dick eut le cœur brisé de constater que la femme qu'il aimait était froide à ce point. D'un autre côté, si elle ne l'avait pas été, il ne l'aurait sans doute jamais rencontrée. Cela ne le consolait absolument pas. Il allait devoir rompre. Dès qu'il en trouverait le courage.

La dureté avait disparu du regard de Louis. Dick craignait de la voir réapparaître. Il imaginait déjà la scène quand le père de Louis reviendrait le chercher. Louis en pleurs, accroché à ses jambes, le chaton miaulant, Linda les yeux étrangement secs. Il redoutait ce jour. Pourtant, quand il arriva, rien ne se passa comme Dick l'avait prévu. Louis avait fait ses bagages et était prêt à partir à six heures du matin alors que son père n'était pas attendu avant dix heures. Dans un élan d'amour, Dick lui avait donné sa collection de bandes dessinées DC Comics des années quarante et cinquante, et voir ces albums quitter la maison lui déchira le cœur. Sans parler de Louis. Dick eut peur de fondre en larmes ou de faire une scène devant ce desperado de père, mais il se retint, et dut réviser son opinion de Grand Louis dont les joues étaient striées de larmes en entrant dans la maison. Petit Louis attrapa son père, et pas Dick, par les jambes, et pleura de joie de le retrouver.

« Papa, est-ce que je peux emporter mon chat ? »

Grand Louis sourit d'un air interrogateur en direction de Dick. « Un chat ? »

Dick avait envie de dire à cet homme de sécher ses larmes, mais n'en fit rien. « Il y a un chat, oui.
— S'il te plaît, papa ? Je m'en occuperai. Elle s'appelle Isis... »

À ces mots, Isis entra dans la pièce et lança un miaulement sonore.

« Tu peux l'emmener, ça m'est complètement égal », dit Linda. Elle refusait de regarder Grand Louis.

« D'accord, sans problème », dit Grand Louis. Ils partirent tous les trois avec le pitoyable carton d'affaires du petit.

« J'avais tort à son sujet, déclara Dick après leur départ.
— Non, tu n'avais pas tort. » Dick eut le sentiment troublant d'avoir été arnaqué par les McNeill, père et fils. Sentiment qui fut renforcé quand à environ deux heures du matin Isis entra dans leur chambre et les réveilla en sautant sur les jambes de Dick, poussa un cri et se pelotonna pour dormir.

« Qu'est-ce qui se passe ? demanda Linda d'une voix ensommeillée.
— La chatte est revenue. » Il caressa les oreilles d'Isis et elle se mit à ronronner.

« *The kitty came back, the very next day*
The kitty came back, 'cause she couldn't stay away... »

« Ça m'inquiète, fit Dick à personne en particulier.
— Elle a sans doute sauté de la voiture », répondit Linda avant de se rendormir.

33

Jaime acheva son roman au plus chaud du mois d'août, après trois jours d'un ciel bleu dégagé qui firent grimper le thermomètre. Vêtue en tout et pour tout d'une simple culotte de coton, elle s'assit à la table, Kira dormant par intermittence dans son berceau à côté du bureau. Elle tapa les derniers mots, hésita un moment, regarda sa montre, puis ajouta le mot « Fin ». Quatre heures vingt-trois, le 21 août 1962. Elle posa les dernières pages sur les précédentes et souleva le manuscrit. Ça ne pouvait pas être terminé. Et pourtant, si. Son corps transpirait à grosses gouttes. Elle pensa réveiller Charlie, puis renonça. Elle n'avait pas sommeil. C'était à cause de cette moiteur qu'elle avait travaillé la nuit et voilà que cette même moiteur semblait avoir fini son livre pour elle. Il ne lui restait plus qu'à trouver un titre, une dédicace et à l'envoyer.

Elle se rendit à la cuisine. Elle pouvait au moins fêter ça avec une première tasse de thé. Étalée de tout son long, Isis dormait sur la table, un si petit chat, même étiré de la sorte. Jaime lui caressa le ventre et Isis se réveilla, bâilla et s'étira davantage. Dick Dubonet la lui avait rapportée parce qu'elle lui rappelait trop Louis. Pauvre Dick Dubonet. Pauvre Charlie. Pauvres eux tous, c'était elle qui avait écrit un livre. Il était dans la pièce d'à côté, innocemment, telle une bombe à retardement. Le titre provisoire, le titre de travail était *Souvenirs de mon père*. Par Jaime Froward. Mais ça ne parlait pas que de son père, plus depuis longtemps. Il traitait de sa famille au sens large et de leur vie sur Washington Street. C'était des Mémoires, un poème d'amour, en reconnaissance. Elle cherchait un meilleur titre. *Chant de mon père.* Non. Ça sonnait comme un titre déjà trop entendu. *Souvenirs de famille.* Oui, mais. La bouilloire siffla et elle remplit sa tasse. Charlie entra dans la cuisine, l'œil endormi, sans rien sur le dos.

« Tu as assez d'eau ? demanda-t-il.

— Il est affreusement tôt.

— Je n'arrive pas à dormir non plus. » Il jeta un sachet de thé dans sa grosse tasse verte et s'approcha de la cuisinière. Jaime observa son dos. Charlie a de très belles fesses, se dit-elle pour la centième fois. Pour un garçon. Un joli cul carré, mais pas trop gros, pas trop carré, un joli cul ferme de travailleur. « J'ai terminé mon roman », dit-elle à son cul.

Charlie se tourna avec décontraction, tasse à la main, le sachet de Lipton flottant dedans, avec la vapeur qui s'élevait de la surface. « Super, dit-il avec la même décontraction. Comment s'intitule-t-il ? » Il s'assit en face d'elle. Le chat se leva et arrondit le dos dans un bâillement, puis sauta de la table et sortit par la porte de derrière ouverte, queue dressée.

« Je ne sais pas encore. » Ils avaient pour règle de ne jamais parler de leur travail respectif. Cette conversation était inédite. Mais là, elle avait terminé, alors ça n'était plus un problème.

« De quoi est-ce que ça parle ? » Il se frotta le visage et lui adressa un grand sourire. « Je le prends super bien, tu trouves pas ? Non, mais sérieux. De quoi ça parle ? »

Elle lui expliqua. Un assemblage de scènes de leur quotidien sur Washington Street, c'était tout. Un portrait de famille affectueux. Rien de littéraire, rien pour la postérité, juste un petit livre sur des gens ordinaires dont le mode de vie avait à présent disparu.

« Pourquoi tu ne l'appelles pas *Washington Street* ?

— C'est parfait », dit Jaime, et ça l'était. Elle alla dans son bureau et tapa les mots sur une feuille blanche. C'était tout bonnement parfait.

Charlie entra et prit le manuscrit, trois cent neuf pages, le soupesa. « Pas de doute, c'est un roman, dit-il encore curieusement détaché. Quand est-ce que je pourrai le lire ?

— Laisse-moi d'abord le retaper. » Elle tapait plutôt bien mais pas parfaitement, et elle voulait que le manuscrit soit impeccable quand elle l'enverrait à New York.

De retour dans la cuisine, ils s'assirent et sirotèrent leur thé tandis que le soleil se levait, promettant de nouveau une chaleur étouffante. Qu'allait-elle faire de sa journée ? Ou de sa nuit, quand elle ne pourrait pas dormir ? Son roman avait été son ancre, et maintenant elle l'avait perdue. Tout le plaisir de finir, de savoir qu'elle était capable d'écrire un livre entier, était noyé dans ce sentiment de perte. Et elle avait écrit ce roman en quoi ? Trois mois et des poussières. Charlie travaillait au sien depuis des années, elle ne savait pas exactement combien, mais ça se comptait en années. Cela semblait injuste. Charlie était assis devant elle, faisait semblant d'écouter la musique à la radio, dodelinant de la tête, jouant avec son sachet de thé, le cœur sans doute déchiré.

Ils devraient fêter ça en faisant l'amour, elle le savait. Mais la chaleur était trop accablante et Charlie n'en avait sûrement pas très envie.

« Je vais prendre une douche », dit-elle en se levant. Charlie se contenta de lui envoyer un clin d'œil et de lancer : « Vas-y et ne te gêne pas pour vider le ballon d'eau chaude », piètre blague, mais il ne la suivit pas dans la chambre ni sous la douche. La fraîcheur de l'eau était un soulagement. Qu'allait-elle faire de son manuscrit ? L'envoyer par la poste à des maisons d'édition ? L'envoyer tel quel à des agents ? Appeler Walter Van Tilburg Clark pour lui demander conseil ? Elle abandonna cette dernière idée. Il était temps d'aller jouer dans la cour des grands. Elle ne voulait pas d'un coup de main, elle se débrouillerait seule. À cet instant, Charlie entra dans la salle de bains et ouvrit la porte en verre, arborant un grand sourire lubrique en la rejoignant sous l'eau froide.

Ce matin-là après le petit déjeuner, ils travaillèrent ensemble dans le jardin pendant que Kira jouait dans son parc sur la véranda au soleil. Ils avaient des rangs de petits pois, de carottes, de betteraves, de courgettes, du maïs d'un mètre cinquante de haut encore en pleine croissance ainsi qu'un carré de melons. La culture de la marijuana n'avait rien donné. Les plants qui n'avaient pas été écrasés avaient été dévorés par les animaux de la forêt. Mais pas par les chevreuils. Jaime avait demandé aux voisins pourquoi il n'y avait pas de chevreuils dans la région. Cette plante semblait idéale pour ces animaux. Le voisin rit. « Ici, les chevreuils, on les mange », dit-il. Alors peut-être que c'était les lapins qui mangeaient la marijuana. Et de fait, ils avaient un comportement bizarre. Presque tous les soirs au crépuscule, s'il ne pleuvait pas trop fort, ces petits lapins sortaient des bois pour jouer au bout de la clairière derrière chez eux. Ils s'asseyaient sur leurs pattes arrière pour mâchonner un trèfle, puis, sans raison, ils bondissaient dans les airs, effectuaient une pirouette parfaite et se remettaient à mastiquer comme si de rien n'était. Kira hurlait de plaisir à ce spectacle, ce qui ne semblait nullement effrayer les lapins.

Jaime dut l'admettre, alors même que son tee-shirt lui collait à la peau à cause de la transpiration, elle tombait amoureuse de l'Oregon. Le phénomène avait aussi gagné sa mère qui s'était trouvé un petit ami à l'*Oregonian*, un journaliste sportif. Si elle épousait cet homme, alors Charlie et elle pourraient louer le petit appartement au-dessus du garage à Stan Winger et le sortir de son trou à rat. Elle s'inquiétait pour Stan. Il ne semblait heureux que lorsqu'il était ici avec eux, intégré à la famille. Ce qu'elle lisait dans son regard quand il devait rentrer chez lui lui brisait le cœur. Le pauvre, qui s'échinait sur ses histoires pour magazines à sensation. Essayant de devenir meilleur après une vie qui ne lui avait rien offert de bon. Mieux valait l'avoir auprès d'eux. Peut-être qu'il pourrait se dégoter un job. Jaime savait qu'il gagnait sa vie par des moyens dont personne ne voulait parler. Elle craignait qu'il ne se fasse arrêter un jour et ne disparaisse en prison. Quelle horreur. Il avait beau être bizarre et taiseux, Jaime l'aimait beaucoup. Et visiblement, lui l'adulait, même s'il était clair qu'il était amoureux de Linda McNeill. Mais c'était un amour de poète, un amour non partagé. Elle n'était pas persuadée que Stan se contenterait longtemps d'aimer de loin, mais la relation de Dick et Linda semblait battre de l'aile depuis le départ du petit Louis. Dick se montrait autoritaire, lançait des ordres à Linda sur un ton qui déplaisait aux uns et aux autres. Linda, plutôt que de se rebeller ou de le prendre à la blague, se contentait d'obéir, l'air maussade. Ils sont condamnés, songea Jaime. Le jeune Stan avait donc peut-être une chance.

Elle retira ses gants en coton et s'essuya le visage. Charlie et elle arrachaient des mauvaises herbes à quatre pattes. Elle jeta un coup d'œil à la véranda pour voir si Kira allait bien et aperçut Dick Dubonet dans l'ombre, en jean et tee-shirt blanc. Il fit un signe de la main et elle lui répondit, même si elle n'avait pas très envie d'avoir de la compagnie. Elle s'attendait toujours à ce que Charlie explose.

« Tu veux arracher des mauvaises herbes ? lança-t-elle à Dick.

— Non, merci », dit-il de sa voix grave et sexy. Il tira sur son nez et dit : « Je suis venu chercher mon chat. »

Jaime le rejoignit sur la véranda. Charlie continua de désherber.

« J'ai fait une erreur en rapportant Isis. Elle me manque. Elle manque à Linda aussi. Est-ce qu'on peut la récupérer, s'il te plaît ? »

Isis errait quelque part dans les bois. Dick s'avança sombrement à travers les arbres en appelant : « Isis... Isis... » Jaime l'observa depuis la véranda. Elle ne voulait pas qu'il ait le chat. Le chat était pour l'enfant. Mais elle ne pouvait pas le lui refuser. Dick était trop pathétique. Son enfant était parti, il avait donné son chat et il était sur le point de perdre sa femme. À ce qu'en savait Jaime, il n'avait rien publié depuis longtemps, et d'après Marty Greenberg il était au fond du trou. « Il n'arrête pas d'écrire ces histoires à la con calibrées pour *Playboy*. Pas étonnant que personne n'en veuille. Elles puent *Playboy* à plein nez. Ce qui bien sûr ne peut pas non plus plaire à *Playboy*. Bref, il est dans une impasse. »

Jaime prépara à manger en prévoyant assez pour Dick, mais ce dernier ne reparut pas pour le déjeuner. Il émergea des bois à trois heures de l'après-midi, frustré. « Il lui est arrivé quelque chose », dit-il en prenant place à table. Charlie était parti faire des courses avec Kira et Jaime n'avait rien à faire. Normalement, elle devait passer ce temps précieux à écrire. Dick était assis en face d'elle, le visage sale et couvert de sueur.

Il avait l'air mal. Un homme sensible, malgré son attitude macho.

« Elle s'en sortira », le rassura Jaime. Elle alla chercher deux bières dans le frigo. « Elle passe la moitié de sa vie dans cette jungle. Et chaque fois qu'on laisse Kira s'échapper, elle file elle aussi vers les bois.

— Où tu en es de ton livre ?

— Je l'ai fini. » Face au regard vide de Dick, elle ajouta : « Enfin, il faut que je repasse dessus une dernière fois, que je le fasse taper.

— Quelle longueur ?

— Oh, court, dit-elle pour l'apaiser. Autour de trois cents pages seulement.

— Eh bien, c'est une grande nouvelle », conclut-il même si sa voix se brisa légèrement sur les deux derniers mots.

Jaime rit. Elle ne s'était pas sentie aussi bien depuis des semaines. « Il se peut que ça ne vaille pas un clou, dit-elle.

— Mais non. Je suis sûr que c'est un merveilleux petit livre. »

34

La seule façon pour Dick de se remettre du coup que lui avait porté Jaime était de se montrer généreux. « Je ne sais pas ce que tu as prévu de faire, dit-il de sa voix la plus grave. Mais si tu as besoin du nom d'un bon agent… » Jaime fut surprise. Parfait. Il poursuivit, vantant les mérites de Robert P. Mills, la gentillesse et la générosité de celui qui, parce qu'il ne dirigeait pas une grosse boîte, accordait beaucoup d'attention à ses clients. « Il est mieux placé pour le polar et la science-fiction, mais il s'y connaît aussi en littérature générale.

— Ta proposition me flatte. »

Dick rit. « Enfin, le mieux que je puisse faire est de te recommander. Après ça, à toi de jouer. » Ils rirent tous les deux.

Dick devint encore plus charitable quand Charlie arriva avec un sac de provisions et Kira endormie dans ses bras, et que Jaime lui parla de l'offre de Dick.

« Génial ! s'exclama Charlie.

— Et si tu as besoin d'une bonne dactylo, ajouta Dick, Linda n'est vraiment pas débordée au travail.

— Oh, pas question qu'elle s'en charge gratuitement, je suis prête à la payer.

— Elle ne refusera pas », la rassura Dick et tous trois échangèrent de grands sourires.

Linda tapa le manuscrit pour trente dollars, un original et deux copies carbone. Dick n'avait pas lu le texte et n'avait pas assisté à la réunion entre Jaime et Linda quand le manuscrit changea de mains. « C'est comment ? demanda-t-il.

— Bien. » Elle était assise sur le canapé du salon en train de lire un magazine.

« Bien comment ? » plaisanta-t-il.

Elle le regarda. « C'est très féminin. Personne ne l'achètera.

— Tu ne peux pas savoir », dit-il joyeusement. Plus tard, quand elle rapporta l'ensemble à la maison dans un carton, il jeta un coup d'œil en faisant semblant d'examiner la qualité du tapuscrit. « C'est magnifique, dit-il à Linda.

— Tu veux parler de mes talents de dactylo. »

Puis il se mit à lire. Un texte très simple. Sentimental. Mièvre, devrait-il dire. Il tourna une page. Même chose.

Des réminiscences sentimentales catégorie poids plume. Elle n'était pas de taille face à lui. Dick en fut heureux, avant d'éprouver de la honte. Le temps passé, le travail. Lui-même n'y était jamais parvenu, et Jaime méritait donc toutes les félicitations possibles rien que pour avoir terminé ce satané livre. Même s'il ne faisait que trois cents et quelques pages, elle y était allée bille en tête et avait plié l'affaire en moins d'une année. Beaucoup moins, même, si Dick se souvenait de quand elle avait commencé. Il dut admettre qu'elle avait bossé comme une dingue. Grand bien lui fasse.

« Super boulot de dactylo, dit-il à Linda plus tard, mais à mon avis, il va avoir du mal à trouver un éditeur. Si j'étais Jaime…

— Ce qui n'est pas le cas. »

Le roman de Jaime n'était pas son plus gros problème. Il pouvait bien se passer des mois avant qu'il ne se résolve. Pour l'instant, il s'inquiétait davantage de son propre travail. Le temps était-il venu d'écrire un roman ? S'était-il leurré en attendant une autre grosse vente pour un magazine ? Peut-être que cette attente le tuait, et qu'il fallait se détourner de *Playboy* une bonne fois pour toutes. Peut-être qu'un roman mettrait fin à cette période de malchance. Il se disait qu'écrire un roman durerait un an ou deux, voire plus, s'il prenait l'exemple de Charlie. Rien qu'à l'idée, il en tremblait. Mais il n'avait fallu que quelques mois à Jaime. Il ferait pareil. Avec tout ce qu'il avait vécu, son livre serait même bien plus intéressant.

Il entendait déjà le mépris de Linda si elle l'apprenait. « Tout ce que je fais, mon singe le refait. » Ha ha. S'il s'y mettait pour de bon, il lui faudrait le cacher à Linda et aux autres. Ce qui voudrait dire aller puiser dans ce qui restait sur son compte en banque et ne plus envoyer d'histoires. Il en avait achevé dix-neuf, dix étaient chez Mills, et il en avait envoyé neuf autres de son côté à de petits magazines. Que pouvait-il espérer gagner avec ces dix-neuf nouvelles ? Il sortit les carbones et les passa en revue. Il pleuvait des cordes et Dick avait laissé les portes ouvertes pour faire entrer l'air frais. En général, un après-midi consacré à inspecter le travail effectué pouvait être extrêmement gratifiant, mais pas ce jour-là. Il constata, le cœur gros, que la majorité de ces textes, peut-être même la totalité, n'était pas aussi bonne que dans son souvenir. Des récits sans intérêt et pas très vendeurs. La pluie tombait dehors, et l'humeur de Dick chuta au trente-sixième dessous. Quand Linda rentra à la maison, il se sentait épuisé et dégoûtant.

« Tu n'as pas préparé à dîner ? » demanda-t-elle. Il avait complètement oublié de s'en occuper. Il n'avait même pas décongelé les côtelettes d'agneau.

« Désolé. » Il ne donna aucune explication, s'assit avec raideur sur le canapé, les pieds étendus devant lui, les mains enfoncées dans les poches.

« J'ai super faim, bon sang. » Elle alla dans la chambre et il l'entendit se changer. Il se demanda s'il était assez viril pour la rejoindre, la prendre à la renverse et lui faire l'amour par terre. Ça compenserait. Mais ça le foutrait aussi en l'air. Et si elle le repoussait ? « Mais laisse-moi ! » Il se sentirait idiot. Sans parler qu'il avait l'entrejambe plus sage que surexcité.

« Je travaillais », dit-il.

Elle apparut sur le seuil de la chambre, la poitrine dénudée. « Alors sortons.

— Sous cette pluie ?

— Va te faire foutre », dit-elle, avant de retourner dans la chambre. Il était trop tard pour rétorquer : « Je t'emmerde. » De toute façon il avait peur. Quand elle revint dans le salon, elle était habillée pour sortir, short en jean, chemise d'homme bleue, le feutre mou marron de Dick et son imperméable vert sombre. Elle était sublime.

« Où vas-tu ?

— Dîner.

— On ne peut pas se payer le resto tous les soirs.

— Dommage », dit-elle, et elle franchit la porte ouverte. Dehors, des trombes d'eau furieuse. Elle était partie sous la pluie. Il ne la reverrait peut-être jamais plus. Mais vu son humeur, il ne pouvait strictement rien y faire. Au bout d'un moment, il alla dans la cuisine, prit le paquet de côtelettes d'agneau et l'ouvrit. Inutile de se laisser mourir de faim.

Linda rentra à neuf heures, trempée, sans adresser la parole à Dick. Il faisait cuire les côtelettes. « Il te reste de la place pour une côtelette ? » lança-t-il. Pas de réponse. Elle avait peut-être ses règles.

35

Au début, il avait été trop crispé, assis dans son bureau à *observer* le livre au lieu de se borner à le lire comme il l'aurait fait avec n'importe quel autre satané bouquin. Il entendait Jaime et Kira dans la cuisine. Elle savait qu'il le lisait. Elle faisait le ménage en feignant l'indifférence, et la moitié du blocage de Charlie venait de ce qu'il réfléchissait en parallèle à ce qu'il lui dirait après. S'il y arrivait. Mais s'il ne le lisait pas d'une traite, quelle excuse pourrait-il fournir ? « Jusqu'ici tout va bien. » « Dis donc, c'est drôlement bien. Qu'est-ce qu'on mange ce soir ? »

Il se laissa distraire et se contenta de lire. D'abord il gloussa, puis, au fur et à mesure qu'il avançait dans le livre de sa femme, il fut pris d'un rire tonitruant et incontrôlable. Il savait que Jaime pouvait l'entendre et essaya de se calmer. Le livre était vraiment drôle. Et touchant, bien que si éloigné de la jeunesse de Charlie que cette vie semblait avoir été vécue sur une autre planète. Il n'aurait pas à se trouver d'excuse puisqu'il finit sa lecture à dix-sept heures ce jour-là. Toujours assis à son bureau, il se sentit curieusement vide. Il n'avait rien à dire à Jaime. Il avait ri comme un bossu pendant près de quatre heures. Elle devait donc savoir qu'il trouvait le livre drôle. Contrairement au sien. Par ailleurs inachevé. Et, autant que Charlie pouvait en juger, c'était de la littérature. Contrairement au sien, sans aucun doute.

La seule question qui se posait à Charlie était de savoir comment lui faire comprendre qu'il avait adoré son livre sans que ça déborde sur ce qu'il fabriquait avec le sien. Il s'apprêta à sortir de la pièce, posa la main sur le bouton de porte froid. Une vieille poignée en fer merdique, rouillée et miteuse comme toutes les autres dans cette maison. Il tourna le bouton, afficha un grand sourire et ouvrit la porte.

Jaime était en train de donner à manger à Kira. La cuisine sentait la sauce spaghetti qui frémissait sur la cuisinière. Charlie regarda autour de lui, conscient que Jaime l'observait. Il aimait la cuisine. Il avait été heureux ici, ils avaient tous été heureux. Cette partie de leur vie avait été magnifique.

« Ton livre est tout ce que tu espérais, déclara-t-il.

— C'est-à-dire ? » Il entendit l'angoisse dans sa voix, ce qui lui fit du bien. Qu'était-ce donc que ce sentiment ? Il devrait le surmonter.

« J'ai toujours dit que je ne t'arriverais jamais à la cheville en tant qu'auteur », s'entendit dire Charlie. Nom de Dieu. Exactement ce qu'il ne voulait pas dire, mais voilà, Jaime se glissait dans ses bras.

« C'est bien ? le supplia-t-elle.

— Mieux que bien », improvisa-t-il. Sa vie allait-elle ressembler à ça ? « J'ai besoin d'une bière et de me remplir le ventre », ajouta-t-il maladroitement. Qu'était-il censé faire : se mettre à danser ?

Mais le dîner remit les choses à leur place. Avec un livre de cette qualité, il avait une chance d'être publié, et même de rapporter de l'argent. S'il passait la barrière de l'agent, la barrière du lecteur professionnel, de l'éditeur, de la critique, puis enfin la barrière du public. N'était-ce pas le but, de gagner sa vie en tant qu'écrivain ? Sa femme venait de prouver, ne serait-ce qu'à lui, que c'était exactement ce qu'elle allait faire. Peu importait ce qu'il éprouvait par rapport à son propre livre. À son « roman en cours ». Il avait de grandes ambitions. Voulait tout y mettre. Etc. Il ne pouvait pas échapper à l'impression absurde que si Jaime avait été envoyée en Corée, capturée, laissée à pourrir sur pied dans un camp de prisonniers, puis coincée dans un pavillon pour tuberculeux de l'armée pendant plus d'un an, elle en aurait fait un grand roman.

« Alors, tu vas l'envoyer à Mills ? lui demanda-t-il le lendemain matin.

— Pourquoi on n'irait pas à New York ? On pourrait prendre l'avion, se payer une chambre à l'hôtel Algonquin et faire le tour des agents pour se présenter.

— J'ai mes cours, s'entendit-il répondre. Mais vas-y, toi. » Elle s'amuscrait, à New York. Il se remémora Frankie Pippello, rencontré à Kim Song. Il se demanda ce que devenait Frankie. Il pourrait chercher son adresse dans l'annuaire.

« Ce ne serait pas drôle sans toi, dit-elle en affichant une fausse moue.

— C'est un peu compliqué.

— Et aussi idiot et onéreux. J'ai très envie de le faire. »

Charlie ne pouvait pas oublier que Jaime était une belle jeune femme de vingt et un ans, et que ça ne lui ferait pas de mal. Elle n'en avait pas vraiment besoin, ou bien si, et d'ailleurs, peut-être que tout le monde en avait besoin. C'était un jeu cruel, il suffisait de le demander à tous les gens qu'ils connaissaient. De poser la question à Dick Dubonet qui menait un combat solitaire contre *Playboy*. Ne pas être publié avait ses avantages, s'aperçut Charlie.

« OK, on y va, dit-il. On s'en fout. »

Elle rit. « Réfléchissons-y. »

Juste avant que Charlie ne parte travailler, le téléphone sonna. « C'est pour toi », dit Jaime. Elle lui tendit le combiné avant d'aller sur la véranda de la maison où Kira jouait dans son parc.

« Allô ?

— Charlie, dit Linda, vraiment désolée de t'interrompre pendant que tu écris…

— J'allais me mettre en route pour la base aérienne, dit-il. J'enseigne la dactylo aujourd'hui.

— Mince, j'espérais que tu serais en ville…

— Que se passe-t-il ?

— J'avais juste envie de te parler, c'est tout. Rien d'important.

— Je peux arriver en retard, je vais prévenir la base. »

Il s'habilla. Les gens étaient décontractés, à la base, s'habillaient tous confortablement, jean, bottes, vieille chemise de costume. C'était une belle journée pour changer de décor, fraîche et ensoleillée. Il s'avança sur la véranda pour embrasser Jaime et le bébé, mais elles n'étaient pas là. Il aperçut Jaime, Kira dans les bras, debout au milieu des arbres. « Ciao ! » cria-t-il. Il retourna dans la maison et fit un crochet par son bureau. Il n'avait pas besoin de sa mallette ce jour-là. Il regarda autour de lui. Son manuscrit en ordre dans ses cartons. Il les souleva. Lourds. Il les transporta jusqu'à l'allée de gravier. Il les déposa près de la benne à ordures à côté de la boîte aux lettres et revint dans le garage pour prendre la voiture, démarra et partit.

Il retrouva Linda au coin de SW Fifth et Alder. Elle portait ses habits de secrétaire, tailleur noir et chemisier rouge ouvert au niveau de la gorge. Elle lui sourit. « Café ?

— Avec plaisir. »

Elle le conduisit dans un petit café et ils s'installèrent au comptoir. Ils étaient seuls à l'exception d'un vieil homme en tablier sale derrière le bar. Ils commandèrent du café et gardèrent le silence jusqu'à ce que le vieil homme les serve et retourne dans son coin. Puis Linda dit, sans lever les yeux : « Je me sépare de Dick.

— Ah bon ?

— Je prends la mer. » Elle se tourna vers lui. « J'en ai assez de Portland.

— Quand pars-tu ?

— Dans quelques jours. Le bateau est à Astoria.

— Où vas-tu ? »

Elle sourit. « En Polynésie septentrionale. Faire le tour du monde. Je ne sais pas. Hawaï est ma première destination.

— Ça m'a l'air super.

— Je voulais te mettre au courant. J'ai toujours pensé qu'il y avait quelque chose de particulier entre nous, tu vois ce que je veux dire ?

— Oui, admit Charlie. Est-ce que Dick sait que tu pars ?

— Il devrait, mais non. C'est juste que j'en ai jusque-là. » Elle leva la main au niveau du cou. « Je pourrais partir aujourd'hui, en fait. » Elle sirota son café. « Tu es mon seul regret.

— C'est où, Astoria ? » Elle le lui expliqua et il ajouta : « Allons-y. »

Elle le regarda. « Je vais sécher mon cours », précisa-t-il.

Ils montèrent dans sa Volkswagen verte.

« Tu es sûr ? » demanda-t-elle.

Il lui adressa un regard sans expression. Il ne ressentait rien. N'avait rien ressenti de la matinée. La chose qui le tenait debout depuis des années, quelle qu'elle soit, venait de se dissoudre, du moins pour l'instant, et il se sentait agréablement vide.

« J'ai toujours eu envie de baiser avec toi », lui dit-il. Il démarra.

« C'est l'occasion ou jamais. » Ils roulèrent vers l'ouest et quittèrent Portland.

36

Quand Jaime sortit les poubelles, elle tomba sur le livre de Charlie et comprit aussitôt. Elle ramassa les deux cartons et les rapporta dans la maison, en essayant de ne pas réfléchir. Kira dormait dans son parc, allongée sur le ventre, serrant son ours en peluche contre elle. Elle avait perdu l'ancien et Stan Winger lui avait offert celui-ci, un ourson cannelle avec un gilet blanc. « Tous les gamins devraient avoir le plus bel ourson du monde », avait-il dit en le tendant à Kira. Jaime songea à contacter Stan. Mais il n'avait pas le téléphone. Elle pouvait appeler la base aérienne, mais savait que Charlie n'y serait pas. Un homme ne se débarrasse pas de dix ans de travail et peut-être aussi de sa femme et de son enfant pour aller donner un cours de dactylo dans la foulée. Elle savait ce que ce coup de téléphone avait signifié. Charlie et Linda étaient ensemble. Jaime s'assit à la cuisine, l'estomac dur comme de la pierre. Elle savait que Charlie était avec Linda parce que c'était ce qu'elle aurait fait dans les mêmes circonstances, avec un homme. Elle ne voulut pas croire que Charlie s'était envolé pour de bon. Elle opta pour une folle escapade romantique qui se conclurait par un retour penaud. La question était : comment Jaime allait-elle le lui faire payer ? Le lui ferait-elle payer ?

Charlie n'avait même pas encore officiellement disparu. Il était sorti donner son cours de dactylographie. Cela lui laissait jusqu'à trois, quatre heures de l'après-midi. Ensuite, il enseignait la stylistique à dix-huit heures quarante-cinq, après quoi il se rendait généralement en ville à la bibliothèque ou à son bureau de Multnomah pour corriger des copies. Parfois, il allait au cinéma ou traînait dans une salle de billard. Au Jerry ou au Caffe Espresso. Il n'était pas censé rentrer avant la fin de son cours du soir, et encore, il lui arrivait aussi de sortir boire des bières. Charlie ne pourrait pas être déclaré officiellement disparu avant plus d'une heure du matin. Elle ne s'inquiéterait pas avant ça.

Peu après le dîner, Kira faisait du bruit dans son coin et Edna, assise à la table de la cuisine, observait Jaime quand Dick Dubonet appela en annonçant que Linda n'était pas allée travailler et qu'elle avait disparu.

« Je me disais qu'elle était peut-être chez toi. Je peux parler à Charlie ?

— Il est au travail. » C'est alors que Kira poussa un cri. Après quelques mots vides de sens, elle raccrocha. Sa mère la dévisageait.

« Où est Charlie ?

— Je ne sais pas.

— Mon Dieu. »

Jaime extirpa Kira de sa chaise et la prit dans ses bras, lui tapota le dos comme si elle était un nouveau-né. « Dis-moi, maman, fit-elle, la voix dure. Comment est-ce que tu as supporté ça ?

— Quoi donc, ma chérie ?

— Est-ce que je suis censée accepter qu'il revienne ? Visiblement, il est en train de baiser Linda. »

Edna n'eut pas l'air surpris. « Tu es sûre, ma biche ? » Edna se portait bien, Edna allait se remarier à un homme qui avait consacré sa vie aux résultats de combats de boxe. Edna n'avait pas lu le manuscrit, ignorait de quoi il parlait. Jaime se demanda si elle aurait jamais le courage de le lui dire. « Ça raconte comment tu as encaissé l'infidélité de papa, notre vie de honte et de trahison sur Washington Street, et combien c'était merveilleux. » Ouais. Dans le livre, elle avait pardonné à son père. Était-ce cela qui avait incité Charlie à se jeter dans les bras de Linda ?

Mais allongée dans son lit ce soir-là, l'estomac noué, elle réfléchit à l'effet dévastateur que son roman avait dû avoir sur lui. Un homme aussi bon ne pouvait sans doute pas faire face à la montée de la jalousie, de l'envie, de la rage qui l'avait saisi en voyant que Jaime avait réussi là où lui-même échouait. Il n'avait certainement pas pu affronter le flot de laideur qui émanait de lui. Du coup, constatant les vices inhérents à son caractère, il s'était enfui avec une femme. Et pas n'importe laquelle. Celle vers qui Jaime se serait elle aussi précipitée si elle avait été lesbienne. Une femme au superbe visage de sculpture antique. L'exact opposé de Jaime et de ses traits bien d'aujourd'hui. Même chose pour ce qui était du corps. Jaime était mince, petite, parfaitement proportionnée (à moins que Charlie mente en plus de la tromper), contrairement à Linda qui était spectaculaire, des seins un peu trop gros, une taille un peu trop fine, des fesses plus petites qu'on ne l'imaginait, et pourtant voluptueuse. Pas étonnant que Charlie veuille enterrer sa souffrance dans sa voluptuosité, que ce mot existe ou non.

Jaime se réveilla à trois heures du matin, croyant avoir entendu quelque chose. À la cuisine, elle ne vit qu'Isis. « Où est Charlie ? » demanda-t-elle au chat. Elle se versa un verre d'eau et puis alla voir Kira. En regardant son enfant, elle sut qu'elle pardonnerait. C'était ça ou tout détruire. Et elle ne le voulait pas.

Charlie parlait rarement de son emprisonnement, mais une fois, Marty Greenberg lui avait demandé combien de prisonniers avaient coopéré avec les Chinois. « On a beaucoup entendu parler de lavage de cerveau », dit Marty. Il avait affiché un petit sourire satisfait. « Ça marche vraiment ? »

Charlie avait ri. Ils mangeaient des hamburgers, installés sur une des banquettes du Jerry. « Le lavage de cerveau ? Sûrement pas, tout ce qu'ils voulaient savoir, on le leur disait. Il n'y avait pas la moindre maudite résistance. Deux gars ont réussi à s'enfuir et à rejoindre nos lignes, et pour toute la peine qu'ils se sont donnée, ils ont eu droit à la cour martiale. Ils ont vingt ans à tirer à Leavenworth. » Charlie avait bu. Il pointa Marty du doigt. « Le lavage de cerveau c'est un truc que notre gouvernement a inventé pour couvrir le fait que tout le monde coopérait. De jeunes

Américains bien proprets ne lâcheraient jamais rien aux Chinois, pas vrai ? Alors il fallait bien qu'ils usent d'une méthode orientale perverse pour nous faire parler. Lavage de cerveau, mon cul ! »

Allongée dans son lit, à l'affût du bruit qui indiquerait le retour de Charlie, elle se demanda s'il avait subi un lavage de cerveau. Ce qui expliquerait peut-être pourquoi il n'arrivait pas à terminer son livre. Aussi simple que ça. Ou bien le livre de Charlie serait si gros, si capital, qu'il faudrait tout bonnement des années pour le finir et qu'elle devrait l'aider à ne pas dévier de cette route. Pardonner un petit adultère faisait sûrement partie de l'opération. De même que les sentiments qui y étaient attachés. La trahison. L'abandon. En profondeur sous la blessure, la rage, la haine, le désir de vengeance. Quand il reviendrait, elle lui ferait payer. Non, ce serait terrible. Soit elle le quittait soit elle le gardait. Et si tu le gardes, tu lui pardonnes.

Elle se réveilla aux cris de Kira. Elle regarda le réveil. Il était plus de six heures du matin. Charlie n'était pas à ses côtés. Elle se leva pour s'occuper de sa fille puis se prépara une tasse de thé. Sa mère apparut, prête à partir travailler, s'assit. Le regard d'Edna était plein de compassion.

« Tu veux du thé ? » demanda-t-elle à sa mère. Pourquoi se sentait-elle si humiliée ?

« Je me prendrai quelque chose au drugstore, répondit Edna. Tu sais ce que tu vas faire ?

— Non », admit Jaime. Le téléphone sonna. Dick Dubonet. Il était hystérique et Jaime dut se montrer forte pour l'apaiser, lui dire de ne pas tirer de conclusions trop hâtives, que Charlie et Linda étaient sans doute quelque part en train de discuter devant une tasse de café. « Ils sont amis, tu sais », dit-elle brusquement et elle raccrocha.

« C'est une possibilité ? demanda sa mère.

— Non. » Jaime fondit en larmes pour la première fois. Elle s'assit à la table et pleura pendant que sa mère lui tenait les épaules par-derrière et lui parlait tout bas à l'oreille. Jaime eut l'impression d'avoir quatorze ans. Quatorze ans et plaquée.

« Je peux rester si tu veux, dit Edna.

— Non. »

Puis la maison fut silencieuse, sa mère au travail, Kira endormie et le chat dans les bois.

37

Quand, au bout de trois jours, Charlie n'était toujours pas rentré déconfit et penaud, Jaime se mit en colère. Il lui avait pris la voiture. Ce n'était pas qu'elle avait l'habitude de sortir où que ce soit, mais le manque de considération la rendait folle de rage. Et si Kira tombait malade au milieu de la nuit et que sa mère n'était pas là ? Edna proposa de lui laisser sa voiture et de prendre le bus, mais Jaime ne voulut pas en entendre parler. Elle quitterait d'abord l'Oregon. Elle appela la Southern Pacific et trouva à quelle heure le Shasta Daylight partait pour la Californie. Elle appela ensuite leur propriétaire, Mme Baker, pour savoir de combien était le préavis et découvrit que Charlie n'avait jamais signé le bail. Jaime donna un préavis de trente jours et demanda à Mme Baker si elle connaissait quelqu'un qui voulait un petit siamois avec des taches couleur chocolat et une queue tordue. Mme Baker répondit que non, alors Jaime appela Dick Dubonet même si elle détestait l'idée de lui parler. Et s'il se mettait à pleurer ?

Dick allait bien. « J'arrive », dit-il joyeusement. Elle entendit sa Mini dans l'allée moins d'une heure plus tard. Ils prirent des chaises de la cuisine et s'installèrent à l'ombre de la véranda pendant que Kira courait partout comme une professionnelle. Le jardin n'existait plus hormis quelques épis de maïs secs, et une grande partie de la végétation sous les arbres était morte elle aussi. Dick parla de Linda sur le ton du pardon, il s'attendait manifestement à ce qu'elle rentre d'un jour à l'autre. Ils s'étaient enfuis pour pouvoir coucher ensemble, c'était tout. Autrefois, cela aurait signifié la fin de tout, mais plus aujourd'hui.

« Où veux-tu en venir ? » Jaime était enfoncée dans sa chaise, une bouteille froide de Miller entre les jambes.

« Au fait que tu ne devrais peut-être pas réagir de manière aussi extrême. Pourquoi déménager ? Tu vas vraiment quitter Charlie pour ça ?

— À t'entendre on croirait que ce n'est rien. Ce n'est pas rien. »

Il sourit avec bienveillance. Il avait de très belles dents. C'était un très bel homme. Par une autre sublime journée d'automne. L'Oregon était au comble de sa beauté et Jaime avait Dick en jean et tee-shirt dans son jardin. Ils ne l'auraient pas volé, non ? Revenir et trouver Dick et Jaime joyeusement enlacés ? Mais Dick ne tenta rien. En fait, il fit tout ce qu'on pouvait attendre d'un ami.

« Tu ne l'as jamais trompé, n'est-ce pas ?

— Je n'ai jamais couché avec personne d'autre que Charlie », s'entendit-elle admettre. Dick haussa les sourcils mais retrouva sa contenance en avalant une grande lampée de bière.

« Oui, du coup, c'est différent.
— Ah bon, en quoi ?
— Eh bien... se lança Dick avant de s'arrêter.
— Je veux déménager parce qu'il est temps de partir. Au fond, ça n'a rien à voir avec Charlie.
— Tu as fini ton livre, alors il faut partir. J'aimerais beaucoup le lire un jour. Mais pas maintenant. Tu m'enverras un exemplaire, un service de presse. Avec une dédicace.
— Est-ce que tout le monde m'en veut d'avoir terminé mon livre ? » lui demanda-t-elle. Il rit plutôt que de répondre et elle ajouta : « Mais bref, tu peux prendre Isis. Impossible de l'emporter dans le train et je ne veux pas la laisser dans une cage du compartiment bagages ou je ne sais où. »

Isis arriva des bois et Kira courut vers elle. « Key ! Key ! » criait-elle.

Kira souleva le chat et marcha avec dans le jardin. Le chat se laissait faire, elle s'amusait, de toute évidence. « Elle va manquer à Kira, fit Dick. Peut-être que quand tu seras installée tu pourras venir nous rendre visite.
— Avec plaisir. » Soudain, elle comprit qu'elle allait vraiment quitter l'Oregon. Avec ou sans Charlie.

Il rentra à la maison le lendemain. Jaime était aux toilettes quand elle entendit le bruit métallique familier de la Volkswagen familiale. Il était autour de quinze heures, Kira dormait dans son parc. Encore une journée parfaite. Ce bel Oregon, pensa-t-elle avec tristesse au moment où Charlie entrait dans la maison et l'appelait. Linda était-elle avec lui ? Bien sûr que non.

Jaime sortit de la salle de bains engourdie et apeurée. Debout au milieu de la cuisine, Charlie la dévisagea. Il avait les cheveux trop longs, remarqua-t-elle, et il avait pris un léger coup de soleil. L'amour au soleil ?

« L'école a appelé, lui dit-elle froidement.

— Je suis désolé. » Pour une fois, Charlie ne souriait pas. « J'ai pété un plomb.

— D'accord. Pourquoi es-tu revenu ? »

Charlie se prit une bière dans le frigo. « Tu en veux une ? » Elle acquiesça et ils s'assirent à la table, buvant comme deux potes de fac. « Tu veux savoir ce qui s'est passé ?

— Bien sûr. » Il n'avait pas l'air de se sentir coupable. Malgré tout, elle ne pouvait pas s'autoriser à ressentir quoi que ce soit.

« Linda est partie, dit-il. Elle ne reviendra pas. Elle a embarqué sur un bateau avec des amis, ils vont longer la côte jusqu'au Mexique, puis prendre le large jusqu'à Hawaï.

— Pourquoi tu n'es pas parti avec eux ?

— J'ai bien failli, bon sang. Je t'ai dit : j'ai pété un plomb. Quand elle m'a dit qu'elle quittait Dick, j'ai proposé de la conduire à Astoria. C'est plus au sud sur la côte, une très jolie petite ville. Mais on est restés à Seaside. Une station balnéaire désertée maintenant que les gamins sont à l'école. Un endroit incroyable. La plupart des boutiques sont fermées et il y a une très grande plage sans personne dessus. On avait tous les deux besoin de prendre l'air, tu comprends ? Du coup, je l'ai emmenée sur la côte. Mais je n'étais pas encore prêt à rentrer à la maison. On a parlé jour et nuit. Je veux dire qu'on a vraiment parlé. Linda est géniale.

— Et elle baise bien ? »

Charlie la regarda droit dans les yeux et dit : « On n'a rien fait. On a dormi dans la même chambre, mais pas dans le même lit.

— Il faut que je te croie ?

— Je te raconte ce qui s'est passé. Je t'aime. Je ne suis pas fou. On n'a pas couché ensemble. On en a parlé, mais on n'a rien fait. Je crois qu'on était tous les deux trop à côté de la plaque. On a marché sur la promenade en planches, on a joué au flipper, et on s'est soûlés dans un petit club qui ne joue que du super jazz et on a discuté toute la nuit. Je lui ai parlé de toi, elle m'a parlé de sa vie, de Dick, de son gamin, de la vie, quoi. Et tu sais quoi ? C'est quelqu'un de bien. Je lui souhaite le meilleur. »

Il énonça ces derniers mots avec une telle franchise, une telle conviction qu'elle commença à le croire. Son estomac se dénoua petit à petit. Ils burent encore de la bière et fumèrent plus de cigarettes. Charlie continua de parler, lui expliqua que son roman l'avait provisoirement vexé à cause de ses grandes qualités évidentes. « À Kim Song, il fallait être psychopathe rien que pour survivre », dit-il. La nuit tombait et Jaime donna à manger à Kira. La petite avait été très heureuse de voir son papa et elle était à présent assise sur ses genoux pendant que Jaime la nourrissait à la cuillère. « Quand j'ai lu ton livre, je crois que ça m'a rattrapé, tu sais, le mode chacun pour soi. Ça n'excuse pas vraiment de t'avoir abandonnée comme ça, mais voilà, c'est ce qui s'est passé. »

Jaime donna sa banane à Kira. Ils n'avaient pas couché ensemble. Elle le croyait. Il le fallait. Elle se concentra uniquement sur ce qui venait ensuite. Ils iraient au lit après avoir bordé Kira et, s'ils faisaient l'amour, cela conclurait l'événement. Une page serait tournée, et oubliée. Il lui faudrait appeler Carol Baker et lui dire que finalement ils allaient rester. Il faudrait récupérer le chat. Mais non. Linda ne reviendrait pas. Dick aurait besoin du chat. Charlie la dévisagea.

« Quoi ?
— Tu as cette lueur dans le regard. Je ne peux pas faire mieux que de m'excuser. Est-ce que je vis encore ici ou pas ? »

38

Charlie souhaitait être honnête, mais ne le pouvait pas. La vérité vraie était qu'il voulait préserver son mariage même s'il ne le méritait pas. Il l'avait suffisamment pris à la légère comme ça. Facile de jouer les maris et de respecter les règles parce qu'il n'avait aucune raison de ne pas le faire. Il aimait Jaime, ne voulait pas d'une autre femme et n'en avait pas besoin. Tout se situait sur le plan plus élevé de l'amour. Il se demandait même pourquoi d'autres hommes trompaient leur femme. Il n'avait jamais été tenté. Il n'avait même pas été tenté par Linda.

En lisant le manuscrit de Jaime il avait enfin compris pourquoi il ne pouvait pas terminer son livre. Charlie n'était pas écrivain. Jaime, si. Cela ne tenait pas aux mots, mais à l'organisation. Jaime savait instinctivement comment assembler les différents éléments pour que l'ensemble soit fluide d'une scène à l'autre. Le texte de Charlie, lui, était sens dessus dessous, de grandes et longues sections de dialogues suivies par de grandes et longues sections de description ou d'action, et rien ne coulait. C'était à devenir fou. Dix putains d'années à apprendre les ficelles. Comme pour tout ce à quoi il avait touché. La mécanique automobile. Il avait été très maladroit au début, puis il avait pris le coup de main. Même chose avec le football, l'entraînement militaire, le tir, la chasse, la pêche. Et même avec l'université. Charlie pouvait organiser, chercher, mettre en lumière et écrire une dissertation comme le meilleur des étudiants. Mais une fois seul, pour tenter d'écrire avec honnêteté sur son expérience, impossible. Une barrière intrinsèque.

Mais dont il espérait, pensait qu'elle finirait par tomber s'il faisait les choses comme il fallait, s'il suivait les règles. Mais non. En lisant Jaime, il s'aperçut d'emblée qu'elle avait un don naturel dont il était dépourvu. Appelons ça du talent.

Charlie n'avait pas de talent. Il avait les outils. Il connaissait les règles. Mais il ne savait pas jouer avec. Assis dans son bureau à suer sur le texte de Jaime, il se remémora les avortons qu'on choisissait toujours en dernier pour former les équipes de foot. On avait toujours choisi Charlie en premier. Ou bien c'était lui qui opérait les sélections. Il n'avait jamais trop pris de risques dans ce domaine, n'avait jeté son dévolu que sur les types talentueux. Et laissé les minus, les sans-talent plantés là les doigts dans le cul. Charlie appartenait désormais à ce groupe. Le sous-doué abonné à rester sur la touche. Celui qui trépigne tellement d'envie qu'il en est gênant, tellement fonceur que c'en est humiliant, mais irrémédiablement et éternellement dépourvu de talent. On lui avait donné le prix Eugene F. Saxon non pas parce qu'il était doué, il ne l'était pas, mais pour une raison quelconque à laquelle il ne voulait même pas réfléchir.

Pourtant il fallait bien, y réfléchir, maintenant qu'il avait le roman de Jaime sous les yeux. C'était la même satanée raison pour laquelle on lui avait décerné la Bronze Star. Non pas qu'il ne la méritait pas, tous les cons qui avaient débarqué en Corée méritaient au moins la Bronze Star et, si Charlie avait eu le choix, la Congressional Medal of Honor. Mais il avait eu la médaille parce qu'ils ne voulaient pas que le Peuple américain pense que tous leurs prisonniers n'avaient été qu'une bande de lâches. Ils n'avaient pas été lâches, bien sûr, mais ils en avaient l'air. Et pour les militaires américains, les apparences primaient. Donc, à la fin de l'opération Little Switch, on avait distribué des médailles aux gars qui présentaient le mieux. Il y avait eu des types courageux, bien sûr. Mais ceux-là, les Chinois les avaient tués tout de suite. Charlie avait entendu dire qu'ils faisaient creuser leur propre tombe aux condamnés. Il n'y croyait pas vraiment parce que le sol était trop dur pour ça, et surtout parce que c'était trop risqué de le faire faire par des hommes justement condamnés pour des actes de défi.

Charlie ne défiait personne. Il se contentait de rester allongé et de cracher du sang. Quand son voisin avait chié près de son visage, il avait fallu trois jours avant qu'un des culs-bénits le nettoie. Grande cohésion de groupe, à Kim Song. Tout le monde pensait que Charlie allait mourir d'un jour à l'autre, alors ils l'avaient plus ou moins laissé seul. Il voyait tout de là où il était affalé. Il vit un homme se faire violer pendant que quatre autres jouaient à la belote à quelques dizaines de centimètres. Il avait vu des types bouffer de la merde. Des fous, bien sûr. Charlie n'avait jamais bouffé de merde. Mais il avait avalé le sang produit par ses poumons pour rester en vie. Pour sa valeur nutritive, vous imaginez ? Le vampire de Kim Song.

Pour sauver sa peau, il s'était laissé gagner par l'engourdissement. Ça avait marché. Il s'était sorti de Little Switch parce qu'il avait la tuberculose. Personne n'avait dit au revoir sauf Pippello, un grand con émacié, le regard hâve et affamé, il avait souri et agité la main. Pippello lui avait donné de la marijuana gratis, une fois. En général ils la vendaient, mais il restait un peu de compassion chez Pippello et il s'était approché de Charlie, s'était accroupi et lui avait tendu le joint. « On s'en fout » furent ses seuls mots quand Charlie le remercia. La marijuana avait été bonne. Deux bonnes heures en quatorze mois.

C'était allongé là à Kim Song, puis plus tard dans le service des tuberculeux de l'hôpital militaire de Tokyo, que Charlie avait décidé de devenir écrivain. Il avait l'impression d'avoir tant à dire. À présent il savait qu'il n'en dirait rien. La plupart des choses avaient déjà été dites. Le reste n'avait pas besoin d'être exprimé. S'il abandonnait, le monde ne perdrait rien. Jaime ne perdrait rien. Il avait eu de la valeur en tant que romancier potentiel, mais il n'en avait plus, pas même celle du Saxon Award. Il devrait économiser et rembourser parce que, bien sûr, ça n'était pas un vrai prix, mais une avance sur droits déguisée en prix. Un à-valoir à compenser, apprit-il en lisant les lignes en petits caractères. Cela n'avait rien signifié à l'époque puisqu'il allait terminer son roman et que Macmillan serait récompensé au centuple. C'est pour ça qu'il avait pris la fuite avec Linda, et c'est pour ça qu'il ne pouvait pas expliquer la baise. Alors il l'effaça de son récit. Se confesser ne ferait que blesser Jaime davantage, et il voulait retrouver sa famille. Il n'avait plus qu'elle, désormais.

39

Les refus ne dérangeaient plus Stan Winger. Quatre nouvelles circulaient auprès des magazines grâce à Mills et, si aucune n'avait été acceptée, il recevait sans cesse toutes sortes d'encouragements. Ce qui lui faisait plaisir, mais ne changeait rien. Il devait toujours voler pour vivre. Il ne fauchait plus de fringues ces derniers temps parce que le gars pour qui il travaillait avait quitté la ville. Du coup, il avait repris les cambriolages, mais n'en retirait plus aucun frisson. Dès qu'il projetait de pénétrer dans une maison, la peur le saisissait à l'instant où il mettait un pied sur le trottoir et ne le lâchait plus, des fois pendant deux jours. Fini le plaisir sexuel. Il savait que ça en avait été. Passer par une fenêtre lui donnait la trique. Mais c'était terminé. Maintenant, la peur et rien d'autre. D'après lui, le seul point positif était qu'il n'avait plus envie de commettre des actes répugnants comme de chier sur la table de la salle à manger ou de pisser sur les lits. Il était passé de voyou amateur obsédé sexuel à voleur professionnel. Plus précisément, il était voleur de bijoux, même s'il prenait aussi le liquide qu'il trouvait. Ses clients aimaient l'or et les pierres et il leur était même arrivé d'emmener Stan dans une ou deux bijouteries pour lui expliquer les différences entre la pacotille et la vraie joaillerie. Stan apprit à évaluer le nombre de carats par le poids. Il apprit à reconnaître les vraies pierres des fausses en cherchant des marques d'usure sur les arêtes des facettes.

Mais cela lui prenait beaucoup d'énergie. Il gagnait quelques centaines de dollars en moyenne par mois, qu'il dépensait en grande partie à Vancouver. Beaucoup de ses cambriolages ne payaient pas, il pouvait risquer sa liberté pour huit petits dollars. Il rentrait chez lui après un boulot avec des sueurs froides qui lui collaient les vêtements au corps et il devait s'allonger pendant une heure avant même d'être capable de se doucher. Son écriture en souffrait. Il n'y consacrait pas assez de temps. Quels que soient les progrès qu'il semblait faire, ils disparaissaient. Il tapait une page, cela lui prenait une heure, la sortait de la petite machine à écrire, la roulait en boule de frustration, la jetait contre la porte. S'il ne vendait pas quelque chose très vite, il serait obligé d'abandonner ou finirait en prison.

Les Monel l'avaient généreusement accueilli dans leur vie, traité comme un membre de la famille. Ce que personne n'avait jamais fait, pas même ceux qui avaient été payés pour ça. Son seul regret : la nécessité de garder ses deux vies séparées. Charlie et Jaime savaient qu'il était un délinquant, mais il ne voulait pas qu'ils découvrent quel genre de cafard il était vraiment, investissant une grande partie de son temps et de son argent dans le poker, le flipper et les filles. Professionnelles, bien sûr. Elles étaient tellement plus faciles à gérer. Toujours souriantes, toujours contentes de vous voir, et jamais aucun effet secondaire qui venait vous titiller. Sauf si elles vous refilaient la chaude-pisse ou autre, ce qui Dieu merci n'était jamais arrivé à Stan.

Mais Charlie n'était pas le type super stable que Stan avait cru. Le soir où Charlie omit de donner son cours de stylistique, Stan alla boire un café au Jolly Joan et tomba sur Marty Greenberg, l'air plus maigre et juif que d'ordinaire.

« Que se passe-t-il ? » demanda Stan en se glissant sur le tabouret voisin.

Marty lui lança un regard vide. Il perdait rapidement ses cheveux, alors qu'il n'avait pas trente ans. Il se passa une main sur le crâne et sourit, pas un bon sourire. « Elle m'a quitté, dit-il. Alexandra. Elle est partie à San Francisco hier. »

Stan réfléchit un instant. « Rappelle-moi. Laquelle c'était, Alexandra ?

— Elle travaillait ici la journée. Tu te souviens ? Je vivais avec elle. »

Stan se souvenait. La plus belle des femmes de Marty. Celle qui acceptait que Marty vive avec elle en n'apportant rien d'autre que son charme, ou ce qui lui en restait. « Alors comme ça, elle t'a quitté, hein ? » Le ton de Stan exprimait peu de compassion.

Marty rit. « Tu réagis comme les autres. Tout le monde est content qu'elle m'ait plaqué et maintenant je dois me trouver un boulot. Mais je les emmerde, j'en ai déjà trouvé un, de boulot. »

Marty allait embaucher sur un bateau, une gigantesque marie-salope appartenant au gouvernement américain, et il partait dans quelques jours aspirer le sable au large d'Astoria afin de le déplacer ailleurs. Son ami Lev Lieberman avait trouvé ce job un an plus tôt quand il avait foiré ses examens à Reed College, et Marty prenait la relève. Lev partait s'installer dans un kibboutz en Israël. Lev était philosophe, comme Marty. « N'importe quel job qui te met en contact avec l'humanité est un bon job, insista Marty. Je ne pense pas que celui-ci soit un boulot de merde. C'est une opportunité de vivre parmi des travailleurs.

— Ouais », dit Stan, pas convaincu. Il comprit un peu mieux quand Marty expliqua que le port d'attache de l'USS *Breckenridge* était Sausalito. Qui, par la plus étrange des coïncidences, se situait à quelques kilomètres au nord de l'endroit où Alexandra Plotkin avait posé ses valises. Après avoir raclé le banc de sable pendant un moment, le *Breckenridge* descendrait à San Francisco et passerait quelques mois non loin du Golden Gate. « Charlie n'a pas donné cours ce soir, dit enfin Stan pour changer de sujet.

— Tu n'es pas au courant ? » Cette fois, le sourire de Marty n'était plus si douloureux. « Charlie et Linda. » Apparemment, Dick Dubonet avait passé la ville au peigne fin et avait découvert que Charlie avait disparu lui aussi. « Où qu'ils soient, je les envie tous les deux.

— Ouais », dit Stan, et son cœur flancha. Bien sûr qu'ils étaient ensemble, est-ce que Stan ne l'avait pas prévu la première fois qu'il les avait vus ensemble ?

203

On vivait dans la réalité, pas dans un fantasme. Il n'était pas content ? Non. Pas pour Charlie non plus. Il pensait à Jaime. Qui avait été si gentille avec lui. Charlie lui avait fait ça à elle, et elle allait beaucoup souffrir. Stan en voulait terriblement à Charlie, mais il dut se calmer. Quel *moralisateur*. Quel idiot. Il était en rogne après Charlie parce que Charlie faisait ce que Stan n'avait pas eu le courage de faire. Il n'y avait pas à chercher plus loin. S'il avait la moindre compassion pour Jaime, ou même pour le fait que Dick Dubonet soit baisé, c'était secondaire comparé à sa propre lâcheté. En vérité, il se sentait trahi. Pourquoi lui avaient-ils fait ça ? Quelle blague. Charlie et Linda ne pensaient pas à lui, mais à eux. Et c'était aussi de cette manière que Stan avait appris à s'en sortir dans la vie. Il était néanmoins déçu de constater que ses amis idéalistes ne l'étaient pas tant que ça, après tout.

« Je déteste l'idée de quitter Portland », dit Marty. Il rit. « Je n'aurais jamais pensé dire ça un jour. »

Stan rentra chez lui ce soir-là en pensant à Linda. Allongé sur son lit après une heure d'efforts peu gratifiants sur sa machine à écrire, il éprouva un terrible regret. Ne pas avoir été capable de lui dire ce qu'il éprouvait pour elle. Si seulement il avait pu le lui dire.

Trois jours plus tard, il marchait sur Alder Street, essayant de décider s'il voulait aller au Blue Mouse regarder des vieux films en noir et blanc ou faire un tour au Roundup pour regarder de vieux westerns, quand deux hommes de haute taille, des flics, visiblement, vinrent à sa rencontre. Il savait ce qui se tramait avant qu'ils aient ouvert la bouche.

« Stanley Winger ? demanda l'un d'eux.

— C'est moi », répondit-il.

L'homme sourit. « Vous êtes en état d'arrestation pour une belle série de cambriolages avec effraction.

— On s'efforce de faire retomber une vague de criminalité dans le coin, dit l'autre.

— Et j'ai peur que la vague, ce soit vous, précisa le premier.

— N'ayez pas peur », dit Stan. Il tendit les mains pour être menotté, mais le flic dut croire à de la résistance car il le plaqua au sol.

40

Une semaine après que Linda se fut envolée, Dick Dubonet reçut une carte postale où elle lui demandait de mettre ses affaires dans des cartons et de les acheminer aux bons soins de Whitney White, boîte postale 139, Sausalito, Californie. Des alarmes paranoïaques se déclenchèrent à la mention de Sausalito, la destination de Marty Greenberg. Mais Dick finit par se convaincre que ça n'était qu'une simple coïncidence. Tout le monde allait en Californie, point barre. La carte postale se terminait par : « Je te souhaite le meilleur, bien à toi, Linda. » Si définitif. Il n'avait même pas su qu'il y avait un problème. Maintenant il détestait sa maison parce qu'elle lui rappelait Linda. Tout la lui rappelait. Il ne pourrait plus mettre les pieds au Caffe Espresso, au Jerry ni même au Buttermilk Corner sans penser à elle et perdre ses moyens.

Il savait pourquoi elle s'était enfuie avec Charlie. Rien de plus simple. Pour adresser une dernière et terrible insulte à Dick. Comme un louveteau déféquant sur tout ce qu'il ne peut pas manger. De sa vie, il n'avait jamais connu un tel amour ni une telle haine. Elle aurait pu simplement l'emmener boire un café et lui dire calmement qu'elle en avait assez de leur relation, comme une femme civilisée. Non, si elle avait fait ça, elle aurait dû l'écouter la supplier et l'implorer de rester, lui dire que, pour lui, ils étaient comme mariés et qu'il avait toujours cru qu'elle envisageait les choses de la même manière. Il l'imaginait en train de tambouriner sur la table, impatiente face à ses justifications tatillonnes. Pas étonnant qu'il ait dû lui donner des ordres et se montrer exigeant. Elle créait l'environnement qu'elle détestait, et ensuite, elle partait.

Dick alla sur la véranda pour regarder sa petite Mini. Il avait cette voiture depuis longtemps. Elle ne lui renverrait pas d'images de Linda, espérait-il. Quelle ironie s'il ne pouvait même plus conduire sa propre voiture sans que son cœur se brise. Mais en baissant les yeux, il sut. La voiture porterait subtilement son odeur. Il y aurait de petites choses d'elle cachées ici et là, des mouchoirs en tissu, des petits tas de Kleenex, un vieux paquet de Camel froissé, une nuée d'épingles à cheveux. Alors qu'il se tenait là, Isis apparut et sauta sur la rambarde en bois, queue relevée. Elle se frotta contre les bras de Dick et ronronna bruyamment. Aussi étrange que cela paraisse, le chat ne le faisait pas souffrir. Il la caressa derrière les oreilles. C'était le milieu de la matinée. Dick aurait dû être devant sa machine à écrire, mais il avait fait l'erreur classique de descendre chercher le courrier à la seconde où il était arrivé, une habitude de vieil écrivain. Et voilà ce que ça avait donné. Un joli coup bien placé dans les couilles. L'air était limpide et frais, le sommet blanchi de Mount Hood luisait au loin. Il songea à plier bagage et partir pour Aspen retrouver la patrouille des secouristes, passer l'hiver parmi des gens qui vivaient dans la joie, libérés de toute ambition autre que sportive ou sexuelle. Il pouvait louer la maison et s'en aller.

Non. L'idée de passer un autre hiver sur les pentes le heurtait. Il n'était plus un enfant. La plupart des skieurs qu'il connaissait étaient aussi surfeurs, glissant d'un sport à l'autre sans jamais passer par la case réalité. Des garçons et des filles falots au visage bronzé et sans cervelle. Non. Dick était adulte à présent, il était temps de prendre ses responsabilités. Réunir les affaires de Linda, les mettre dans des cartons et les envoyer comme un bon petit garçon, puis travailler à son roman. Il n'aurait même pas à cacher le fait qu'il commençait un roman. Il n'y avait plus personne à qui le cacher. Marty voguait au-dessus du banc de sable comme matelot, une transition étonnante pour tout le monde sauf Marty. Dick ne connaissait pas si bien que ça Stan Winger, qui avait surtout été proche de Linda, et bien sûr il ne parlait plus à Charlie et Jaime. Par gêne plus que pour quoi que ce soit d'autre. Il pouvait comprendre la fuite de Linda, mais la transformation soudaine de Charlie en salaud le laissait perplexe. Traiter si mal sa femme. Il avait appris le retour de Charlie par Marty qui semblait au courant du moindre truc qui se passait dans la vie de tous les habitants de Portland. Que ferait Dick pour obtenir des informations maintenant que Marty était en mer ? Il l'ignorait. Il savait seulement que tout avait été génial, et qu'à présent, tout était merdique.

Il souleva Isis et la caressa en regardant la vue sur Portland. Il adorait cette ville. Les larmes lui montèrent aux yeux face à la beauté de l'Oregon, la ville en contrebas, les montagnes et les forêts vallonnées à perte de vue. Les parties de pêche et de chasse formidables. Charlie et lui avaient parlé d'aller chasser ensemble, de rapporter assez de gibier pour tout le monde et d'organiser une grande fête. Les larmes lui roulaient sur les joues tandis qu'il repensait au temps où ils allaient tous pêcher l'écrevisse sur la rivière Tualatin et à l'orgie qui s'ensuivait. Debout sur la véranda, la splendeur du passé remplissait à ce point Dick d'émotion qu'il voulut lever le poing et crier, un cri d'amour et de désespoir aussi haut qu'interminable. Mais il n'en fit rien. Au bout d'un moment, il retourna dans la maison, se lava le visage, se moucha le nez, et se remit au travail.

TROISIÈME PARTIE

Le Golden Gate

41

Charlie s'assit sur le premier tabouret dans le coin, regarda les gens qui déambulaient sur Bridgeway à travers les baies vitrées ouvertes du bar sans nom. Une chaude journée, la foule de sortie. Sausalito commençait à avoir du succès. Charlie le préférait à Mill Valley où il vivait. Le centre de Mill Valley était ennuyeux, ne proposait que des magasins alors que Sausalito avait des quais, des chantiers navals, des ports de plaisance, des bars, des restaurants, des panoramas incroyables sur San Francisco et sa baie, tout ce qu'on peut vouloir quand on a ses après-midi de libres. Avant la construction du Golden Gate, c'était un port de pêche portugais ; il restait encore quelques chalutiers pêchant le saumon amarrés au nord de la ville. Charlie aimait acheter son saumon directement aux pêcheurs, obtenir un poisson entier pour une poignée de dollars, le vider, le couper en deux et le griller sur le barbecue du jardin. Rien que d'y penser lui ouvrait l'appétit. Charlie aimait manger.

Il était d'humeur étrange. Il avait reçu un autre coup de fil hystérique de Bill Ratto le suppliant de lui envoyer plus de matière. Charlie redoutait l'idée de se replonger dans Kim Song ou même de devoir fournir des « éléments de transition » à son éditeur.

Plus simple de s'asseoir là dans le beau Sausalito, de boire de la bière et de rêver de remonter le ponton des pêcheurs pour se choisir un joli petit saumon. Kim Song était loin, de l'histoire ancienne. Vieille de presque quinze ans.

Charlie repéra deux hommes de sa connaissance qui marchaient côte à côte sur Bridgeway. Il ne les avait pas croisés depuis des années et il ne les avait jamais vus ensemble avant cela. Kenny Goss, un jeune écrivain passionné qu'il avait connu à North Beach des années plus tôt quand ils passaient leurs matinées au Caffe Trieste à boire des espressos avec les éboueurs siciliens. Et à ses côtés, vêtu d'une chemise de travail et de chaussures de chantier usées, Marty Greenberg, l'intello juif de Portland, l'air bronzé, de plus en plus chauve et compétent.

« Messieurs », dit-il quand ils passèrent devant les baies vitrées. Ils s'arrêtèrent et le dévisagèrent. Charlie sourit et passa les doigts dans sa barbe. « C'est moi, Charlie Monel. Je me suis laissé pousser la barbe.

— Je savais que c'était toi, dit Marty avec un sourire. J'étais juste en train de me demander si je te devais de l'argent. »

Les deux hommes entrèrent dans le bar et Charlie les rejoignit à une table. « Je ne savais pas que vous vous connaissiez », s'étonna Charlie. Kazuko la barmaid arriva et prit commande de trois bières.

« Jolie fille, remarqua Marty.

— Ne perds pas ton temps. Son mec est un junkie. Elle lui est très dévouée. Tout son temps et son argent sont directement injectés dans les veines du gars.

— De toute évidence, tu es un habitué », nota Marty. Il expliqua que Kenny et lui étaient camarades de bord, matelots sur le *Breck* dont le port d'attache était à environ un kilomètre et demi plus haut sur la route. Ils arrivaient du banc de sable, leur paye en poche.

« Comme Dobbs et Curtin dans *Le Trésor de la Sierra Madre* », blagua Charlie. Il était ravi de cette rencontre fortuite. Le plus dur dans le fait d'être un écrivain productif était d'arriver à passer le temps. Productif dans le sens où il avait un livre en cours.

« Charlie travaille à cet énorme livre depuis des années, expliqua Marty à Kenny qui n'avait pas dit grand-chose jusque-là.

— Je sais, dit Kenny.

— Kenny et moi, ça remonte à loin, précisa Charlie. De vrais beatniks des années cinquante, pas vrai ? » Il brandit sa bouteille en direction de Kenny qui afficha un bref sourire. Ce gars avait toujours été très sérieux. « Comment va l'écriture ? lui demanda Charlie par pure politesse.

— Elle va. » Visiblement, la question embarrassait Kenny.

« Toujours marié ? demanda Marty.

— Tu m'étonnes », dit Charlie. Il supposait qu'ils étaient au courant pour Jaime, mais au bout de quelques minutes il s'aperçut que non. Ainsi allait la célébrité. Bien sûr, ces types passaient la plupart de leur temps à draguer du sable. « Le livre de Jaime a figuré sur la liste des best-sellers du *New York Times* pendant deux semaines », expliqua Charlie. Fièrement.

« Seulement deux semaines ? » dit Marty.

Charlie leur lista toutes les bonnes nouvelles. Le livre avait été acheté par le deuxième éditeur qui l'avait reçu, Harcourt Brace & World, pour mille dollars, et puis, en un éclair, elle en avait vendu des extraits à plusieurs magazines, les droits pour le poche s'étaient arrachés pour une fortune et, enfin, elle avait obtenu une autre belle somme de la Paramount pour les droits d'adaptation cinématographique.

« Vous roulez sur l'or, du coup. » Marty semblait impressionné.

« Jaime, oui.

— Et ton livre ? demanda Marty. Je sais que c'est une question cruelle.

— Pas du tout cruelle. » Charlie leur expliqua que l'éditeur de Jaime l'avait questionné sur son roman, en avait lu environ deux cents pages, n'avait pas été particulièrement enthousiasmé, mais les avait transmises à un jeune éditeur, Bill Ratto. Bill Ratto avait adoré et sauté dans un avion pour la côte Ouest afin de lire « absolument tout » ce que Charlie avait écrit, avait passé trois jours frénétiques à San Francisco, sans sortir de sa chambre d'hôtel où il avait reçu des dizaines d'écrivains ainsi que des cartons et des tas de manuscrits qu'il avait éparpillés un peu partout dans la pièce. Ratto avait repéré un gros potentiel dans le travail de Charlie. « Ce pourrait être le nouveau *Catch-22*, ou la nouvelle *Ligne rouge* », déclara-t-il, assis sur son lit, le texte de Charlie étalé autour de lui. Ratto était un New-Yorkais pâle dont les inflexions d'Harvard laissaient parfois transparaître un accent juif new-yorkais. Néanmoins, Ratto ne sortait pas d'Harvard, et n'était ni juif ni new-yorkais. Il venait de Denver, mais c'était un éditeur engagé. « On va faire exploser le carcan de la littérature américaine ! » dit-il à Charlie. Bien sûr, ils fumaient de la marijuana à ce moment-là.

Tout ça pour dire qu'Harcourt offrit une avance de cinq mille dollars à Charlie pour son roman. Bill Ratto le rassura au téléphone : « Contentez-vous de m'envoyer tout le manuscrit. Je me charge de le mettre en forme. Restez en Californie et travaillez à votre prochain livre. » Visions de Maxwell Perkins s'échinant sur des manuscrits. Le célèbre éditeur qui avait sauvé Thomas Wolfe, Hemingway, Fitzgerald et plus récemment James Jones. Charlie n'était pas si sûr que tous ces grands écrivains aient eu besoin d'être sauvés. « Il a coupé de moitié *Tant qu'il y aura des hommes*, affirma Ratto avec beaucoup d'enthousiasme durant l'un de leurs coups de fil d'une heure.

— J'aimerais bien voir la moitié qui a été coupée.

— Ne vous inquiétez pas, on va faire de vous une star », dit Ratto. Il jouait avec le texte de Charlie depuis un an et demi et le livre n'était toujours pas près de paraître. Bill voulait toujours plus de matière. Quand Charlie se forçait à lui en écrire, Bill n'était pas satisfait. « Je ne sais pas, disait-il sans jamais préciser ce qu'il n'aimait pas. Je ne suis pas écrivain », ajoutait-il quand Charlie tentait d'obtenir des précisions.

« En gros, tu attends que ça passe », résuma Marty.

Charlie fut bien obligé de rire. « J'aime ça, attendre que ça passe.

— Tu as pris du poids. » Marty enfonça légèrement le doigt là où son ventre débordait de son jean. Marty allait bien. Il n'était pas retourné avec Alexandra Plotkin, mais il était relativement heureux. « Elle travaille au David's Delicatessen à San Francisco, expliqua-t-il. Elle ne veut même pas me payer un repas.

— Il faut que j'y aille », déclara Kenny Goss. Quasiment son unique contribution à la conversation. Ils allaient en ville là où Kenny avait une chambre. Ils voulaient se changer puis sortir.

« Tu veux venir ? proposa Marty. North Beach, de l'alcool, des femmes, de la magie... »

Jaime était à North Beach. Elle y était depuis quatre jours, dans leur appartement de Genoa Place. Elle écrivait huit heures par jour et n'avait pas de temps à consacrer à Charlie ou Kira qui, eux, restaient à Mill Valley avec leur jeune fille au pair. Voulait-il aller à North Beach et risquer de croiser Jaime ?

« Ouais, dit-il en se grattant la barbe. J'adorerais.

— On n'a qu'à se retrouver au City Lights autour de neuf heures ? dit Marty. Viens avec Jaime. »

42

Leur maison de Mill Valley était située dans un cul-de-sac à l'écart de Panoramic, au sommet du mont Tamalpais, entourée sur trois côtés par des bois de séquoias et d'eucalyptus. Sur le quatrième côté, une petite haie offrait une vue sur la baie presque aussi belle que celle qu'on avait depuis les quais de Sausalito. La propriété leur avait coûté trente mille dollars même si ce n'était qu'une petite maison de style ranch avec trois chambres, une salle de bains et une salle d'eau. Ils l'avaient eue par Randy Wilde. Randy était serveur au restaurant Le Trident à Sausalito, mais trempait aussi dans l'immobilier de Marin County. C'était un grand et bel Anglais, par ailleurs acteur et écrivain, et qui avait joué au cricket pour la reine. Comme tous les Anglais que Charlie avait rencontrés aux États-Unis, Randy était excentrique. Les agents immobiliers de Marin portaient toujours costume et cravate, alors que Randy se contentait d'un short en jean et d'une chemise hawaïenne, révélant ses biceps et ses jambes musculeuses.

Jaime avait voulu payer la maison en liquide, l'argent de sa littérature lui fondant dans les mains, mais Randy s'esclaffa et dit : « Ce serait une erreur.

— Ce n'est pas bien, le liquide ? » demanda Jaime. Ils s'assirent sur la terrasse du Trident, le regard tourné vers les bateaux dans la baie.

« Question d'impôts », supposa Charlie, et Randy acquiesça. Jaime était nulle sur les questions d'argent, même maintenant qu'elle en avait beaucoup. Elle avait voulu que son avance lui soit versée d'un coup jusqu'à ce que Charlie lui parle là aussi des impôts. De sorte qu'elle échelonna sur l'année les quinze mille dollars qu'elle avait obtenus des ventes de *Washington Street*. Mais il y avait aussi les trente mille de la Paramount, et au moins vingt-cinq mille des droits étrangers. L'argent ne faisait pas perdre ses moyens à Charlie. C'était grisant au début de savoir qu'il n'y aurait plus à s'en soucier pendant un moment, contrairement à la majorité de l'humanité, et Charlie ne culpabilisait pas une seconde. Le sang du pauvre n'avait pas coulé pour cet argent, d'aucune façon visible. Cependant, il prit soin de garder leurs comptes en banque séparés.

Sur le chemin du retour, Charlie songea une fois de plus s'arrêter au ponton des pêcheurs pour leur acheter du poisson, mais n'en fit rien. Cent contre un que Jaime ne rentrerait pas dîner. Elle n'était pas rentrée depuis des jours. Il ne voulait pas cuisiner du saumon juste pour la jeune fille au pair, Kira et lui, même si Kira adorait ce poisson. Il conduisait toujours sa Volkswagen vert doré et Jaime s'était trouvé une Porsche de 1961 en parfait état pour vingt-trois mille dollars. Charlie cahota jusqu'en haut de la colline vers Echo, leur petit cul-de-sac. Il se gara sur le gravier et entra dans la maison, repoussant sa déception de ne pas voir la Porsche. Kira commençait l'école dans quelques jours. Il voulait que Jaime soit présente pour ça. C'était plus important que l'écriture. Charlie avait été élevé par son père et son grand-père, et aucun d'eux n'avait été très doué côté éducation. Il avait grandi en croyant sa mère morte. C'est ce que lui avait dit son père, aussi idéaliste que menteur. Morte en couches, une femme merveilleuse, aurait fait une mère formidable, etc. Charlie apprit finalement qu'elle l'avait abandonné après l'accouchement. Elle vivait sans doute encore quelque part. Charlie se l'imaginait en grosse blonde au rire joyeux et partiellement édentée. Il avait de la sympathie pour elle. Lui non plus ne serait pas resté avec son père, s'il avait eu le choix. Ce n'était pas une mauvaise personne, il était juste incompétent. Il travaillait comme vendeur dans un dépôt de bois d'œuvre et ne serait jamais autre chose. Toute sa vie il n'avait jamais démordu de la conviction qu'en Amérique il était encore possible d'avoir son propre lopin de terre et d'en vivre, d'y faire pousser tout ce dont on avait besoin pour se couper du monde. La véritable liberté, d'après son père.

Charlie n'en était pas si sûr. Il avait vu son père passer sa vie assis à la table de la cuisine avec un bloc-notes jaune à essayer de se frayer un chemin vers la liberté. Tout l'argent qu'il économisait finissait par être dépensé pour des bêtises quand le vieil homme réalisait qu'à cinq dollars la semaine il lui faudrait une éternité pour obtenir le genre de propriété qu'il convoitait. La révélation le rendait maussade et il buvait. Il n'avait jamais frappé Charlie si ce n'était pour l'occasionnelle calotte, mais il était impitoyable envers lui-même et, un jour d'ivresse enragée, il s'était coupé grièvement avec le couteau à pain pour montrer de façon spectaculaire comment il allait s'égorger. Nom d'un chien, si ça continuait comme ça... ! et en agitant le couteau, il s'était fait une entaille sur le côté du cou et le sang avait giclé jusqu'au milieu de leur minuscule cuisine dans une grande gerbe. « Laisse-moi mourir ! » avait crié le vieux pendant que Charlie le portait dans les escaliers vers l'ambulance.

Kira et Cynthia regardaient la télévision dans le salon. La jeune fille au pair n'était pas la petite Européenne habituelle. Cynthia était de Grosse Pointe, Michigan ; c'était une grande jeune femme mince avec de longs cheveux blonds et raides ainsi qu'un grand nez droit, des yeux d'un bleu froid et une façon de parler par murmures qui exaspérait Charlie. C'était Jaime qui l'avait trouvée et c'était elle qui la payait.

« Comment va ma petiote, aujourd'hui ? » demanda Charlie à Kira qui vint vers lui, lui agrippa les jambes, puis retourna s'asseoir devant la télévision. Elles regardaient des épisodes de *Popeye*. Son enfant était si belle qu'il aurait voulu mourir. Elle provoquait ce genre d'émotion, parfois. Continuer de vivre signifierait voir sa beauté diminuée par les réalités de l'existence. À d'autres moments, des moments plus réalistes, il voyait qu'elle était coriace, comme sa mère.

« Vous sortez ce soir ? demanda Cynthia.

— Oui, et toi ?

— Seulement un petit moment, mais Debbie va venir. » Cynthia repoussa ses cheveux en arrière et sourit à Charlie. Debbie était la baby-sitter, par opposition à la jeune fille au pair. Toutes deux, Charlie le savait, étaient call-girls. Elles n'en parlaient jamais, mais Jaime les avait rencontrées par son amie Tanya Devereaux, une célèbre mère maquerelle de San Francisco. Charlie l'avait connue à North Beach des années plus tôt quand elle officiait sur Upper Grant. Elle était désormais installée à Twin Peaks et gérait une agence de call-girls. Quant à Jaime, elle avait fait sa connaissance lors d'un cocktail et ça avait été le coup de foudre amical. Le mystère toujours plus profond des femmes. Charlie ne se montrait pas indiscret. Charlie ne faisait pas d'histoires. Cynthia était une excellente jeune fille au pair, Kira l'adorait, elle était propre, soignée et réservée, c'était une jeune femme talentueuse qui voulait devenir créatrice dans la publicité. Kira et elle passaient des heures à dessiner ensemble, allongées sur la moquette du salon, une belle moquette épaisse couleur pêche sur laquelle Charlie aimait beaucoup marcher. En fait, il aimait beaucoup avoir de l'argent. Il aurait seulement préféré le voir affluer de manière traditionnelle, par lui, le mari. Mais les temps changeaient. Ça lui était égal. Les temps avaient été merdiques.

Pour la première fois depuis qu'il avait quitté l'armée, Charlie avait un placard rempli de vêtements parmi lesquels faire son choix. Il prit un jean, un tee-shirt blanc, un pull en cachemire vert, un cadeau de sa riche épouse, et sa veste d'équitation, autre cadeau de sa femme riche et célèbre. Ses nouvelles chaussures étaient des Justin, de belles chaussures à trente dollars, un présent qu'il s'était offert. Lavé, habillé et s'observant dans le miroir, Charlie éprouva un instant de pur plaisir. Non pas à cause de son reflet qui renvoyait l'image d'un homme bedonnant de trente-cinq ans, mais à la vue d'un homme fortuné. Il espérait juste que ça ne le tuerait pas.

43

North Beach avait changé. On pouvait rouler dans le bas de Telegraph et dans Columbus pendant des heures sans trouver à se garer. Jaime louait un garage sur Union. Mais il n'y avait de la place que pour une seule voiture. Charlie se gara près de Chestnut et rejoignit le City Lights à pied. Comme il avait vingt minutes d'avance, il fit une halte au Gino and Carlo pour boire une bière. À part trois dockers qui jouaient au billard, le bar était désert. Charlie s'assit en bout de bar près de la table de billard pour regarder la partie en train de se jouer. Aldino lui paya une bouteille de Miller. Il versa lentement la bière dans son verre à Pilsner, se demandant combien il avait bu de ces bouteilles dans sa vie. Beaucoup. Il se demanda pourquoi une bière aussi sublime que la Blitz-Weinhard n'était pas commercialisée hors de l'Oregon. Il n'en avait bu aucune depuis des années. Peut-être qu'il se lancerait dans le commerce de la bière et gagnerait une fortune en important la Blitz-Weinhard en Californie. Charlie Monel, roi de la Bière. Charlie le Rond, prince du Houblon. Orgie Charlie, Orge et compagnie.

Deux peintres en bâtiment, Stuart et Bob, entrèrent dans le bar affublés de leur salopette blanche tachée de peinture et de leur casquette blanche, saluèrent Charlie et s'assirent à la table près des flippers. C'était un bar agréable, mais étrange. Il ouvrait à six heures pour les dockers qui allaient bosser, puis, en milieu de matinée, il accueillait des Italiens, costume bleu et chapeau gris, fumant de petits cigares italiens tout tordus. À partir de quinze heures trente, les dockers commençaient à revenir, et vers dix-huit heures, c'était plein d'Italiens, de dockers, plus une ou deux femmes du quartier. Ensuite, il y avait une accalmie, comme à cet instant, quand les Italiens et les ouvriers rentraient dîner. Après quoi, ainsi que Charlie le savait, les poètes débarquaient.

Les poètes buvaient au Vesuvio et de l'autre côté de Columbus au Twelve Adler et au Tosca, mais le seul vrai bar de poètes était le Gino and Carlo. Charlie et Jaime venaient rarement avant minuit, quand l'animation commençait tout juste. Ils avaient vu Ginsberg, Orlovsky, Whalen, Spicer, Snyder, Welch et Brautigan boire, morts de rire, et encourager Spicer qui s'acharnait à vouloir battre le flipper. Ces poètes étaient brillants, très courageux et buvaient comme des trous.

Charlie vida sa bière. En voulait-il une autre ? Il avait espéré tomber sur Jaime. Elle descendait parfois dîner au USA Café ou au Caffe Sport à cette heure-ci et allait prendre un ou deux verres au G and C. Jaime écrivait toujours le matin au lever, quelle que soit l'intensité de sa gueule de bois. Il pensa monter péniblement à l'appartement au sommet de la colline. Elle dormait peut-être. Elle ne travaillerait pas si tard la nuit. Elle était vraisemblablement sortie, à un cocktail, une fête pour un livre, un dîner, ou pour boire et manger avec des amis. Elle avait beaucoup d'amis qu'elle ne partageait pas avec Charlie. Il avait décidé depuis longtemps de ne pas coller aux basques de sa femme, et se rendait rarement aux soirées littéraires qu'elle semblait tant aimer. Et pourquoi pas ? Tout le monde la flattait, lui faisait de la lèche. Ce qu'elle considérait comme un dû. Elle avait raison.

Shig Murao travaillait derrière le minuscule comptoir de la librairie et salua Charlie quand il entra. « Tes amis sont en bas, dit-il.

— Merci. » Charlie descendit les marches étroites vers le sous-sol. Marty et Kenny étaient assis à une table près du présentoir de poésie d'avant-garde. Quelques autres personnes se trouvaient là, un bon endroit où traîner quand on n'avait pas un rond. On vous laissait bouquiner là toute la journée. Pas même un libraire en bas. Vous pouviez fourrer autant de magazines et de livres de poche que vous vouliez dans votre futal et passer devant Shig sans que personne ne se rende compte de rien. Apparemment, aucun client ne faisait ça, ou du moins, ça n'était pas assez courant pour que Ferlinghetti change de politique.

Ils se rendirent à côté au Vesuvio, déjà bruyant et bondé. Jaime n'était pas là. Installés à une table au milieu de la salle, ils se mirent à boire pour de bon.

« Je vais prendre un citron-orange », décida Charlie. Lemon Hart 151 et jus d'orange. Aucune raison de se mettre minable. Au pire, il pourrait dormir à l'appartement de Telegraph Hill s'il devait être trop soûl pour conduire. C'était une des raisons pour lesquelles ils le louaient.

« Où est Jaime ? finit par demander Marty en sirotant son verre.

— Aucune idée. » Il sourit pour montrer que ça n'était pas important. « Elle termine son deuxième roman. Ça l'occupe.

— De qui parles-tu ? » demanda Kenny. Il buvait de la bière.

« Jaime Froward, dit Marty. *Washington Street* ?

— Jaime Froward est ta femme ?

— Oui, je suis M. Froward », répondit Charlie modestement.

Kenny sourit pour la première fois cette nuit-là. « Elle est douée.

— Merci, dit-il, toujours modestement.

— Kenny est un chasseur de livres rares, expliqua Marty. Quand il n'aspire pas du sable.

— Qu'est-ce que vous faites à bord quand vous ne travaillez pas ?

— On lit, dit Marty. La bibliothèque du navire est vaste. Je crois qu'il y a six livres de Max Brand, en poche bien sûr, et deux polars de Rex Stout.

— On emporte nos livres », expliqua Kenny au cas où Charlie n'aurait pas compris. Un jeune homme sérieux, littéraire, se souvenait Charlie.

« Et toi, tu es donc chasseur de livres ? »

Kenny expliqua la différence entre les livres intéressants et les livres de valeur. « La valeur n'a qu'un rapport très infime avec la qualité, détailla-t-il en esquissant un sourire. Enfin, tu vois ce que je veux dire.

— Ouais », dit Charlie. Il se tourna vers Marty : « Tu as des nouvelles de l'ancienne bande de Portland ? »

Marty secoua la tête. « Et Linda ? » demanda-t-il à Charlie.

Charlie secoua la tête à son tour. « Elle est sans doute sur le Pacifique. Et Stan Winger ? Quelqu'un a eu des nouvelles de Stan ? Il s'est volatilisé du jour au lendemain. Jaime pense qu'il est en prison quelque part.

— C'est sans doute vrai », acquiesça Marty. Il parla de Stan Winger à Kenny, le jeune délinquant qui voulait écrire des romans de gare. Charlie s'imagina Stan, seul dans une cellule. Pas de raison de penser que ce n'était pas vrai. Il songea lui écrire, lui remonter le moral. Cela ne le regardait pas.

Il y eut une tournée supplémentaire au Vesuvio, puis ils traversèrent la rue pour se rendre au Twelve Adler Place, un tout petit bar, ancien repaire de lesbiennes pendant des années, mais qui n'était plus qu'un simple bar désormais. Charlie y était allé pour la première fois au milieu des années cinquante. Il buvait avec quelqu'un et parlait de femmes quand le gars dit : « Tu veux voir un bar où il n'y a rien que des femmes ? C'est juste au coin de la rue ! » et il l'avait emmené. On savait tout de suite que ces femmes se moquaient bien que deux hommes passent la porte.

Ce soir-là, il n'y avait personne. Jaime n'y était pas, et Charlie voulut partir sur-le-champ. Au lieu de quoi, ils se posèrent et commandèrent à boire, dont un autre Lemon Hart pour Charlie, et parlèrent de James Joyce. Kenny lisait *Ulysse* pour la troisième fois et pensait que c'était le plus grand livre de la langue anglaise. Marty n'en avait lu que des passages et trouvait ça bizarre, un Irlandais qui essayait d'écrire du point de vue d'un Juif. « Ça n'est pas possible », maintenait-il. Charlie avait lu le livre et avait aimé ce qu'il avait pu en comprendre. Il pensa à la vie incroyable de James Joyce. La cécité. La douleur. L'exil. La souffrance.

« James Joyce est mort », dit-il finalement et de chaudes larmes coulèrent sur son visage.

44

À travers le brouillard de larmes, il aperçut un gars au bar, un visage inconnu, souriant de voir Charlie pleurer. Sans essuyer ses larmes, Charlie se leva et alla vers lui. « Je suis désolé. Je n'avais pas prévu d'éclater en sanglots. » L'homme affichait un sourire large et simple. Charlie espérait que le type chercherait la bagarre, mais l'autre se borna à lui tendre la main.

« Désolé », dit-il. Ils se serrèrent la main. L'homme avait une bonne poignée de main. Charlie retourna s'asseoir, frustré mais rassuré par l'humanité. « Pas un mauvais bougre », dit-il à Marty et Kenny. Ils étaient lancés dans une discussion sur Hobbes dont Charlie avait seulement entendu parler. Apparemment, Hobbes pensait que l'humanité n'était qu'un troupeau d'animaux, ce que réfutait Marty.

« Tu crois au surnaturel ? » demanda Kenny. Charlie se demanda à quoi ressemblaient les nuits dans le poste d'équipage du *Breckenridge*.

« Tu veux dire ce qui est au-dessus du naturel ? Plus naturel ? Bien sûr que oui. » Marty désigna la foule qui les entourait. « On ne peut pas décemment penser qu'il n'y a que ça. Je me tuerais si je le croyais.

— Avant je croyais en Dieu, déclara Kenny.

— Je ne crois pas vraiment en Dieu, dit Marty. Mais je crois totalement en une espèce d'intermédiaire dans la création. Et en un genre de pouvoir au-delà du pouvoir de l'humanité.

— C'est parce que tu es juif, dit Kenny.

— Non. Être juif ne signifie pas que tu dois croire en Dieu. Seulement que tu dois essayer. » Il rit. « Donc j'essaye. Mais c'est plus facile de croire en l'homme. » Il tourna ses grands yeux sérieux vers Charlie. « Ça reste entre nous, en tant qu'humains.

— Qu'est-ce qui reste entre nous ? » La conversation prenait un tour trop arrosé pour Charlie.

« Le divin.

— Je reviens dans deux secondes. » Charlie vida son verre et se leva. Bon sang. Trois Lemon Hart égalaient six shots de whisky. Il longea le bar jusqu'à l'entrée avec précaution. L'homme qui s'était moqué de lui était voûté au-dessus de son verre ; Charlie ne le dérangea pas. Quelqu'un de bien, manifestement, un humain authentique, genre sel de la terre, ce que Charlie avait rechigné à devenir toute sa vie. Qui travaillait dur. Nourrissait sa famille. Charlie avait lu qu'avant la bataille de la Somme en juillet 1915 des villages entiers de jeunes hommes avaient signé pour partir à la guerre, et tous étaient partis d'un bloc dans les tranchées, côte à côte, tous les garçons d'un même village, et en cinq secondes ils étaient morts, passés à la mitrailleuse. Cinq secondes de combat. Le journal du village avait imprimé la liste des victimes et les villageois avaient compris que pas un seul de leurs fils n'en avait réchappé.

Comparé à cette histoire, le sort de Charlie avait été une partie de plaisir. Dehors, l'air était froid, le vent soufflait sur Columbus. Ce qui le réveilla. Il voulait voir Jaime. Il en avait assez de la philosophie. Le Tosca était juste là, Jaime y serait sûrement, assise sur une banquette du coin, entourée de sa cour. Ils y allaient souvent. Mais il était encore tôt. Charlie laissa l'air froid le dessoûler. Au Tosca ou sur la colline dans leur appartement ? Ou les deux ? Qu'est-ce qui le retenait de pousser tout bonnement la porte du Tosca ? La peur qu'elle s'y trouve ? Ou qu'elle ne s'y trouve pas ? Bref, la peur. La peur était une vieille amie. Allez, ma vieille, allons au Tosca.

Le bar était bruyant, de l'opéra sortait du juke-box, les deux machines à espresso surmontées de cuivre produisaient de la vapeur dans un sifflement, le brouhaha des conversations, l'odeur de cigare et de cigarette, un endroit merveilleux. Avant d'aller dans le fond, vers les banquettes et les tables où elle serait très probablement, Charlie commanda un cappuccino à Mario qui tenait le bar. Il avait envie de chocolat chaud et de café pour compenser tout l'alcool ingurgité. Le cappuccino avait un goût exquis. La femme assise devant Charlie lui sourit. Elle était jolie, environ trente ans, bien habillée, manifestement accompagnée du mec en tweed assis à côté d'elle.

« Salut, Charlie », dit-elle.

Il sourit poliment. Ou la lorgnait-il de manière obscène ? Il n'était pas sûr. Elle parlait comme s'ils se connaissaient. C'était sans doute le cas, d'une soirée de beuverie quelconque. Elle sortait d'un concert, ce qui expliquait les tenues chic. Une soirée merveilleuse, beaucoup de Stravinsky. « Et maintenant, on boit, dit-elle.

— Moi aussi.

— Où est Jaime Froward ce soir ? demanda la femme.

— Je reviens tout de suite. » Charlie se fraya un chemin entre les clients pour jeter un coup d'œil aux tables et aux banquettes. Il ne vit pas sa femme et en fut terriblement déçu. Il avait envie de la voir. Ça n'était pas arrivé depuis des jours. Il voulait la prendre par la main. Il admirait ses petites mains si délicates. La paire de mains la plus douce au monde. Mais elle n'était pas là, et ne serait ni au Enrico ni au Jazz Workshop, ni à El Matador, ni au Frank ni même au Coffee Gallery, tous ces endroits où il avait eu l'intention d'aller, tous ces endroits qu'ils aimaient tous les deux. Il se demanda qui jouait au Workshop. La dernière fois, ils avaient vu les Jazz Crusaders, du pur be-bop ambitieux à un mètre et quelques d'eux. Incroyable. Charlie lui-même n'y connaissait pas grand-chose, mais Jaime était une fan de musique, et surtout de jazz dont elle possédait une vaste collection de disques. Si Charlie ne pouvait pas la trouver, et il savait qu'il ne le pouvait pas, il irait au Workshop et prendrait un verre au bar.

Charlie termina son cappuccino et quitta le Tosca pour regagner le Twelve Adler. Kenny et Marty étaient avec deux filles, et quand Marty le vit, il lui fit signe d'approcher, mais Charlie recula et laissa les dragueurs à leur collectage. Il s'était trompé depuis le début, Jaime n'était pas sortie. Elle était dans leur appartement en train d'écrire ou de dormir. Elle n'était pas en ville pour s'amuser, se rappela-t-il en remontant lourdement Broadway, mais pour finir son livre. Son deuxième livre. Charlie savait seulement qu'il racontait l'histoire d'une jeune femme.

Jaime écrivait ce qu'elle avait à écrire et le gardait pour elle, comme Charlie. De cette manière, ils ne se rendaient pas dingues. Charlie lui avait montré son manuscrit des années plus tôt et ses suggestions avaient été excellentes, mais ils s'étaient chamaillés avec passion sur chaque phrase, et Charlie avait finalement été obligé de le lui prendre des mains. Il redescendit Broadway jusqu'au Enrico, passa devant la librairie de littérature érotique ouverte toute la nuit qui vendait aussi des cigares. Il pensa s'acheter un polar à lire à la maison avant de s'endormir, comme il le faisait si souvent. Un bon Perry Mason ou quelque chose dans le genre. Mais il changea d'avis et ne s'arrêta pas au Enrico, se bornant à jeter un coup d'œil aux tables en terrasse quand il passa devant, sans y voir Jaime, bien sûr, puisqu'il était désormais persuadé qu'elle était à l'appartement. Il gravit lentement les marches de Kearny. La première fois qu'ils étaient sortis ensemble, elle avait grimpé ces escaliers comme un cabri et il avait peiné à suivre à cause de ses poumons à la manque qui, encore aujourd'hui, le faisaient haleter comme un poisson hors de l'eau. La sueur lui dégoulinait du front. Elle avait intérêt à être à la maison.

Elle était à son bureau, la lampe en col de cygne allumée, son manuscrit devant elle, un stylo rouge à la main. Elle leva les yeux vers lui, son visage affichant soudain un merveilleux sourire. Elle était si belle. Et contente de le voir.

Il s'approcha d'elle, la fit se lever et l'embrassa avec toute la fougue qu'il avait en lui. Il sentit ses doigts sur ses bras, sa langue dans sa bouche. L'amour qu'il avait pour elle ressemblait à une éclatante lumière blanche. Leur long baiser se termina.

« J'ai fini mon livre », dit-elle.

45

Elle n'avait pas voulu le dire, mais les mots lui avaient échappé. La dernière fois qu'elle avait fini un livre, Charlie avait commencé par bien réagir. Elle préférait ne pas penser à la suite. Elle avait escompté qu'il terminerait le sien entre-temps. Elle avait rêvé de voir leurs deux noms en haut de la liste des best-sellers du *New York Times*, l'argent qui coulait à flots, leur photo dans les journaux tous les jours, des articles dans tous les magazines sur le fabuleux couple d'écrivains. Des invitations à Hollywood, et elle ne savait quoi encore, des invitations à rencontrer la reine d'Angleterre qui, d'après Edna, régnait aussi sur la bonne société américaine. Trop tard pour une invitation à la Maison-Blanche, toutefois. Le seul président qu'elle aurait voulu rencontrer avait été tué à Dallas. Mais Charlie n'arrivait pas à finir son roman.

Ils firent l'amour dans leur petit appartement de Telegraph Hill et Charlie semblait bien aller, toujours aussi passionné, tendre et gentil. Elle-même était trop épuisée pour être bonne à quoi que ce soit et dut faire un peu semblant pour ne pas lui miner le moral. Quand ils eurent terminé, ils restèrent allongés côte à côte en silence pendant un long moment. Elle savait qu'il ne dormait pas parce que si ça avait été le cas, sa bouche se serait ouverte pour produire un léger sifflement. Qui durait toute la nuit, sauf quand ses cauchemars le reprenaient. Alors il se mettait à gémir et parfois même à pleurer. Mais au réveil, il lui disait qu'il ne s'en souvenait pas. « Autant que je sache, déclara-t-il une fois avec son grand sourire fade, je dors comme une bûche. »

À cet instant, il faisait la même chose qu'elle, allongé sur le lit, il pensait au livre qu'elle venait d'écrire. Comme réagirait-il ? Son premier roman avait été facile à écrire. Elle n'avait même pas su qu'elle l'écrivait, bien sûr, ce qui facilitait encore plus les choses, et elle avait parlé de gens qu'elle avait connus toute sa vie. Il n'y avait que les noms des personnages qu'elle avait vraiment inventés. Cette histoire lui était venue comme ça. Elle n'avait plus eu besoin que de la polir un peu. Rien à voir avec ce livre-ci. Peut-être qu'elle avait eu les yeux plus gros que le ventre. Cette fois elle avait tout inventé, plutôt que d'écrire ce que tout le monde lui disait d'écrire, à savoir refaire son premier livre mais avec de nouveaux personnages. Elle avait créé un récit intimiste sur une adolescente qui grandissait dans la pauvreté des années trente. Elle ne connaissait rien à la pauvreté en dehors des conversations de ses parents à la table du dîner. Et elle ne connaissait rien à l'époque qui avait suivi la crise de 29. Elle était quasiment sûre que quand elle enverrait le texte à Bob Mills, il l'appellerait pour lui dire : « Jaime, ça ne fonctionne pas, c'est tout. » En son for intérieur, elle savait que le livre était bon vu la peine qu'il lui avait donnée, les heures de doutes affreux, les passages réécrits des dizaines de fois, le corps parcouru de sueurs froides qui lui susurraient qu'elle était dans l'imposture, que c'était nul, qu'elle ferait mieux d'arrêter, de laisser tomber, revenir à une jolie petite histoire de gens sans problèmes. C'est ce qu'avait dit un imbécile de journaliste au sujet de son roman, même si, dans l'ensemble, les autres l'avaient aimé.

Elle sentit quelques gaz lui gonfler le ventre et elle était sur le point de les expulser discrètement quand elle se rappela la discussion hilarante sur les pets qu'ils avaient eue une nuit au bar sans nom. Charlie affirmait que les femmes pétaient discrètement non pas par politesse ainsi qu'on le supposait, mais pour prendre les gens par surprise. « Un homme lâche un pet, ça fait *prout*, et tu sais que tu dois te boucher les narines ou gratter une allumette. Un avertissement franc, comme la sonnette d'un serpent. » Charlie affichait un air impassible tandis que les clients à plusieurs tables à la ronde en tombaient presque de leur chaise de rire. Ils étaient tous soûls, bien sûr.

« Je vais péter », prévint-elle.

Il poussa un petit cri, bondit hors du lit et se précipita dans la salle de bains. Jaime rit et péta en même temps. « Ça y est ? » lança-t-il à travers la porte. Je ne cours plus de risque ? demanda-t-il en prenant un ton effrayé, comme un petit garçon.

— J'ai peur de gratter une allumette, dit Jaime entre deux gloussements.

— La déflagration qui anéantit Telegraph Hill », dit Charlie d'une voix normale en s'asseyant sur le lit à côté d'elle. Ils avaient eu la chance de pouvoir récupérer le vieil appartement de Charlie, mais Jaime l'avait meublé elle-même. Fini le dépouillement littéraire zen, place à un vrai lit, un vrai fauteuil relaxant, un tapis, et, aux murs, deux gravures que Charlie avait rapportées du Japon. Sur le bureau à côté de la machine à écrire de Jaime, une unique rose jaune pâle dans un vase en verre bleu.

« Quelle heure est-il ? » demanda Charlie. Jaime alla regarder sur la cuisinière en se versant de l'eau dans un verre à moutarde. Il était presque une heure. « Tôt », dit-elle. Elle revint dans la pièce principale. Charlie était debout et regardait le manuscrit. Il semblait plus gros nu qu'habillé.

« Allons au G and C, j'ai la gorge sèche, proposa-t-il.

— Je m'habille. Tu es bien comme ça.

— Quand est-ce que je pourrai le lire ? »

À ces mots, Jaime paniqua. Si Charlie ne réagissait pas exactement comme il fallait, elle n'était pas sûre d'avoir le courage d'envoyer le livre. Il pourrait ne faire que des compliments, mais à la plus petite pointe de condescendance, d'amusement ou même de nervosité, elle saurait que le livre était mauvais. Deux années de travail détruites en un haussement de sourcils. Enfin, pas deux ans de travail acharné, mais plutôt six mois de travail acharné étalés sur deux ans. Mais quand même. Pouvait-elle lui dire : Non, mon amour, je ne veux surtout pas que tu le lises, pas avant qu'il soit imprimé. Là d'accord, et seulement si tu peux contrôler les expressions de ton visage et limiter tes commentaires aux louanges les plus outrées.

« Est-ce qu'on ne pourrait pas plutôt rentrer à la maison ? demanda-t-elle. Avec une halte au bar sans nom pour un dernier verre. Je n'ai pas envie de voir tous les ivrognes du Gino and Carlo.

— Et laisser le livre ici ? Emportons-le avec nous. Je veux le lire.

— Si tu veux. »

Il mit trois jours à terminer sa lecture. Jaime ne s'étonna qu'à peine de la montée progressive du ressentiment en elle. Pourquoi ne l'avait-il pas lu d'une traite ? Seulement deux cent vingt-six pages, il aurait pu le lire en deux heures. Mais il n'en fit rien. Il expliqua qu'il le « savourait ». Elle savait ce que ça voulait dire : la lecture était laborieuse. Au bout du troisième jour, il sortit de son bureau avec le manuscrit, l'air calme. Il paraissait très bizarre, avec ses cheveux en bataille qui partaient dans tous les sens. De toute évidence, il avait passé la main dans sa crinière en lisant. Il avait une tête de poseur de bombe, mais gentil.

« C'est beaucoup mieux que ton premier, dit-il avec pédanterie. Il y a des passages vraiment émouvants. Du boulot de première qualité.

— Mais ça te plaît un peu ? » Les larmes lui montèrent aux yeux. Il dut voir l'effet que faisait son air de clown parce qu'il posa le manuscrit sur la table de la salle à manger et vint la prendre dans ses bras pour la consoler d'avoir écrit un livre aussi inutile.

« Je l'ai adoré », dit-il dans ses cheveux. Mais avant qu'elle ne le croie, pendant dix minutes, il dut expliquer en détail ce qu'il aimait, à quel point et en quoi ce roman était incomparablement meilleur que le précédent, et que tous les autres livres. « Est-ce que je dois l'envoyer ? » demanda-t-elle. Il rit.

Avant de mettre un exemplaire tapé par une professionnelle au courrier pour Mills, elle voulait avoir l'avis d'une femme. Elle apporta la copie à son amie Tanya Devereaux. Tanya avait établi son agence de call-girls dans un appartement sur Alpine Terrace, à deux rues au-dessus de Castro. Il appartenait à un couple d'homos qui vivaient à l'étage supérieur. Tanya lisait de tout et avait des opinions tranchées. Jaime gara sa Porsche devant l'immeuble à la façade respectable et sonna à la porte. Tanya lui ouvrit nue.

« Oh, je t'ai prise pour quelqu'un d'autre. »

Jaime la suivit dans le couloir moquetté jusqu'au salon. Tanya avait un long visage étroit de paysanne amérindienne. S'il y avait des paysans parmi les Amérindiens. Jaime savait que Tanya avait du sang indien, mais ignorait de quelle tribu. Tanya avait affronté toutes les forces de police et les avait battues à leur propre jeu. Ils l'arrêtaient bien une fois de temps en temps, mais jamais pour quoi que ce soit qui tienne la route, et elle sortait du tribunal en les narguant. « Il suffit d'avoir un QI au-dessus de soixante-dix, avait-elle dit. Comprends-moi bien. La plupart des flics sont de bons gars. Mais certains sont de petits connards sadiques et il ne faut rien leur laisser passer. »

« Est-ce que je dérange ? lui demanda Jaime.

— Non. J'ai un client à cinquante dollars qui devrait arriver d'un instant à l'autre, mais tu peux attendre dans le salon. » Elle haussa les sourcils d'amusement en voyant la tête de Jaime. « Je les baise en bas. Ici, je ne reçois que mes propres clients. Les clients spéciaux.

— Qu'est-ce que tu dois faire pour cinquante dollars ? »

Sourire. « La même chose que pour vingt-cinq. Seulement le client a offert cinquante la première fois, donc il paye toujours cinquante.

— J'ai entendu parler de filles à deux cents dollars dans les endroits comme Las Vegas, Hollywood, ce genre-là.

— Une pute à deux cents dollars est une pute à vingt-cinq avec un client à deux cents, expliqua Tanya en dévoilant des gencives roses.

— Ah. » On sonna à la porte.

« Détends-toi », dit Tanya et elle alla ouvrir. Elle revint accompagnée d'un homme en costume bleu foncé. Il avait un visage rond et le crâne dégarni. Il avait l'air soigné, ses chaussures étaient cirées à la perfection, son costume de toute évidence coupé par un tailleur, ses doigts boudinés magnifiquement manucurés, ses bijoux en or. Il fut surpris de voir Jaime.

« Je n'ai pas demandé une partie à trois.

— C'est une amie. » Tanya prit l'homme par la main et le conduisit dans l'escalier. Vingt minutes plus tard, ils remontaient. Cette fois, Tanya portait un vieux kimono ouvert sur le devant. Elle escorta le client jusqu'à la porte. Jaime les entendait murmurer. Quand Tanya revint, elle dit : « Il pouvait pas bander. » Elle alla chercher un Coca dans la cuisine et ajouta en ressortant : « C'est toi qu'il voulait. Il m'a demandé combien.

— Qu'est-ce que tu lui as répondu ?

— Je lui ai dit que je te poserais la question. Ça t'a déjà traversé l'esprit, ce genre de business ? Je pourrais t'avoir des tas de rendez-vous. Dommage que tu saches écrire. » Tanya adorait *Washington Street*.

« Peut-être que je finirai comme ça, je n'en sais rien », dit Jaime pour rester sur un ton léger, mais elle s'inquiéta ensuite d'avoir insulté Tanya.

« J'ai terminé mon livre, lâcha-t-elle. J'ai un exemplaire du manuscrit dans ma voiture. »

Le visage de Tanya s'illumina. « Oh, merveille ! Je suis surexcitée ! s'écria-t-elle. Je peux le lire ? S'il te plaît ? »

C'était une réaction plus appropriée.

46

Pourquoi se punissait-elle de la sorte ? Quand Jaime tendit le carton avec la copie à l'intérieur, Tanya le posa sur le comptoir de la cuisine et déclara : « Je le lirai le plus vite possible. » Jaime s'était imaginée repartir d'Alpine Terrace avec l'opinion de Tanya. Au lieu de quoi, elle s'en alla déprimée. Elle avait oublié combien tout cela était déprimant. Elle avait vécu dans son monde imaginaire avec des gens qu'elle avait inventés, qui agissaient selon sa volonté et où l'action se déroulait comme elle l'avait prévu. Mais elle revenait à la réalité où elle ne contrôlait plus rien. La réaction de Charlie avait été horrible. Il détestait le livre mais ne voulait pas renoncer à sa vie confortable de mari. Cela paraissait très logique. Peut-être qu'il ne l'avait jamais aimée, d'ailleurs, et l'avait toujours vue comme un Ticket-Repas. En plus, il se comportait intelligemment car il prenait toujours garde de ne pas utiliser l'argent de Jaime.

En descendant Divisadero, elle secoua la tête. Elle n'arrivait pas à se débarrasser de ces pensées paranoïaques. Charlie n'était pas celui qu'il était manifestement. Elle ne méritait pas son succès. Ça n'était pas vraiment du succès, de toute façon, mais un coup de chance, et elle ferait mieux de se préparer à voir son deuxième roman être traité comme la plupart des premiers romans – pas d'articles, pas d'argent, pas de grosse cession poche ni de contrat pour une adaptation filmique, etc. Elle allait se préparer à ce que ce livre passe entre les mailles du filet. C'est ce que mitonnaient les critiques quand ils considéraient qu'un premier roman avait reçu trop d'attention.

Elle roula vers le nord en direction du Golden Gate. Son contrat pour l'adaptation cinématographique lui avait paru si mirifique deux ans plus tôt. Joseph E. Levine, une huile parmi les producteurs, célèbre pour avoir importé d'Europe les films les plus nuls qu'il pouvait trouver, avait acheté son roman non pas après l'avoir lu, mais en se basant sur ce qu'il avait entendu à un cocktail. Paramount Pictures. Comme c'était flatteur. Il avait aussitôt acheté le livre, fait rédiger un contrat de dix-huit pages de paragraphes denses et passe-partout que Mills qualifia platement d'« esclavage pur. Il possède votre livre pour toujours, quel que soit le médium ou la version. Il possède les personnages et, si vous écrivez une suite, il aura priorité pour l'acheter, et vous ne pourrez pas le vendre à quelqu'un d'autre sans changer le nom des personnages. De l'esclavage, c'est ce que je dis ». Mills conseilla de refuser. Jaime voulait ces trente mille dollars. Ils pourraient vivre comme des pachas pendant trois ans avec une somme pareille. Mais les trente mille dollars se révélèrent n'être que vingt à la signature et les dix restants seulement si le film se concrétisait. C'est-à-dire jamais, apparemment. Joseph E. Levine finit par lire le livre et explosa. « Ces gens sont communistes ! » se serait-il exclamé avant d'enterrer le projet. Inutile d'expliquer qu'ils n'étaient pas vraiment communistes, mais plutôt idéalistes. Essayez d'expliquer cette subtilité à un homme qui est devenu riche en important un *Hercule* avec Steve Reeves en tête d'affiche.

La fascination gagna Jaime en cours de route. Le cinéma, voilà où se trouvait la véritable manne, et Jaime désirait avoir beaucoup d'argent. C'était là aussi que le public était le plus nombreux. Elle rêva de partir vivre à Hollywood et de se faire un nom comme scénariste, puis comme réalisatrice. Charlie se montra relativement réticent. « Je n'ai jamais entendu parler de femmes réalisatrices, dit-il.

— Ida Lupino. » Mais Charlie continua sur sa lancée, expliquant à quel point Hollywood maltraitait les écrivains. « Regarde ce qu'ils ont fait avec *Les Nus et les morts*.

— Je ne l'ai pas vu, celui-là.

— Tu as vu *Tant qu'il y aura des hommes* ?

— Je croyais que tu avais aimé *Tant qu'il y aura des hommes*.

— Je l'ai adoré. Mais c'est n'importe quoi. Ils n'ont jamais vraiment abordé les scènes de prison, et dans leur version, l'armée renvoie le capitaine Holmes au lieu de le promouvoir major comme dans le livre. » Charlie était catégorique au sujet d'Hollywood. « C'est un repaire de putes », insista-t-il.

Un repaire de putes, elle venait d'en quitter un vrai, et Jaime ne voyait pas en quoi c'était forcément une mauvaise chose. Remarquant une voiture de police derrière elle sur le pont, elle jeta un coup d'œil au compteur de vitesse. Quatre-vingts au lieu de soixante-dix. Elle ralentit à soixante-quinze. Cela adoucirait sans doute le gars de la patrouille routière de Californie, mais non. Il la fit s'arrêter une fois parvenue du côté de Marin County, puis marcha jusqu'à son véhicule, un petit homme aux cheveux blonds, lèvres serrées. Il baissa les yeux vers elle gravement.

« Bonjour, monsieur l'agent, dit-elle en souriant amicalement, espérait-elle.

— Expliquez-moi un peu. Comment se fait-il que vous ne soyez descendue qu'à soixante-quinze quand vous m'avez vu ? » Il allait donc la verbaliser quoi qu'elle dise.

« Les conditions ne semblaient pas garantir de pouvoir se conformer aux règles », dit-elle. Elle extirpa le permis de son portefeuille et le lui tendit. Il fronça les sourcils. Reconnaissait-il le nom ? Avait-il lu son livre ?

Non. Il se contenta de la regarder et de lui rédiger un PV. Elle ne put que rire de sa folle espérance. Quand le flic reprit la route, elle décida de ne pas le suivre, mais de prendre la sortie de Sausalito et d'aller boire un verre au bar sans nom. Elle se sentait un peu sale après cette discussion avec l'agent de police.

Le bar sans nom était presque désert, à l'exception de quelques poivrots des après-midi, très largement répartis le long du bar et le nez dans leur verre. Neil Davis, le propriétaire, servait, et la radio était branchée sur KJAZ. Jaime s'assit à la place préférée de son mari, au bout du bar, d'où elle pouvait voir les passants par la devanture ouverte. « Tu as vu Charlie ? demanda-t-elle à Neil.

— Pas aujourd'hui. » Mais il aurait dit ça même si Charlie l'avait quitté une seconde plus tôt. Ce bon vieux Neil. Il tenait le meilleur bar où Jaime ait jamais bu. Encore mieux que le Tosca. Le Tosca était un bar de grande ville, mais le monde entier venait au sans nom. Les gens de partout s'y arrêtaient, et pas juste des gens ordinaires, mais aussi des gens connus, des gens qui faisaient des choses. Des gens intéressants. Même si aucun d'eux n'était présent ce jour-là.

« Qu'est-ce que je te sers ?

— Ramos Fizz », choisit Jaime. Une boisson de couille-molle, d'après son mari, mais ils étaient si bien faits, au sans nom. Le téléphone derrière le bar sonna, mais Neil continua de préparer le Ramos Fizz. Une fois le verre parfait posé sur sa petite serviette devant Jaime, Neil se tourna vers le téléphone.

« Jaime ? demanda-t-il poliment, la main sur le combiné. Tu es là ?

— Ah », dit Jaime et elle glissa de son tabouret pour rejoindre le téléphone près de la porte d'entrée. C'était Tanya.

« Bah alors, où t'étais passée ? J'ai appelé chez toi, à ton appartement, Charlie a dit que tu étais chez moi, et j'ai fini par penser au sans nom. Je n'en suis qu'à un tiers, mais il fallait absolument que je te parle. J'adore

ton livre ! Tu as dû me suivre à la trace quand j'étais gamine. Où est-ce que tu as *appris* tout ça ?
— Donc ça te plaît ? Tu ne me fais pas marcher ?
— Tu veux rire ? Je veux le premier exemplaire ! »
Jaime finit par raccrocher et retourna au bar. Ses vêtements lui collaient à la peau. Les compliments, surtout les compliments aussi sincères, la faisaient transpirer.

47

Mills était exaspérant. « J'ai lu le manuscrit », annonça-t-il à Jaime au téléphone. Il était trois heures de l'après-midi, six heures à New York, et Bob avait l'air pompette. Peut-être qu'il avait toujours l'air comme ça. Jaime attendit patiemment. « J'ai aimé. Je l'envoie à Harcourt demain matin. » Il y eut de la friture sur la ligne pendant un moment, puis il ajouta : « Félicitations. »

Son premier commentaire sur *Washington Street* avait été : « Je ne crois pas avoir jamais lu un manuscrit de premier roman aussi bon. » Rien à voir avec : « J'ai aimé. » Peut-être que Mills était fatigué. Peut-être qu'il croyait que Jaime n'avait plus besoin de flatteries. Peut-être qu'il la traitait normalement alors que ce qu'elle voulait, elle, c'était être dorlotée.

« Qu'est-ce qui se passe, maman ? lui demanda Kira.
— L'ego de maman s'est pris une déculottée », répondit maman. Kira était sur ses genoux, vêtue de son bain de soleil noir et jaune, un ensemble vraiment hideux que lui avait acheté sa grand-mère de Portland, pleine d'adoration mais lointaine. Ce qui n'empêchait

pas Kira d'être une enfant magnifique qui avait hérité des grands yeux sombres de son père et de la moue de sa mère. Elle gigota pour descendre des genoux de Jaime et s'élança vers la pelouse à travers les portes-fenêtres. Elle avait eu un comportement remarquablement adulte lors de son premier jour à la maternelle d'Old Mill. Jaime se rappelait ses propres pleurs quand elle avait dû se séparer de sa mère et s'attendait donc à une crise de larmes et à des supplications, mais Kira avait simplement levé les yeux vers elle comme pour dire : « C'est ici que tu me laisses ? Dans cette *pagaille* ? » Charlie et Jaime s'étaient ensuite promenés au soleil, et Charlie avait dit : « Oppressant, tu ne trouves pas ?

— C'est parce que tout est si petit. » Mais Jaime avait ressenti la même chose. Depuis, Kira adorait l'école et Cynthia l'y conduisait le matin pour permettre à Jaime d'écrire. Mais bien sûr, Jaime n'avait rien à écrire. Son manuscrit était entre les mains des éditeurs d'Harcourt avec qui elle avait signé un contrat pour deux livres. Ils n'avaient plus qu'à décider de la somme qu'ils allaient lui proposer pour celui-ci. Mills s'était montré vague. « Ça pourrait être assez intéressant, avait-il dit.

— Il faut déjà qu'ils l'acceptent. »

Charlie n'avait ni explosé ni pris la fuite, mais voilà que son propre livre serait peut-être bientôt publié. Il recevait de longues missives de Bill Ratto dont l'enthousiasme était contagieux. Jaime aimait parler avec Bill au téléphone. Son énergie semblait se propager à travers le combiné. « Laisse-moi parler à mon romancier, disait-il. Je crois que je tiens quelque chose. » Ratto avait réduit le manuscrit à environ sept cents pages et il voulait présenter un roman d'environ cinq cents. « Je ne peux pas me contenter d'un charcutage systématique, expliqua-t-il. Il faut que tout s'emboîte. » Il n'avait plus besoin que Charlie lui fournisse de la matière. Ça n'était plus qu'une question d'« élagage judicieux ».

Charlie ? Il en avait sa claque, de ce livre. Quand ils étaient tous les deux à la maison, ils s'installaient sur leur ensemble de jardin en séquoia et s'offraient une boisson raffinée face au coucher de soleil. La vue depuis leur pelouse était très belle : la baie, les collines à l'est, Angel Island, Alcatraz, le Bay Bridge. Ils s'asseyaient côte à côte et regardaient la lumière naturelle décliner et les scintillantes lumières artificielles s'allumer. Une fois, dans le jour qui tombait, Charlie dit : « Tu sais, il doit y avoir des centaines de gars qui ont cru que juste parce qu'ils avaient fait la guerre, ils avaient un gros roman à écrire. » Il rit. Jaime détesta le ton de ses paroles.

« Tu dois continuer à te battre, dit-elle faiblement.
— Est-ce que je n'en ai pas déjà assez fait pour mon pays ? » répliqua doucement Charlie en direction du ciel pâle. Puis, bizarrement : « Tu n'aimerais pas qu'on ait des lapins ? À cette heure-ci on les verrait pointer leur nez. »

Charlie divaguait. Il ne montrait rien, mais Jaime savait qu'il avait le cœur brisé. Puis elle se reprit. Elle était tombée dans le même piège que Charlie, elle aussi avait repoussé la possibilité de recevoir de bonnes nouvelles. Le livre de Charlie n'était pas encore un échec. Il n'échouerait peut-être pas. Mais une certaine morosité semblait peser autour de ce projet. Ratto avait beau être très enthousiaste, Jaime n'était pas persuadée qu'il était fait pour l'édition. Son propre éditeur, Dan Wickenden, correspondait mieux au profil. Romancier lui-même, il avait cet accent doux et sans aspérité d'Harvard et s'intéressait vraiment à la littérature.

Un gentleman. Ratto était une pompom-girl. Elle était peut-être un peu dure.

Par ailleurs, Dan le Gentleman ne lui offrit que dix mille dollars pour son manuscrit. Il appela pour s'excuser, indiquant qu'Harcourt traversait une période très tendue. Dans un retournement soudain, Jaime trouva sa voix imposante et veule plutôt qu'éduquée et agréable. « Tu gagneras deux fois ça sur le livre de poche », rétorqua-t-elle sur un ton brusque. Elle raccrocha en prétextant que Kira l'appelait. Elle en eut des sueurs froides. Il n'était pas encore huit heures du matin. Kira et Cynthia regardaient *Captain Kangaroo* et prenaient leur petit déjeuner dans le salon. Jaime sortit de la chambre. Kira couina de rire. Jaime regarda autour d'elle. Pour avoir tout cela, il fallait qu'elle gagne de l'argent, beaucoup d'argent. Tout pouvait disparaître. Ces dix mille dollars signifiaient qu'aux yeux d'Harcourt ce livre ne se vendrait pas. Ils n'attendaient pas de cession poche, ni de film, ni de ventes à l'étranger. Ils trouvaient le livre abominable. Et pourquoi pas ? Que connaissait-elle à la pauvreté ou à quoi que ce soit d'autre ? Elle n'était qu'une enfant.

Elle alla chercher du réconfort auprès de Charlie. Il se levait tous les matins vers six heures et s'installait dans son bureau, qu'il ait quelque chose à écrire ou pas. Elle se demandait ce qu'il y faisait. Elle ne l'interrompait jamais, n'entrait jamais dans la pièce. Son bureau à elle était dans leur chambre. Ils s'étaient disputés et elle avait gagné, obtenant la chambre et lui laissant la toute petite pièce. Le grenier, plus vaste, était réservé au logement de Cynthia qui n'avait intégré leur projet de vie qu'après l'achat de la maison, quand ils avaient compris que s'ils voulaient pouvoir garder leurs habitudes, il leur faudrait quelqu'un à domicile. Avec la fortune gagnée par Jaime, ils pouvaient se le permettre et avaient même demandé à Randy Wilde de chercher une autre maison plus spacieuse. Mais vu les très mauvaises nouvelles d'Harcourt, ils auraient déjà de la chance de rester dans cette petite maison.

Elle poussa la porte de Charlie. Il était assis à son bureau, en jean, torse et pieds nus. Il transpirait, un stylo à la main, un épais manuscrit devant lui. Il la dévisagea. Elle ne l'avait jamais interrompu avant. Puis son regard s'alluma. « Tu as eu un retour, dit-il.

— Un mauvais retour. » Elle lui raconta. Il ne fut pas bouleversé. « Dix mille dollars, c'est beaucoup d'argent. Et il y aura les droits d'auteur ensuite. C'est ton argent.

— Ils doivent détester le livre. »

Charlie sourit et lui prit la main. Les siennes étaient chaudes, presque brûlantes. « S'ils le détestaient, dit-il doucement en la regardant dans les yeux, ils ne t'auraient rien proposé. »

Il n'arrivait pas à la consoler. Cette offre la vexait. Elle avait fait gagner de l'argent à ces gens, et voilà qu'ils faisaient la fine bouche. C'était rageant. Après quelques jours à ruminer sur ce thème, elle appela Mills, lui dit de refuser l'offre et de lui trouver un nouvel éditeur.

« Tu es sûre ?

— Oui. »

Un mois s'écoula, et, à l'est, silence. L'Est Mystérieux. Jaime était à présent persuadée qu'elle avait fait une erreur en refusant l'offre d'Harcourt. C'était ses amis et ils lui avaient fait la meilleure proposition possible. Elle se rappela le son de la voix de Dan Wickenden, les rassurantes inflexions d'Harvard. C'était un bon éditeur, renvoyant des pages de notes et de suggestions minutieuses, toujours respectueux, la traitant comme une artiste. Et elle l'avait littéralement envoyé chier. Personne ne donnerait un kopeck pour son livre débile. Pourquoi le ferait-il, lui ?

Charlie se moqua d'elle. La moquerie restant sans effet, il passa à l'empathie. « Écoute, ça prend du temps. Quelques semaines, ce n'est rien. Détends-toi, ton livre est très bien. » Elle se remémora la réaction mitigée de Charlie. Espérait-il que son livre échoue ? Ou finirait-elle à l'asile à force de céder à la paranoïa ?

Elle mit des affaires dans des cartons, les jeta à l'arrière de la Porsche et alla vivre dans leur petit appartement sur Telegraph Hill. Trop difficile de jouer la femme au foyer de banlieue, surtout quand Charlie était tout le temps à la maison. Si elle allait boire un verre, Charlie était au sans nom. Sa vie l'oppressait, alors elle la quitta pendant un moment. Charlie lui rendait visite à intervalles réguliers, parfois avec Kira. Mais Jaime n'était pas heureuse de voir Kira. Cela lui brisait le cœur. Elle savait qu'elle ne se comportait pas en mère. Elle n'avait pas assez d'amour en elle. Kira avait été une terrible erreur, même s'il était impensable qu'elle n'existe pas.

Elle s'essaya aux nouvelles. Quelques histoires publiées dans le *New Yorker* ou *The Atlantic Monthly* feraient du bien à sa carrière. Mais elle détestait écrire des nouvelles. Elle détestait les personnages qu'elle inventait, et elle détestait ses tentatives d'écrire sur de vraies personnes. En fait, elle n'était pas un bon écrivain, c'était ça le problème. Elle avait réussi à faire semblant sur le premier livre. Vous savez, un de ces livres de souvenirs. *Treize à la douzaine*, *Mon père et nous*, *Washington Street*, tous pareils. Sauf *Mon père et nous* qui était plutôt bon.

Mettant les nouvelles de côté, Jaime sombra dans une colère que même une douche interminable ne put apaiser. Elle détestait sa vie de femme au foyer. Il lui fallait trouver du travail. Elle pourrait devenir call-girl, travailler pour Tanya. Faire rentrer l'argent. Où était le problème ? Les call-girls n'étaient pas le diable, juste des femmes actives. Tanya avait des idées très arrêtées sur la question, et en y réfléchissant à une heure du matin après avoir atterri dans un autre des bars de North Beach et bu beaucoup d'alcool, Jaime ne put qu'être d'accord. Les gens pensaient qu'elle était une romancière célèbre à la vie non seulement bien ordonnée, mais aussi enviable. Tout le monde pensait qu'elle écrivait son nouveau livre. Personne ne savait qu'elle n'était qu'une imposture. Personne ne savait qu'elle passait son temps à lire plutôt qu'à travailler. Personne ne savait qu'elle passait son temps à attendre que le téléphone sonne.

48

En attendant Jaime, Charlie emmenait Kira faire de longues promenades l'après-midi sur Bridgeway, à Sausalito. Ils se garaient à l'extrémité nord de la ville et marchaient sur la promenade de planches qui longeait les bateaux et les gros yachts puissants. Parfois ils allaient jusqu'au bout du ponton n° 3 où Neil Davis avait sa petite embarcation, un chalutier de Monterey qu'il avait reconverti en bateau de plaisance. S'il était à quai, ils pouvaient monter à bord et faire semblant de naviguer sur la baie. Sinon, ils s'asseyaient au bout du ponton et regardaient les autres bateaux se déplacer sur les eaux calmes et plates du port. Les poissons grignotaient les algues accrochées aux pilotis, et Kira adorait s'allonger sur les planches pour regarder l'eau et les observer. Charlie s'asseyait à côté d'elle, les pieds dans le vide, rêvassant au soleil. À Kim Song et plus tard à l'hôpital militaire de Tokyo, Charlie avait appris à savourer ces instants de paix, à s'y fondre et à les faire durer. Laisser aller son esprit quand son corps en était incapable. Il ne pouvait rien faire pour soulager la souffrance de sa femme. Il savait qu'elle allait mal. Non pas qu'elle affiche une tête de six pieds de long, mais il savait. Et il attendrait qu'elle s'en sorte.

Du coup, il passait beaucoup de temps avec Kira. Un jour, il l'emmena même faire une virée sur le bateau de Neil avec Captain Neil en personne et deux de ses barmaids, Kazuko et la maigre Rachel, qu'on surnommait dans son dos « la mante religieuse » parce qu'elle dévorait ses compagnons. Les deux barmaids n'étaient pas gâtées niveau petits amis, alors Neil leur offrait des croisières sur la baie en guise de thérapie. Charlie et Kira arrivèrent alors qu'ils étaient sur le point d'appareiller.

« Content de vous voir, dit Neil joyeusement. Montez à bord !

— Vraiment ? demanda Charlie. On va où ?

— Là-bas. » Neil désigna vaguement Alcatraz. Il sourit à Kira. Elle portait un jean et un polo rayé. « J'ai quelque chose de chaud si jamais elle a froid. » Il tendit la main, Kira la saisit et après un coup d'œil à son père elle monta à bord. Charlie eut une vision soudaine de Linda McNeill. Une pipe pour un tour en mer. Et si Kira tombait amoureuse des bateaux ?

« Et si… ? » Charlie compléta la phrase en mimant un haut-le-cœur. Neil sourit. « On fera demi-tour », le rassura-t-il. Mais Kira ne fut absolument pas malade. Elle adorait être sur l'eau et, soutenue par Charlie, elle prit même un tour à la barre au moment où ils longeaient lentement Le Trident et sa terrasse de clients tardifs et de buveurs précoces, et plusieurs leur firent signe. Quand ils passèrent la pointe et entrèrent dans la baie proprement dite, Charlie épia Kira, mais elle avait les yeux brillants et les joues rouges. Bien assurée sur ses pieds, elle marchait courageusement d'un bout à l'autre du bateau, les bras écartés pour garder l'équilibre, n'ayant quasiment pas besoin de se tenir à la rambarde, contrairement à Charlie.

« Elle a ça dans la peau », dit Neil. Les hommes souriaient. La petite barmaid japonaise était à la barre, la Mante religieuse à côté d'elle. Le navire gîtant dans les vagues et San Francisco qui surgissait, blanc sur le ciel. Alors qu'ils approchaient du Golden Gate, Neil se posta dans l'espace de pilotage pour reprendre la barre et mettre le cap droit sur la mer.

« Où est-ce qu'on va ? » demanda Kira. Ils se tenaient dans le vent de la dunette.

« On va passer sous le pont, dit Charlie. Tu as froid ?

— Non. » Son visage était si pur, si impatient. Charlie avait envie de pleurer, tellement il l'aimait. Ensemble ils regardèrent le pont au-dessus d'eux tandis que le creux des vagues devenait plus profond et le vent plus froid. Neil rendit la barre à Kazuko et sortit un vieux pull marron. Charlie enveloppa Kira dedans, la tenant dans ses bras pour rester au chaud lui aussi. Il aurait aimé que Jaime soit là. Il commençait vraiment à faire froid. Il porta Kira dans la cabine de pilotage, faillit tomber et se rattrapa à Rachel. « Oups, dit-il.

— Donne-moi cette enfant, dit-elle et Charlie lui tendit Kira avec gratitude.

— Je crois qu'on ferait mieux de rentrer », dit Neil. Kazuko tourna brusquement la barre vers la gauche.

« Bordel ! » s'exclama Neil, le visage soudain blanc. Le bateau vira en présentant le flanc aux vagues et ils furent à deux doigts de chavirer, mais Kazuko maintint la barre et l'embarcation fendit violemment les flots pour faire demi-tour. Quelques secondes plus tard, ils filaient sans encombre, comme si de rien n'était.

« Qu'est-ce que c'était que ça ? » demanda Charlie à Neil. Kazuko voyait à peine au-dessus de la barre, les traits du visage figés par la détermination. Elle ne montrait aucun signe d'inquiétude et, à vrai dire, aucune des femmes n'était bouleversée. Seuls Neil et, par contagion, Charlie l'étaient. Quel risque affreux avait-il fait courir à sa fille ?

« Rien. » Neil retrouva ses couleurs naturelles. « Normalement, tu ne tournes pas en présentant le flanc au vent, c'est tout. On aurait pu chavirer.

— Si on coule, est-ce que les requins nous mangeront ? » voulut savoir Kira.

La plupart du temps, Charlie et Kira se promenaient en ville, faisaient du lèche-vitrines et observaient les gens. Il y avait un petit parc, avec un ou deux éléphants en grès brun clair, des palmiers, ainsi qu'un carré de pelouse ensoleillé, mais ils avaient perdu le privilège de s'asseoir sur l'herbe au soleil. Charlie apprit pourquoi au sans nom. Ginsberg, Orlovsky et Ferlinghetti se trouvaient à Sausalito pour une raison ou une autre, et avaient atterri dans le parc. Ils faisaient les idiots, Peter avait peut-être embrassé Allen, des gens les avaient vus, et, le soir même, la police avait débarqué pour dresser une clôture autour de la pelouse. Depuis, impossible de folâtrer dans l'herbe. C'était la première fois de l'histoire qu'un parc était fermé à cause d'une infestation de poètes.

Le parc désormais inaccessible, les hippies et autres indésirables s'asseyaient sur les larges marches à l'entrée du parc ou sur celles, de l'autre côté de la rue, qui montaient vers Bulkley Avenue. « Oh, regarde les clowns ! s'écria un jour Kira en parlant des hippies aux vêtements chamarrés.

— Oui, ma chérie », répondit Charlie.

Ils terminaient toujours officiellement leur promenade par une visite au lion de mer en bronze installé sur un rocher en bordure de baie, sur la longue digue après Le Trident. Charlie et Kira s'asseyaient côte à côte sur un banc, regardaient le lion de mer et les bateaux sur la baie. En général, Kira s'endormait sur ses genoux et il la portait jusqu'à la voiture. Cela resterait-il comme un souvenir d'enfance pour Kira ? Charlie l'espérait.

À la maison, l'ambiance était bizarre sans être tendue. Cynthia s'occupait de tout. Call-girl ou pas, Cynthia était une excellente jeune fille au pair, et Kira l'aimait profondément. Les deux filles échangeaient sans cesse des messes basses dont Charlie était exclu. Ce qui lui convenait. Là n'était pas le problème. Seulement vivre dans cette maison avec une autre très belle jeune femme, qui par ailleurs était une entraîneuse professionnelle, éveillait certaines pensées assez peu nobles qui exigeaient d'être réprimées en permanence par Charlie. Il se demandait si Jaime l'avait délibérément laissé avec Cynthia pour le tenter. En réaction à Linda, des années plus tôt. Que ce soit le cas ou non, pas question de commettre d'impair. S'il faisait la moindre avance à Cynthia, elle le rapporterait sans aucun doute à Tanya qui le dirait à Jaime, et terminé. Cynthia ne flirtait pas, ne se baladait pas à moitié nue dans la maison ni rien d'autre de ce genre. Charlie avait au contraire l'impression qu'elle se comportait de manière très précautionneuse. Et ça aussi, c'était terriblement sexy.

Il menait une vie de malade, mais tranquille. Quand Jaime aurait enfin décidé de ce qu'elle voulait faire de son livre, les choses redeviendraient normales, sauf que bien sûr, en attendant, Charlie n'avait rien à faire. L'obsession qui l'avait occupé durant des années avait disparu. Aucune raison de commencer un autre projet d'écriture. Il n'était pas écrivain. Le truc était de se trouver une nouvelle obsession.

49

Puis Bill Ratto appela pour dire qu'il avait terminé la mise en forme du manuscrit de Charlie. « Je crois qu'on tient un roman. » Au téléphone, il avait un ton joyeux et insolent, mais il parlait toujours comme ça. « À cinq mille billets, tu ne nous auras pas coûté trop cher », dit-il dans un rire bouillonnant. Il devait venir sur la côte Ouest pour rencontrer des écrivains et voulait dîner avec Charlie et Jaime. Charlie raccrocha et roula sur le dos. Il était sept heures du matin, dix à New York. Il n'avait aucune nouvelle de Jaime depuis des jours. Il téléphona à Bob Mills pour lui raconter l'appel de Ratto et la visite imminente de ce dernier. Il voulait demander si Mills avait des nouvelles de Jaime ou de son livre, mais il s'aperçut qu'il ne pouvait pas laisser entendre à Bob qu'il ignorait où se trouvait sa propre femme.

Attentif aux bruits de Kira et Cynthia dans la maison, Charlie se leva, prit une douche et s'habilla. Son pauvre vieux roman de guerre. L'infâme monticule de pages, son plus vieil ami. Comment ça se fait, Charlie ? Tu n'arrives pas à conserver tes amis humains ? Le roman était peut-être bel et bien terminé. Ratto avait peut-être réalisé un véritable tour de magie.

Cynthia et Kira petit-déjeunaient devant la télévision. Charlie se versa du café et sortit dans le jardin. Une linotte chantait sa mélodie complexe et incroyable. Charlie finit par repérer le petit oiseau au sommet de l'antenne télé. Charlie ne devrait-il pas faire la même chose ? Croasser à tue-tête ? Il sirota son café, espérant que la caféine court-circuiterait sa dépression. Il s'assit dans l'un des fauteuils en séquoia, le regard rivé sur la baie embrumée, puis sentit l'humidité traverser son jean. Il se leva, essuyant son siège mouillé, retourna à l'intérieur.

Bill Ratto rappela trois jours plus tard, cette fois depuis le Mark Hopkins. Il était bien installé et prêt à recevoir les gens. La colère de Charlie contre Jaime montait. Non pas à cause du silence radio mais parce que maintenant que Bill était là, franchement, Charlie avait besoin de soutien moral. Il s'était préparé à ne pas aimer ce que Ratto avait fait de son livre, mais il détestait discuter des textes, surtout le sien, et redoutait d'avoir à le faire sans Jaime à ses côtés. Elle était diplomate, sauf quand elle s'énervait. Charlie était brut de décoffrage. Et par-dessus le marché elle vexait sa virilité par son incapacité à être là où il pouvait la trouver. D'autant plus qu'il refusait de chercher. La nuit, il s'était mis à éviter North Beach et n'allait plus boire qu'au bar sans nom de Sausalito. Même là, il s'attendait plus ou moins à voir Jaime passer la porte.

Charlie mit sa voiture au garage Standard situé une rue au-dessus du Mark et se rendit à l'hôtel, les mains enfoncées dans les poches. Au moins, l'objet serait devant lui sur la table et plus hors de son contrôle à New York. Il emporterait le manuscrit à la maison, le lirait tranquillement, et rappellerait Bill Ratto. Si Jaime faisait son apparition, il le lui ferait lire aussi.

Dans le cas contraire, tant pis. Charlie était un grand garçon. Il pouvait gérer ça tout seul.

La chambre de Ratto était un cube minuscule au bout d'un long couloir sombre. Charlie avait cru que le Mark Hopkins était un hôtel de luxe, mais, de l'intérieur, ça ne l'était pas. Bill hurla : « Entrez ! » et, en ouvrant la porte, Charlie le découvrit sur l'un des lits jumeaux, pantalon noir et tee-shirt blanc à col V. Dodu, il avait un petit nez droit au milieu d'un visage rond. Il arborait des lunettes à monture argentée ainsi qu'une petite moustache. Il tenait un manuscrit entre ses mains et d'autres étaient éparpillés dans la chambre, au moins cinquante, se dit Charlie, sur le second lit, les meubles et la moquette.

« Justement l'homme que je voulais voir », dit-il comme s'ils n'avaient pas eu rendez-vous. Charlie ferma la porte et déplaça deux cartons de manuscrits pour pouvoir s'asseoir sur une chaise.

« Bonjour, Bill, dit-il, essayant d'imposer un ton calme à cette conversation.

— Je voudrais que tu me trouves de l'herbe. Je pensais que ça serait facile, mais les grooms d'ici ne semblent pas savoir ce que c'est et les écrivains à qui j'ai parlé ne peuvent pas ou ne veulent pas en acheter. Et toi ?

— Je ne peux pas t'aider, mentit Charlie. Mais je vais poser quelques questions.

— Deux, trois joints, c'est tout. Je veux juste que ma vie sente un peu moins la chambre d'hôtel.

— Comment ça se passe ? » demanda Charlie sans impatience, mais avec calme.

Bill se redressa et posa le manuscrit. « Es-tu prêt à lire un grand livre ? dit-il avec un sourire pincé. Es-tu prêt à mourir pour un livre ?

— Sûr », dit Charlie en souriant. Il se sentait de mieux en mieux. Bill fouilla autour de lui et prit un gros tas de pages méconnaissable tenu par d'épais élastiques. « C'est moi, ça ? »

Bill le lui tendit. « J'ai pris la liberté de le faire taper. C'était sens dessus dessous, tu te doutes. »

Charlie le soupesa. Il ne devait pas faire plus de cinq cents pages. Ponctionnées sur au moins mille cinq cents, en tout. « Tu restes combien de temps en ville ? Je peux le lire et t'appeler, ou on peut se retrouver, je ne sais pas.

— Tu veux rire ? Je veux que tu le lises là maintenant. »

Hébété, Charlie s'assit et entreprit de retirer les élastiques. Il ne voulait pas le lire sur-le-champ. Il en lirait un petit bout, aurait un mot gentil et rapporterait ce foutu texte chez lui. « Joli titre », blagua-t-il. Le titre était le sien. *La Fin de la guerre*. Le problème n'était pas le titre, tout le monde aimait le titre. Il lut le premier paragraphe. Le téléphone sonna et Bill répondit, sans du tout baisser la voix, pour prendre un autre rendez-vous. Charlie poursuivit sa lecture, les traits du visage comme paralysés. On frappa à la porte ; Bill bondit sur ses pieds, marmonna à l'adresse de quelqu'un et revint avec un autre gros manuscrit, celui-ci emballé et ficelé. Charlie poursuivit sa lecture, le cœur serré. Il ne reconnaissait quasiment rien à part les noms des personnages et quelques grossièretés. Le reste avait été tellement trituré que Charlie fut pris de vertige, comme s'il était sur le point de s'évanouir. Il poursuivit sa lecture pendant que Bill parlait au téléphone, pour voir si cette réécriture extrême prenait fin à un moment donné, après le premier chapitre, peut-être. Non. Cela continuait, sur des pages et des pages d'un texte qu'il ne reconnaissait tout bonnement pas et qu'il détestait. Peu à peu, il perdit son calme. Son roman avait été transformé en daube. Il s'arrêta de lire, le manuscrit sur les genoux. Il respira profondément, essayant de se contrôler.

« Alors ? dit Bill d'une voix guillerette. Ça te plaît ? »

Charlie réfléchit. Il n'avait rien contre Ratto. Bill avait essayé d'aider. Il avait travaillé dur pour faire du manuscrit de Charlie un roman publiable. Il y était peut-être parvenu. La lecture était fluide. Trop fluide, à vrai dire. Le ton était on ne peut plus lisse. C'était peut-être de la bonne littérature commerciale plutôt qu'un tas de mots vains sur du papier.

« Alors ? » Bill était prêt à recevoir les compliments.

Charlie soupira. « Aaaah. » Il posa soigneusement le manuscrit par terre et se leva. « Je ne peux pas faire ça, Bill. » Il sourit en direction de la moquette, gêné. « Je vais rembourser l'à-valoir. Enfin, l'avance. Je suis désolé. »

La surprise sur le visage de Bill Ratto n'aurait pas pu être plus totale.

QUATRIÈME PARTIE

Bloc C

50

La cellule de Stan Winger mesurait deux mètres de long, un mètre cinquante de large et deux mètres soixante-dix de haut. Elle était située au milieu du troisième niveau et plutôt silencieuse. En dehors de quelques livres, Stan n'avait aucune possession personnelle. Il balayait la cellule tous les matins et faisait son lit. Une fois par semaine il lavait toutes les surfaces de la cellule et les essuyait avec un vieux tee-shirt. Sans être un maniaque de la propreté non plus, il aimait qu'elle soit aussi propre que possible. Les hommes du bloc C ne travaillaient pas, ne mangeaient pas dans le grand réfectoire et ne quittaient leur cellule qu'en cas d'hospitalisation. Ils étaient mieux traités que les hommes placés au mitard du centre de détention. Au bloc C, vous aviez des toilettes, un lit et vos vêtements. Vous aviez un balai, et pouviez accumuler tout ce que vous vouliez. En revanche, vous n'en sortiez jamais, sauf pour la promenade une fois par jour pendant une heure, ou pour la douche deux fois par semaine.

Le bloc C était réservé aux prisonniers qui devaient, pour une raison ou une autre, être séparés du reste de la population carcérale. Si un politicien, un juge ou un agent de police était envoyé en prison, il atterrissait là, parmi les balances, les grandes folles, les agresseurs d'enfants, ou les autres, ceux comme Stan Winger, dont la vie était menacée. Stan s'y trouvait parce que l'administration pensait qu'il aurait des ennuis s'il restait avec la population générale à cause de l'atelier d'arts plastiques où il s'était inscrit.

La prison d'État de l'Oregon proposait en effet un atelier d'arts plastiques où Stan avait fait pas mal de peinture. Il aimait peindre. Plus que l'écriture, la peinture offrait une porte de sortie. On pouvait s'oublier dans les coups de pinceau, disparaître ou éprouver une telle excitation que tout son corps émettait comme une lueur sexuelle optimiste. C'était génial de peindre, et Stan était décidé à peindre pendant tout le temps qui lui restait à tirer. Il se plaignit, fit du grabuge et se comporta comme le dernier des cons en exigeant que l'administration poursuive sa mission de réinsertion. Il y avait eu un petit magasin de souvenirs à côté du parloir, mais il avait été fermé après un changement de règlement. Le magasin avait vendu des objets fabriqués par les détenus, en bois, en métal, des bagues, des boucles d'oreilles faites avec des manches de brosses à dents, etc., et Stan décida que cette boutique devait rouvrir, mais pour y exposer les œuvres d'art produites dans la prison. Il y avait beaucoup de talent parmi ces hommes. Ils pourraient vendre leurs créations et se réinsérer par ce biais. Tels étaient les arguments de Stan.

L'atelier remporta un vif succès. Ils organisèrent leur première grosse exposition, invitèrent du public, et un ou deux journaux ainsi que la télévision couvrirent l'événement. Elle généra plusieurs milliers de dollars, même si Stan lui-même ne vendit rien. Mais dans l'ensemble, on lui attribua d'avoir fait rentrer l'argent dans la prison, et la rumeur courut qu'il était un mec bien. Les expositions se firent plus régulières, la boutique rouvrit et la réputation de Stan passa du mec bien au mec qu'il fallait connaître. Une sous-célébrité mineure dans la grande cour.

Ses codétenus réagirent en essayant de l'utiliser pour faire entrer certaines denrées dans la prison grâce aux expositions. L'administration réagit en essayant de l'utiliser comme balance. Après quoi, pour son bien, on le colla au bloc C. L'ironie de l'histoire fut que l'atelier d'arts plastiques continua sans lui et servit de modèle dans d'autres centres de détention. Autre ironie : il arrêta de peindre et mit toute son énergie à se faire enfin publier. Écrire coûtait moins cher que peindre. Stan aimait peindre à l'huile. Il en aimait l'odeur, aimait travailler la peinture au couteau, mais c'était cher. En revanche, il pouvait lire et il pouvait écrire. La grande folle de la bibliothèque passait avec le chariot de livres trois fois par semaine et Stan récupéra les pages blanches qui se trouvaient au début et à la fin des bouquins, ajoutées par les éditeurs pour augmenter leur épaisseur, supposait-il, et donc justifier un prix plus élevé. Stan avait besoin de papier. Il avait déjà plusieurs crayons, volés un par un chaque fois que l'opportunité s'était présentée.

Le papier se faisant rare, Stan décida de composer d'abord le texte dans sa tête et de ne coucher les phrases par écrit que quand il était satisfait. Il n'écrivait pas seulement pour passer le temps. Il avait un projet. La collection d'inédits Gold Medal des éditions Fawcett. Il s'agissait de romans policiers et de thrillers d'un genre très cru. Stan avait lu dans un article du *Writer's Digest* que Fawcett payait deux mille cinq cents dollars pour un Gold Medal. Il devait faire entre cinquante et soixante-dix mille mots. Et respecter la ligne des autres Gold Medal, supposait Stan. Il en écrirait un lui aussi et cette fois, quand il sortirait de prison, de l'argent l'attendrait à la banque. Il n'aurait plus à repasser par la case prison.

Stan n'était resté à la rue que huit jours en tout entre ses deux condamnations, et il était résolu à ne pas remettre ça. Rétrospectivement, ces huit jours avaient été très excitants, et très drôles, mais complètement barges. Avec deux gars qu'il avait rencontrés dans le bus quittant la prison d'État de l'Oregon, ils s'associèrent pour commettre quelques vols dans l'Oregon, le Nevada et en Californie. Ils furent arrêtés après une course-poursuite à travers la vallée de Sacramento, Stan et ses deux comparses ayant pris la fuite dans un véhicule de la patrouille routière de Californie qu'ils finirent par défoncer à la sortie de Manteca. Stan fut légèrement passé à tabac par les flics, mais l'un des deux gars, Tommy Sisk, prit une balle dans la tête et mourut dans la nuit. Après ça, Stan se sentait prêt, plus que prêt même, à devenir un membre productif de la société. Il apporterait sa contribution en écrivant des romans populaires haletants. Dès qu'il aurait appris les ficelles, raisonnait-il, il pourrait les produire à la chaîne.

Il lui fallut quatre mois pour écrire le premier livre. Il le rédigea au crayon sur des feuilles de taille et de qualité diverses, un gros tas de papier à l'air désordonné sous son lit. Quand les gardiens fouillèrent sa cellule, ils tombèrent évidemment dessus, mais ils se montrèrent généreux et le laissèrent travailler. Techniquement, il avait le droit d'écrire un livre, mais dans les faits, il était à la merci de l'administration ou de n'importe lequel des surveillants, du haut gradé au maton tout en bas de l'échelle. Mais gentiment, ils le laissèrent écrire son livre, et pendant un moment il fut à ce point plongé dedans qu'il en oublia effectivement où il était et qui il était.

Tout lui revint quand, une fois le manuscrit achevé, il dut réfléchir à la façon de le faire parvenir aux éditions Fawcett à New York. Le désespoir s'empara de lui. Déjà, il n'avait aucun moyen de le faire taper. Bon, tant pis pour la dactylographie. Sa seule chance était de soudoyer l'un des gardiens, le convaincre que s'il envoyait cette liasse de papiers à Fawcett, il y gagnerait beaucoup d'argent. Il choisit le plus bête d'entre eux et lança son opération séduction. Cela prit une semaine, mais le gars finit par accepter, promit d'emballer et d'envoyer le manuscrit de Stan à Fawcett contre huit cents dollars sur la vente. À présent, il fallait espérer que les gens de Fawcett auraient la perspicacité de le lire.

Après deux mois d'attente, Stan finit par comprendre que le gardien, au lieu d'envoyer le texte, s'en était débarrassé. Il finit même par obtenir un aveu : « T'es un rêveur », lui dit le maton pour se défendre. Stan resta allongé sur sa couchette pendant trois jours. La prison ne lui avait rien fait de pire. Elle avait tué son espoir. Il jura de se venger.

51

Cela n'avait plus aucun sens d'écrire. Il ne faisait plus confiance à personne. Stan avait beaucoup d'imagination et une bonne mémoire. Il travaillerait les deux, les améliorerait, et il écrirait son putain de livre dans sa tête. Le plus satisfaisant, c'était qu'ils croiraient l'avoir vaincu. Ils ne cherchaient que ça, en fait. Et pour la première fois depuis qu'il faisait de la taule, Stan décida de se tailler un physique. Il n'avait aucun muscle, et rester à se croiser les bras en prison l'avait amolli. Puisqu'il ne pouvait pas descendre soulever de la fonte dans la cour, il fit comme les activistes politiques détenus à San Quentin, appliqua les techniques de « tension dynamique » et obligea son corps à se mesurer à lui-même.

Au début, il ne pouvait effectuer que quelques pompes. Bien sûr, la nourriture était infecte, mais il décida d'arrêter de blâmer la nourriture, l'administration et le monde en général et de se mettre à réfléchir et à bosser par lui-même. Pompes, relevés jambes tendues, mouvements pour écarter les barreaux, pour les rapprocher en poussant force grognements, et ce pendant au moins deux heures par jour. Durant ces exercices, il n'essayait pas d'écrire dans sa tête. Cela se passait à un autre moment de la journée, après l'épuisement du sport, lorsqu'il laissait son esprit vagabonder vers le monde extérieur. Pas seulement pour se sentir libre, mais pour en observer les détails et s'efforcer de les mettre en mots. La première tâche que s'assigna Stan pour développer son imagination fut de trouver les termes qui décrivaient ce qui l'avait le plus effrayé quand ils l'avaient emmené au bloc C. Levant les yeux vers les cinq niveaux de cellules, il vit que du pied de chaque rambarde pendaient des cheveux humains sales et emmêlés comme une espèce de phylactère cauchemardesque. C'était ces cheveux, plus que le bruit, la crasse, l'aspect sinistre des lieux ou le froid qui l'avaient horrifié, juste ces lambeaux de cheveux. Une fois toutes les deux semaines, on donnait aux prisonniers des seaux ainsi que des balais à franges pour qu'ils nettoient leur cellule (ou pas ; s'ils voulaient vivre dans la saleté, c'était leur affaire), et à cette eau se mêlaient toujours des cheveux et autres impuretés. Puis le détenu généralement chargé du lessivage passait à chaque étage en faisant aller et venir son balai pour évacuer l'eau et la faire s'écouler sous les balustrades dont les pieds retenaient alors les cheveux qui, au fil des années de récurage, s'accumulaient. Ce qui créait des espèces de festons. Stan n'aurait pas su comment les appeler si les gardiens n'en avaient pas parlé, et il lui fallut un moment avant de découvrir l'origine du mot. Il venait d'un limerick.

L'était une fois une vieille pute des Açores
Au con gangrené par tous les bords
Et même les corniots du quartier
N'osaient approcher cette viande putréfiée
Qu'avait les culottes de ces festons ornées.

L'ancien chef de police à la gauche de Stan lui récita la comptine et la vieille folle à sa droite lui expliqua que des festons étaient des sortes de décorations. « Comme mes testicules, chéri. »

Stan passa un long moment à essayer de trouver une façon de décrire ces franges en cheveux sans employer le mot « festons », mais il dut renoncer. Hemingway avait raison, les mots devaient sonner juste. Charlie Monel lui avait fait découvrir Hemingway avec la lecture des *Tueurs* et lui avait demandé s'il pensait que le texte était authentique. Stan y avait vu un tas de clichés jusqu'à ce que Charlie lui explique qu'Hemingway avait été tellement pillé que tout ce qu'il écrivait semblait banal. « Sauf qu'il a été le premier à faire ça, avait dit Charlie. Avec Dashiell Hammett. » Puis ils s'étaient rendus à la librairie Cameron sur SW Third et Charlie l'avait conduit dans une arrière-salle qui sentait le moisi, remplie de piles de vieux magazines à sensation. Ils avaient passé une heure à étouffer dans cette poussière de papier pour déterrer de vieux exemplaires de *Mercury Mysteries* où Dashiell Hammett avait publié des nouvelles, ainsi que le lui montra Charlie, dès 1923 pour certaines, avant les premiers livres d'Hemingway. Ces histoires possédaient la même prose réaliste et sèche qu'affectionnait Charlie. Stan, allongé dans sa cellule, s'efforça de se remettre à l'esprit les nouvelles d'Hammett qu'il avait lues si longtemps auparavant à Portland, chez Charlie et Jaime par un après-midi pluvieux, chacun vaquant à ses occupations comme bon lui semblait, Jaime peut-être dans la cuisine en train de faire des cookies, Kira courant dans tous les sens en poussant de petits couinements, Charlie étiré devant la cheminée plongé dans un livre, Stan l'imitant. Ils avaient peut-être bu de la bière, écouté de la musique classique ou du jazz, tandis que la pluie heurtait le toit dans un roulement de tambour agréable et régulier. Il voulut se remémorer l'odeur de la bière fraîchement versée dans un verre, juste au moment où vous inclinez le verre pour boire, les petites bulles qui vous explosent dans le nez, le goût prononcé qui heurte la langue.

Charlie et Jaime avaient été généreux avec lui sans raison. En fait, il existait bien des gens comme ça dans le monde. Stan devait s'y raccrocher, autrement il n'aurait plus de raison d'écrire, de sortir de là, de changer de vie. Mais eux étaient *dehors*. Il leur était possible de vivre décemment. Tout l'intérêt de son projet de vengeance était de devenir un citoyen ordinaire, ce à quoi le système ne s'attendait pas et qu'il ne croyait sans doute pas possible. Eh bien, il emmerdait le système.

Même son honorable colère finit par s'éteindre, au bout d'un moment. Ça n'était pas personnel, ils ne voulaient pas le blesser, détruire sa vie. Ils faisaient avec les pauvres limites de leur imagination. Stan, qui était beaucoup moins limité dans ce domaine, devait s'élever au-dessus d'eux et non partir en guerre. Effectuer sa peine. Écrire son livre dans sa tête. Devenir l'ange bouddhiste du rêve de Kerouac.

Le roman, réfléchit-il, ne raconterait pas la même histoire et n'aurait pas les mêmes personnages que celui qu'il avait perdu par bêtise. Il en écrirait un nouveau, avec un flic pour héros. Seulement, ce flic serait également voleur, meurtrier et, pour finir, mort. Il avait déjà un titre qui claquait, un titre qui, selon lui, vendrait : *Flic & félon*. Ça sifflait comme une balle, et pendant longtemps il resta allongé sur sa couchette à le retourner encore et encore dans sa tête pour faire l'expérience des joies de la création, des plaisirs du poète.

Par moments, il perdait le goût de la vengeance ainsi que sa motivation et sombrait dans le désespoir. En réexaminant sa vie, comme il avait tendance à le faire dans cette humeur, il voyait bien que la faute ne lui incombait pas. On ne lui avait laissé aucune chance. Il n'avait pas eu deux gentils parents pour l'élever dans une maison pleine d'amour, ni religion ni école ni bonheur. Il n'avait pas même eu un seul parent qui l'aime assez pour vouloir le garder. En revanche, il avait eu droit à des parents professionnels qui ne faisaient ça que pour l'argent. Il ne pouvait pas leur en vouloir, à ces gens tristes et stupides incapables d'amour ou de tendresse. Si ça n'était pas leur faute, ça n'était pas non plus celle de Stan. Tout ce qui l'attendait était une vie d'incarcération. Il irait d'une prison à l'autre, avec quelques jours ou heures de liberté entre les deux, puis il mourrait et le gouvernement lui paierait un de ces fameux grands enterrements où les cadavres sont poussés dans une fosse commune d'un coup de pelle. Dans ces moments-là, il pouvait à peine respirer, encore moins écrire et mémoriser ce qu'il avait écrit.

52

Ils étaient allés pêcher l'écrevisse, Charlie, Dick Dubonet, Marty Greenberg et lui, une sortie entre garçons, vous savez, le temps d'une journée de récréation. Il voulait se souvenir du nom de la rivière, mais n'y arrivait pas. Une petite rivière, pas comme la Willamette ou la Columbia, un simple cours d'eau, en fait, au débit très rapide en son milieu, avec des rochers qui surgissaient de l'eau et beaucoup de trucs d'un jaune verdâtre qui poussaient dans les endroits peu profonds. C'était là qu'on attrapait les écrevisses. Dick les appelait autrement. L'excursion avait été son idée. Ils étaient allés à l'une de ces fêtes où on jouait de la guitare et du banjo, et Dick avait parlé de ce monde qui partait à vau-l'eau, des bombes atomiques, de ces gouvernements pris de folie, et du fait que le peuple devait réapprendre la chasse et la cueillette avant qu'il ne soit trop tard. Ça s'était terminé avec eux quatre sur les berges à boire de la bière en attendant que les écrevisses se traînent jusqu'à leurs pièges.

Stan voulut se souvenir des pièges. Des genres de paniers de basket-ball, décida-t-il, de grands anneaux en fer avec un filet et un Nylon. C'était le mot employé par Dubonet pour parler de la ligne, un Nylon. Dubonet avait apporté les pièges et avait emmené Stan au marché en ville pour quémander des têtes de poissons auprès des poissonniers. Stan ne croyait pas trop qu'on les leur donnerait gratis, mais le vendeur au gros visage rouge avait ri et leur en avait offert un seau entier. « Bonne chasse ! » avait-il gueulé.

Vous attachez les têtes de poissons au filet et lancez l'anneau dans un de ces trucs jaune verdâtre, pour qu'il reste en suspens sous l'eau, et laissez le courant lent répandre l'odeur du poisson. Stan avait été surpris quand il avait vu les écrevisses ramper vers les têtes comme annoncé. Elles ne se laissaient pas prendre dans le filet, mais s'approchaient assez pour manger le poisson. Dick ou Charlie tirait alors lentement sur le Nylon pour les emprisonner. La partie la plus délicate était de saisir les petites bestioles sans se faire pincer pour les jeter dans le seau.

Stan chercha à se rappeler ces moments avec le plus de détails possible pour en faire une scène dans son roman. Son flic serait mauvais sur tous les plans. Mauvais flic, mauvais mari, mauvais père, mauvais compagnon, etc. Dans la scène aux écrevisses, il part pêcher avec des amis, d'autres flics, des types honnêtes et droits qui ont bien besoin de s'offrir un jour de repos. Mais le protagoniste de Stan fout l'équipée en l'air. Pris de boisson, il devient injurieux, se moque de l'un des jeunes flics en le traitant de lavette, et, plus généralement, s'aliène les seules personnes censées être de son côté.

Qu'est-ce qui ne tourne pas rond chez ce gars ? Aux balbutiements de son histoire, Stan avait décidé que le flic était mauvais de nature, mais pendant qu'il réfléchissait à ce qu'il allait lui faire faire, un motif émergea. Le gars était un idéaliste déçu. Il part rempli de grandes idées jusqu'à ce que la réalité le rattrape et le transforme en cynique. Stan s'aperçut que cela n'expliquait pas tout à fait pourquoi ce type prenait tellement de plaisir à réduire des crânes en bouillie ou à coffrer les mauvaises personnes, et il comprit que cet homme n'était pas qu'un idéaliste déçu, c'était un sadique. Faire souffrir les autres l'excitait sexuellement. Non. Le flic était exactement comme Stan, mais avec plus de tripes. Il n'aimait pas vraiment faire du mal aux gens, au contraire. Il *rendait les coups*, sauf que, bien sûr, il ne rendait jamais les coups aux bonnes personnes. Il faisait payer les horreurs qu'il avait vécues à son entourage, comme Stan l'aurait fait s'il n'avait pas été ce petit voyou à la manque.

Finalement, la scène de l'écrevisse sauta du livre. Stan eut une meilleure idée plus tard : la même scène, mais au cours d'un pique-nique entre policiers, avec femmes et enfants, et son flic, soûl, essaye de séduire l'épouse de son meilleur ami. Et se fait massacrer la gueule. Quelque temps après, il envoie son ami dans un piège mortel. Après quoi il va annoncer son décès à la femme en prenant un faux air bouleversé. Quel salopard, se dit Stan avec délectation. Plus il se comportera en salopard, plus ce sera drôle de le tuer à la fin. Stan n'avait pas encore décidé du procédé.

Il savait que s'il voulait vendre son livre à Fawcett, il fallait se caler sur les autres Gold Medal, avec des scènes d'action efficaces, un langage simple et direct, sans chichis. Il ne pouvait pas entrer dans des trucs de psychologie trop profonds, et, de toute façon, qu'est-ce que Stan y connaissait ? Néanmoins, il devinait qu'il lui fallait voir les choses avec le regard de ce type pour écrire sur lui de manière convaincante. L'important restait l'intrigue. Les romans de cette collection avaient des intrigues en béton, même si dans la plupart des cas leur dénouement était bancal. Il fallait une intrigue qui tienne la route sans être forcément parfaite. Ce serait du solide, une histoire qui pourrait vraiment arriver.

Afin que ce soit aussi plus facile à mémoriser. Et pour la même raison, des dialogues incisifs.

L'intrigue devint la simplicité incarnée. On rencontre ce flic au moment où il obtient une condamnation, est promu lieutenant, grande cérémonie, drapeaux, orchestre, flics alignés dehors sur des chaises pliantes. Sa femme et ses gamins au premier rang. Fiers comme jamais. La cérémonie se termine, mais au lieu de rentrer chez lui avec sa famille et ses amis, il va chez sa maîtresse, et quand elle se met à râler parce qu'elle n'a pas pu assister à la cérémonie, il lui met un coup qui la fait tomber à la renverse. Chaque chapitre représente environ une heure, et le livre se déroule sur le week-end, entre la cérémonie et le moment où il prend ses fonctions de lieutenant de brigade en charge des affaires de vol. Stan se mit au défi de montrer le flic à chaque chapitre sous une lumière de plus en plus terrifiante jusqu'à ce que le lecteur soit extrêmement soulagé de le voir tué, sans doute par un pauvre abruti dont il s'était servi comme paillasson ou qu'il avait écarté de sa route à coups de mandales. Dans ces conditions, c'était un livre marrant à écrire.

La partie mémorisation se révéla plus facile que prévu. En fait, c'était la partie la plus facile. Chaque phrase était pareille à une brique, ajoutée à un mur de briques. Chaque phrase devait porter son propre poids ; allongé sur sa couchette, il la faisait tourner dans sa tête encore et encore jusqu'à ce que son esprit l'ait mémorisée, remaniée ou abandonnée. C'était un bonheur de se réveiller le matin, de gérer les activités de la journée, puis enfin de se poser, non sans un peu d'angoisse, pour voir s'il se souvenait encore de ce qu'il avait fait la veille. Le chemin fut parsemé d'échecs, bien sûr, mais, très vite, il prit l'habitude de mémoriser des chapitres entiers. Il ne savait pas comment cela fonctionnait, mais ça fonctionnait.

Ce n'était donc pas le plus dur, non. La construction des scènes non plus. Il voulait que les choses soient aussi cinématographiques que possible parce que cela facilitait la mémorisation, si bien qu'il avait monté chaque scène autour d'un élément concret, une chaussure, une vitre, n'importe quoi pour ne pas perdre de vue la scène. Il opéra de la même manière avec les personnages. Chacun d'eux possédait une caractéristique visible pour que Stan se souvienne de qui il ou elle était, cheveux qui rebiquent par-derrière, un fumeur de cigares, un autre qui tire sur son oreille gauche quand il est nerveux. Stan avait tout emprunté à des gens qu'il avait connus. La mémorisation n'était qu'une affaire de ruse, se dit-il.

Or, le plus dur ne pouvait être déjoué par une simple ruse. Le plus dur était qu'il éprouvait chaque jour davantage de sympathie pour ce connard de première. Plus il aggravait son cas, plus Stan lui trouvait des excuses. Au début il repoussait ces sentiments et s'en voulait terriblement d'avoir autant de sympathie pour le diable. Que le diable aille se faire foutre, il écrirait son livre de vengeance délesté de tout pathos écœurant. C'était pour ça qu'il aimait la littérature noire : là, pas de sentimentalité ridicule. Pourtant, il ne pouvait pas éviter la vérité. Ce pauvre salaud n'avait pas eu beaucoup plus de chance que Stan. Ce qui faisait toujours de lui un connard, et Stan le tuerait quand même à la fin, mais avec plus de regret que de plaisir pur. Et puis un truc qu'avait ce flic, nom de Dieu, c'était du cran, dans un monde où avoir du cran signait votre arrêt de mort. Il était peut-être voleur, il faisait peut-être les pires choses imaginables, mais, d'une certaine façon, il était intègre. Il ne dépendait que de lui-même, et il serait abattu, mais comme un géant. Stan tenait sa fin. Pas la manière de le tuer, mais la fin du livre. « *Seule sa fille le pleura. Elle avait huit ans.* »

Seule sa fille, et Stan Winger.

53

Quand il eut terminé son roman, il fit de son mieux pour l'oublier. Mais bien sûr, il ne voulait pas disparaître. Le livre s'intitulait désormais *Un flic dans la nuit*, et le protagoniste s'appelait Jack Tesser, *alias* Jack le Salopard. Une personne de chair et de sang aux yeux de Stan, une personne que Stan aurait aimé voir disparaître. Toute l'énergie investie, toutes les émotions lui retombaient à présent dessus, et son envie de sortir de prison le rendait fou. Il se réveillait le matin sans avoir plus rien à faire. Les exercices physiques ne l'aidaient pas, même s'il s'épuisait jusqu'à six heures par jour. Peu importe vers quoi il tournait son esprit, rien ne marchait. Il tentait désespérément de ne penser à rien, mais pas moyen de s'échapper.

La taule finit par l'écraser. Il arrêta ses furieux entraînements quotidiens et se mit à attendre que ça passe. En revanche, il s'interdit de rêver à l'avenir, à sa libération. Il avait entendu trop d'histoires de types qui passaient des années en prison à ressasser leurs fantasmes de taulard, pour sortir de là en fonçant tête baissée et se payer le premier mur qu'ils croisaient. Pas question de ça pour Stan. Sa sortie devrait se faire naturellement. Il essayait aussi de ne pas penser au passé puisque, bien sûr, le passé était derrière lui. Ceux qu'il avait connus dans la rue n'avaient pas changé.

La seule chose qu'il chérissait était la façon dont on l'avait traité à Portland. C'étaient de bons souvenirs du moment qu'il n'espérait pas retrouver quoi que ce soit d'identique. Il se rappelait Jaime Monel avec une affection toute particulière. Elle avait su qu'il volait, mais elle lui faisait assez confiance pour garder Kira, pour être seul avec elle. Stan n'avait jamais dit à Jaime combien cela comptait pour lui. Il se souvenait des grands yeux noirs de Kira et de sa manière de le dévisager, bouche ouverte. Elle était si merveilleuse, sa peau si pure. Stan examina ses émotions à de nombreuses reprises pour voir s'il sentait en lui les germes d'un agresseur d'enfants ou le moindre désir érotique dans ce qu'il éprouvait pour Kira, et n'y trouva rien de ce genre. Il avait adoré la porter, si légère dans ses bras, et la promener. Il se rappelait avoir descendu la pente jusqu'au ponton de Latourette sur le lac Oswego, la confiance et la force qu'il avait connues en protégeant cette petite. Elle devait avoir huit ans à présent. Elle l'aurait oublié. Peu importe, il aimerait quand même la voir. Cependant, il était content de ne pas avoir d'enfant. Vu ce qu'il ressentait pour Kira, il préférait ne pas imaginer son état si sa propre gamine était lâchée dans la nature sans personne pour la protéger pendant que son père était à l'ombre. Il en aurait pleuré rien que d'y penser. Il n'avait pas honte de pleurer une fois de temps en temps. Pour faire sortir le trop-plein d'émotions.

Enfin, on le laissa sortir. On lui demanda où il allait résider et, comme il pointa vaguement vers le sud, on lui assigna un contrôleur judiciaire à San Francisco. On lui fournit un pull, un pantalon, une chemise, des chaussures et des chaussettes, articles appartenant à la prison, ainsi que quarante dollars. On le mit dans un bus pour San Rafael avec d'autres hommes qui avaient terminé leur peine. Il s'assit tout seul.

Son contrôleur judiciaire lui trouva un job dans une entreprise de peinture en bâtiment non syndiquée. Stan se doutait que ça n'était pas totalement légal et que Morello recevait un pot-de-vin, mais c'était un bon boulot, et les jours où il travaillait il peignait au rouleau et buvait du vin avec les autres gars, et les jours où il ne travaillait pas, il restait dans sa chambre et tentait de rester calme. Sa sortie de prison fut un événement très chargé d'un point de vue émotionnel. Il s'aperçut que dans beaucoup de domaines du quotidien il ne savait plus comment se comporter, comment entrer dans un restaurant ou un magasin sans rougir et avoir le visage si congestionné qu'il croyait être au bord de l'explosion. Comment monter dans un bus. Parler à un inconnu. Très compliqué. Impressions de devenir fou. Pour Stan, encore une peine dont il lui faudrait attendre la fin.

Il finit par acheter une machine à écrire et la rapporta chez lui sur Capp Street. Il était persuadé d'avoir oublié son livre, mais il pouvait toujours écrire d'autres choses. L'idée du Gold Medal était encore valable, et les deux mille cinq cents dollars lui seraient utiles. La chambre de Stan était au deuxième étage. Il posa sa machine à écrire et ouvrit une rame de papier de mauvaise qualité. Il se rappela l'époque où il avait appris à taper à Portland, des années plus tôt. Il se demanda si la dactylo était comme le vélo, et ça l'était. Clic-clac dring, il connaissait la position de toutes les lettres. Dès qu'il eut tapé quelques phrases pour s'échauffer, le gars d'en dessous monta les escaliers à toute blinde et frappa à sa porte. « Hé, tu peux pas taper à la machine ici ! » Stan recula sa chaise de cuisine en bois et alla à la porte. Il ouvrit et se retrouva nez à nez avec le faciès furibard de son voisin. Un grand homme mince, poings serrés et visage rouge.

« Va te faire foutre », dit Stan doucement avant de refermer la porte. Il se rassit et recommença à taper. Il n'entendit plus parler de son voisin. Sa nouvelle machine à écrire d'occasion, une Royal Standard, était très bien. Stan aimait la sensation des touches sous ses doigts. Puis quelque chose se réveilla, un peu en dessous de l'estomac par là. L'imminence excitante d'un événement catastrophique ou extraordinaire. Il sortit la feuille de la machine et en mit une autre. Il tapa les mots *Un flic dans la nuit*, centrés, en haut de la page. Double interligne. Chapitre un. Il fouilla dans ses souvenirs à la recherche du mot-clé du premier chapitre. Il tapa « Cérémonie », double interligne, alinéa, et se mit à écrire.

Une heure plus tard, il avait rédigé le premier chapitre. Il se sentait léger et pas particulièrement fatigué jusqu'à ce qu'il essaye de se lever pour remonter le couloir jusqu'aux toilettes et que ses jambes flanchent légèrement. Il pissa, la tête vide, puis retourna dans sa chambre lire ce qu'il venait de produire. Il se demandait bien de quoi ça aurait l'air. Durant la lecture, les poils sur sa nuque se dressèrent. Chair de poule. Le texte se lisait magnifiquement bien. C'était comme dans son souvenir.

À partir de là, le truc était de faire sortir le reste des chapitres de la même façon. Il se demanda quelles parties de son rituel étaient nécessaires, et lesquelles inutiles. Devait-il s'y mettre à cette même heure de la journée ? Aurait-il besoin que son voisin vienne l'emmerder ? Il n'en savait rien. Mais les jours où il ne devait pas aller peindre, il écrivait, et, en quelques semaines, le livre fut terminé, couché sur le papier, n'attendant plus qu'il ait le cran de l'envoyer. Il le relut deux fois, apportant des corrections à la main aussi proprement que possible. Vivait-il un rêve ? Non, ça avait tout l'air d'une intrigue bien ficelée au rythme haletant. Son seul problème était qu'il n'avait pas un héros, mais un antihéros. Pas trop grave, ça arrivait, dans ce genre de littérature. Il lui faudrait tenter sa chance.

Il attendit trois autres semaines avant de l'envoyer, juste assez de temps pour se mettre à détester peindre des maisons pour de bon. Il pensait aussi le faire parvenir à Robert P. Mills, l'agent qui l'avait aidé, mais non. Il appellerait Mills si et quand son livre serait accepté. Aucune chance. Mais il l'envoya quand même, et reçut une réponse avec une rapidité effarante, trois semaines. Il s'était préparé à attendre au moins un mois, voire plus. Pourtant, il venait bien de recevoir une lettre de Knox Burger, éditeur de la collection Gold Medal, qui acceptait son roman, mais avait quelques modifications à apporter si Stan voulait bien en discuter et le rappeler. La lettre s'accompagnait d'un chèque de trois mille deux cents dollars et d'un contrat de quatre pages. Gagné par la chair de poule, il descendit dans le bar d'en bas et passa un appel longue distance à New York.

« C'est le meilleur putain de manuscrit que j'aie lu depuis des années ! s'écria Burger au téléphone. Pourquoi vous ne viendriez pas à New York ? On pourrait avoir besoin d'un employé dans votre genre.

— Euh, OK », dit Stan.

54

Bien sûr, impossible d'aller à New York. Il était en liberté conditionnelle. Morello lui asséna qu'il n'avait même pas le droit de lever une fesse pour péter sans sa permission, et il ne donnait pas sa permission. Pour tout dire, Morello semblait agacé que Stan ait vendu un livre et gagné autant d'argent. Quand Stan lui dit qu'il allait démissionner pour pouvoir écrire à plein-temps, Morello rétorqua brusquement : « Écrire n'est pas un vrai boulot. Démissionne et tu frôles la violation de ta conditionnelle, ce qui t'enverra direct à San Quentin. » Mais Stan devina que c'était l'humeur grognonne de Morello qui parlait. Il démissionna donc et emménagea dans un appartement plus spacieux du même immeuble, un appartement qui avait ses propres sanitaires. Capp Street se situait près du quartier de Mission, bien fourni en boutiques, bars et, surtout, en personnes libres de leurs mouvements.

Stan n'avait en fait pas besoin de les connaître, ni de leur parler. Cela lui suffisait de s'asseoir parmi elles, de marcher sans se faire remarquer, détendu, et, sans jouer les indiscrets, d'écouter comment parlaient ces gens ordinaires. C'était réconfortant, et ça l'aidait à s'habituer à sa liberté. Chez lui dans son appartement, cette liberté n'était pas si évidente à gérer. En prison, il avait pris des résolutions, notamment celle de ne pas se masturber. Rien à voir avec des questions morales. C'était censé lui permettre d'avoir des relations normales avec une femme. Il se disait qu'en se branlant tout le temps ou en allant voir les putes, il repoussait le moment d'entrer dans le monde normal. Mais voilà que cette résolution devenait très difficile à tenir. Durant son incarcération, le type de magazines en vente partout avait changé. On pouvait désormais entrer dans un drugstore, acheter un magazine pornographique, le rapporter chez soi et s'astiquer autant qu'on voulait. Et les putes étaient à tous les coins de rue. Il n'en avait jamais vu autant. La tentation était grande, mais il parvint à résister. Peut-être était-il tout simplement trop timide.

Il investit toute son énergie sexuelle dans l'écriture, ou du moins c'est ce qu'il aimait se dire. Où passait vraiment l'énergie sexuelle, il n'en savait rien. Il écrivait tous les jours. Son nouveau livre, un texte pour la collection Gold Medal, espérait-il, parlait de deux jeunes gais lurons qui se lancent dans une course folle en sortant de la maison de correction. Ils dévalisent, cambriolent, boivent, baisent, blaguent, volent une voiture de police, etc., jusqu'à ce qu'à la fin du livre les deux potes finissent dans la même cellule en prison. Encore une histoire d'antihéros, mais cette fois il essaya de se mettre dans l'état d'esprit où l'on est quand on est pris dans ce genre de fuite en avant, l'entrain, la légèreté, la fougue, l'insouciance, sans rien dans les veines si ce n'est de l'adrénaline pure. Il intitula son livre *La Course folle*, et il lui fallut six semaines pour l'écrire. Il songea l'envoyer à Bob Mills au cas où il pourrait en obtenir plus d'argent, mais il savait que Gold Medal payait au forfait, alors à quoi bon ? Il entretenait de bonnes relations avec Knox Burger qui insistait pour que Stan l'appelle en PCV quand il le souhaitait, et son premier roman devait paraître d'un jour à l'autre. Stan envoya le deuxième sans prévenir Knox, et s'effondra nerveusement à la seconde où le satané paquet fut déposé dans la boîte aux lettres. Il sortit de la poste de Rincon Annex persuadé d'avoir envoyé un texte nul et regretta de ne pas avoir eu l'intelligence de le relire une fois de plus.

Il savait pourquoi il s'était jeté aussi convulsivement dans l'écriture. Les vieux dossiers remontaient à la surface. Il ne pouvait pas faire un pas dans la rue sans être assailli par ses pensées de cambrioleur, repérer les signes qu'une maison était inhabitée, sentir ce chatouillement au niveau des entrailles, ce désir vertigineux de couper les ponts avec la bienséance et de pénétrer dans une maison au vide si engageant. Il avait tourné la page, mais les sensations n'avaient pas disparu. Il risquait toujours de perdre le contrôle après une cuite ou quand une femme se moquait de lui, et d'être renvoyé derrière les barreaux.

Knox Burger réagit trop vite à ce nouveau manuscrit. Stan sentit se fendre son cœur au moment où il déchirait l'enveloppe pour lire la lettre. Qu'est-ce que ça pouvait bien être, bordel ? Mais les nouvelles ne pouvaient pas être plus incroyables. Fawcett avait vendu les droits d'adaptation cinématographique d'*Un flic dans la nuit* à Universal Pictures pour quarante-cinq mille dollars. Et quatre-vingt-dix pour cent de cette somme revenaient à Stan. Knox avait griffonné au crayon en bas de la lettre : « *Tu crois que tu vas pouvoir te payer un coup de fil ?* »

Morello s'énerva, puis s'avoua vaincu. Quand Stan demanda la permission de déménager à Los Angeles, Morello se contenta de hausser les épaules et d'attraper un formulaire numéro vingt-quatre. Stan n'avait aucun projet précis. Il voulait juste être près d'Hollywood, au cas où quelqu'un, n'importe qui, souhaiterait qu'il travaille sur le scénario adapté de son livre. Et s'éloigner de Morello, que le métier de contrôleur judiciaire rendait trop émotif. Stan avait l'ambition d'écrire pour le cinéma. Ou la télévision, même. Il ne s'était jamais autorisé à y penser, cela semblait tellement inaccessible. Mais peut-être que ça n'était plus hors de sa portée.

Le plus excitant fut d'acheter une voiture. Charlie Monel lui avait appris à conduire des années plus tôt à Portland, mais afin d'obtenir son permis, il suivit des cours dans une auto-école sur Geary et laissa une jolie étudiante lui réapprendre les bases avant de l'accompagner au Department of Motor Vehicles pour récupérer le document officiel. Son permis temporaire en poche, il se rendit à son agence de la Bank of America et retira trois mille dollars en liquide. Il savait quelle voiture il voulait. Une Cadillac décapotable bleu clair de 1961 avec un toit couleur crème et un pare-brise teinté. Elle était en première ligne sur le parking d'un concessionnaire d'occasion de Mission, et la pancarte sur la vitre disait : « Une affaire à trois mille cinq cents dollars ».

Stan remonta les dix rues jusqu'au parking à pied. C'était un dimanche agréable, et il portait un tee-shirt blanc ainsi qu'un Levi's. Il ressemblait à un gars potentiellement pompiste ou laveur de voitures, un gars ordinaire de la classe ouvrière qui se faisait plaisir en regardant les grosses cylindrées que, bien sûr, il n'avait pas les moyens de se payer. Il fit le tour de la voiture de son choix, à la recherche des petits défauts. Il voulut ouvrir la portière. Fermée. Trois vendeurs se tenaient près de la cahute blanche au fond du parking. Stan leur fit signe mais aucun ne réagit ni ne fit mine de s'approcher. Ils pensent qu'ils perdent leur temps avec moi, se dit-il avec délectation. Il porta la main à sa poche et sortit l'énorme liasse de billets, les trente billets de cent, en fit un éventail du mieux qu'il put et l'agita doucement en l'air. Cela retint leur attention. Les vendeurs échangèrent quelques mots, puis l'un d'eux, un gros mec à l'air mexicain en costume à carreaux, s'approcha en affichant un petit sourire.

« Ce que vous avez sous les yeux vous plaît ?

— J'aimerais monter dedans. » Le gars ouvrit la portière et Stan s'installa au volant. « Je vous en donne trois mille comptant », dit-il après avoir essayé le véhicule.

Le vendeur de type mexicain rétorqua : « Le prix est de trois mille cinq. » Il sourit à Stan. « Vous pouvez vous les permettre. »

Stan renvoya son sourire au vendeur pareil à tous ceux qu'il avait rencontrés dans sa vie. « Trois mille, c'est ma dernière offre », dit-il et il s'apprêta à descendre de voiture.

« Trois, vous avez dit ? » répéta le vendeur toujours souriant.

Stan prit la route par une autre journée ensoleillée, capote baissée, lunettes de soleil lui protégeant les yeux de la lumière aveuglante sur le nez, et toutes ses possessions dans le coffre. Il emprunta la 101 parce qu'il voulait voir la campagne, et près de l'embranchement pour Monterey, il s'arrêta pour prendre une auto-stoppeuse. Les auto-stoppeurs étaient nombreux à cette époque. La fille en question ne devait pas avoir plus de dix-sept ans, cheveux blonds délavés, longue robe dans une espèce de velours, vieille veste de l'armée, un tas de perles en bois. Elle était défoncée.

« Quelle destination ? demanda Stan en redémarrant.

— Ça m'est à peu près égal », répondit-elle.

Au bout d'un moment, il dit : « Tu t'es enfuie de chez toi ou un truc dans le genre ? »

Elle se tourna vers lui. Elle avait les yeux injectés de sang. « Tu veux fumer ? » Elle sortit un joint et l'alluma avec l'allume-cigare, aspira une grande quantité de fumée et tendit le joint à Stan. Jusqu'à présent, il n'avait commis aucun délit. Pas depuis qu'il était sorti de prison. Si on ne comptait pas les fois où il avait traversé en dehors des clous. Il prit le joint et tira fort dessus.

« On pourrait s'arrêter dans un motel, dit-elle au bout d'un moment. T'as du blé ? Et on pourrait s'acheter de la bouffe à emporter. J'ai vraiment faim.

— Moi aussi », dit Stan gaiement. La hippie passa la nuit avec lui. Elle mangea comme quatre puis, quand il fut l'heure de se coucher, elle dit : « Je crois que j'ai une maladie mais je peux te sucer.

— Ça me va », dit Stan. Le lendemain matin, il la nourrit de nouveau, cette fois à la cafétéria du motel. Pendant qu'ils mangeaient leurs œufs, il lui expliqua qu'il descendait à Los Angeles. Elle s'appelait Serene. « Tu veux m'accompagner, euh, Serene ? »

Ils se rendirent à Santa Barbara. « J'ai des amis à Goleta, dit-elle. Je crois que je préfère passer un peu de temps avec eux.

— Je peux t'emmener. Je ne suis pas pressé. »

Elle sourit. Elle n'était pas vraiment belle, mais elle avait un joli sourire. « C'est gentil. Mais je peux y aller toute seule, si tu peux me prêter cinquante dollars. Du fric, ça me serait utile. »

En route pour Los Angeles, Stan songea qu'il avait commis assez de délits durant ce petit trajet pour lui faire passer cent cinquante ans à l'ombre. Mais bon.

55

Trois semaines plus tard, il louait une maison dans la San Fernando Valley, à une rue de Laurel Canyon Boulevard. La maison était meublée et possédait un agréable jardin clôturé avec une piscine, des arbres, un carré de pelouse ainsi qu'un ensemble de jardin métallique peint en blanc, la table agrémentée d'un tablier en verre et d'un parasol rayé. La petite demeure était fraîche et sombre à l'intérieur, trop grande pour Stan avec ses deux chambres et ses deux salles de bains, mais il n'avait pas pu résister. Sa première maison. L'argent d'Hollywood lui filait entre les doigts. La dame de l'agence immobilière lui donna l'impression qu'il était radin à force de déblatérer sur toutes les propriétés coûteuses qu'elle voulait lui montrer plus haut dans les collines. Cet endroit lui convenait très bien.

Il avait repoussé son appel à Knox Burger jusqu'à son installation, mais il ne pouvait plus le faire patienter. Il n'avait vraiment aucune foi en son talent, se dit-il. Il craignait que son deuxième livre ne soit pas aussi bon que le premier. Il avait été plus amusant à écrire, mais c'était en partie ce qui le faisait douter, justement. Peut-être qu'il ne gagnerait jamais sa vie comme écrivain, que le premier livre n'avait été qu'un coup de bol, voilà tout. Il téléphona à Burger, assis bien droit dans la petite alcôve de sa cuisine ensoleillée, regardant par la fenêtre le bleu froid de sa piscine pendant qu'un oiseau sifflait une longue mélodie compliquée.

« Stan, où es-tu, bon sang ? »

Il donna son adresse à Burger ainsi que son numéro de téléphone, et attendit nerveusement que tombe le couperet. Mais il ne reçut que des bonnes nouvelles. Cinq exemplaires justificatifs d'*Un flic dans la nuit* lui seraient envoyés ce jour même, la couverture était belle, bien que sans doute un peu criarde. Stan demanda avec angoisse comment il se vendait et Knox lui expliqua qu'il n'aurait pas accès à ses chiffres. Il n'y avait pas de droits d'auteur sur la collection des Gold Medal, donc pas de comptabilité. Mais la vraie bonne nouvelle était qu'ils acceptaient le nouveau roman et qu'un chèque de trois mille quatre cents dollars lui serait également envoyé sur-le-champ.

« C'est génial », dit Stan un peu déçu. Les bonnes nouvelles cesseraient-elles un jour de le déprimer ? « Et les droits d'adaptation cinématographique ? » s'entendit-il demander.

Burger gloussa. « T'as pas beaucoup attendu pour foncer dans la forêt d'Hollywood, pas vrai ?

— Et pourquoi pas ? demanda Stan, gêné.

— Bien dit ! » Knox était enthousiaste, mais il ne lui fournit aucune information sur les droits d'adaptation. En fait, il ne semblait pas avoir de conseil à lui donner pour l'aider à participer à l'écriture du scénario adapté de son livre. « Appelle le studio. Dis-leur qui tu es. Tu verras bien ce qui se passe.

— OK. » Le grand déménagement de Stan à Hollywood semblait idiot, une autre course folle et criminelle. Évidemment qu'il allait se faire une place dans le monde du cinéma. C'est ce que croyaient tous ces pauvres abrutis d'écrivains.

Mais il appela quand même Universal. La standardiste était pleine de bonne volonté, mais incapable de lui dire lequel parmi leurs dizaines de producteurs s'occupait de son projet. Il n'avait pas réalisé qu'Universal se composait d'une ribambelle de producteurs. Il avait supposé que tout le monde savait quels livres avaient été achetés, mais non. Il raccrocha, irrité, avec l'impression d'être le dindon de la plus grande farce du monde. Il rappela Knox Burger. Ce dernier n'était pas à son bureau. Stan resta poli avec la secrétaire, raccrocha doucement et lança un « merde ! » dans sa maison vide.

Même phénomène avec la piscine. Il avait été impatient d'y plonger pour la première fois et il avait inclus la piscine dans ses projets d'exercices physiques. Il se lèverait tôt chaque matin, franchirait les portes coulissantes de sa chambre pour aller faire quelques longueurs. Après quoi il se sécherait avec son nouveau drap de bain et prendrait son petit déjeuner au bord de l'eau, baigné par le soleil matinal. Il ne pouvait pas imaginer de plus grand contraste avec le bloc C. Le problème fut qu'en ce premier matin, en franchissant les portes coulissantes, il eut froid et fut soudain intimidé, resta là, bras croisés sur son torse nu, pieds gelés sur les briques rugueuses de son patio. Il regarda autour de lui. Son jardin était entièrement clôturé par des pieux en pied de vigne, et d'épais buissons poussaient de part et d'autre. Personne ne chercherait à l'observer. Il était seul sous la lumière bleue du ciel. L'eau semblait froide. Il avait toujours rêvé d'une piscine, mais il n'imaginait pas que cela nécessitait autant d'entretien. Une pompe à chaleur cachée derrière des arbustes, un filet au bout d'une longue perche pour récupérer les feuilles mortes, et une fois par mois, pour un coût de quinze dollars, le pisciniste venait s'occuper du reste. Stan voulait plonger, mais son corps refusait. Il restait planté là à risquer la crève. La première fois qu'il avait plongé dans une rivière, c'était la Columbia, à Rooster Rock, un million d'années plus tôt. Il était soûl, si bien que quand un groupe de types avait plongé il avait suivi, et avait bien failli se noyer car le courant l'avait entraîné avec une force étonnante. Il avait eu un mal de chien à regagner la berge. Bien sûr il n'avait rien dit. On se serait moqué de lui, de sa naïveté concernant les rivières.

Il retourna dans la maison, le visage rouge. Préparer son petit déjeuner dans sa propre cuisine lui remonta le moral. Il avait toujours mangé les plats faits par d'autres, mais désormais, il pourrait cuisiner pour lui et il commencerait par le plus simple, le petit déjeuner, puis passerait au déjeuner et finirait en préparant des dîners plutôt que d'aller seul au restaurant. Le premier matin, il se fit des œufs accompagnés de tartines grillées. Et rata les deux. Il avait sorti le beurre trop tard du frigo si bien que quand le grille-pain éjecta sa tartine et qu'il voulut étaler du beurre dessus, elle se cassa en deux. « Et merde ! » dit-il en déposant les morceaux de toast sur une assiette pendant qu'il s'occupait des œufs. Il utilisa sa poêle Revere Ware avec le fond en cuivre, mit peut-être trop de beurre, et les œufs furent trop cuits sur les bords et trop coulants au milieu. Ce n'était pas comme ça qu'il les aimait. Il mangea sa tartine froide en miettes et ses œufs dégoulinants dans la cuisine plutôt qu'à l'extérieur où les oiseaux pourraient se rire de lui.

Il finit par avoir Knox tard dans l'après-midi. Il le rappela d'assez bonne humeur depuis un bar, le Lion's Head. « Le gars à contacter chez Universal s'appelle Fishkin. Bud Fishkin. Il travaille pour Andrei Kelos.

— Qui est Andrei Kelos ?

— Ton réalisateur, précisa Knox. Je ne suis pas sûr de ces infos, mais tente le coup. »

Stan attendit onze heures le lendemain matin. Cette fois, il était moins nerveux. « Bud Fishkin, s'il vous plaît.

— Bud Fishkin, dit la standardiste avant de le lui passer.

— Bud Fishkin, dit une voix de femme.

— J'aimerais parler à, euh, M. Fishkin ?

— Puis-je vous demander à quel sujet ?

— Euh, *Un flic dans la nuit* ? »

Il y eut une pause. « Est-ce que vous connaissez M. Fishkin ? »

Les oreilles de Stan commencèrent à s'échauffer. « Je suis l'auteur d'*Un flic dans la nuit*.

— Oh, le livre. Un instant. »

Stan attendit presque cinq minutes, puis une voix masculine grave, douce, riche lui parvint, une vraie belle voix.

« Je suis tellement content que vous ayez appelé, dit-il. Je pense que vous êtes un des jeunes auteurs les plus doués de ce pays et ce serait une honte qu'on ne se rencontre pas. Vous avez quelque chose de prévu pour le déjeuner ?

— Rien », répondit Stan.

56

Ils se retrouvèrent dans un petit restaurant qui proposait des repas diététiques dans Studio City. Stan n'avait pas su quoi se mettre, donc il arriva en Levi's et chemise de travail, exactement ce qu'il portait en taule. Autant être clair. Il se sentit tout de suite à l'aise parce que la serveuse qui apporta les menus était habillée d'un short en jean et d'une chemise hawaïenne nouée à la taille. Elle lui adressa un sourire étincelant.

« J'ai rendez-vous avec M. Fishkin, dit-il et elle le conduisit à Fishkin assis à une table du fond.

— J'essaye de perdre quelques kilos », dit ce dernier pendant que Stan prenait place. C'était un bel homme brun aux grands yeux sombres, l'air plus arabe que juif, autant que Stan pouvait en juger. Moins que sa corpulence, on remarquait son style soigné, et son costume bleu foncé très élégant. « Laissez-moi choisir pour vous, dit Fishkin qui commanda deux smoothies. Ne demandez pas ce qu'il y a dedans. C'est bon pour la santé.

— Je me suis mis à la cuisine, ces derniers temps », confia Stan. Toute cette familiarité semblait bizarre, mais on était à Hollywood. « Sans grand succès.

— Ma femme adore cuisiner. Mais on a une bonne. » Il regarda autour de lui. « Les gens de la télévision viennent ici. Vous reconnaissez quelqu'un ? »

Stan admit qu'il ne regardait pas la télévision.

« Vous débarquez d'où ? De la Lune ? sourit Fishkin. En fait, je ne la regarde pas tellement non plus. Rien que de penser à tous les efforts nécessaires pour faire un film, qu'on se tue à la tâche, et pour que ça finisse sur ces tout petits écrans, ça me tord les boyaux. » Il haussa les épaules. « Mais tout est comme ça, aujourd'hui, on n'y échappe pas. À la télévision. Va falloir s'y faire. »

Les smoothies arrivèrent et Stan fut surpris de découvrir qu'ils ressemblaient à des milkshakes. « Ça contient de la levure et tout un tas d'autres conneries bonnes pour l'organisme », lui expliqua Fishkin quand il vit son expression. Il sirota le sien et grimaça légèrement. « OK, mon vieux, donc vous voulez en savoir plus sur votre projet. Est-ce que vous connaissez le travail d'Andrei Kelos ? Non ? Il est réalisateur. » Fishkin cita trois films et sembla fasciné que Stan n'en ait vu aucun. « Vous n'allez pas non plus au cinéma ?

— J'ai passé un certain temps à l'ombre », lui avoua Stan. Bud Fishkin tapota sa bouche avec sa serviette blanche, visiblement surpris.

« À l'ombre ?

— Oui, en prison. San Quentin. » Il expliqua qu'il avait écrit *Un flic dans la nuit* quand il était derrière les barreaux. Fishkin se carra dans sa chaise en affichant une fascination des plus théâtrales.

« Andrei va adorer. » Il posa aussitôt une main sur celle de Stan. « Ne vous méprenez pas. Andrei a lu votre livre dans l'avion pour Londres, il en est dingue. Il veut le tourner en noir et blanc, montage court, tchac tchac tchac, pas de stars, à la limite du documentaire. Mais il va être encore plus content d'apprendre que vous êtes un ex-taulard, et, encore une fois, ne vous méprenez pas, mais dans ces circonstances-ci, c'est très positif. »

Stan sourit à Fishkin. Il aimait ce type. « Pour moi, le plus positif, c'est d'être dehors. » Ils rirent de concert au point que leurs voisins de table les observèrent. Bud porta un doigt à ses lèvres.

« On nous écoute, dit-il. Je blague, mais on ne sait jamais. Bref, parlez-moi de la prison. Enfin, je veux dire, si vous le voulez bien.

— Pas vraiment. » Ça ne dérangeait pas vraiment Stan, mais il ne voulait pas paraître arrogant ou avoir l'air de se vanter. Mieux valait passer pour le gars imposant et taiseux.

« Bref, Andrei va vous adorer. » Fishkin agita la main en direction de la serveuse. « Ça vous tenterait de venir au studio ? On pourra discuter dans mon bureau entre deux appels téléphoniques. J'ai une idée formidable. Qui est votre agent ?

— Je n'en ai pas encore.

— Bon, on vous en trouvera un. Ensuite on verra si le studio ne peut pas vous embaucher comme scénariste. » Il eut un sourire obscène. « On leur expliquera votre statut d'ex-taulard.

— C'est une bonne idée ? »

Fishkin lui tapota le bras. « Dans cette ville ? Je veux ! »

Dans le parking, sous un soleil brûlant, Fishkin lui indiquait la route pour qu'il le suive chez Universal quand Stan fut pris d'un haut-le-cœur. « Ce n'est pas le smoothie, s'excusa-t-il. Je n'ai pas cuit mes œufs correctement ce matin.

— Des œufs ? Quel genre de cuisinière vous avez ?

— Une électrique », précisa Stan. Fishkin leva un doigt. « Ça explique tout. Ce dont vous avez besoin, mon ami, c'est d'une cuisinière à gaz. » Du coup, au lieu d'aller à Universal, Stan laissa sa voiture rôtir au soleil devant le restaurant pendant que Bud et lui empruntaient un labyrinthe d'autoroutes en direction de Glendale, jusqu'à un magasin dont la devanture était obstruée par du papier kraft avec un vieux panneau qui disait : « Réouverture imminente ». Durant tout le trajet, Fishkin avait parlé des Los Angeles Dodgers et Stan avait fait semblant de comprendre de quoi il s'agissait et d'être intéressé. Quand ils arrivèrent au magasin, Fishkin dit : « Je m'occupe de la transaction, d'accord ? » Et il l'emmena dans ce que Stan reconnut immédiatement comme un dépôt de marchandises. Son premier contact à Hollywood l'avait conduit directement dans un repaire de receleurs. Tout ça pour lui acheter une cuisinière à gaz. Stan s'appuya contre le vieux bureau, mains dans les poches, pendant que Fishkin discutait avec deux types qui travaillaient là. Stan vit aussitôt qu'il s'agissait de voleurs. Aucune parole ne fut échangée, mais c'était évident. Hollywood ne serait peut-être pas si difficile à apprivoiser, finalement.

Stan et Fishkin transportèrent la cuisinière jusqu'à la Mercedes de Fishkin et la mirent dans le coffre qu'ils furent obligés de maintenir fermé avec une espèce de ficelle de raphia. Stan plongea la main dans sa poche pour payer, mais Fishkin l'arrêta d'un geste, le costume froissé, le visage ruisselant de sueur. « C'est pour moi. Je me débrouillerai pour la faire passer sur les notes de frais du studio un de ces jours. »

Après quoi ils retournèrent au restaurant pour récupérer la voiture de Stan avant de se rendre enfin chez ce dernier, d'enlever la vieille cuisinière qui finit dans le garage, et d'installer la neuve. Ils appelèrent la compagnie du gaz et de l'électricité et, à seize heures, le nouvel appareil était branché. Fishkin, qui avait tombé la veste, le visage et les mains sales, semblait heureux. « On s'est bien amusés ! »

Il repartit, non sans avoir pris rendez-vous pour le lendemain afin de discuter du scénario. Stan se déshabilla avec bonheur, prit une douche, traversa la maison tout nu et se laissa tomber dans la piscine.

Le matin suivant, alors qu'il terminait son petit déjeuner composé d'œufs merveilleusement cuits et de tartines impeccablement beurrées, de jus d'orange et de café, le téléphone sonna.

« Evarts Zicgler à l'appareil, dit la voix, mais les gens m'appellent Ziggie. » Ziggie était agent, et très désireux d'assister au rendez-vous avec Bud Fishkin. Cela n'engagerait Stan à rien. Sa présence ne servirait qu'à le protéger. « Ils ne font pas de prisonniers dans cette ville », déclara Ziggie. Après avoir raccroché, Stan se demanda si Bud avait dit à Ziggie qu'il avait été en prison. Bien sûr que oui. N'était-ce pas le détail décisif ? Stan ne put qu'en rire. Il n'y avait qu'à Hollywood que ça n'entacherait pas son nom. Aucun doute, il se trouvait au bon endroit.

57

Stan vit son roman pour la première fois dans le bureau de Bud Fishkin lors de sa première visite à Universal, bureau qui se révéla situé à seulement quelques rues de son lieu de résidence. Le gardien qui lui remit son laissez-passer temporaire en le glissant sous un essuie-glace devait avoir autour de son âge, un roux avec des taches de rousseur, les cheveux trop longs pour son espèce de casquette d'agent de police. Au lieu de lui dire : « Va te faire couper les tifs, mec », Stan lui demanda la direction du bungalow de Bud. Ce type n'était pas flic, il ne saurait pas reconnaître un voleur s'il en voyait un ni mettre la main sur sa poche pour protéger ses affaires. Stan suivit les indications jusqu'aux bungalows et se gara sur un emplacement marqué Andrei Kelos, ainsi que Bud l'avait suggéré. Kelos était encore à Londres.

Le bungalow était blanc avec des volets verts et parsemé de galets sombres, entouré d'arbres, de buissons et de chants d'oiseaux. À l'intérieur, une salle d'attente agréable, lumineuse et aérée où une secrétaire était assise à un bureau. C'était une femme trapue d'environ cinquante ans en chemisier blanc de satin et pantalon rouge.

« Stan Winger ? demanda-t-elle avec le sourire. Bud est au téléphone. Puis-je vous offrir un café ? Les journaux professionnels ? Il en a pour une minute. »

Stan patienta. La secrétaire répondait au téléphone qui sonnait à intervalles très rapprochés. La pièce comprenait aussi une petite bibliothèque et, de sa place, Stan déchiffra les titres. Il ne connaissait pas la plupart de ces livres dont les jaquettes semblaient neuves. Certains étaient en poche, dont le sien. Il se leva pour le prendre sur l'étagère. La couverture était en effet criarde, mais lui plaisait. Un homme regardait le lecteur droit dans les yeux, il portait un costume marron avec son badge accroché au revers, un flingue dans une poche et de l'argent dans l'autre. À la place du visage, un vide, un vide blanc. *Un flic dans la nuit*, de Stan Winger. Un inédit de la collection Gold Medal.

Stan, qui se sentait très bizarre, se rassit et se mit à lire son propre livre.

« On vient juste de les recevoir, dit la secrétaire, une main sur le combiné.

— Je le vois pour la première fois », dit Stan en poursuivant sa lecture. Dès la première page, il découvrit un grand nombre de choses qui n'étaient pas de lui. Une bouffée de chaleur lui monta au visage et ses oreilles bourdonnèrent. Rien de radical, un mot pour un autre, une phrase transformée, mais plus il avançait, plus les changements étaient nombreux. Il pensa avec fureur que ces modifications ne l'auraient pas tant dérangé si elles avaient amélioré la fluidité du texte ou quoi que ce soit d'autre dans ce sens, or, autant qu'il pouvait en juger, il s'était agi de réviser pour le plaisir de réviser et, par-dessus le marché, ces corrections étaient tout bonnement *ridicules, merde* !

« Que se passe-t-il ? demanda la secrétaire.

— Rien. » Stan devait se calmer. Bien sûr que le texte avait été réécrit, et bien sûr que Knox Burger ne lui en avait pas parlé. Ils possédaient le livre, l'avaient tout de suite acheté, ils pouvaient le retravailler à leur guise. Mais tout de même, il était en colère, et se sentait un peu trahi.

Sur ce, un homme entra. Il adressa un sourire fatigué à la secrétaire et tendit la main à Stan. « Je suis Ziggie. » Il était vêtu d'un costume bleu à rayures blanches impeccable. Il avait des cheveux blonds et fins, des yeux bleu clair injectés de sang, et le visage rouge. Sa poignée était chaude et ferme. Stan resta debout et Bud sortit de son bureau en bras de chemise, tout sourires.

« Ça y est, vous avez fait connaissance. Entrez dans mon royaume. »

Le bureau semblait grand, mais Stan n'avait aucun point de comparaison. Affiches de films aux murs, beaucoup de fauteuils en cuir confortables et une grande bibliothèque. Cela aurait pu être le bureau d'un professeur d'université, les affiches mises à part. Stan n'avait vu aucun de ces films, mais il avait été coupé du monde.

Au lieu de s'asseoir à son bureau, Bud se joignit à Stan et Ziggie autour d'une petite table basse près d'une double fenêtre qui donnait sur les buissons et le ciel bleu. « Je vois que tu as ton livre à la main », dit Bud. À Ziggie : « Tu as eu le temps de le lire ? »

Ziggie secoua la tête. Stan lui tendit le livre. Ziggie fronça les sourcils en le voyant et le posa sur la table basse. « Je ne suis là qu'en tant qu'arbitre, dit-il.

— Tu te demandes sûrement pourquoi je fais venir un agent quand j'aurais pu te faire moi-même le topo, dit Bud. La réponse est : je veux travailler avec toi sur une base légitime pour éviter les récriminations plus tard, et pour ça, tu as vraiment besoin d'avoir un agent de ton côté. De toute façon, c'est le studio qui paye, donc je ne coupe pas la branche sur laquelle je suis assis. » Bud sourit. « Tu comprends ce que je veux dire ?

— Bien sûr. » Stan sourit à son tour pour indiquer qu'il nageait dans l'incompréhension.

« Si tu décides de me prendre pour te représenter, expliqua Ziggie de sa voix fatiguée, je négocie avec le studio, pas avec les Andrei Kelos et associés. On est tous dans le même bateau contre un ennemi commun.

— Je comprends, dit Stan.

— Ziggie n'est pas mon agent, précisa Bud.

— Je représente des auteurs et quelques réalisateurs.

— Je voulais que tu aies le meilleur, dit Bud. Mais je ne t'ai pas présenté mon agent parce que je ne voulais pas que tu croies à une entourloupe.

— Je n'y aurais pas cru.

— Peut-être que je devrais sortir quelques minutes », dit Bud en sortant dans la foulée. Stan avait l'impression qu'il allait recevoir une invitation pour le bal de fin d'année. Il attendit.

« J'ai besoin d'un verre, déclara Ziggie. Mais je ne peux pas. Je ne bois jamais durant la semaine, ça interfère avec le travail. Tu sais, ces déjeuners, ça te flingue ton après-midi. Alors je ne me mets à boire qu'à dix-huit heures le vendredi et je ne m'arrête plus de tout le week-end. Mes gueules de bois durent environ trois jours. Veux-tu être mon client ? On ne signera rien. Je te représenterai jusqu'à ce que tu me supplies d'arrêter.

— Ça roule », dit Stan en tendant la main. Bud revint dans la pièce quelques secondes plus tard à peine.

« Vous êtes en affaires ? demanda-t-il.

— Je représente M. Winger, si c'est ce que tu veux dire. » Ziggie pointa un doigt crochu vers Stan. « Partons d'ici. » Puis il rit et se rassit : « Parlons business », dit-il à Bud.

La discussion dura vingt minutes. Stan réalisa qu'il allait devoir apprendre une nouvelle langue s'il voulait rester à Hollywood. D'après ce qu'il comprenait, le prochain film du grand Andrei Kelos serait *Un flic dans la nuit* et le tournage commencerait dans plus ou moins un an. On n'avait embauché aucun scénariste. Kelos se reposait sur l'un ou l'autre de ses auteurs préférés, anglais pour la plupart. Mais maintenant que Stan était là, Fishkin pensait qu'il devait mettre Stan à l'essai pour tâcher d'obtenir de la matière qu'il ne pourrait pas obtenir d'un auteur anglais. La pègre américaine et autres récits criminels. Bud était pratiquement certain qu'il aurait le feu vert pour embaucher Stan. Stan travaillerait tous les jours avec Bud et, si nécessaire, Bud prendrait un scénariste supplémentaire pour rancarder Stan sur les ficelles du métier. Si Stan était intéressé, ils appelleraient Andrei, et si Andrei était d'accord, ils reviendraient avec une offre de rémunération et balanceraient tout ça au studio.

« Tu n'auras pas Stan pour moins de soixante-quinze mille dollars », déclara Ziggie à Bud. Stan était sous le choc. Bud se contenta de sourire et ne dit rien, se bornant à les escorter jusqu'à la sortie. Une fois dehors, Ziggie dit à Stan : « Ils te veulent vraiment. Je crois qu'on peut obtenir soixante-quinze.

— Je croyais que c'était le studio qui payait.

— Sous la pression seulement. Il faut battre le fer tant qu'Andrei est chaud brûlant à ton sujet. Ces grands réalisateurs ont tendance à s'éparpiller. Mais pas d'inquiétude. C'est pour ça que tu m'as. Rentre chez toi et écris un autre livre. »

Stan trouva un paquet avec les cinq exemplaires justificatifs d'*Un flic dans la nuit* dans sa boîte aux lettres. Il en reprit la lecture et perdit une fois de plus son sang-froid face à la bêtise des remaniements. Puis il laissa exploser sa colère et appela Knox Burger. Il tomba directement sur lui.

« Je viens de recevoir mes justificatifs. Je suis un peu énervé au sujet de certaines modifications.

— Allez, grandis, répondit Burger. Tu pensais que ta seule prose suffirait ? »

Stan se sentit gêné.

« On fait ça avec tous nos livres. Ça a été fait à Hammett, Chandler, et on te le fera à toi aussi. Encore une fois, grandis un peu. Tu es à Hollywood. Ce qu'on a changé, ce n'est rien comparé à ce qui t'attend. *Capisce ?* »

58

Sans nouvelles d'Evarts Ziegler ni de Bud Fishkin, Stan se dit que tout était tombé à l'eau par sa faute. Il se remémora ses rendez-vous avec les deux hommes pour tenter de comprendre ce qu'il avait fait de travers, mais finit par admettre qu'il n'en savait rien. Hollywood était mystérieux. Il n'appela personne, car qu'aurait-il pu dire ? Il n'appela pas Knox pour savoir comment marchait son livre, au cas où Knox en aurait une idée. Les Gold Medal ne recevaient pas de presse. Ils sortaient en grosses quantités que les lecteurs impatients tels que Stan dévoraient, puis disparaissaient. D'après Burger, certains auteurs de Gold Medal en écrivaient cinq ou six par an sous différents pseudonymes, ce qui leur permettait de très bien vivre. C'est du moins ce que Stan imaginait jusqu'à ce qu'il entende Evarts Ziegler réclamer soixante-quinze mille dollars pour l'écriture d'un scénario comme si de rien n'était. Stan avait espéré gagner sa vie. Pas forcément devenir riche, même si une fois que la possibilité se présentait, il était difficile de ne pas en rêver. Pour le moment, il suivrait le conseil de Ziggie. Mais il n'avait pas d'autre livre en lui.

Il s'habitua à son quotidien dans la vallée en attendant de recevoir des nouvelles. Puisqu'il y avait une télévision dans le salon, il l'allumait de temps en temps, plus comme un professionnel observant ses compétiteurs que comme un téléspectateur, ou en tout cas, c'était ce qu'il se disait. Il n'avait pas oublié les paroles de Fishkin pour qui la télévision réduisait tout à de minuscules images. Il y avait eu des téléviseurs au bloc C, mais pas pour Stan. Il avait entendu le bruit qui en sortait, et avait détesté. Il préférait sa radio Zenith, un gros engin portable qui captait des stations du monde entier. Il aimait nager dans sa piscine, puis barboter à une extrémité, de l'eau jusqu'au cou, en écoutant la musique qui passait à la radio. Il laissait son esprit se vider et son corps se détendre dans l'eau « chaude comme de la pisse ». Il pouvait se l'offrir.

Au volant de sa Cadillac décapotable, il adora se familiariser avec la variété des paysages du sud de la Californie. Pas étonnant. En bon gamin de Portland, il s'attendait à ce qu'il pleuve tous les jours. Mais il faisait une chaleur agréable, et il se sentait extrêmement bien, plein d'optimisme et d'espoir. Il roulait vers les municipalités en bord de mer, jusqu'à Long Beach et au nord, bien après Malibu, surpris par la monotonie des plages comparée à la beauté spectaculaire de celles de l'Oregon. S'il devenait vraiment riche, il s'installerait à Malibu ou peut-être même qu'il achèterait une énorme maison sur la côte de l'Oregon pour recevoir tous ses amis. Qu'étaient-ils devenus, ses amis de l'Oregon ? Lors de son arrestation, il avait pensé appeler Charlie, lui demander de l'aide, une caution ou un avocat, mais il était trop gêné. Depuis, trop d'années s'étaient écoulées.

Il marchait dans Hollywood, Beverly Hills, Westwood, les seuls endroits qui semblaient valoir une promenade à pied. Il découvrit ainsi qu'Hollywood regorgeait de librairies, et sa petite maison commença à se remplir de livres. Il n'avait jamais eu autant d'argent, donc il achetait même des ouvrages qu'il ne pensait pas forcément lire dans un avenir proche, ainsi que beaucoup de livres d'occasion d'Erle Stanley Gardner, John D. MacDonald, Ross MacDonald, Chandler, Hammett, etc. Il chercha des romans de Charles Monel mais n'en trouva aucun. Et rien signé par Dick ou Richard Dubonet, mais un jour il tomba, au dos d'un livre, sur une photo de Jaime dans un bac d'invendus devant une librairie d'Hollywood Boulevard. Elle avait publié sous son nom de jeune fille, évidemment. Il acheta l'exemplaire de *Washington Street* qu'il rapporta chez lui, pris d'une excitation incompréhensible.

Il faisait très chaud ce jour-là, si bien que sa première réaction en rentrant fut d'aller aussitôt piquer une tête. S'il avait des scrupules à nager sans être passé sous la douche avant, ils disparurent face au plaisir de plonger son corps brûlant et transpirant dans l'eau et de sentir sur lui l'explosion de froid. Après quelques longueurs délassantes, il sortit, s'ébroua comme un chien, prit place sur la grande serviette blanche étalée sur son fauteuil en fer forgé et lut le livre de Jaime de la première à la dernière page. Au début, ça lui parut de la science-fiction tant le récit était éloigné de sa propre expérience, mais Jaime réussit à l'emmener dans sa vie, dans celle de ses parents et de leurs voisins. Pas un voleur dans le lot, aucun meurtre, ni course-poursuite, ni flics, et pourtant, c'était exaltant à lire, palpitant, même. Bon sang, elle écrivait drôlement bien. Jaime dans sa cuisine de Lake Grove, tee-shirt blanc, jean, debout devant la cuisinière, souriant pendant qu'elle faisait à manger, sa fille dans sa chaise haute, ce bon vieux Charlie assis à côté, tout sourires lui aussi. Stan nageait dans le bonheur. Une vague d'émotion comme il n'en avait jamais éprouvé. Autant qu'il s'en souvenait, du moins. Était-ce le simple effet du livre ? Non, c'était l'amour. Il aimait ces gens. Les seules personnes qu'il aimait au monde. Il pensa écrire à Jaime par le biais de son éditeur, lui expliquer les raisons de sa disparition si soudaine six ans plus tôt, et en profiter pour lui annoncer les bonnes nouvelles concernant son livre et la possible adaptation filmique. Tout le monde croyait que Charlie deviendrait un écrivain important. Personne ne pensait à Jaime, même s'ils la respectaient sans doute d'avoir fini son petit livre. C'est comme ça que Dick Dubonet l'avait appelé : son « petit livre ». Étaient-ils encore à Portland ? Il fut tenté d'appeler pour voir, juste pour voir s'ils étaient dans l'annuaire, mais n'en fit rien. Le passé est révolu, tu te souviens ?

Il réalisa aussi qu'ils ne liraient sans doute pas son livre. Ils n'avaient pas l'habitude de lire les petits romans vendus au drugstore.

« Qu'ils aillent se faire foutre », dit Stan à sa piscine. Il fit l'inventaire de son jardin bien entretenu, les buissons et les arbres, le raisin rouge-brun sur la treille, le carré de pelouse, tout poussait par ici. Il pensa se lancer à fond dans le jardinage, travailler au soleil. Cela l'aiderait à patienter. Il soupira. Il croyait avoir appris tout ce qu'il y avait à apprendre sur l'attente, mais non. Il se regarda, nu au soleil. Il avait pas mal bronzé depuis son arrivée quelques semaines plus tôt. Il était en bonne forme, mais il ne perdrait rien à s'acheter de quoi faire de l'exercice. Il pouvait se le permettre. Il soulèverait des haltères jusqu'à ce que quelqu'un appelle.

Au milieu de la nuit, il se réveilla en sueur, terrifié. Que lui avait fait le livre de Jaime ? Il s'assit dans la cuisine à minuit devant une tasse de café soluble, la radio allumée à très faible volume, et essaya de comprendre. Il n'eut pas à réfléchir longtemps. C'était évident. Le livre de Jaime lui avait rappelé le vide de son existence. Parce que les femmes en étaient absentes. Il avait peur des femmes. Peur de perdre le contrôle. Les pulsions sexuelles et les vols. Il devait les regarder en face. Il était si effrayé qu'il avait même peur de se branler, et encore plus de coucher avec une femme en chair et en os. Ces conneries n'étaient qu'une blague. Quel intérêt d'avoir de l'argent, du succès et d'être à Hollywood sans une femme à ses côtés ? Il connaissait la réponse. Ça n'en avait aucun. Il n'attendait pas vraiment que le projet hollywoodien devienne réalité, il attendait de se libérer de lui-même.

Il fut bien obligé de rire, assis dans la pénombre, à projeter la plus grande évasion jamais réalisée. Stan Winger s'évade enfin de sa propre prison. Soudain, il se rappela Linda McNeill. Il l'avait totalement effacée de son esprit. Un autre effet du livre de Jaime : lui rappeler la seule femme qu'il aurait pu aimer. À cet instant, son visage flotta à nouveau devant ses yeux. Il avait envie de poser la tête sur la table et de pleurer. Comme personne n'était là pour le voir, c'est ce qu'il fit.

59

Ce roman-ci raconterait l'histoire d'un homme qui kidnappe une femme. Linda. L'homme ne serait pas Stan, mais un pauvre bougre qui en vient à cette extrémité à force de voir de belles femmes toute la journée sans pouvoir les toucher ni même leur parler, sauf pour les faire entrer et sortir du studio. Le faux flic d'Universal. Seulement il ne s'agirait pas d'Universal, mais d'un studio loqueteux et sans avenir qui produirait des films ringards pour alimenter le pire du marché. Red. Red le nigaud. Red l'affamé. Red le rêveur. Red Reemer. Un beau jour, c'te pauvre Red pète un boulon. Peut-être par une de ces journées étouffantes de Los Angeles ; *Le Cinquième Jour de canicule* servirait de titre de travail. Pauvre Red n'a pas dormi depuis des jours. Il n'arrête pas de tourner dans son lit, obsédé par cette fille, cette fille qui entre et sort du studio dans la Cadillac de Stan, ou une autre du même genre, une blonde dont la tignasse aux boucles merveilleuses se soulève dans le vent, toujours un grand sourire aux lèvres et un salut amical. Tandis que Red bave devant son décolleté, elle entre, elle sort, inconsciente de ce qu'elle provoque. Il suppose qu'elle joue dans un des films minables du studio, et un jour où la chaleur lui grille la cervelle, Red, après s'en être pris plein la gueule d'un cadre obèse et de sa poule, et alors qu'il se tient là après cette longue et dure journée sous le cagnard plombant à digérer les insultes du type et le rictus pervers de sa petite bimbo, voit apparaître la blonde en Cadillac, et quand elle lui adresse un grand sourire amical, quelque chose se brise. Il monte dans la voiture à côté d'elle et la menace de son arme. « Tourne à droite et ensuite tout droit », ordonne-t-il à la fille stupéfaite.

Stan s'aperçut que la jeune femme de son histoire n'était pas du tout Linda, mais quelqu'un de nouveau, une personne qu'il ne connaissait pas. Une secrétaire, pas une actrice. Tout ce que pensait Red la concernant était faux. Elle serait un mystère. Ça promettait d'être amusant.

Stan était heureux de se remettre en selle. Le travail donnait un but à ses journées. Il se levait tôt, nageait, préparait le petit déjeuner, mangeait en écoutant la radio soit dehors soit dans le coin cuisine, et puis s'installait en short dans la chambre qu'il avait transformée en bureau. Il écrivait un chapitre par jour, chacun représentant une heure dans le récit, sur le même principe que ses deux premiers romans. Seulement, dans celui-ci, il y avait non seulement Red et Sissie – la blonde – mais aussi Frank Greise, *alias* Frankie le Graisseux, détective du LAPD qu'on affecte à la disparition de la secrétaire car tout le monde pense qu'il s'agit d'une affaire mineure. Le pauvre Frankie n'est flic que parce qu'il a échoué à devenir pompier. Tout ce qui l'intéresse, c'est de vite faire passer la journée pour pouvoir se mettre à boire. Frankie a une règle : pas d'alcool avant le coucher du soleil. Il a tendance à se cuiter à l'extrême. Un chapitre sur deux serait donc consacré au malheureux Frankie le Graisseux, le dernier type au monde qu'on s'attendrait à voir résoudre une affaire criminelle. Ce qu'il ne fait pas, bien sûr. Ça arrive par hasard. Stan ne savait pas encore trop comment l'amener, mais il connaissait déjà la fin de l'histoire. Peu à peu, Red se persuade que Sissie l'aime. Elle lui donne toutes les raisons de le croire, et le lecteur devrait lui aussi y croire. Vers la fin du livre, malgré sa bêtise et ses maladresses, Red se retrouve non seulement avec la rançon, mais aussi avec la fille, et alors qu'ils semblent sur le point de s'envoler pour le Brésil, il lui tend le flingue pour pouvoir remonter sa braguette ou quelque chose dans le genre, et, saisissant l'occasion, elle lui tire dessus. C'est alors que débarque Frankie le Graisseux, plus bourré que jamais. Une fois de plus, la justice triomphe.

Le travail du jour accompli, il retournait nager, puis se préparait à déjeuner, ou sortait. Il aimait passer son après-midi à conduire. C'était bizarre, d'une certaine manière. Les auto-stoppeurs pullulaient, et Stan devait admettre qu'il prenait des filles et les conduisait où elles voulaient dans l'espoir de coucher. Il était encore trop timide pour draguer, mais si l'une d'elles le draguait, ce serait plus facile. Ça n'arriva jamais. Certaines tentaient de l'arnaquer en jouant la carte sexy et en faisant semblant d'être intéressées pour qu'il les emmène où elles voulaient, puis bondissaient hors de la voiture une fois à destination. La plupart étaient très jeunes, si bien que Stan se sentait un peu honteux, et il s'efforçait de les conduire là où elles avaient besoin d'aller pour éviter qu'elles ne tombent sur un pervers. C'était généreux de sa part, mais cela ne l'aidait pas à coucher. La plupart l'appelaient m'sieur ou papy alors qu'il n'avait que trente ans.

Toutes les deux semaines, il avait rendez-vous en centre-ville avec Bob Gomez, son contrôleur judiciaire, un homme d'environ cinquante ans qui s'enthousiasmait à l'idée que Stan ait une chance de percer dans l'industrie du cinéma. Il semblait impressionné par les publications de Stan et il lui dit que si jamais il avait besoin d'un vrai boulot, il ferait de son mieux. « Beaucoup de monde se lance dans le cinéma », dit-il. Il montra sa dent en or. « Je m'y frotterais aussi si je n'avais pas déjà un boulot formidable. »

Les soirées étaient difficiles à gérer. C'était l'heure de la tentation. L'heure d'aller dans les bars. Stan n'avait pas vraiment interdiction de boire, il avait seulement interdiction de boire avec des voleurs. Mais ce problème avec les femmes commençait à le miner, et il se voyait déjà conter fleurette à la mauvaise personne et être renvoyé direct au trou. Toute sa vie il avait entendu des histoires sur Hollywood, alors pourquoi ses amis du cinéma ne lui trouvaient pas quelqu'un ? Ils ne passaient même pas un coup de fil. Il s'interrogea sur cette amitié qu'ils donnaient si facilement, leur honnêteté et leur ouverture d'esprit apparentes. Pourquoi ils ne lui organisaient pas des rendez-vous avec des actrices ? Il rit. Il se transformait en Red. Bon, Red n'était pas un si mauvais bougre. Juste un raté. Red aurait fait la tournée des bars, et malgré son cul boutonneux, il aurait tenté de lever une fille. Stan était plus malin. Il restait lire à la maison. Quand il sortait, il allait au cinéma. Généralement, il se couchait vers vingt-deux heures.

Il termina *Vague de chaleur* en six semaines après avoir entièrement réécrit le premier jet. Il laissa reposer le manuscrit un jour, le relut, et fut satisfait. Il le confia à un service de dactylo sur Highland près de Franklin où il fut tapé, puis en envoya un exemplaire à Knox Burger. N'ayant toujours aucune nouvelle de Bud Fishkin ou d'Evarts Ziegler, il apporta un exemplaire au bureau de Ziegler sur Sunset, qu'il laissa sans même demander à parler à son agent. Il n'avait encore jamais mis les pieds à l'agence. Elle avait tout de la salle d'attente d'un médecin. Ou d'un dentiste. Peut-être d'un dentiste, plutôt, aussi il fut content de ne faire que déposer le texte.

Ziggie appela deux jours plus tard. « Je crois que je peux le vendre », déclara-t-il. Stan raccrocha après une conversation agréable de quelques minutes au sujet de son livre, et se demanda quoi faire du restant de sa journée. Il n'avait pas pensé à l'interroger sur Fishkin et Ziggie n'avait rien dit. Il avait beaucoup de temps et d'argent. Et de la liberté. Ça en devenait drôle.

S'il ne trouvait pas une fille à qui au moins parler, il deviendrait fou. Mais la faute lui revenait. La drague demandait des tripes. Sauf que lui en manquait, de tripes. Il devait aller dans un bar, oui, un bar, s'asseoir, boire des verres, repérer la femme seule, il y en avait partout, se lever et s'approcher d'elle en lui disant quelque parole engageante. « Salut ! » ou « Nom d'une pipe, vous êtes sacrément belle, moi j'dis ! » ou « Dis voir, bébé, tu baises ? ».

Le problème quand on a appris ses manières dans les romans de gare, c'est qu'ils vous fournissent les mauvaises lignes de dialogue. Stan était persuadé d'avoir besoin d'une bonne réplique. Parce que, dans ces circonstances, dire la vérité ne marcherait pas. « Alors voilà, euh, je suis écrivain, je remporte un joli succès, et je suis venu à Hollywood pour travailler dans le cinéma. » C'est ça, ducon. Comme les dix derniers mecs qui ont débité cette phrase.

Dans un soupir, il donna un petit coup sur la table, mais se dit qu'il fallait bien se lancer. Si sa voix se brisait en plein milieu de son pitch, et alors ? Que ferait-elle ? Elle l'enverrait en taule ?

60

À force de rouler à travers L.A., il avait repéré des tas de bars, mais ils ne valaient rien comparés aux brasseries accueillantes de Portland. La plupart étaient en fait des restaurants, les autres pleins d'hommes en costume et de femmes en tailleur. À la seconde où il entrait, il rougissait sans raison. Il essaya des bars sur le Sunset Strip, mais il y avait trop d'animation pour lui, et les week-ends, on ne pouvait même pas circuler tellement c'était envahi de hippies. Il essaya de se mêler à certaines de ces populations, mais il avait repéré des flics et des criminels parmi les hippies. Là aussi, trop d'animation pour lui. Et la moyenne d'âge était si jeune. Les gars de son âge étaient des prédateurs. Il traîna sur Sunset un ou deux soirs, puis laissa tomber.

Ziggie appela un matin alors que Stan s'arrachait les cheveux à tenter de commencer un nouveau livre, et lui dit que Fawcett adorait *Vague de chaleur*. Mais maintenant que Ziggie était de la partie, les choses allaient changer. Au lieu du forfait de trois mille quatre cents dollars et d'une publication dans la collection Gold Medal, Ziggie allait demander à Fawcett de payer Stan cinquante mille rien que pour les droits poche, de trouver un éditeur généraliste pour une première édition en grand format dont la moitié des droits reviendraient à Stan, et, bien sûr, Stan détiendrait les droits sur tous les types d'adaptations audiovisuelles ainsi que sur les droits étrangers, etc. « L'heure a sonné de sortir de l'esclavage, déclara Ziggie d'une voix sèche.

— Tu crois qu'ils vont suivre ?
— Ils seraient fous de ne pas le faire.
— Que se passe-t-il du côté de Bud Fishkin ? »

Stan venait de se souvenir de poser la question. Il était stupéfait du calme avec lequel il prenait tout ça.

« Ils n'ont toujours pas de nouvelles d'Andrei. » Ce long silence venait donc du réalisateur. Il s'aperçut que toute sa carrière à Hollywood dépendait d'un type qui avait aimé l'un de ses livres. Si ce type changeait d'avis, Stan se retrouverait seul et démuni. Pourquoi est-ce que cela ne le dérangeait pas ? Peut-être qu'il commençait à avoir un peu confiance en lui. Pendant ce temps, il devait gérer le problème de son nouveau livre. Il était passé d'un récit calibré Gold Medal à la vraie littérature, le coup de fil de Ziggie le prouvait. Mais cela revenait à jouer une partie de poker, il avait quatre cartes et il ne lui en restait qu'une à tirer pour faire une quinte flush. Limiter les risques jusqu'à la dernière carte, se dit-il. Il se laisserait divaguer jusqu'à trouver un sujet où il ne suffirait pas d'enchaîner les scènes d'action efficaces, un sujet qui n'exigerait pas d'intense suspense.

Ce que les écrivains font en ce moment, réfléchit-il, c'est écrire sur leur vie. Le moment était-il venu de rédiger un long roman autobiographique ? Il soupira. Sa vie. Sa pauvre petite vie ridicule. Qui cela intéresserait-il ? Il voulait écrire un livre parce qu'il s'ennuyait, mais ne voulait pas d'un autre petit récit facile et palpitant. Peut-être qu'il commençait à avoir de l'ego.

Ziggie l'appela un peu après six heures. « Tu sais pourquoi j'adore ce boulot ? » Il semblait fatigué. « Parce que je peux passer des coups de fil de ce genre.

— Bonnes nouvelles ? » Stan, dans sa piscine, avait de l'eau jusqu'au cou.

« On a un deal », dit Ziggie. Le chèque des éditions Fawcett de vingt-cinq mille dollars, soit la moitié de l'avance, serait déposé au bureau new-yorkais de Ziggie avant sa fermeture vendredi. Stan raccrocha, un homme riche dans sa piscine. Il alluma une cigarette et souffla un rond de fumée dans l'air. Il fêta la nouvelle en s'offrant un repas à un restaurant italien qu'il aimait bien sur Ventura, but deux bières avant le dîner, puis une bonne bouteille de vin pour accompagner ses lasagnes, après quoi il fit un trajet agréable jusqu'à Hollywood où il marcha un moment sur le boulevard, mains dans les poches. Hollywood Boulevard était une artère difficile, très animée. Elle lui plaisait. Il regarda les vitrines quelque temps, puis, sur un coup de tête, entra au Warner Theater.

Ils avaient programmé *Easy Rider* et dans la salle pleine à craquer il ne restait plus qu'une seule place de libre. Une femme était assise seule en bord d'allée, un fauteuil disponible à côté d'elle. Le film commença et Stan fut aussitôt happé, de même que toute la salle, et il oublia sa voisine jusqu'à une scène si drôle et palpitante qu'il se tourna vers elle pour partager ce bon moment et la regarda dans les yeux. Une émotion le parcourut comme l'électricité dans un câble. Il revint à l'écran, trois gars qui fonçaient sur la route montés sur deux motos rugissantes. À la scène d'anthologie suivante, il la regarda de nouveau, et de nouveau elle le regardait. Il rit, elle aussi, et ils se reconcentrèrent sur le film. Il savait avec une certitude absolue qu'à la fin du film ils se parleraient. Il savait qu'il ne serait pas timide.

Quand les lumières s'allumèrent, elle reniflait dans son mouchoir.

« Quelle bande de grands cons, dit Stan.

— C'est sûr », fit-elle. Elle se moucha. Elle devait avoir autour de son âge, avec de beaux cheveux bruns. « Pardon », dit-elle à Stan et elle se leva pour le laisser passer. Les allées étaient encombrées.

« Attendez un moment, proposa Stan. Ça vous dirait d'aller boire un café ?

— Avec plaisir », répondit-elle après l'avoir un peu mieux regardé. Ils se retrouvèrent sur Hollywood Boulevard. En temps normal, Stan aurait eu la tête prise par le film, mais la situation présente était plus intéressante. Elle était aussi grande que lui, bien faite, et portait une robe à fleurs sans être hippie.

« Je m'appelle Stan. » Il tendit une main.

« Et moi Carrie Gruber », dit-elle en la serrant.

Stan ne s'était jamais senti aussi audacieux. « On se plaît déjà.

— C'est vrai.

— Vous connaissez un endroit sympathique où aller ? Je suis plus ou moins nouveau à Los Angeles.

— On pourrait aller chez moi. » Elle le regarda ouvertement. « J'habite dans la vallée. »

Stan la suivit jusqu'à son appartement sur Lankershim, un grand bâtiment sombre. Elle lui fit signe de la suivre dans le garage en sous-sol, puis tendit un bras pour lui montrer où se garer. Il essaya de ne pas penser, de ne pas savourer trop tôt la victoire. Après tout, il ne savait pas ce qui allait se passer. Ils pourraient très bien ne boire qu'une tasse de café et discuter agréablement de cinéma. Il y était préparé, mais au fond de lui, il espérait plus.

Elle possédait un appartement calme, grand pour une seule personne, très propre, sans aucun signe de présence masculine. Stan était de plus en plus détendu. Au lieu d'un café, ils burent de la bière en toute courtoisie. Ils parlèrent effectivement de cinéma et, quand Stan lui expliqua qu'il essayait de percer comme scénariste, il ne fut pas surpris de son absence de surprise. « Il y a tellement de gens dans le cinéma à Los Angeles », dit-elle gentiment. Elle travaillait pour une chaîne de laveries automatiques. Employée modèle, elle faisait tout. Son boss, lui, venait de la télévision. Mauvais acteur, il avait tout de même gagné assez pour acheter ces laveries, et passait désormais la plupart de son temps à jouer au poker à Gardena. Si elle ne s'occupait pas de l'entreprise, son patron ferait faillite en un mois. Cependant, elle n'avait pas l'intention de gérer des laveries toute sa vie. Elle économisait pour ouvrir son propre magasin, même si elle ne savait pas encore ce qu'elle vendrait. Elle était divorcée sans enfant et avait grandi dans la vallée de San Fernando. « Un jour j'aimerais vivre dans les mers du Sud », dit-elle.

Quand ils étaient entrés dans le salon, Stan avait choisi un fauteuil trop rembourré plutôt que le canapé qui aurait pu sembler entreprenant. Elle s'était installée sur le canapé. Quand il eut fini sa bière, il se demanda s'il devait la rejoindre et passer un bras autour d'elle. Mauvaise idée. En fait, n'importe quelle idée était une mauvaise idée. Il resta à sa place et la laissa diriger les opérations. Ce qu'elle fit.

« Tu veux une autre bière ?

— Je crois que je ferais mieux de partir, dit Stan sans bouger.

— Reste, s'il te plaît. » Elle le regarda droit dans les yeux. Aucune urgence dans sa voix, pas de signe de maladie mentale. Un être humain tout à fait décent, honnête, qui lui demandait de rester.

« Je suis plutôt maladroit, avoua-t-il.

— Si tu n'en as pas envie... » dit-elle, gênée. Elle croyait qu'il la rejetait, alors il se leva et alla l'embrasser sur le sommet du crâne. Elle le fit asseoir pour l'embrasser vraiment, un baiser aussi goulu d'un côté que de l'autre.

61

Ils n'en revenaient pas de leur chance. Il était entré dans le cinéma sur un coup de tête. Carrie avait presque abandonné l'espoir de trouver à se garer mais était tombée sur une place à la dernière minute, puis un fauteuil s'était libéré quand un couple s'était décalé, permettant à Stan de s'asseoir. Ils s'avouèrent aussi leur timidité respective, mais une fois de plus, par un accident heureux, ils n'étaient pas timides l'un avec l'autre.

Cette nuit-là, ils firent l'amour deux fois dans sa chambre parfumée. Elle hésita d'abord, la peau couverte de chair de poule, mais Stan dut faire quelque chose de bien car bientôt elle se détendit, et en quelques minutes elle haletait avec passion. Stan ne se remettait pas de son odeur merveilleuse, ou de la douceur incroyable de sa peau. C'était comme de tomber dans un puits d'amour. Sauf qu'il n'était pas vraiment amoureux. Stan fit attention de ne pas lui dire qu'il l'aimait, mais il lui dit combien elle lui plaisait, combien elle sentait bon, lui parla du goût qu'elle avait et des sensations qu'elle lui procurait. Jusque-là, Stan n'avait jamais trop parlé pendant l'amour. Les putes ne l'encourageaient pas. Mais avec Carrie il parlait. Et gémissait. Il cria même un peu. Et elle aussi gloussa de surprise, Stan eut l'impression, quand ils eurent leur premier long orgasme ensemble. Quand ce fut terminé, Stan resta allongé dans son lit qui sentait bon, d'humeur satisfaite. Il voulait se vanter, mais n'en fit rien. Il lui dit, en se tournant vers elle dans la pénombre : « Grâce à toi, je me sens merveilleusement bien.

— Moi aussi », dit-elle timidement. Ils fumèrent la traditionnelle cigarette, et quand Carrie se leva pour aller aux toilettes, Stan fut excité de la voir marcher nue dans la pièce. Elle avait tout ce qu'il fallait où il fallait. Non, ce n'était pas que ça. Ce n'était pas que le sexe. Il y avait autre chose.

Ils parlèrent un moment, puis refirent l'amour, mais après, Stan n'arriva pas à dormir et Carrie sembla agitée.

« Que se passe-t-il ? demanda-t-il.

— Je ne sais pas. » Elle se redressa. « Je crois que tu devrais peut-être rentrer chez toi. » Elle lui caressa l'épaule. C'était agréable. Mais elle avait raison.

« On dormira mieux chacun dans son lit », dit-il d'un ton léger et il repoussa les couvertures.

Elle aimait sa maison, surtout sa piscine. Ils avaient une piscine là où elle vivait mais on ne pouvait pas y nager nu et il y avait toujours des gens autour. Carrie avait du mal à profiter de cette piscine, mais chez Stan, elle pouvait se prélasser sans porter autre chose que ses lunettes de soleil, et se huiler le corps à l'Ambre solaire, lire des magazines, ou simplement travailler son bronzage. Elle était aussi bronzée que Stan, et les week-ends, ils passaient la plupart de leur temps dans le jardin ou au lit. Il s'avéra que tous deux étaient des bêtes de sexe et des dingues de soleil. À l'occasion, elle ne détestait pas non plus soulever les haltères que Stan gardait dans le jardin pour faire de l'exercice. Après toutes ces années, il eut enfin l'impression d'être devenu quelqu'un de normal. Cela lui avait coûté beaucoup de temps et d'efforts, mais il était content d'être libéré.

Le boulot était une autre paire de manches. Il n'avait aucune idée de livre. Non pas que ses trois romans noirs soient si originaux, mais ils lui étaient venus assez facilement. Le nouveau ne venait pas du tout. Quant au cinéma, Stan commençait à en apprendre les règles. Il dut ravaler son impatience. Ziggie la jouait stratégique. Il n'essaierait pas de caser les romans de Stan avant d'avoir un retour d'Andrei. « Ta cote augmentera s'il te prend comme scénariste », expliqua-t-il, même si Stan ne voyait pas bien le lien entre le fait de devenir scénariste et la vente de *La Course folle* ou de *Vague de chaleur*. Bien sûr, Stan avait déjà gagné des sommes obscènes avec *Vague de chaleur*, des sommes si vertigineuses et éloignées de la réalité qu'il n'avait même plus vraiment de problème à y croire. Elles n'étaient tout bonnement pas réelles. Les sommes astronomiques sur son compte de la Bank of America ? Pas réelles non plus. Il dit à Carrie que chaque fois qu'il entrait dans la banque il avait l'impression qu'il allait la dévaliser.

Il raconta toute sa vie à Carrie et lui offrit un exemplaire de son livre. Il omit de mentionner la part sexuelle des cambriolages, mais raconta le reste, et elle sembla intégrer ces informations sans tomber à la renverse. « Mon cousin a fait de la prison, dit-elle.

— Ah bon ? Pour quoi ? »

Elle sourit. Ils étaient au bord de la piscine, nus et huilés. « Son grand rêve était d'être surfeur », dit-elle. Son cousin avait attaqué des magasins de vins et spiritueux dans toute la vallée pour acheter sa planche, et on lui avait collé six ans à Soledad. « Il est sorti, depuis, et prépare un diplôme.

— En braquage de banques, tu veux dire ? blagua Stan.

— Il étudie la criminologie.

— Ah. Revanche. » Il avait très chaud et sa transpiration se mêlait à l'Ambre solaire que Carrie lui avait appliquée avec amour sur tout le corps. Il était temps de faire une bombe dans la piscine. Carrie emporta son roman chez elle, mais si elle le lut, elle n'en parla pas. Il se dit que ce n'était peut-être pas une grande lectrice. Il n'y avait aucun livre dans son appartement, juste des magazines. Et chez Stan, elle ne lisait que les magazines et le journal. Sans doute une bonne chose. En fait, il était sûr que c'était une bonne chose.

Puis arriva l'appel qu'il attendait.

« Andrei est en ville, dit Ziggie d'un ton fatigué. J'essaierai d'organiser un rendez-vous.

— Est-ce que je dois le rencontrer ? » demanda Stan avec humour. Ziggie ne rit pas.

« Ça aiderait. »

Deux jours plus tard, Ziggie rappela pour dire que Stan avait été invité à une fête chez Andrei à Bel Air. « Est-ce que je peux venir avec ma copine ?

— Je ne te le conseille pas.

— Mais j'en ai envie.

— Très bien, pas de problème. C'est juste qu'on va travailler. »

« On a été invités à une fête à Hollywood », dit Stan à Carrie au téléphone. Il lui donna les détails et dut patienter pendant qu'elle prenait un autre appel. Quand elle revint en ligne, elle dit : « Ça ne me tente pas trop. Ça te dérange ?

— Mais pourquoi ?

— Je ne me sentirais pas à ma place. Je n'ai rien à me mettre sur le dos, en plus.

— Je t'achèterai quelque chose », dit-il. Son col lui tenait chaud. Personne ne voulait y aller sauf lui, apparemment. Elle refusa sa proposition de lui acheter une robe. Stan raccrocha en colère, mais Carrie rappela une heure plus tard pour dire qu'elle avait changé d'avis.

« Très bien. On va pouvoir aller faire du shopping ensemble », dit-elle. Cet appel avait décidé Stan. Il était temps de s'acheter de vrais vêtements, un ou deux beaux costumes, des pompes décentes, des Florsheim, de belles chemises, des boutons de manchettes, des cravates, des épingles à cravate, tout le tintouin. Carrie l'aiderait.

Puis, alors qu'ils roulaient vers Hollywood et les grands magasins, il décida soudain d'acheter une nouvelle voiture par la même occasion. Quand il rédigea un chèque du montant total, le vendeur fut saisi d'un doute. Stan dut dire, avec autant de désinvolture que possible : « D'accord, encaissez le chèque et je passerai récupérer la voiture lundi. » Stan prit Carrie par le bras et ils quittèrent le concessionnaire Cadillac ainsi que le vendeur suspicieux. Le lundi suivant, Stan vint prendre sa Cadillac décapotable flambant neuve, vert pâle et toit couleur crème. Entre-temps, le vendeur était devenu son meilleur ami. Stan s'en alla en pensant que sa nouvelle vie venait peut-être de commencer pour de bon. Peut-être que cette fois, il pourrait s'offrir une maison dans les collines. Louer, bien sûr, pas acheter. Il rêva d'emmener Carrie dans sa nouvelle maison, voyons voir, à Beverly Hills ? Non. Malibu. L'endroit parfait. Il imagina son expression surprise et heureuse. Une personne simple, comme Stan. Elle adorerait Malibu, la fortune, la vie de rêve sur la plage. Elle pourrait même arrêter de travailler. Stan gagnait beaucoup d'argent et en gagnerait davantage. Il pourrait lui acheter n'importe quelle boutique de son choix. Ils ne s'aimaient pas, et alors ?

62

Ce qui attirait tellement Carrie chez Stan était sa simplicité. La plupart des hommes avec qui elle était sortie étaient des commerciaux ou des employés de bureau, des hommes qu'elle rencontrait au travail ou au Crédit Ménager. En général, ils étaient mariés ou vivaient des existences compliquées, mais pas Stan. Il ne lui fallut que quelques rendez-vous pour être persuadée qu'il était exactement ce qu'il disait être, un écrivain qui essayait de se faire une place dans le monde du cinéma. Elle s'efforça de lire son roman, mais c'était une histoire de mecs et cela ne l'intéressait pas. Peu importait. Et peu importait que Stan ne soit pas beau.

Il n'était pas laid non plus, et son visage avait du caractère, mais ce n'était pas le genre d'homme qu'on qualifiait de beau. Il avait un regard doux et une bouche ferme et sensible et il était gentil avec elle. La plupart des hommes avec qui elle était sortie ne savaient pas faire l'amour, ou étaient trop coincés. Stan était différent. Plus comme un petit garçon, songea-t-elle, très impatient, mais poli, comme un petit garçon poli devant une énorme coupe de glace. Elle comprit au bout d'un moment que c'était sans doute parce qu'il avait passé toutes ces années en prison loin des femmes. Il voulait tout essayer. Il ne semblait pas différencier le sexe ordinaire des trucs un peu dingues, il voulait tout faire. Et bien sûr tout ce qu'il lui faisait, elle avait l'impression d'avoir le droit de l'essayer sur lui. Très libérateur.

Non seulement Stan était super au lit et s'améliorait, mais en plus il était riche. Elle ne lorgnait pas sur son argent, mais surtout, lui ne lorgnait pas sur le sien. Il y avait tant d'hommes ces temps-ci qui semblaient uniquement chercher un endroit où crécher. Ou qui voulaient prendre le contrôle de ses économies. Ou lui dire dans quel secteur investir et comment gérer ses affaires. Certains, après avoir couché avec elle, pensaient qu'ils pouvaient lui expliquer comment s'occuper d'une laverie automatique. Non seulement Stan n'avait pas d'opinion sur la façon dont elle devait mener sa vie, mais il lui demandait sans cesse comment mener la sienne. Quand elle vit qu'il était totalement sincère, elle se montra compatissante. On ne lui avait inculqué aucune manière ni façon de se comporter en société, on l'avait jeté en prison avec de vrais animaux, et pourtant il n'était ni amer ni méchant. Un jour, elle l'emmènerait à l'autre bout de la vallée rencontrer sa famille.

Les Gruber n'étaient pas une petite famille. Carrie avait cinq frères et deux sœurs tous vivant dans le sud de la Californie, et leurs parents possédaient toujours leur maison de famille à San Fernando. Ces derniers avaient appris à Carrie et à sa fratrie comment être autonomes, s'ouvrir au monde, travailler et économiser, être indépendants financièrement, et Carrie s'y était appliquée. Elle ne les aimait pas tant que ça, mais se félicitait d'avoir reçu une éducation solide de son père, exactement ce que Stan n'avait pas eu. Elle voulait lui transmettre les valeurs des Gruber.

Mais Stan n'était pas qu'un morceau d'argile à façonner selon ses désirs. Et si son visage n'était pas de ceux qui inspiraient de grands poèmes, il était néanmoins doté d'un très beau physique, d'un corps bronzé et musclé, et gagnait bien sa vie dans un milieu qui faisait rêver. Bien sûr, elle-même voyait le show business sous un angle un peu différent de la plupart des gens parce qu'elle travaillait pour Lyle Freed. Lyle avait commencé au lycée dans une équipe de cheerleaders, puis il était entré dans les Services spéciaux de l'armée où il avait chanté et dansé pour les hommes qui devaient partir se battre. Elle avait entendu ce récit un million de fois. Tout avait basculé quand un groupe de gens d'Hollywood était venu sur sa base pour un spectacle. Il était maître de cérémonie, ils avaient aimé son numéro, et un agent artistique lui avait dit de l'appeler quand il aurait terminé son service. Le reste appartenait à l'histoire. Un rôle dans une série, la série qui remporta un gros succès. Durant cinq années, Lyle porta les mêmes vêtements et répéta les mêmes blagues débiles jusqu'à avoir envie de se suicider, mais gagna assez pour acheter les laveries quand la série fut arrêtée.

Lyle détestait le show business et tous ceux qui y travaillaient. Stan n'était pas comme ça. Il ne reprochait rien à ceux qui le faisaient mariner. Il ne semblait même pas angoissé. Lyle lui avait dit très souvent qu'on ne pouvait faire confiance à personne dans le show business, mais Stan s'en moquait. Peut-être que son passé criminel l'avait immunisé contre la malhonnêteté, comme un vaccin contre la grippe. Tout ce que Carrie savait, c'était qu'il était l'homme le plus droit et le plus intègre qu'elle connaissait.

« Il a fait de la prison, papa, mais il va devenir riche. » Elle entendait déjà son père dire : « D'accord, mais riche comment ? » Stan ne parlait jamais de mariage ni d'amour. Il s'évertuait à ne pas dire « Je t'aime » même quand ils faisaient l'amour, et elle faisait aussi attention. Mais quelque chose lui fit comprendre qu'il l'aimait vraiment, de la même façon amicale qu'elle l'aimait lui. Ils étaient amis, ils étaient amants, et ils étaient compatibles. Que vouloir de plus ? Pour lui exprimer ses sentiments, elle se fit teindre en blonde, exactement comme il aimait. En fait, elle avait toujours voulu être blonde. Stan adora. « Tu es ma Marilyn Monroe », lui dit-il.

Ils n'étaient pas obligés de se marier. Pourquoi perturber ce qui fonctionnait ? Ils se lanceraient tous les deux en affaires. Stan mettrait de l'argent dans une boutique qu'elle choisirait. Partiellement propriétaire, partenaire silencieux qui ne prendrait pas le dessus, un homme qui investissait en elle simplement parce qu'il croyait en elle. Il lui disait en toute naïveté qu'il ne savait pas gérer son argent et qu'elle pouvait le faire pour eux deux. « Tu pourrais être mon conseiller financier », dit-il. Elle lui parla des conseillers financiers. Quand elle les décrivait, Carrie en devenait presque poétique tant elle les détestait. Ils n'étaient capables que de vous prendre votre argent pour l'investir dans des entreprises qui disparaissaient du jour au lendemain. Quand les choses tournaient mal, ils tendaient les mains pour se rendre, comme Jack Benny. « Ça alors, je n'en avais pas la moindre idée ! » Eux ne faisaient jamais faillite, seulement leurs clients. Carrie était à peu près persuadée que Stan gagnerait bientôt de très grosses sommes, et elle avait hâte de l'aider à les placer. Non pas dans sa boutique, mais en actions et en titres.

Ces jours-ci elle rêvait d'un magasin de bonbons. Parfait pour elle car elle en mangeait peu. Les bonbons étaient comme le show business. Dans les moments difficiles, les affaires fleuriraient. Plus les choses allaient mal, plus les gens avaient besoin de s'offrir de menus plaisirs. Elle imaginait un magasin de bonbons très particulier, avec des sucreries qui viendraient des quatre coins de la planète, des bonbons exotiques, les plus populaires de chaque pays. En tant que propriétaire, elle voyagerait à travers le monde à la recherche de bonbons intéressants, dégotant les recettes et organisant des tests marketing à L.A. Il lui faudrait avoir une chaîne de magasins. Elle commencerait avec un, puis s'étendrait. Une perspective plausible. Stan et elle pourraient voyager, passer du bon temps, goûter des échantillons de bonbons. Stan pourrait faire du magasin un lieu de prédilection pour ses amis du cinéma.

Stan n'avait pas d'objections. « Alors on ouvrira notre première boutique à Malibu, dit-il. Et on vivra au-dessus. » Il était partant pour voyager. « Je ne suis jamais allé nulle part, dit-il et, se tapotant le crâne, il ajouta : Sauf là. »

Ils avaient abaissé le toit de la Cadillac, et Stan portait la chemise hawaïenne qu'elle lui avait achetée comme elle le lui avait montré, ouverte sur un tee-shirt blanc, et arborait également son caleçon de bain rouge avec la bande blanche de chaque côté. Elle-même portait un maillot de bain noir et une chemise de costume de Stan déboutonnée. Ils avaient chaussé leurs lunettes de soleil et la journée promettait d'être merveilleuse. Par un mardi matin ensoleillé, Carrie avait pris sa journée pour qu'ils puissent aller à Malibu avant que la plage ne soit prise d'assaut par des centaines de milliers de gens, et Stan l'avait prévenue qu'ils devraient faire un rapide crochet par le centre pour aller voir son contrôleur judiciaire.

Ils se garèrent dans le parking qui jouxtait le bâtiment officiel et Stan descendit de voiture, fit le tour pour l'embrasser, mais soudain, une autre voiture se gara à côté et un gros Mexicain en sortit. Il était vêtu d'un costume marron clair ouvert et son ventre débordait par-dessus sa ceinture. Il semblait avoir la cinquantaine. Il dévisagea Stan avec colère.

« Tu connais cet homme ? » lui demanda-t-elle. Stan se tourna et sourit. « C'est mon contrôleur judiciaire », dit-il en agitant la main à l'adresse de celui qui marchait vers eux, les traits durs.

« T'as les mains sales », dit-il à Stan.

Stan eut l'air très surpris. « Hein ? »

Le contrôleur était plus grand que Stan et baissait les yeux vers lui froidement. « Tu as enfreint ta conditionnelle. »

Stan grimaça, puis sembla se reprendre. « Je n'ai rien à me reprocher. »

L'officier le regarda, lui, sa chemise ouverte et son maillot de bain, ses lunettes de soleil, sa toute nouvelle Cadillac et sa blonde à gros seins, et dit : « Tu mens. Contre la voiture.

— Stan, que se passe-t-il ? » demanda-t-elle. Elle avait peur, mais Stan la regarda comme s'il ne la connaissait pas. « Stan ? » Il ne répondit pas tandis que le gros Mexicain lui mettait les menottes.

« Stan ! cria-t-elle. Et qu'est-ce qu'on fait de la voiture ? » Mais personne ne répondit pendant que Stan était emmené dans le bâtiment. Elle apprit plus tard qu'il n'avait pas été renvoyé à San Quentin, qu'il ne serait pas puni trop durement. Ils l'envoyaient simplement rejoindre l'équipe de cantonniers du parc national de Los Padres où il passerait deux ans à débroussailler les abords des routes.

CINQUIÈME PARTIE

Liberté

63

Charlie n'avait pas pensé à son livre depuis longtemps. Il ne savait même pas où était passé ce satané truc. Bill Ratto lui avait renvoyé trois gros tas de papier six ou sept ans plus tôt, mais il n'était pas sûr de savoir ce qu'il en avait fait. Ça n'était certainement pas dans son bureau, parce qu'il avait saccagé ledit bureau après l'appel de Bill.

« Tu te souviens de moi ? dit la voix au téléphone avec le faux accent de l'Ivy League.

— Tu appelles de New York ? » demanda Charlie juste histoire de faire son provincial. Mais Bill Ratto avait quitté l'édition pour devenir producteur à Hollywood.

« Pas étonnant que je t'entende aussi bien, blagua Charlie.

— J'étais en train de penser à toi. Tu te souviens de ce roman que tu as écrit, ce brillant roman sur la guerre de Corée ?

— Oh, ce roman de guerre sur la Corée », dit Charlie.

Bill avait réfléchi. Charlie n'avait pas aimé la version du roman qu'avait proposée Bill, ce qui ne posait pas de problème à Bill, il était même assez d'accord. « J'ai cru tirer de la farine d'un sac de son », dit-il. Mais foin du passé. Bill avait une idée. « Pourquoi on n'en ferait pas un film ? » Il pensait comme Charlie que ce serait idiot de leur part de revenir au roman tel quel, mais une fois qu'on avait dit ça, on pouvait toujours l'utiliser comme source pour en faire un grand film très sérieux sur le conflit en Corée. « Personne n'a parlé de la Corée, tu sais. Pas vraiment, pas comme nous on pourrait en parler.

— Les gens détestent la guerre, rétorqua sèchement Charlie.

— Justement ! » La voix de Bill Ratto débordait d'enthousiasme. « Les gens détestent la guerre. De l'eau a coulé sous les ponts. En ce moment, tout le monde est de ton avis. Ce pourrait être le plus grand film pacifiste de tous les temps. »

Charlie ne savait pas comment le prendre. Il s'assit à son bureau, attendant que la matinée passe et que vienne l'heure de reprendre le travail. En regardant par la fenêtre, il vit une légère brume sur la baie. La journée serait belle et chaude. Encore un jour parfait au paradis. « Mais de quoi tu parles, bordel ? demanda-t-il brutalement. J'ai arrêté d'écrire il y a des années.

— Charlie, c'est une erreur. Tu n'avais sans doute pas le talent requis pour écrire le roman que tu avais en tête, un roman très ambitieux. Mais c'est de cinéma qu'il est question, là. Les films n'exigent pas le même genre de talent. Tu me suis ? »

Jusque dans les égouts, pensa Charlie avant de se sentir honteux. Il n'y avait rien de mal à faire des films. Charlie adorait le cinéma, surtout les films à la con. « Bon alors, qu'est-ce que tu me proposes ? »

Bill voulait la permission de réfléchir à un film basé sur le manuscrit de Charlie. Sauf qu'il n'avait pas d'exemplaire de l'original ni même la version « remodelée » qu'il avait eu tant de mal à mettre en forme. La version qui appartenait plus à Bill qu'à Charlie.

« Je ne sais pas où se trouve ce satané truc, avoua Charlie. On l'a peut-être jeté. Ça fait un bail, vieux.

— Peu importe, dit Bill. Tu me laisses une minute ? » Et il disparut. Charlie passa ses sentiments au crible. Il n'était pas écrivain, ce dont tout le monde se contrefichait. Il n'avait jamais vraiment été écrivain. Ses ambitions littéraires, comme toutes ses ambitions, n'étaient pas tant absurdes qu'obsolètes. Pourquoi s'en faire ? Mais les propos de Bill avaient tout de même éveillé sa curiosité. Faire un film l'aiderait à tourner la page de ces problèmes littéraires qui l'avaient tenaillé, et à résumer la chose à une intrigue et du dialogue. Plus jeune, rêvant à son incomparable roman de guerre, il avait toujours imaginé qu'il serait adapté pour faire un incomparable film épique, même si à l'époque il était cynique et pensait qu'ils trahiraient le livre s'ils ne l'embauchaient pas pour écrire le scénario puisque, c'est bien connu, les plumitifs d'Hollywood ne sont que… des plumitifs. Pas étonnant qu'il soit sarcastique. Il ne voulait pas se faire trop d'illusions. Pauvre petit Charlie.

« Tu es toujours là ? demanda Bill. Voilà ce que j'avais en tête : trouve le livre, relis-le, réfléchis-y et appelle-moi. »

Charlie raccrocha et regarda sa montre. Il travaillait de onze heures à dix-huit heures au bar sans nom. Le bar ouvrait à onze heures trente pour accueillir les alcooliques de Sausalito ; il avait encore une heure avant de quitter la maison. Il pouvait chercher le manuscrit. Il était calme, mais un voile de transpiration avait fait son apparition sur son front. Cet appel le rendait peut-être plus nerveux qu'il ne voulait bien l'admettre. Lui restait-il encore un peu d'ambition ? Son bon vieux roman avait été ambitieux, tellement ambitieux, tellement plein de morgue. Il avait aussi été le centre de sa vie pendant dix ans, jusqu'à sa rencontre avec Jaime. Et son premier enfant. Elle, lui et Bill Ratto, un homme qu'il n'aimait pas tellement, retourner à la fosse commune déterrer le petit corps, retirer la terre qui le couvrait, le maquiller pour cacher l'état de décomposition et vendre le cadavre au public américain ? Hmm.

« Qu'est-ce que j'y gagne ? » se demanda Charlie tout haut. Il ne put que rire. L'idée de gagner de l'argent, beaucoup d'argent, lui plaisait assez. Et puis ça changerait. Il ne gagnait pas grand-chose comme barman et, pour être honnête, il n'aurait pas pu se permettre de vivre où il vivait avec ses revenus. Dieu merci il y avait Jaime et ses foutus bouquins. Non pas qu'il détestât ses livres. Ce n'était pas le cas. Il les aimait. Grâce à eux, ils pouvaient rester à Mill Valley. Mais ils semblaient aussi tenir Jaime éloignée de Mill Valley. Elle rentrait à la maison une semaine, deux, voire un mois, et elle repartait, soit pour voyager soit pour écrire dans leur appartement de North Beach. Elle écrivait là même si Charlie lui avait souvent dit qu'elle pouvait avoir son fichu bureau à la maison. Charlie ne s'en servait que pour y lire ou dormir sur le canapé. Mais si Jaime restait à la maison, elle cessait d'écrire. L'absence de sa femme semblait lui offrir une liberté merveilleuse, mais la liberté de quoi faire ?

Charlie s'alluma un joint, le premier de la journée. Heureusement que Bill n'avait pas appelé plus tard, Charlie l'aurait sans doute soûlé de paroles avant de sauter dans le premier avion de la matinée pour Hollywood. L'herbe le mettait très à l'aise, mais le rendait aussi bavard et facilement manipulable. Ce qu'il aimait être.

Après avoir cherché en vain le manuscrit, il franchit les portes-fenêtres vers le jardin. Le brouillard se levait et le ciel serait d'un bleu pur. Charlie prit une troisième bouffée, pinça le bout du mégot pour l'éteindre et le glissa dans sa poche de montre. Il prendrait deux autres taffes en se garant pour que sa promenade jusqu'au travail sur Bridgeway soit illuminée par la dope. Au boulot, l'après-midi, les clients arrivaient avec un tas de choses à distribuer, et comme son statut de barman le mettait sous le feu des projecteurs, il recevait beaucoup de produits gratuits de ses admirateurs – coke, hasch, herbe, acide, codéine, Percodan, bennies, amphets, barbituriques, Séconal, toute une pharmacopée de petits assistants sympathiques dont Charlie savait qu'il devait les prendre avec modération ou les éviter complètement s'il ne voulait pas devenir accro. Il en testait un un jour, un autre un autre jour, et tout ce qu'on lui passait habituellement, il l'empochait et en faisait cadeau à des amis. Neil Davis n'était pas au courant, ou s'il l'était, il fermait les yeux. Pour Charlie, cela faisait partie du nouvel esprit antigouvernement. Le seul signe d'espoir à la ronde.

Charlie contourna la maison vers le garage où leur vieille Porsche l'attendait. Jaime n'allait plus en ville en voiture. Elle prenait le bus ou s'y faisait conduire par Charlie. Ils avaient décidé qu'un garage en ville coûtait trop cher et trouver à se garer dans la rue était impossible. Charlie vendit sa vieille Volkswagen, une des rares choses de valeur qu'il possédait, pour n'avoir qu'un seul véhicule familial. La Porsche noire poussiéreuse arborait des traces de rouille sur l'aile droite, là où Jaime l'avait éraflée par une nuit d'ivresse. Cette pauvre vieille avait besoin d'être remise en état. La voiture, pas Jaime. Il voulait l'appeler à l'appartement, mais c'est à cette heure qu'elle travaillait le plus, et de toute façon Charlie avait fumé et elle l'entendrait.

Jaime était très stricte au sujet de la drogue à cause de Kira. S'ils étaient pris en possession de drogue dans la maison, ils pourraient finir en prison et Kira placée en famille d'accueil, c'était ce qu'il voulait ? Non, ce n'était pas ce qu'il voulait. Mais ça n'arriverait pas. Kira ne l'avait jamais vu fumer d'herbe parce qu'il n'avait pas envie de l'encourager. Charlie monta dans la voiture qui démarra dans un agréable rugissement guttural. Conduire défoncé l'amusait. Chaque fois qu'il descendait la colline, il s'offrait un tour sur les montagnes russes de la marijuana. À mi-chemin, l'appel d'Hollywood lui revint en mémoire, et il commença à rêver d'écrire un film, un grand film, un grand film de guerre.

64

Après l'école ou durant l'été, Kira prenait parfois le bus pour Sausalito afin de passer l'après-midi sur Bridgeway. Charlie n'avait rien contre, du moment qu'elle faisait ses devoirs. Même s'il n'en était jamais très sûr car Kira pouvait être une menteuse incroyablement habile. Bridgeway était un cirque, les magasins et les trottoirs envahis de touristes, surtout à cette période estivale où il était impossible d'atteindre la ville en moins d'une heure. Des hippies bariolés, des gens du Midwest débraillés, des Japonais en costume bleu et chemise blanche, des gens du front de mer, de la rue, de partout. Kira et beaucoup d'autres gamins traînaient sur les marches ou tapaient de la monnaie aux touristes, ce que Charlie tentait de lui interdire. Kira le regardait alors avec ses grands yeux sombres et disait qu'elle ne le referait plus, mais continuait à dépenser de l'argent que Charlie ne lui avait pas donné. Elle était grande pour son âge, réglée depuis ses dix ans, et Charlie devait donc aussi s'inquiéter des lois de la rue de Sausalito selon lesquelles, si vous étiez en âge de saigner, vous étiez prête à passer à la casserole. À douze ans, Kira était grande, maigre et incroyablement belle, au moins du point de vue de son père, et faisait plutôt quatorze ans. Beaucoup de hippies fugueurs de cet âge passaient par Sausalito, et pouvaient faire miroiter à sa fille une existence de distractions et vide.

Exactement la vie qu'il menait lui, si on y réfléchissait deux secondes. Travailler au bar sans nom n'avait rien d'une distraction, sauf si on comparait ça avec la vie qu'il aurait dû avoir. En tant que barman, Charlie n'avait pas besoin de se tuer à la tâche, n'avait pas besoin de penser, n'avait pas à faire de choix aux conséquences douloureuses. Il se tenait derrière son bar, souriait et donnait aux gens ce qu'ils voulaient. Il jouait les arbitres en cas de disputes, donnait des conseils aux malheureux en amour, orientait des destins, mais n'avait jamais à porter la responsabilité des résultats. Il n'est que barman, qu'est-ce que vous croyez ?

Il voyait souvent Kira l'après-midi. Il espérait que ce serait le cas ce jour-là. La voir histoire d'être rassuré pendant cinq minutes, savoir que pour l'instant elle allait bien. Après quoi elle se volatiliserait. Jaime ne s'inquiétait pas pour Kira autant que Charlie, mais quand Jaime était à la maison, Kira ne venait pas à Bridgeway. Elle restait avec sa mère. Elles échangeaient des messes basses et partaient se balader en voiture, alors que quand Jaime était en résidence d'écriture, la maison était remplie de gamins, des grappes de filles couinantes, et Charlie était naturellement exclu de leurs activités. Leur fille menait la vie la plus normale qu'ils pouvaient lui offrir, étant donné les circonstances. Jaime manquait à Kira, elle leur manquait à tous les deux, mais l'avantage allait à Kira qui lui parlait tous les jours au téléphone. Et Kira allait parfois passer le week-end en ville avec sa mère, laissant Charlie tout seul. Ça ne le dérangeait pas vraiment. Travailler les après-midi le fatiguait, et certains jours, il se contentait de rentrer à la maison, d'engouffrer son dîner et d'aller directement se coucher. Bien sûr, à cette heure, il était généralement fracassé par la drogue, avait la tête qui bourdonnait, le corps dans un état plaisant de non-existence, du moins en apparence.

Le visage de Kira surgit à la fenêtre ouverte du bar. Elle posa les bras sur le rebord et le menton sur les mains. « Salut, papa.

— Deux petites secondes », dit Charlie. Le bar n'étant pas bondé, il s'essuya les mains et sortit, clignant des yeux dans la lumière éclatante. Kira était appuyée contre le bâtiment, bras croisés. Elle portait un jean et son chemisier rouge, et semblait avoir huit ans aux yeux de Charlie. « Ça va ? demanda-t-il.

— Bien. Je peux avoir cinq dollars ?

— Non.

— D'accord, dit-elle, ce qui inquiéta son père.

— Pour quoi faire ?

— Non, c'est pas grave. »

Il enfonça la main dans sa poche et lui donna deux dollars. « Débrouille-toi avec ça », dit-il.

Elle sourit, prit l'argent et tourna les talons pour s'élancer vers Bridgeway en se faufilant à travers la foule. Le cœur de Charlie faillit se briser. Si délicate, si belle dans un monde si dangereux. Il avait voulu lui parler de l'appel de Ratto, mais elle ne lui en avait pas laissé l'occasion. Sa fille et sa femme étaient plus intelligentes que lui sur les questions pratiques. Eh bien d'accord, peut-être que Kira prendrait soin de lui quand il serait vieux. *Ne fais pas de projets pour l'avenir*, lui disait son cœur. *Les enfants meurent*. Il retourna au bar.

Quand il rentra à la maison ce soir-là, Kira regardait la télévision dans le salon. Mme Hawkins préparait le dîner dans la cuisine et ça sentait les côtes de porc. Mme Hawkins n'avait que quelques années de plus que Charlie, peut-être quarante-cinq ans, et venait tous les jours faire le ménage, la cuisine, et regagnait son foyer à Marin si on n'avait pas besoin d'elle dans la soirée, sinon elle jouait les baby-sitters jusqu'au retour de Charlie ou de Jaime. Elle était originaire de Lacoumbe, en Louisiane. Elle avait une peau acajou et une voix chantante et joyeuse. Kira l'adorait, et Charlie presque autant. Mme Hawkins était leur ancre. Charlie lança un bonjour avant d'aller aux toilettes. Quand il ressortit, il s'assit sur le canapé derrière Kira qui était sur la moquette.

« Tu as parlé à ta mère ? »

Kira se tourna et, toujours allongée, elle leva les yeux. « Oui.

— Elle travaille toujours ?

— Je ne crois pas. Elle était assez ivre. » Elle roula à nouveau sur le ventre pour regarder les informations.

Charlie rit et dit : « Je vais l'appeler. » Mais elle ne décrocha pas. Il se demanda si elle était descendue boire au Enrico. Ou peut-être qu'elle parlait à la vieille Rose, la gérante chinoise du magasin d'en bas. Elle pouvait aussi se trouver au Caffe Sport à lever le coude avec les bébés mafieux. Ou bien elle dormait, incapable de répondre au téléphone. Ou couchait avec un autre. Il aurait aimé que Kira ne voie pas sa mère si souvent en état d'ébriété, mais quelle hypocrisie ç'aurait été de le lui cacher. Même si cela avait été possible.

« Je crois que je vais aller en ville, dit-il tout haut et Kira se tourna une fois de plus pour le regarder.

— Je veux t'accompagner.

— Non, désolé, je rentrerai tard. »

Kira se leva et vint s'asseoir à côté de lui. La chaleur de son corps lui faisait presque monter les larmes aux yeux. Elle était si fragile. Elle lui adressa son regard le plus innocent et dit : « Est-ce que tu vas sauver maman ? »

Il rit et passa un bras autour d'elle, attirant sa chaleur à lui, comme s'il pouvait la garder en vie en lui donnant sa propre vie. Pourquoi craignait-il qu'elle ne meure ? Il essaya de se souvenir de ce qu'il avait gobé ce jour-là. Rien, si on ne comptait pas la marijuana. « Kira, dit-il en prenant sa voix la plus grave possible. Ta mère va très bien.

— Alors pourquoi tu es si triste ? »

Inutile de vouloir la berner. Il la serra fort et l'embrassa sur le crâne. Tous trois dînèrent ensemble, Mme Hawkins gardant les yeux rivés sur son assiette comme d'habitude. Après le repas, Charlie prit son temps pour se doucher et se raser, enfila un jean propre ainsi qu'une chemise de travail. Il faisait chaud à Mill Valley ce soir-là, mais il y aurait peut-être du brouillard à San Francisco. Il mit la vieille veste en cuir noir que Jaime lui avait offerte. Il se regarda dans leur miroir en pied. Un homme gros, grand et épais, avec une barbe fournie d'un roux foncé striée de blanc. Il observa ses grands yeux sombres. Y avait-il quelqu'un là-dedans ? Il ne le savait pas.

65

Charlie avança parmi la foule du soir sur Columbus, les mains dans les poches de sa veste, se demandant quel chemin prendre. Jaime n'était sans doute pas au City Lights ni au Vesuvio, il était trop tôt pour le Tosca, et de toute façon, ils n'aimaient plus ces endroits autant que par le passé. Elle pouvait être au Enrico ou au Gino and Carlo. Ou dans n'importe quel bar parmi la centaine du coin. Ou à une fête à Pacific Heights. Un cocktail littéraire.

Il se rendit au Enrico. Les tables en terrasse étaient toutes occupées, mais il n'y avait que deux personnes accoudées au petit bar. Charlie s'assit et attendit que Ward le barman vienne à lui. Ward était un homme énorme, il devait peser pas loin de dix kilos de plus que Charlie, mais tout en muscles.

« Tu as vu Jaime ? demanda-t-il à Ward quand ce dernier s'approcha, histoire de régler tout de suite la question.

— Qui la demande ? » grogna Ward. Puis il sourit. « Elle est aux toilettes. » Il alla à l'autre extrémité du bar, prit un verre à moitié bu ainsi qu'une serviette et les déposa à côté de Charlie. « J'imagine qu'elle s'assoira avec toi », dit-il à contrecœur. Parce qu'ils étaient tous les deux si gros, Charlie et Ward jouaient sans cesse aux ennemis.

« Oui, et d'ailleurs, je vais prendre comme elle », dit Charlie pour dissimuler son soulagement. Quand Jaime se glissa sur le tabouret à côté de lui, il sirotait sa boisson, du gin tonic, beurk.

« Salut, chéri », dit-elle et elle posa la joue sur son bras. Elle ne semblait pas trop ivre. Il passa un bras autour d'elle et lui embrassa les cheveux.

« Salut, mon amour, dit-il.

— Tu arrives juste à temps. » Elle se redressa et but de son gin tonic. « J'allais partir. On va pouvoir prendre un verre ensemble et tu me ramèneras à la maison. » Elle mit les mains dans ses poches de veste. « J'ai parlé à Kira, dit-elle. Je savais que tu venais.

— Comment vas-tu ? Tu es en état d'entendre ce que j'ai à te raconter ou ça attendra demain matin ? »

Elle sourit en regardant dans son verre. « Est-ce que c'est grave ? Si c'est grave, attendons.

— Rien de grave. » Il lui raconta l'appel de Bill Ratto. Les traits de son visage se durcirent et elle leva un doigt vers Ward qui arriva aussitôt. Elle commanda deux autres verres et se remit à fouiller dans ses poches. Elle portait sa veste en velours rasé vert avec les épaules bouffantes.

« Tu cherches une cigarette ? demanda Charlie. On a arrêté, tu te souviens ?

— Juste un réflexe. » Ils avaient arrêté tous les deux deux ans plus tôt, ce qui avait failli entraîner leur divorce. Elle sourit. « J'attendais qu'Hollywood me contacte, et c'est *toi* qu'ils appellent. Qu'est-ce que c'est que cette histoire ? »

On avait mis une option sur le deuxième livre de Jaime pour en faire une série télévisée, mais rien ne s'était concrétisé même si, grâce à cette option et jusqu'à l'abandon du projet, elle avait gagné beaucoup d'argent pendant des années. Et puis bien sûr, son premier livre avait très vite été acheté par feu Joseph E. Levine qui, lui aussi, avait enterré le projet. Jaime prétendait toujours qu'elle détestait Hollywood mais adorait leur argent.

« Je crois qu'il y a de l'argent à se faire, dit-il.

— Attends deux secondes, tu ne vas pas accepter, si ? demanda-t-elle en riant.

— Mais qu'est-ce qui me retient, bon sang ? Neil peut se passer de moi quelques semaines, je descendrai à Hollywood en avion, récolterai quelques pesos et je rentrerai à la maison. Tu veux venir ? »

Elle feignit l'incrédulité. « Moi ? » Puis son expression changea. Elle était plus soûle qu'il n'y paraissait.

« Je suis désolée, dit-elle. Tu es décidé. Et de fait, il a appelé. Bien sûr, on ira et on bravera le lion dans sa tanière. Ça nous permettrait aussi d'échapper un peu au brouillard, pas vrai ? On s'offrira une suite dans un bel hôtel et on jouera aux stars de cinéma.

— J'appelle l'autre con dès demain. » Charlie fit signe à Ward. « Un Wild Turkey, Ward, s'il te plaît. »

Jaime était aux prises avec une longue nouvelle qu'elle pensait pouvoir transformer en roman, ou en court roman, ou en novella, quel que soit le nom de cette satanée forme. Un court roman. Elle écrivait des nouvelles dernièrement, une série, et la plupart sortaient dans le *New Yorker*. Elle évoqua son travail un moment pendant que Charlie buvait son Wild Turkey.

« OK, de quoi tu as envie ? » demanda-t-il à la femme qu'il avait épousée douze ans plus tôt. Par la vitre, ils observèrent les gens en terrasse assis aux tables en marbre. Des ivrognes de haut vol, la crème des bars de San Francisco.

« J'ai envie de baiser cette fille là-bas », dit Jaime en désignant une très belle femme en robe de soirée rouge en compagnie de gens bien habillés. Les hommes ressemblaient à des avocats. Charlie aussi aurait aimé baiser la femme en robe rouge, mais il se contenta de sourire à Jaime.

« Je veux dire pour nous. Est-ce qu'on change de bar ou est-ce qu'on traverse le pont ? On pourrait s'arrêter au sans nom pour un dernier verre. Ou pas. Je peux aussi te reconduire à l'appartement. C'est toi qui décides.

— Je ne supporte plus l'appartement », dit-elle, et le cœur de Charlie se gonfla d'espoir. Elle posa une main sur sa joue, les yeux presque mouillés de larmes. « Mais il faut que je reste. La vieille garce ne veut pas me lâcher. » Charlie savait que sa nouvelle la retenait.

Elle ne rentrerait pas tant qu'elle ne l'aurait pas terminée. Une fois de plus, il réalisa pourquoi elle était écrivain et pas lui. Jaime avait un rapport mystique au travail. Il passait vraiment en premier. Pour Charlie, le travail avait prédominé jusqu'à ce qu'il rencontre Jaime. Après quoi Jaime, puis Kira étaient devenues ses priorités. Il ne savait trop comment, mais quelque chose éloignait Jaime de ce genre de sentiments. Il avait lu son premier roman, sur sa merveilleuse vie de famille, et il n'y avait rien trouvé qui ait pu la rendre comme ça. Sa façon d'aimer sa famille était d'écrire sur elle.

Charlie lui sourit tristement. « Buvons un dernier verre. Et je te raccompagnerai. »

Elle sourit avec un regard vitreux. « Je t'aime », dit-elle et elle gloussa.

66

Un chauffeur armé d'une pancarte avec son nom écrit dessus attendait Charlie à l'aéroport de LAX. En fait, la meilleure partie du voyage fut de monter dans la limousine, une première pour Charlie. Il espérait que ses compagnons de vol pouvaient le voir. Lui et son Levi's, ses bottes, sa chemise bonne pour sortir les poubelles, son cuir noir. Et eux en costume cravate. Il savait qu'il ressemblait à un dealer ou à un rockeur et il en avait vu de toutes les couleurs au petit aéroport de San Francisco, avait dû mettre les mains écartées sur le mur pendant que les flics le fouillaient lui et ses bagages. Ils ne trouvèrent pas le petit sachet de marijuana qu'il gardait dans sa poche de hanche sous son mouchoir sale.

« Je suis Charlie Monel », déclara-t-il au chauffeur, un jeune gars mince avec des lunettes très foncées et un teint pâle. Ce dernier ouvrit la portière arrière et Charlie lui sourit largement. « Merci », et il se cogna la tête en montant dans le véhicule. La secrétaire à la voix douce de Bill Ratto lui avait envoyé les billets et demandé quel hôtel il préférait. Charlie ne connaissant aucun hôtel à L.A., elle l'installa au Beverly Wilshire. Durant le trajet, empruntant surtout des voies secondaires pour éviter les autoroutes, le chauffeur parla de ses propres ambitions hollywoodiennes.

« Je ne suis pas comme la plupart des chauffeurs, dit-il. Ils sont tous scénaristes ou acteurs. Moi, j'vais produire. » Il expliqua qu'à Hollywood, seul l'homme qui contrôlait l'argent avait du pouvoir créatif. « Tous les autres doivent lui faire de la lèche », expliqua le chauffeur. Leurs regards se croisèrent dans le rétroviseur. « Je peux vous donner un conseil ?

— Bien sûr.

— Ne vous frottez pas les yeux. Ça ne fait qu'aggraver l'irritation. »

Charlie s'arrêta. « À quoi c'est dû ?

— Aux particules. »

La chambre de Charlie au Wilshire était belle, sans plus. Il s'était plus ou moins attendu au grand luxe. Une petite lumière rouge clignotait sur son téléphone. Le message était de Bill qui lui demandait de le rappeler sur-le-champ.

« Charlie ! Alors, ça te plaît le sud de la Californie ? » Charlie ne trouva pas de réponse et de toute façon Bill poursuivit dans la foulée. « J'ai besoin de régler une ou deux choses ici, et ensuite, on pourra déjeuner en bas de ton hôtel. »

Charlie trouva le restaurant, El Padilla, derrière l'hôtel. Il donna son nom au serveur en uniforme qui le conduisit à une banquette. La salle était aux trois quarts pleine, et bourdonnante. Charlie éprouva une espèce d'excitation nerveuse qui n'avait rien à voir avec son rendez-vous. Et si une star entrait ? Au lieu de quoi, Bill Ratto se glissa à côté de lui et dit au serveur qui se tenait à proximité d'apporter des menus ainsi qu'un téléphone. Charlie aurait donc droit à tous les clichés. Bill, en costume cravate, avait accroché ses lunettes à sa poche de poitrine, une branche pendant d'un air canaille. Sa chemise était blanche, sa cravate en soie, mais il avait quand même le look Hollywood. Le bronzage, peut-être. Le gros visage de Bill s'était affiné, et il avait encore perdu des cheveux. Il ne ressemblait plus à une chouette, mais plutôt à un faucon. Un faucon de dessin animé.

Il se tourna vers Charlie et tendit la main. « On va rencontrer mon associé. Mais avant ça, raconte-moi, comment ça va ? Tu m'as l'air très en forme, tu as un peu grossi, mais je te trouve bien. Comment va ta femme ?

— Jaime va bien », dit Charlie. Elle ne l'avait pas accompagné parce que sa nouvelle s'était transformée en texte plus long. « Ne les laisse pas te coller une actrice sur le dos », lui avait-elle dit en lui donnant un baiser mouillé. Kira voulait un tee-shirt d'Hollywood. Le serveur brancha le téléphone et, avec un sourire d'excuse, Bill saisit le combiné et se mit à parler dedans à voix basse. Charlie prit le menu en essayant de ne pas écouter. Quand Bill raccrocha, un homme venait vers eux, qui souriait de toutes ses dents. Il affichait cette beauté typique d'Hollywood, cheveux sombres, jean et chemise à col Mao. Il serra la main de Charlie.

« Vous devez être Charles Monel, lança-t-il. Je suis Bud Fishkin. » La poigne de Fishkin était ferme et sèche. Fishkin se glissa sur la banquette et demanda un menu ainsi qu'un téléphone. Charlie était donc cerné de producteurs avec des téléphones, murmurant dans leur combiné pendant que Charlie essayait de ne pas sembler trop mal à l'aise. Mais bien sûr personne ne les observait et personne ne se moquait. Sans trop se faire remarquer, Charlie se mit à écouter les conversations. Ratto parlait à sa secrétaire, passait en revue les appels arrivés en son absence. Fishkin parlait à son agent. Charlie eut envie de demander lui aussi un téléphone au serveur pour pouvoir appeler Jaime et lui dire qu'elle ratait un déjeuner des plus savoureux.

« Bill m'a dit que tu as fait la Corée, dit Bud Fishkin d'une voix chaleureuse après avoir raccroché. Je dois avouer que tu as la tête de l'emploi. »

Ratto dit : « On a une idée pour ton film, mais d'abord j'aimerais t'expliquer quelques petites choses. Tu te souviens de ton livre ? »

Charlie sourit. « Oui.

— Enfin, pas dans ce sens, mais dans l'esprit, je veux dire. Les romans sont épais, les films sont plats. Je veux aplatir ton roman, mais en retenir l'intensité, la saveur. C'est pour ça qu'on aimerait que tu travailles avec nous sur le scénario. Si tu en as envie. Si ça ne t'embête pas trop.

— À Hollywood, les romans se font violer avant d'être massacrés, affirma Fishkin avec un sourire plein de chaleur. Souvent, l'auteur est trop protecteur. On se disait que ça ne serait peut-être pas ton cas puisqu'il n'y a jamais eu de livre publié. *A priori*, tu n'as rien à attendre, donc rien à défendre.

— Je vois, dit Charlie. Vous voulez que je vous aide à massacrer mon bouquin. »

Fishkin rit. « On te laissera porter le premier coup. » Charlie et Ratto s'esclaffèrent.

« Qu'est-ce que j'y gagne ? demanda Charlie, se tapotant les yeux avec une grosse serviette rouge.

— Minute, papillon. C'est que je prends la question au sérieux, dit Fishkin. Ce que tu y gagnes, c'est que *primo*, ton livre verra enfin la lumière du jour, même si c'est sous une forme un peu différente. Ce qui devrait ou pourrait t'apporter une grande satisfaction d'un point de vue créatif, tout ça. Et puis il y a l'argent. Les films, ça brasse pas mal d'argent, des sommes que tu n'imagines même pas, des droits dérivés, les ventes à l'étranger, les séries télé, les droits électroniques, la liste est longue comme le bras. Et si tu te fais un nom comme scénariste, tu peux devenir assez riche. Et acquérir un plus grand contrôle.

— Ce qui est important, dit Ratto. Parce que sur ce premier scénario, tu n'en auras pas beaucoup. Ça se mérite.

— Tu dois apprendre les ficelles, dit Fishkin toujours souriant.

— Quelle est l'intrigue de mon film ? » demanda Charlie. Le serveur arriva et Charlie remarqua que les deux hommes ne commandaient à boire que du café. Charlie fit de même. Il n'allait pas les laisser l'enivrer et prendre l'avantage.

Après le départ du serveur, Fishkin et Ratto échangèrent un regard, comme pour dire : Toi ou moi ? Puis Ratto se lança : « Je vais lui dire. Le film est sur toi, Charlie. Un héros de guerre qui se fait capturer par les Chinois et tente de survivre dans un camp de prisonniers malgré la tuberculose. C'est un film sur la survie.

— C'est un film où le héros l'emporte sur le mal, ajouta Fishkin.

— Ça ne ressemble pas trop à mon livre », releva Charlie. Fishkin haussa un sourcil.

« Vraiment ? Décris ton livre en une phrase. La phrase que tu trouverais dans le programme télé. »

Charlie réfléchit un moment, puis dit pensivement : « Une bande d'abrutis se retrouvent au milieu d'une guerre.

— J'adore ! » s'exclama Fishkin.

67

Jaime adorait North Beach le matin. C'était comme un village méditerranéen perché sur une colline, un ciel dégagé d'un bleu pur, des rues désertes et des allées étroites. Jaime aimait se lever à l'aube, se doucher, s'habiller et descendre la colline vers le Caffe Trieste pour boire un espresso avec du chocolat saupoudré dessus, parfois accompagné d'une brioche quand elle n'avait pas trop la gueule de bois. À cette heure, le café était toujours bondé, les gens debout au petit comptoir qui invectivaient en sicilien ou en italien les gens de l'autre côté du comptoir ; sur le trottoir, les éboueurs qui buvaient leur espresso après une dure matinée à ramasser les poubelles de San Francisco. Jaime adorait ces gens. Ils la connaissaient, ne serait-ce que de vue, et presque chaque matin, les jeunes hommes au comptoir parlaient d'elle en italien et riaient. Il lui avait fallu des années pour être servie rapidement à l'intérieur. Elle n'avait jamais trop su si c'était parce qu'elle n'était pas italienne ou pas un homme. Mais à présent, ils lançaient aussitôt son espresso en criant : « Jaime ! Une brioche aujourd'hui ? » pendant que les autres trépignaient. Puis elle s'asseyait dos à la vitrine et lisait le journal qui se trouvait là, humant l'odeur de chocolat chaud, la fumée de cigare italien, écoutant le sifflement des machines à espresso et les conversations bruyantes tout autour d'elle. C'était son moment de la journée au milieu de l'humanité avant de rentrer s'isoler pour travailler.

Charlie se trouvant à Hollywood, Jaime dut interrompre sa routine et rentrer à Mill Valley pour être avec sa fille. Jaime n'arrivait pas à écrire chez eux quand Charlie était là, ce qui lui brisait le cœur. Charlie respectait tellement son intimité, son besoin d'une routine calme et sans heurts, lui proposait toujours de prendre son bureau, mais tous ces sacrifices la rendaient trop triste pour travailler. Comment pouvait-elle l'expliquer à Charlie sans le blesser ? « Je ne peux pas travailler ici parce que tu es un fiasco. » Elle supposait que Charlie comprenait, mais c'était un petit accroc entre eux, une de ces choses dont ils ne pouvaient pas parler ouvertement. Et ils s'accumulaient, ces petits accrocs.

Quand Charlie s'envola pour L.A., Jaime avait deux possibilités : rentrer travailler à la maison ou faire venir Kira en ville. Elle craignait de laisser Kira errer seule dans North Beach pendant qu'elle écrivait. Non seulement Kira était trop grande pour son âge, mais elle était aussi trop intelligente, trop curieuse, trop autonome. Jaime rentra donc à la maison. Ça ne devait être que pour une nuit, mais Charlie appela pour lui dire qu'il avait été invité à passer le week-end à Malibu. « Histoire de parler affaires », dit-il sans une trace d'humour, et elle fut coincée trois jours. Elle apporta son manuscrit avec elle et son Hermes portable, mais Kira semblait décidée à ne pas laisser sa mère écrire. Le vendredi, elles allèrent à Stinson

Beach et marchèrent sur le sable mouillé pour ramasser des coquillages. Kira semblait en connaître tous les noms – huîtres creuses, coquilles Saint-Jacques géantes, oursins plats, escargots de mer, etc., etc. –, courant devant sa mère et recueillant tout ce qui brillait, rejetant les coquilles imparfaites et fourrant les autres dans les poches de son pantalon. Kira faisait aussi la course et jouait avec les chiens sur la plage, même si elle feignait de ne pas en vouloir un pour elle. On lui avait dit qu'elle devrait s'occuper de son animal domestique, alors elle avait rétorqué, à sa manière typique : « Si c'est comme ça, je n'en veux pas. » Pourtant sa chambre était remplie de papillons morts, de libellules, de champignons séchés, d'images de loups et de faucons à côté des habituelles peluches et livres d'enfants.

Jaime avait été malheureuse que Charlie arrête d'écrire. Elle comprit sa douleur terrible quand il dut refuser la publication de la version massacrée de son livre, la vaine tentative de Bill Ratto de jouer à Maxwell Perkins, mais elle pensait qu'au bout d'un an ou presque à bosser comme barman, Charlie reprendrait du poil de la bête et se remettrait à écrire. Mais non. Après toutes ces années, il semblait parfaitement satisfait de s'occuper du bar et de la soutenir elle dans ses projets d'écriture, comme s'il passait après elle dans leur mariage. Mais elle le connaissait mieux que ça. Cette histoire d'Hollywood l'inquiétait vraiment, et encore ce Ratto qui ne laissait pas Charlie vivre sa vie. Un autre coup dur s'annonçait pour Charlie.

Mais quand elle vint le chercher à l'aéroport, il était dans une joie explosive. « Nom d'un chien, ça fait du bien de revenir à San Francisco ! Tu n'imagines pas comment c'est, dans cette putain de ville. Tu ne peux même pas te frotter les yeux. » Mais l'énergie qu'il dégageait avait une source différente, elle en était certaine. Cette nuit-là, au lit dans le noir après avoir fait l'amour, il lui raconta calmement sa visite, ce que ces producteurs avaient en tête et comment lui le prenait.

« Je crois que je peux battre ces types. Ils ne sont pas cons ni rien, mais ce qu'ils veulent est tellement évident.

— Qu'est-ce qu'ils veulent ?

— Ils veulent gagner. » Il posa une main sur le ventre de Jaime et le caressa doucement. « J'aime ton ventre.

— J'aime le tien. Comment vas-tu les battre ? S'ils sont à ce point décidés à gagner ?

— En les aidant à gagner. » Il gloussa comme s'il avait découvert un grand secret.

Il voulait vraiment tenter l'aventure Hollywood. À cause de sa propre mauvaise expérience, Jaime détestait ce milieu, même s'il lui avait fait gagner de l'argent. Jamais plus elle ne vendrait ses droits d'adaptation aussi vite. Son premier livre, peut-être le meilleur et sans aucun doute le plus lu, gisait à présent sous le cadavre de Joseph E. Levine, de feu Embassy Pictures devenu Avco-Embassy, et maintenant Dieu savait quelle multinationale monstrueuse. Les gens de la télévision l'avaient eux aussi tellement roulée après avoir mis une option sur *Judy Bell* qu'elle avait automatiquement envie de vomir quand elle entendait les mots : « J'ai d'excellentes nouvelles pour vous ! »

Quand ils s'étaient rencontrés, Charlie semblait ouvert sur le plan politique. « J'ai tété le marxisme à une autre mamelle que la vôtre », disait-il en riant à ceux qui espéraient sauver le monde. Puis le Viêtnam avait déboulé dans la vie de tout le monde et Charlie et elle avaient rejoint dix mille personnes sur le terrain de football de Berkeley pour écouter Dick Gregory et Norman Mailer les exhorter à défier le pouvoir. Ce jour-là, ils avaient crié avec les autres, mais au bout d'un moment, Charlie perdit ses illusions quant au mouvement antiguerre. « Ils attaquent les trains qui transportent les troupes. Qu'ils aillent se faire foutre.

— Mais ces soldats... commença-t-elle.

— Ces soldats n'ont pas le choix. »

Ils buvaient de la bière au Coffee Gallery. « Ils pourraient choisir la désobéissance civile », insista Jaime. Elle avait lu Thoreau, savait de quoi elle parlait.

« La désobéissance civile est quelque chose que tu fais seul », dit-il mystérieusement.

Il était contre la guerre et contre les réfractaires à la guerre. Charlie était en plein no man's land. Il n'avait jamais tué personne, mais avait essayé. Elle craignait ce qui se passait sous le masque qu'il présentait, même s'il était presque toujours ce même homme enjoué et prêt à rendre service. On ne peut pas consacrer dix ans de sa vie à écrire un roman sans y laisser une grande part de soi. Chaque livre est comme un enfant, et pas que d'un point de vue métaphorique, car, dans votre cœur, les malheurs de votre enfant vous font terriblement souffrir. Charlie étant grièvement blessé de ce côté-là, Jaime ne savait pas trop quel effet pourrait avoir Hollywood sur son héros déjà pas mal amoché.

68

Jaime appela son amie Susan Beskie à l'agence Zeigler-Ross qui s'occupait de ses droits d'adaptation et lui demanda de se renseigner sur l'éventuel contrat entre Ratto et Charlie. Jaime n'avait en fait jamais rencontré Susan et l'imaginait aussi grande que mince, cheveux courts et lunettes à monture métallique. Elle parlait d'une voix haut perchée et fluette que Jaime trouvait plus rassurante que ne l'aurait été une voix sensuelle. C'était un agent plein d'enthousiasme et elle voulait aider Jaime à devenir enfin riche grâce à l'écriture.

« Mon mari a écrit un roman il y a très longtemps », commença Jaime. Elle lui parla de *La Fin de la guerre* et du désir de Ratto d'en faire un film. « Tu connais Bill Ratto ?

— Oh oui », répondit Susan. Elle allait poser quelques questions et reviendrait vers Jaime, mais ce fut Evarts Ziegler qui l'appela un peu après six heures. Il semblait fatigué. Il demanda à parler à Charlie et, quand Jaime lui répondit qu'il n'était pas à la maison, Ziegler ajouta : « Demandez-lui de me rappeler. Je crois qu'on va pouvoir faire quelque chose. »

Charlie appela le lendemain matin, attendant avec impatience que l'agence ouvre à dix heures. Il n'arriva même pas à avaler son petit déjeuner, et alla faire les cent pas dans le jardin, les mains dans le dos. Il est d'humeur combative, pensa Jaime. Il veut vraiment se lancer. Elle n'était pas persuadée d'en être heureuse. Tout était bon pour qu'il arrête de jouer les barmen, bien sûr, mais Hollywood était un peu le pays des rêves brisés. Ce qui l'attirait peut-être.

« Tu pourrais l'intituler "Soldat Lazare" », dit-elle au déjeuner. C'était un de ces rares déjeuners à trois en famille, cette fois pour fêter l'accord passé avec Ziegler pour qu'il « jette un coup d'œil » au contrat de Charlie. Ils étaient sur la terrasse du Trident et regardaient les voiliers sur la baie.

« Sergent Lazare, corrigea-t-il avec un sourire.

— Je commence à être jalouse.

— De quoi ? » demanda Kira. Elle mangeait un hamburger géant.

« Papa part pour Hollywood, répondit sa mère.
— Je ne me fais pas d'illusions, la rassura Charlie. Je sais ce qu'ils veulent. Un gros film de guerre qui en met plein la vue, avec un message antiguerre.
— Ce n'est pas aussi ce que tu veux ? » demanda Jaime.

Un homme d'environ trente ans aux cheveux bruns, longs et graisseux, vêtu d'une chemise estampillée d'un drapeau américain, vint vers eux en souriant, et plus particulièrement à Kira. « Charlie, dit le type, où est-ce que tu l'as trouvée, cette petite ? »

Kira regarda l'homme brièvement et puis se concentra à nouveau sur son hamburger. Charlie sourit, même si Jaime devinait qu'il était en colère. « C'est ma fille.
— Ah, génial », dit le gars les yeux toujours sur Kira. Puis le message sembla passer et il recula. « Oh. »

Charlie le regarda quitter la terrasse. « Sans doute un peu défoncé, dit-il irrité. Je veux que ce soit un bon film. La qualité n'empêche pas de faire un gros film de guerre qui en mette plein la vue et rapporte un paquet. Par contre, John Wayne, c'est hors de question. »

Jaime était surprise. « Ils veulent John Wayne ? »

Charlie rit. « Son staff ne rappellera sans doute pas de toute façon. Tu sais, ils ne m'ont jamais parlé d'un agent.
— Ne sois pas paranoïaque. »

Charlie lui sourit, mais quelque chose n'allait pas à en juger par son air. « Tu connais cette idée bouddhiste comme quoi on désire ce qui nous fait souffrir ? » Elle acquiesça. « J'avais vraiment mis mon roman de côté. J'en avais fini. Je n'avais plus aucun désir, vraiment. Tu sais, comme avec cette foutue tuberculose. Tu es là à cracher du sang avec la régularité du geyser de

Yellowstone, et tu te dis que soit ça s'arrête soit tu meurs. C'est le désir de vivre qui te fout en l'air. Tu dois y renoncer, et c'est ce que j'ai fait. Et je l'ai fait parce que je m'en moquais. Tu vois ce que je veux dire ?

— Moi oui, dit Kira.

— Pardon, ma biche, dit Charlie à sa fille. Je ne voulais pas parler comme ça devant toi. »

Kira lança un regard à sa mère qui disait : « Ah, les hommes ! »

Ils avaient donc rallumé le désir dans sa vie, comprit Jaime. Charlie avait vécu en pilote automatique parce que la seule chose qu'il voulait vraiment lui avait été refusée. Et voilà qu'on la lui offrait de nouveau, par elle ne savait quelle raclure planquée à Hollywood. Elle ne pouvait pas protéger Charlie. Elle ne pouvait même pas se protéger elle-même. Pas de ce genre de chose.

L'appel arriva le lendemain matin à huit heures vingt, donc Evarts Ziegler pouvait arriver tôt au travail, quand il le voulait. Charlie alla décrocher dans le bureau et en sortit le front couvert de sueur.

« Que se passe-t-il ? » demanda-t-elle.

Charlie s'assit à la table de la salle à manger avec Jaime et tapota la nappe du doigt avec irritation. Il soupira et Jaime attendit. « Eh bien je crois que je vais aller passer un petit moment là-bas », dit-il finalement.

Jaime fut surprise. « Tu veux dire déménager à Hollywood ? »

Il haussa les sourcils, sur la défensive. « Qu'est-ce que je devrais faire ? » Ratto et Fishkin avaient proposé mille cinq cents dollars par semaine à Charlie pour six semaines, extensibles à douze, afin qu'il vienne dans le Sud travailler avec eux sur un scénario. « Ça fait combien ? demanda-t-il.

— Ça fait entre neuf et dix-huit mille dollars. Que tu n'auras pas à rembourser, cette fois.

— Cet argent ne serait pas de trop.
— C'est sûr.
— Pourquoi je me sens tellement idiot ? » Kira entra dans la pièce à ce moment-là, affublée de son maillot de bain bleu et noir trop large au niveau des ouvertures des jambes, ce qui lui donnait un air coquin. Elle devenait si grande. Entendant la dernière remarque de Charlie, elle attendit la réponse de Jaime. Mais sa mère n'en avait pas.

Elles conduisirent Charlie à l'aéroport, Kira coincée sur la banquette arrière. Si Jaime était contrariée, Kira l'était encore plus. Sur le chemin du retour à Marin County, elle annonça qu'elle aussi voulait vivre à Los Angeles.

« Je déteste Marin. Tout le monde est tellement parfait. Je pensais m'installer à San Francisco avec toi et aller à l'école là-bas. Mais ça c'est mieux. Je peux vivre avec papa et aller au lycée d'Hollywood.

— Je ne pense pas que Los Angeles te plairait, dit Jaime en bon parent.

— C'est pas tellement pour Los Angeles, dit Kira.
— Comment ça ? »

Kira expliqua qu'elle préférait son père à sa mère. « Si jamais vous vous séparez, asséna-t-elle, c'est avec lui que je veux vivre. »

69

Kenny Gross avait des ennuis.

Il était devenu ami avec Charlie en traînant au bar sans nom quand le bateau était à quai. Kenny travaillait à bord du *Breckenridge* depuis près de cinq ans et écrivait sans relâche, mais n'arrivait à rien. Il avait d'abord tâté de la nouvelle, mais personne ne voulait les lui acheter ni même les commenter sauf pour lui envoyer des lettres de refus. Il ne savait pas où il s'y prenait mal ni s'il s'y prenait mal. Peut-être que ses textes étaient bons et que c'était *les autres* qui avaient tort. Impossible de le savoir. Le cœur battant la chamade, il finit par donner un texte à Charlie pour qu'il le lise. « On verra ce que tu en penses » fut tout ce qu'il put dire. Il fut au moins encouragé par le respect que lui montra Charlie. « Je vais la ranger avec mon manteau », dit-il, et, plein de précautions, il porta le manuscrit dans la pièce du fond. Il lirait la nouvelle dans la soirée.

« Qu'est-ce que tu veux entendre ? » demanda-t-il.

Kenny fut surpris. « Ce que tu penses, dit-il. Pas de compliments », ajouta-t-il et Charlie acquiesça.

« Bien. »

Kenny rentra chez lui de l'autre côté du pont, dans son petit appartement au croisement de Jackson et Larkin, au-dessus de la blanchisserie chinoise. En général il écrivait la nuit, mais sachant que Charlie lisait son récit, il en fut incapable. À quatre heures du matin, il fut persuadé que Charlie lui dirait d'arrêter d'écrire. Il ne comprenait pas trop pourquoi l'opinion de Charlie lui importait tant. Charlie n'avait jamais rien publié. Mais il était intelligent. Kenny n'avait jamais rencontré de barman aussi intelligent.

Charlie sourit et dit : « J'ai tout de suite vu ce qui n'allait pas. » Il tendit son texte à Kenny et celui-ci le roula automatiquement entre ses mains.

« C'est mauvais, dit Kenny en opinant du chef.

— Mais non, ducon. C'est sublime, ce que tu fais. Mais c'est trop compliqué.

— Compliqué ? » Il n'avait jamais pensé à son travail en ces termes.

« Pas vraiment compliqué. Je veux dire trop compliqué pour les gens à qui tu le montres. *Playboy* ne va pas acheter l'histoire d'un type obsédé par le bruit que fait sa circulation sanguine. Ils ne comprendront sûrement même pas de quoi tu parles. »

L'écriture est une chose très étrange, pensa Kenny. On peut écrire et écrire encore sans jamais savoir ce qu'on fait. Il n'avait pas écrit l'histoire d'un type obsédé par le bruit de sa circulation sanguine. Il avait parlé de la *fascination* qu'il y a à écouter battre son propre sang.

« Pourquoi tu n'écrirais pas pour les enfants ? » demanda Charlie et, avec ces mots, il changea la vie de Kenny. C'était comme s'il avait joué faux toute son existence et que Charlie lui avait enfin donné le *la*. Les enfants. Bien sûr. Il ne faisait confiance qu'à eux. Il écrirait pour eux. Charlie et lui se dévisagèrent par-dessus le bar. Kenny chercha quelque chose à dire.

« Je ne suis pas trop compliqué pour les enfants ?

— Bien sûr que non », répondit Charlie sans hésitation avant de s'éloigner pour servir quelqu'un.

Plus tard, Charlie présenta Kenny à sa femme et, alors qu'ils buvaient de la bière au bar un dimanche après-midi, Jaime et lui se découvrirent un point commun. Des années plus tôt, Kenny avait aidé la mère de Jaime après la mort de son père, quand il leur avait fallu vendre leurs biens. Sans Kenny, Edna se serait fait escroquer et il était fier de sa bonne action.

« Ma mère m'a dit que quelqu'un l'avait aidée, dit Jaime en lui touchant le poignet. Qu'une personne merveilleuse avait surgi de nulle part pour la sauver des vautours. » Elle lui adressa un sourire magnifique. « Ma mère sera tellement heureuse de savoir que je t'ai rencontré. » Elle lui raconta qu'Edna s'était remariée et vivait à Troutdale, à l'est de Portland. À partir de là, chaque fois que Kenny voyait Jaime à Sausalito ou North Beach, c'était comme deux vieux amis. Le karma, pensa Kenny. J'ai fait quelque chose de bien et à présent on me le rend. Parce qu'il aimait Jaime. Elle écrivait *vraiment* très bien.

Qui plus est, elle confirma l'avis de Charlie sur son travail. « Quel talent ! » dit-elle et elle le supplia aussitôt de la laisser envoyer un de ses textes à un éditeur de littérature jeunesse chez Harper & Row, histoire de leur montrer quel genre d'auteur il était. L'éditeur renvoya une réponse enthousiaste et lança Kenny sur son premier vrai livre pour enfants. Mais maintenant qu'il envisageait clairement son type de lectorat, l'écriture devint plus ardue. Il y avait cette obligation terrible de ne pas leur raconter de salades. C'était la devise de Kenny : pas de salades.

Un autre changement survint dans sa vie quand il décida qu'il ne supporterait pas une semaine de plus à draguer du sable. Travailler sur la marie-salope n'était pas seulement chiant, c'était à devenir dingue, même si la paye et les horaires étaient très intéressants, mieux que ce qu'il pourrait trouver ailleurs. Kenny finit par démissionner. Il avait un avenir, à présent. Mais pour pouvoir vivre sans miner ses économies, il se dégota du travail dans le milieu du livre et fut embauché par un marchand d'ouvrages rares spécialisé dans le Western Americana. Au lieu de chercher des bouquins dans les organisations caritatives ou chez les gens, Kenny passait ses journées à fouiller des entrepôts et à assister à des ventes de propriétés, moins pour dénicher des trésors que pour faire des inventaires de l'état et des prix.

Un boulot aussi nul que de ramasser du sable, à un détail près : son boss, Calvin Whipple, qui avait fait ce travail toute sa vie, d'abord pour son grand-père, puis pour son père et à présent à son compte, avait toujours un grand ballon de brandy à moitié plein de comprimés blancs sur son bureau. Kenny pouvait y piocher autant qu'il le voulait. Les comprimés permettaient de rester alerte, et au début, par naïveté, Kenny avait pensé qu'il s'agissait d'excitants ou d'autres trucs de ce genre à la caféine. Ils aidaient sans aucun doute dans le travail, mais ensuite, il n'arriva plus à écrire la nuit à moins de prendre d'abord un comprimé, jusqu'à ce qu'au lieu de se reposer quatre ou cinq heures par nuit, il ne dorme plus du tout. Il travaillait toute la journée, rentrait chez lui et écrivait toute la nuit, puis il se douchait, croquait du sucre blanc ou autre chose et retournait travailler. Durant son jour de congé, il allait à Sausalito dans son vieux pick-up Chevy blanc et tentait de se détendre, buvait de la bière et regardait les touristes par la fenêtre. Il se disait qu'il cherchait des filles, mais depuis la découverte des petites pilules blanches, il n'avait éprouvé aucune excitation sexuelle, et son seul but était de boire assez de bière pour pouvoir dormir.

À l'occasion, il buvait avec Jaime et ils discutaient de leur travail. Il voulait lui parler des amphétamines, mais n'y parvenait pas. Elle ne le respecterait peut-être plus si elle savait. Une nuit, il erra dans les rues de North Beach avec l'impression accablante que le monde allait se désintégrer. Tous les gens qu'il croisait étaient déjà morts, mais marchaient, comme lui, morts mais incapables de s'arrêter. Il ressentait un amour débordant pour l'humanité à l'heure de sa disparition, et la voyait entourée d'un halo de lumière scintillante. Puis il se retrouva nez à nez avec Jaime. Elle le dévisageait. Il faisait nuit, ils étaient dans la rue.

« Aide-moi, s'entendit-il dire de très loin.

— Bien sûr », répondit-elle. Ils se rendirent à l'hôpital de l'université de Californie dans la Porsche de

Jaime et patientèrent dans une grande salle d'attente. Une fille accompagnée de sa mère souffrait d'une migraine, Kenny aurait voulu mourir de compassion. Quand le médecin vit Kenny, il lui dit qu'il ne pouvait pas l'aider. Ce médecin était plus jeune que Kenny et son visage affichait une expression antipathique. Ils quittèrent l'hôpital et Jaime voulut l'emmener chez eux à Mill Valley, mais Kenny refusa. Elle le reconduisit sur Jackson et Larkin.

« Je suis juste gravement défoncé », finit-il par admettre. Ils se garèrent devant la blanchisserie. Il était six heures du matin.

« Viens à la maison, insista-t-elle. Charlie est à Los Angeles. Tu peux dormir dans son bureau. Jusqu'à ce que tu sois sevré. »

Il s'obligea à répondre : « Je n'en ai pas envie. » Ce devait être douloureux de le regarder car Jaime se détourna. Quand elle tourna à nouveau le visage vers lui, il était plein d'une incroyable bienveillance. « D'accord », dit-elle. Elle lui toucha la joue.

Kenny descendit de voiture et la regarda partir. Très belle voiture, pensa-t-il, et il monta les escaliers en faisant le moins de bruit possible. Une fois à l'intérieur il goba deux pilules et s'allongea pour dormir. Mais il ne ferma pas l'œil.

70

Ce qui le surprit en premier avec Hollywood fut de constater combien ça lui plaisait. La secrétaire de Ratto lui avait trouvé une « suite » au Tropicana Motel à Santa Monica qui se résumait en fait à deux pièces minables et puantes, dotées d'un petit frigo bruyant, d'une cuisinière, d'un comptoir couvert de lino rouge sur lequel on semblait avoir haché des aliments et d'une vieille moquette verte à poils longs et sales. L'odeur était complexe. Il identifia la pisse, la merde, le vomi, le vin bouchonné, le parfum et la fumée de cigarette. Le lit était trop dur et la femme de chambre mexicaine entrait quand elle voulait. Il y avait un petit restaurant au rez-de-chaussée connu pour ses petits déjeuners, mais la salle était toujours prise d'assaut par des rockeurs, la seule autre clientèle du motel, apparemment. Charlie adora aussitôt les lieux. Il se sentit tout de suite chez lui. Les rockeurs étaient chaleureux et riaient toujours quand il disait qu'il était écrivain. « Ah ouais, écrivain ? »

Il avait espéré se débrouiller sans voiture, mais c'était impossible. Il loua chez Dollar-A-Day une Coccinelle Volkswagen qui lui coûta en fait six dollars par jour. Il se rendait tous les matins au studio comme l'employé de bureau lambda. Fishkin-Ratto étaient à la 20th Century Fox, à trois kilomètres du motel, et Charlie arrivait autour de dix heures. Il passait sa journée soit dans le bureau de Ratto soit dans celui de Fishkin. Les garçons, ainsi qu'il commença à les surnommer dans son esprit, avaient plusieurs projets en cours par ailleurs, mais tant qu'il serait en ville, ils s'efforceraient de se concentrer sur le sien. Le premier jour, ils s'installèrent dans le bureau de Bill, porte fermée, et parlèrent de guerre et des films de guerre en général. Ethyl, la secrétaire, avait pour ordre de bloquer les appels, et ils ne sortirent pas de la journée. Vers dix-sept heures trente, Bill prit une bouteille de Jim Beam dans un tiroir et demanda à Ethyl d'apporter les fichiers. Ils burent un ou deux verres, un rituel du soir, et parlèrent du casting. Charlie fut fasciné par la quantité d'acteurs mentionnés rien que pour incarner son personnage, mais au bout de quelques jours, il comprit qu'il ne fallait pas prendre au sérieux les sujets évoqués pendant le verre de fin de journée. À cette heure-là, le filtrage des appels était levé et un des deux était toujours pendu au téléphone. Il arrivait même que Charlie soit obligé de sortir attendre dans le bureau de la secrétaire. Il apprit la patience avec Ethyl, une femme d'une quarantaine d'années qui avait toujours été secrétaire à Hollywood. Entre les appels et les commissions à effectuer, elle tricotait. « J'arrive à faire beaucoup ici », dit-elle à Charlie. Elle partageait le bureau avec la secrétaire de Fishkin qui, elle, pratiquait le crochet.

Tous les jours ils parlaient de l'intrigue. Après quelque temps, Charlie vit certaines tendances se dessiner. Fishkin imaginait un film antiguerre sans complaisance, cru, pourquoi pas en noir et blanc, sans stars, réduit aux événements tels que Charlie les avait vécus dans la réalité. « À la limite du documentaire, disait-il. Les gens sont prêts pour ça. » Ratto, de son côté, semblait plus ambitieux. Il voulait que le film soit vu par un maximum de gens. « Il faut que cette histoire les touche, martelait-il. Elle ne leur fera pas perdre leur temps, mais il faut les captiver. » Il voulait John Wayne. Ou un autre de cette stature dont le nom attirerait les spectateurs dans les salles.

« Et pourquoi pas quelqu'un de moins de cinquante ans ? suggéra Charlie sans une trace d'ironie.

— Bien sûr, bien sûr », dit Ratto.

Charlie considérait que sa tâche principale était d'écouter. Ethyl lui avait déjà conseillé de ne pas s'inquiéter de la mise en forme du scénario. « Je m'occupe de tout ça.

— Tant mieux, parce que je n'y connais rien. »

Elle sourit. Fishkin et Ratto étaient chacun dans leur bureau à prendre des appels. « Vous devriez voir ce qu'on reçoit, confia-t-elle. Je passe des heures à déchiffrer.

— J'aimerais en voir quelques-uns », dit-il et il repartit chez lui avec une pile de scénarios, dont certains avaient été tournés. Charlie s'allongea sur son matelas trop dur pour lire en écoutant la musique à plein volume qui filtrait par les cloisons. Au début, il fut choqué de la bêtise apparente, la platitude, l'ennui et la banalité. À l'opposé de la littérature. La grammaire était bancale, le choix des mots était uniformément mauvais, etc. Ça n'était pas à mettre entre les mains d'un prof d'anglais. Après en avoir lu une douzaine, Charlie eut une meilleure idée de ce qu'on attendait de lui. Ça allait peut-être marcher. Pas de place pour la quantité hallucinante de conneries dans quoi Charlie s'empêtrait toujours, listes d'équipement, descriptions, tous ces trucs-là. Dans un scénario, toutes ces choses étaient exclues. Le scénariste ne s'embarrasse pas de détails et ne doit pas dévier de l'histoire de base ni des dialogues.

Il y avait là quelque chose de merveilleux, une fois qu'il fut remis du choc. Pas étonnant que tous ses romans de guerre préférés aient donné des films aussi nuls. Même le très encensé *Tant qu'il y aura des hommes* était pourri quand on y regardait de près. Tout ce réalisme au nom d'une vérité à la con. Charlie avait pour ambition secrète d'éviter les trucs à la con, justement. Que le réalisme soit au nom du réalisme. Il ne voulait pas de conneries, et quant à la vérité, il ne prétendait pas la connaître. Sauf qu'évidemment, la vérité était une connerie. Voilà où était le piège.

Il se dit assez vite que Fishkin s'approchait plus de sa propre vision que Ratto. En fait, Bud Fishkin était quelqu'un de plus agréable. Un pur produit d'Hollywood, naturellement, mais cela n'avait pas tout à fait la même signification que ce qu'il avait imaginé au départ. Bud Fishkin était instruit, raffiné, c'était un fan de jazz, un époux et le père de deux filles magnifiques que Charlie avait rencontrées à la plage. Il possédait une jolie maison en bord de mer, rien de trop ostentatoire, en aucun cas vulgaire, et son épouse, même si elle était actrice de profession, cuisinait magnifiquement et avait une conversation passionnante, une femme que Jaime apprécierait sur-le-champ. À l'inverse, Bill Ratto vivait seul dans un appartement luxueux plus haut sur la plage par rapport à Fishkin et semblait à peine débarqué de New York. Depuis combien de temps vivait-il là ? Cinq, six ans ? Il n'avait pas encore ouvert tous ses cartons, et sa collection d'affiches, de tableaux et de dessins était appuyée contre un mur du salon à côté de sa cheminée au gaz. Chez lui, Fishkin semblait à l'aise et humain ; chez lui, Ratto était un chien dans un refuge, amical mais nerveux.

Cela se joua subtilement à deux contre un, Ratto reconnaissant que ses idées étaient « un peu grandioses ». Mais il insista sur le fait qu'un film déprimant en noir et blanc n'allait rien inspirer de bon à ceux qui tenaient les cordons de la bourse. « Ce film n'est pas vendu d'avance », dit-il un jour, marquant son opposition à Fishkin qui ne voulait prendre que de jeunes acteurs non professionnels.

Fishkin se tourna vers Charlie. « Tu imagines les habituels figurants gras du bide dans ton camp de crève-la-faim ? » Un point en sa faveur, facilement gagné. Il leur faudrait des petits jeunes qui suivaient des cours de théâtre pour avoir le bon look. Ce qui dictait donc l'âge des stars. La règle serait : personne de plus de trente ans.

« J'espère que ça plaira aux banquiers », dit Ratto. Fishkin et Charlie échangèrent un regard. Ratto se comportait vraiment comme un marlou de studio. Le soir, Charlie rentrait au motel, ou s'arrêtait à son nouveau bar préféré plus bas dans la rue, le Troubadour, et se disait qu'ils jouaient peut-être aux gentil flic/méchant flic. Mais il ne voyait pas pour quelle raison. Ils cherchaient tous la même chose, non ? Ils voulaient gagner. Il fallut quelques semaines à Charlie pour comprendre qu'il était complètement seul. Sans attendre qu'on le lui demande, il se lança dans l'écriture du scénario, assis dans son appartement puant, au crayon sur des blocs-notes jaunes, comme à ses débuts des années plus tôt.

71

Quand Fishkin et Ratto découvrirent qu'il avait commencé à écrire, ils furent heureux de le laisser regagner Mill Valley. « Rentre chez toi, envoie-nous mille pages », dit Fishkin de sa voix profonde et grave. Ziggie, l'agent, expliqua que les paiements à la semaine tomberaient même si le contrat n'était pas encore signé, et lui dit de ne pas s'angoisser pour les détails. « Tu es un bleu, ajouta-t-il. Je ne peux pas grand-chose pour toi. Mais si tu rends le bon scénario, cette ville t'accueillera avec autant de facilité qu'un trou de balle putréfié. » Charlie fut un peu choqué d'entendre ces mots sortir de la bouche d'un gentleman aussi distingué. Mais il rentra chez lui avec la ferme intention de suivre le conseil de Ziggie.

Charlie fut effaré de voir ce qu'étaient devenus ses mille cinq cents dollars par semaine quand un chèque d'un peu moins de la moitié du montant lui arriva. Enfin, c'était toujours mieux que le salaire d'un barman, et Charlie n'avait pas besoin de s'habiller pour aller travailler. Jaime retira sa machine à écrire et son manuscrit du bureau, mais ne retourna pas pour autant à San Francisco. Elle s'installa dans leur chambre, sur sa coiffeuse, après avoir déplacé tout un tas de pots et de flacons, et Charlie ne comprit pas comment elle pouvait écrire là avec le miroir sous les yeux. Pourtant, elle écrivait.

L'autre petit tracas était que soit Fishkin soit Ratto l'appelait plus ou moins tous les jours pour lui demander s'il avançait, ce qui le rendait nerveux. Il n'aimait pas parler d'un projet en cours. Le téléphone pouvait sonner à dix heures ou à vingt-deux heures et sans plus de préliminaires Bud Fishkin disait : « J'ai réfléchi aux scènes dans le Montana. Tu sais, ce serait vraiment génial s'il y avait une fille à qui il ferait ses adieux, tu vois ? Comme un genre de symbole de ce qu'il laisse derrière lui.

— Tu veux que je transforme le père en petite amie ?

— Non non non non non, disait Fishkin chaleureusement. Je pense qu'on devrait *ajouter* une fille. Ça rendrait le départ plus poignant, touchant, tu vois ?

— OK, donc il se fait renvoyer du lycée, se dispute avec son père, roule une pelle à cette fille et monte dans le bus. » Tout ça pour la scène qu'ils avaient prévu de mettre pendant le générique. Et il n'y avait pas eu de fille, bien sûr. Les filles de Wain et de la campagne environnante n'avaient pas trop été au goût du jeune Charlie. C'était en grande part pour ça qu'il était parti. Mais il avait appris à ne pas chipoter au téléphone avec ses producteurs. Ils gagnaient toujours, se servaient de leur expérience dans la fabrication des films pour l'enfoncer. Ce qui n'empêchait pas la plupart de leurs idées d'être très mauvaises, si bien que Charlie se montrait diplomate au bout du fil, puis continuait d'écrire son scénario comme il l'entendait.

Ce qui était très amusant, une fois la peur dépassée. Installer les scènes, y mettre des personnages et les laisser agir. Charlie s'aperçut qu'il avait passé tellement de temps à penser à sa carrière militaire qu'il connaissait déjà les scènes avant même de les avoir couchées sur le papier. Il avait ressorti sa machine à écrire parce qu'il était plus commode de voir les scènes en caractères d'imprimerie et il se mit à produire dix ou douze pages par jour. Il se sentait libéré de ne pas avoir à donner tous ces jolis détails qu'il croyait essentiels autrefois, ou à apporter des nuances à ses personnages. Dans un film, personne n'est subtil, lui dit-on, et d'après les films qu'il avait vus et les scénarios qu'il avait lus, on lui avait dit la vérité. Il apprit à montrer les choses plutôt qu'à les faire raconter par des gens. Il devint plus conscient de la structure dramatique, ou suffisamment pour qu'à deux reprises il s'interrompe et reprenne tout à zéro, déterminé à rendre un premier jet prêt à tourner.

Les appels étaient incessants. Ces producteurs étaient-ils les bons pour son film ? Ils ne semblaient pas avoir la moindre idée de ce qu'il essayait de faire. Ils n'arrêtaient pas de proposer des personnages stéréotypés à insérer dans le film « pour aider à raconter l'histoire ». La fille dans le Montana, une autre en Corée, un gentil Chinois, un méchant Chinois, un gentil gardien, un méchant gardien, une infirmière dont il tombe amoureux, une correspondante étrangère dont il tombe amoureux. Il finit par appeler Ziggie pour lui demander quoi faire au sujet de ces appels intempestifs.

Ziggie s'esclaffa. « Ils te payent pour une version et veulent en avoir dix pour le même prix. Ignore-les. Sauf s'ils te proposent quelque chose d'utile. »

Au bout des six semaines, Charlie était en plein milieu de l'histoire et le scénario faisait déjà cent pages. « Continue d'écrire », lui dit Fishkin, et les chèques continuèrent d'affluer. Charlie termina sa première version en dix semaines, s'observa dans le miroir en pied et découvrit fasciné que cet effort lui avait coûté vingt kilos. À part ça et ses yeux injectés de sang à cause de la marijuana, il avait l'air en forme. Bien sûr il ne fumait pas en travaillant, seulement après, avant de prendre sa douche. Il ne buvait pas non plus, cela le rendait trop confus le lendemain matin. Comment Jaime pouvait-elle encore sortir boire jusqu'à être ivre morte et se lever à six heures le lendemain pour se remettre à écrire ? Charlie se faisait vieux. Ce n'était peut-être pas le cas de Jaime.

Il fit taper le scénario par une professionnelle à Barbara's Place, un service de dactylo qu'on lui avait conseillé, et quand les exemplaires reliés lui revinrent, il fut surpris de constater qu'ils s'élevaient à deux cent quarante-cinq pages. Barbara's Place avait envoyé des copies à Fishkin-Ratto et Zeigler-Ross, et Charlie se prépara à recevoir la mauvaise nouvelle. Beaucoup trop long. Trop de personnages sombres. Trop de jurons. Pas assez de femmes. Pas de sexe. Pas de gentils. Des fusillades sans résolution (Fishkin lui avait expliqué que les fusillades devaient résoudre quelque chose, sinon c'était gratuit). Ziggie lui dit de se détendre, que cela prenait souvent une ou deux semaines, mais Charlie n'était pas prêt à se détendre. Il venait de balancer une grenade et voulait l'entendre exploser.

Kenny Gross commençait à poser problème. Jaime raconta à Charlie qu'elle était partie à sa recherche et l'avait retrouvé en plein délire qui errait dans North Beach en train de marmonner au sujet des anges. Kenny s'était trop défoncé au speed. Charlie se rappelait quand le speed avait envahi North Beach à la fin des années cinquante, transformant de jeunes mecs à la coule en voyous meurtriers. Charlie détestait le speed. Ça vous faisait croire que vous étiez plus vif et plus intelligent, mais dès que vous tendiez la main pour attraper votre bite, elle n'y était plus. Il préférait la cocaïne, une euphorie plus nette, plus propre et aussi plus naturelle. Il avait entendu dire que le speed était une invention d'Hermann Göring et des scientifiques de la Luftwaffe, parce que Göring craignait que la guerre n'empêche l'approvisionnement de cocaïne en provenance d'Amérique du Sud. Ça n'intéressait pas Charlie. Tout ce qu'il voyait était que cette merde foutait Kenny Gross en l'air.

Kenny semblait avoir le béguin pour Jaime. Il croyait qu'elle détenait les réponses. Célèbre, couronnée de succès, un vrai talent, et pourtant cela ne l'avait pas abîmée. Elle restait humaine. C'était les mots de Kenny. Malheureusement, Kenny rappelait à Jaime le jeune voleur qui écrivait des polars et avait disparu du jour au lendemain. Charlie n'en revenait pas d'avoir oublié son nom. Ce voleur aussi avait tourné autour de Jaime en quête d'amour. Lui aussi était secret et parlait peu. À ce souvenir, Charlie repensa à Linda McNeill et à son unique adultère. Où que se trouvât Linda, il l'imaginait belle et bronzée, ramenant une voile quelque part sur le vaste Pacifique. Il l'espérait.

Très souvent l'après-midi, Charlie émergeait de son bureau et voyait le pick-up blanc de Kenny dans l'allée de gravier et Kenny lui-même dans la cuisine ou sur la véranda en train de parler avec Jaime, Kira ou même avec Mme Hawkins. Charlie dut expliquer à Kira pourquoi Kenny se comportait parfois de manière si étrange.

« Il prend des médicaments qui sont mauvais pour lui », clarifia Charlie. Kira savait ce qu'était le speed et le lui dit. « Eh bien, c'est ce qu'il prend, admit Charlie. Et ça le rend fou. » Il se retint d'ajouter qu'il aimerait que Kira ne se drogue pas, mais elle lui dit : « Papa, tous tes amis prennent de la drogue », ce qui ruina d'avance sa posture morale. Pour l'instant, autant qu'il pouvait en juger, Kira ne buvait même pas. Charlie, lui, avait commencé à dix ou douze ans. Tout le monde le savait.

« Comment se présente ton livre ? » demanda-t-il à Kenny juste après l'envoi du scénario. Ils étaient tous les deux à Sausalito au bar sans nom et buvaient de la bière dans le patio, baignés par une lumière mouchetée que filtrait la végétation au-dessus d'eux. Kenny sourit avec satisfaction en direction de la table et déclara : « Je ne peux plus continuer comme ça. »

Charlie laissa ses paroles retomber. Il n'y avait rien à dire. Il parlait à un jeune homme plein d'esprit détruit par les amphétamines. Quels encouragements pouvait-il offrir ? Il but sa bière.

« C'est comment, le mariage ? » voulut savoir Kenny.

Charlie fut surpris. « Pourquoi tu me demandes ça ? »

Kenny lui sourit. C'était un bel homme avec des yeux bleus très clairs. Il ne devait avoir aucun mal à plaire aux femmes. Mais Charlie n'avait jamais vu Kenny avec une femme, si l'on exceptait celles à qui il parlait dans les bars. Il se demanda si Kenny Gross était homosexuel. Non, impossible, il était amoureux de

Jaime. Charlie demanda : « Tu cherches une femme ? C'est peut-être une bonne idée. Pour répondre à ta question, le mariage, c'est bien. Et pour moi, nécessaire. Sans Jaime, je serais un homme mort. » Et en le disant, il s'aperçut que c'était vrai.

« Je suis un homme mort », déclara Kenny. Il vida sa bière.

« Mais non, mentit Charlie. Tu es une bonne personne et un écrivain talentueux. Mais il faut que tu décroches de cette merde. »

Kenny sourit tristement et se leva. « J'ai un truc à faire. » Charlie le regarda quitter le patio et traverser le bar obscur.

Il revit Kenny juste après avoir reçu l'appel d'Hollywood. « Redescends, lança joyeusement Ratto. Il faut qu'on pitche ce truc. » Kenny était moins joyeux, mais lui aussi apportait de bonnes nouvelles. Il arriva chez eux un soir, à près de vingt-deux heures, et il y avait une femme avec lui. Elle était mince avec des taches de rousseur, une jolie fille d'environ vingt-cinq ans. Kenny et elle restèrent plantés l'un à côté de l'autre durant le quart d'heure que dura leur visite plutôt bizarre. Elle s'appelait Brenda Freeney, et ils allaient se marier. Ils avaient fait connaissance dans un bar en ville et étaient tombés amoureux. Maintenant ils descendaient à Modesto pour que Kenny rencontre les parents de la jeune femme avant qu'ils ne se marient. Brenda était étudiante. Après leur départ, les Monel les ayant couverts de tous leurs vœux de bonheur, Charlie demanda à Jaime : « Qu'est-ce que tu en penses ? »

Jaime haussa les épaules. « Peut-être que ça lui fera du bien de tirer enfin son coup. »

Charlie fut bien obligé de rire. Les femmes, c'était quelque chose.

72

La paye hebdomadaire de Charlie sortait directement du compte Fishkin-Ratto. Le nouveau job de Charlie était de transformer son énorme bordel en un « document vendable ». Un produit à montrer aux banquiers. Quelque chose qui exciterait leur cupidité. « Ce dont on a besoin, c'est d'un synopsis », dit Bud Fishkin. Charlie s'assit en face de lui dans l'un de ses fauteuils en cuir rouge. Sur l'autre, une fausse mitrailleuse Thompson, un accessoire du dernier film de Fishkin. Charlie s'interrogea sur le symbolisme de cette mitrailleuse canon en l'air dans le fauteuil de Bill Ratto. Bill était à New York. « On n'a pas besoin de lui pour ça, pas vrai ? demanda Fishkin à Charlie d'un air entendu.

— Qu'est-ce que c'est qu'un synopsis ? s'enquit Charlie. Je veux dire techniquement. »

Fishkin haussa les épaules. « Tout ce qu'on veut. Le but c'est d'avoir quelque chose d'écrit qu'on puisse leur laisser à lire pendant notre absence. Mais attention, c'est à *nous* de vendre l'histoire. » Charlie comprit que Fishkin et lui remonteraient le couloir du troisième étage vers le bureau du dirigeant du studio pour pitcher leur film.

« Mais d'abord je voudrais te présenter quelqu'un, un autre scénariste. Si ça colle entre vous, peut-être que vous pourrez bosser ensemble et mettre en forme ce scénario. » Charlie dut faire une grimace. Fishkin sourit. « Je sais, tu préférerais travailler seul. Tu es romancier. Mais dans le cinéma, personne ne travaille seul.

— Ça ne me dérange pas, dit Charlie. Toute aide sera la bienvenue. »

Fishkin regarda sa montre. « Il ne devrait pas tarder. Je suis sûr que vous vous entendrez bien. C'est un ancien taulard. » Fishkin regarda Charlie dans le blanc des yeux. « Mais il a aussi écrit trois livres, du polar assez costaud.

— Comment s'appelle-t-il ?
— Stan Winger, dit Fishkin. Tu l'as déjà lu ? »

Comme c'était étrange. Dire que Charlie cherchait à se rappeler son nom il y avait peu. Il sourit joyeusement. « Oui. »

Malgré tout, Charlie ne le reconnut pas quand il le vit entrer. Charlie se souvenait d'un jeune homme de vingt-quatre ans, les traits du visage mal définis et un corps aux lignes floues. L'homme qui pénétra dans la pièce était souple et musclé, très bronzé, avec un visage à la fois dur et plein d'humour. Il portait une chemise bleue ainsi qu'un jean délavé, et, soudain, Charlie sut d'où Fishkin tenait ses goûts vestimentaires.

Charlie se leva. Il fut évident que Stan ne le remettait pas. Naturellement, Charlie avait vieilli, portait la barbe et, même aminci, il était plus gros qu'à Portland. Il tendit la main et vit l'expression polie sur le visage de Stan, sentit sa poigne. « Stan Winger, dit Stan.

— Charlie Monel, dit Charlie.
— Ben ça alors ! » s'exclama Stan. Il serra Charlie dans ses bras.

« Espèce de vieux salaud ! » Ils se regardèrent, se tenant toujours par les épaules.

« Charlie, dit Stan les yeux brillants.
— Un ex-taulard, hein ?
— Désolé de ne pas avoir écrit. »

Fishkin s'approcha en souriant. « Vous vous connaissez ?

— Ce mec était mon prof d'écriture à Portland.
— Et ce mec était mon meilleur élève.

— Vous m'en direz tant, fit Fishkin. Je dois être un génie. »

Quand ils en eurent terminé avec Fishkin, ils remontèrent le couloir du troisième étage vers les escaliers, Charlie ayant passé un bras sur les épaules de Stan, comme s'il ne voulait plus le laisser partir. La réunion était partie en vrille, bien sûr, et ils s'étaient mis d'accord pour tout reprendre le lendemain. Charlie n'avait qu'une envie : discuter avec Stan. Une fois dehors, ils traversèrent le vaste parking recuit par le soleil en direction de leurs voitures.

« Comment va Jaime ? demanda Stan. Et Kira ?

— Elles vont bien. Et toi ? Marié ? »

Stan sourit en regardant par terre. « Eh bien, plus ou moins », et Charlie n'alla pas plus avant. Stan avait publié trois livres et Charlie n'en avait même pas entendu parler alors que Stan n'ignorait rien de la carrière de Jaime. Il n'y avait rien à dire sur celle de Charlie. Devant la Volkswagen de location garée à l'ombre d'un des grands plateaux de tournage, Stan dit : « Prenons ma voiture. » Une Cadillac flambant neuve, remarqua Charlie, une décapotable noire dont le toit s'abaissa automatiquement quand Stan appuya sur un bouton du tableau de bord. Ils franchirent les grilles et Stan dit qu'il connaissait un bar.

« Je suis nouveau à Los Angeles, déclara Charlie. Tu peux m'emmener où tu veux. »

Ils burent comme des trous dans un petit bar de quartier au milieu de nulle part qui n'était ni à Hollywood ni à Westwood ni dans aucun des endroits que Charlie connaissait. Quand vint l'ivresse, Stan murmura que c'était un bar de voleurs, que tous les clients sauf Charlie et lui étaient des voleurs. Charlie regarda autour de lui. À ses yeux, ils n'avaient rien de particulier. « Il y a des moments où j'ai besoin d'être parmi des voleurs », expliqua Stan.

Alors qu'ils revenaient au studio, Charlie se rappela leur projet. Son ancien livre. « Tu crois qu'on peut y arriver ? demanda-t-il à Stan.

— Ils ne m'ont rien dit si ce n'est qu'ils avaient ce nouvel auteur qui avait besoin d'un coup de main. » Il raconta par ailleurs que Fishkin-Ratto voulaient adapter son nouveau livre censé sortir l'année suivante.

« De quoi ça parle ? » Ils se garèrent près de la Volkswagen de Charlie.

« D'un gars en prison », dit Stan presque timidement. Ils se mirent d'accord pour se retrouver vingt minutes plus tard au Troubadour. Ivre comme il était, Charlie se sentait merveilleusement bien, et il adressa un signe enthousiaste au gardien en passant la grille. Le Troubadour n'était pas encore ouvert et Stan discutait avec le type à la porte. Charlie se gara.

« Il ne veut pas nous laisser entrer, dit Stan.

— On ouvre dans vingt minutes », expliqua le type. Un grand hippie mince avec un chapeau en cuir et des boucles de cheveux blonds et gras.

« On ne peut pas entrer et simplement s'asseoir ? demanda Stan. On ne fera pas d'ennuis.

— Promis, dit Charlie.

— C'est fermé, insista le gars.

— Putain d'Hollywood, dit Stan. Allons au Dan Tana. C'est beaucoup plus classe.

— Est-ce qu'on n'est pas trop bourrés ? demanda Charlie. On pourrait aller dans ma chambre de motel. On est à deux petites rues tout juste. On se prend un pack de six et on se racontera le bon vieux temps.

— On s'en branle », dit Stan. Il avait drôlement changé, ce bon vieux Stan Winger. Ils montèrent dans la voiture de Stan et se rendirent au Dan Tana, un restaurant italien où beaucoup de gens d'Hollywood allaient boire, et parfois manger. Assis au bar, ils se mirent à descendre des Wild Turkey. « Bourrons-nous vraiment la gueule, proposa Stan. Je ne suis plus en conditionnelle. Je peux faire ce que je veux, bordel.

— OK, dit Charlie joyeusement. Mais il faut qu'on appelle Jaime. » Il régnait un vacarme de tous les diables et il dut couvrir son oreille libre pour utiliser le téléphone. Kira décrocha, Jaime n'était pas à la maison. « Devine qui j'ai rencontré à Hollywood ?

— Je ne sais pas. » Manifestement, Kira s'en fichait.

« Stan Winger, lui dit-il malgré tout. Un vieil ami de quand tu étais bébé.

— Oh, je me souviens de lui.

— C'est pas possible ! » Il lui dit d'attendre et il appela Stan au téléphone. « C'est ma fille, elle dit qu'elle se souvient de toi. »

Stan saisit le combiné en regardant Charlie. « Allô ? » dit-il. Il écouta un moment et puis un sourire apparut sur son visage. « Bon sang, dit-il doucement. Quelle mémoire ! » Quand il tendit l'appareil à Charlie, les larmes coulaient sur ses joues. Ils commandèrent des shots supplémentaires. « Elle se souvient que je la portais pour descendre la colline, à Latourette. Bon sang. »

Charlie vida son shot, apprécia la brûlure dans sa gorge.

« Vous m'avez sauvé la vie, déclara Stan. Je serais devenu fou si je n'avais pas eu de vrais gens à qui penser.

— Mais je t'en prie, c'était un plaisir, répondit Charlie. Quand tu veux, mon vieux. »

73

Alors qu'ils descendaient des verres au Dan Tana en attendant la fermeture, Charlie réalisa d'un coup que l'histoire de Stan ferait un film formidable. C'était devenu un type cool et intelligent, aux compétences discrètes, tout en restant, à certains égards, le chouette gamin que Charlie avait connu à Portland. Un sourire dépourvu d'ironie aux lèvres, il raconta à Charlie la vie qu'il avait menée à Hollywood avant la violation de sa conditionnelle. Il décrivit le regard horrifié de Carrie Gruber, une jolie blonde de la vallée, quand le contrôleur judiciaire, fou de jalousie, avait renvoyé Stan dans le système. « Elle s'est occupée de tout, dit-il. Elle a pris soin de ma Cadillac, embauché un avocat, elle s'est installée chez moi pour gérer mes affaires, elle m'écrivait toutes les semaines…
— Eh ben. »
Stan lui adressa un sourire empreint de sarcasme, cette fois, et frotta une tache sur le bar en Skaï noir avec son doigt. « On peut dire ça.
— Elle est comment ?
— Vraiment futée. » Carrie avait tout essayé pour sortir Stan du système. Comme rien ne fonctionnait, elle se tourna vers ses projets et monta son entreprise. Elle écrivit à Stan pour lui demander si elle pouvait piocher dans ses économies. Stan lui adressa un pouvoir qui lui donnait un accès illimité à son argent. « Qu'est-ce que j'en avais à foutre ? dit-il à Charlie. Si elle voulait m'arnaquer, autant le savoir rapidement. » Elle n'en fit rien. C'était une femme méthodique, et elle continua de chercher le bon secteur dans lequel se lancer. Carrie ne voulait pas révolutionner

le monde, juste apporter sa petite pierre à l'édifice. Finies les laveries. Trop ennuyeux. Elle voulait quelque chose dans quoi s'investir avec plaisir. Elle choisit les bonbons.

« Les bonbons ? demanda Charlie. J'aurais pensé à l'alcool. »

Stan rit. « Pour ça tu as besoin d'une licence. » Il expliqua que Carrie voulait voyager, goûter des confiseries exotiques. Elle s'était dit que les riches adorent se gâter, et que même dans les pires moments, les gens mangent des bonbons. C'est une drogue légère et à bas coût qui apporte du bien-être. Elle voulait avoir des boutiques dans les quartiers aisés, pourquoi s'emmerder puisque c'était là qu'était l'argent ? Pragmatique comme elle l'était, elle avait trouvé un boulot dans une usine de bonbons à Torrance où elle faisait des chocolats pour trois dollars l'heure. En travaillant au milieu de Mexicaines, elle avait amélioré ses bases d'espagnol. Elle avait aussi beaucoup appris sur la fabrication des confiseries. Elle avait lu le journal de la profession, *Great West Candymaker*, et elle avait mangé, dormi, rêvé et vécu bonbon pendant six mois. Elle envoyait à Stan des boîtes des chocolats qu'elle avait fabriqués, et cherchait le local idéal pour son premier magasin. Pendant ce temps, Stan débroussaillait et vivait dans un baraquement. Carrie lui transmettait des comptes détaillés de la façon dont elle dépensait son argent, mais il s'en moquait. Il lui faisait confiance.

Elle avait toujours aimé Malibu, y compris le nom, et bien que pensant que c'était une erreur, elle se mit à chercher du côté de la Pacific Coast Highway. Le bâtiment qu'elle trouva était situé à la limite sud de Malibu, enfin, bien au sud, mais il était sur la PCH et il y avait un appartement à l'étage où Stan et elle pourraient vivre s'ils le voulaient. C'était cher, mais ses rêves de Malibu furent plus forts que ses rêves de voyages à l'étranger, si bien que Carrie décida que, finalement, elle ne se spécialiserait pas dans les bonbons venus du monde entier, mais dans les chocolats coûteux, les chocolats pour riches. Elle signa le bail, acheta pour quatre mille dollars d'équipement d'occasion, embaucha deux de ses amies mexicaines de l'usine de Torrance et se mit au travail.

« Quand elle est venue me chercher à Los Padres, son affaire tournait », dit Stan. En fait, Malibu Candy avait tout de suite pris avec les gens qui fréquentaient la plage. « On paye le loyer, on rentabilise l'équipement, et on fait même un peu de bénéfices.

— On ? »

Stan sourit de plus belle. « On s'est mariés cinq jours après ma sortie. On vit au-dessus du magasin. La plage est à un pâté de maisons.

— La vache, dit Charlie d'une voix avinée. T'es tombé dans une fosse à merde, et tu en as émergé en sentant la rose.

— Joliment dit. Je te propose qu'on se tire de ce rade hollywoodien et qu'on aille à la plage. Tu dormiras dans la chambre d'amis. S'il y a un dieu dans le ciel, Carrie et moi allons te rendre un peu de toute l'hospitalité que tu m'as offerte il y a des années.

— En tout cas, tu auras appris à parler comme un gentleman, dit Charlie alors qu'ils se levaient pour partir.

— Tu m'étonnes, putain. »

Ils n'allèrent pas à la plage. Ils étaient trop soûls. Stan s'installa sur le canapé dans la suite de Charlie. Ivre comme il était, Charlie ne parvint pas à s'endormir et resta allongé à écouter Stan ronfler dans la pièce d'à côté. Être tombé sur Stan était un sacré truc à intégrer. La vie de Stan était un sacré truc à intégrer.

L'enfer de Charlie n'avait duré que trois ans si on comptait le temps passé dans le service des tuberculeux. Le reste de sa vie avait été doux et sans aspérités. Le film d'horreur de Stan avait duré des années et des années. Cet instant terrible où il allait à la plage avec sa copine et où il s'était soudain retrouvé en prison. Stan ne s'était pas tellement étendu, mais ça avait dû être affreux, bien pire que tout ce qui était arrivé à Charlie. Il imaginait Stan en plein cagnard, courbé en deux à couper des branches avec un sécateur, son dos nu brûlé par le soleil et trempé de sueur, le visage fermé, l'esprit fermé, le cœur froid. Stan à l'isolement toutes ces années, à mémoriser son roman. Pourtant, voilà qu'il était marié, propriétaire d'une boutique de bonbons, jeune scénariste en vue à Hollywood. Ou pas loin. Un romancier publié. L'ancien élève de Charlie avait dépassé son maître. Le lièvre et la tortue, mais non, ce n'était pas gentil. Stan n'était pas une tortue, et il n'était pas un lièvre. Charlie espérait seulement ne pas devenir jaloux et pouvoir apprécier les livres de Stan.

74

Stan proposa, insista presque pour que Charlie vienne vivre près de la mer. Si ce n'était dans leur chambre d'amis, alors dans une location à proximité. « Combien tu payes pour l'hôtel ?

— Vingt-cinq par jour, mais je ne paye pas. Fishkin-Ratto payent. » Le logement de Stan lui plut, nul doute qu'il aurait aimé faire le trajet pour aller travailler avec Stan tous les matins, comme un banlieusard. Mais il voulait garder la suite au motel. D'une part, la vie à l'hôtel lui plaisait, même sans véritable room-service ni piscine chauffée. D'autre part, il y avait Carrie.

Son sourire avait été chaleureux, mais sa main et son regard froids. Charlie comprenait. Bas les pattes. Propriété privée. Les intrus seront considérés en infraction. Elle était moins belle que jolie, avec des traits bien découpés, un vrai visage de fille de la campagne. Le type de femme qui pouvait baiser toute la nuit et se lever le lendemain pour abattre sa journée de travail. Carrie Gruber était comme ça. Elle avait une tête à s'appeler Gruber. Il l'aimait bien.

L'appartement au-dessus du magasin fit réfléchir Charlie à la vie de Stan en prison. Leur domicile n'était que fenêtres et lumière, rempli de plantes dans des jardinières ou suspendues, des fougères, des bégonias et des orchidées, des violettes africaines sur les tables et des avocatiers luxuriants débordant dans des pots en terre cuite. Le mobilier était simple, du danois moderne en majorité, une grande commode mexicaine en acajou sculpté dans la salle à manger, une table basse avec un plateau en verre dans le salon, des gravures sur les murs, des paysages vides de toute présence humaine. La chambre d'amis qui servait aussi de bureau à Stan avait un mur pris par une bibliothèque, surtout des poches, une machine à écrire IBM Selectric ainsi qu'un lit simple, couvert de magazines. Il y avait aussi le petit portrait d'un homme noir sur du tissu rouge scotché au mur à côté de la machine à écrire.

« Qui c'est ? demanda Charlie.
— Malcolm X.
— Un ami à toi ? » blagua Charlie, mais Stan se contenta de rire sans rien ajouter. De retour dans le salon, ils s'assirent pour boire un café avec des gâteaux que Carrie apporta sur un plateau. Sur la table basse,

à côté de trois exemplaires du *New Yorker* était posé un calibre 45 automatique, comme ça. On aurait dit un Colt de l'armée, mais Charlie n'était pas sûr. Il voulut demander confirmation, mais n'en fit rien et Stan ne donna aucune explication. Cela pouvait aussi bien être une sculpture, une œuvre d'art. Personne ne mentionna le revolver sur la table basse de tout le week-end, et au bout d'un moment, Charlie décida qu'il s'agissait d'un symbole. Stan n'était pas du genre à posséder des armes. Celle-ci disait plutôt : « Je suis libre. Je ne suis plus en conditionnelle. Je vous emmerde. » Charlie aurait parié qu'il était chargé, en plus.

Pendant que Carrie s'occupait de la boutique, Charlie et Stan se promenèrent sur la grande plage de sable et sur la jetée de Venice. Leur lieu de prédilection immédiate fut un petit bar à bières sur la jetée doté de deux tables de billard et d'un juke-box particulièrement bruyant. Malgré la sciure qui jonchait le sol, malgré les joueurs de billard à cheveux longs et barbe hirsute qui jouaient en patins à roulettes. Presque tous les clients de ce rade portaient des maillots de bain minuscules et étaient beaucoup plus jeunes, ce qui ne dérangeait pas Charlie et Stan qui restaient assis au bar à boire leur bière et à s'émerveiller de ce qui les entourait.

« C'est comme Portland, mais en barré, dit Stan.

— À Portland, rétorqua Charlie en levant son verre. Tu n'aimerais pas que cette bière soit de la Blitz-Weinhard ? »

Le dimanche soir, Charlie et Carrie avaient conclu un pacte de non-agression, entièrement tacite. Charlie fit clairement comprendre qu'il ne serait pas une mauvaise influence et Carrie qu'elle protégerait Stan quoi qu'il arrive. Ils étaient du même côté, mais Charlie se demanda si Stan aimait faire l'objet d'une protection aussi intense. C'était comme avoir un gros pitbull bien hargneux. À la fin du week-end, Charlie fut heureux de reprendre le chemin sinueux qui traversait la vallée pour regagner son chez-lui loin de chez lui.

À la Fox, la routine s'installa. Fishkin et Ratto s'occupaient d'au moins cinq films, à ce que savait Charlie, si bien qu'il les vit peu. La secrétaire de Ratto, Ethyl, lui apportait du café ou du thé dans son petit bureau spartiate et le laissait plutôt tranquille. Stan travaillait sur son propre projet de l'autre côté du vestibule, et même si Ratto avait dit que Stan épaulerait Charlie, rien ne se passa de la sorte.

« Je vois, dit Stan. En découvrant qu'on se connaissait, ils ont pensé que je t'aiderais gratuitement.

— Ils comptent sur toi pour être un gentil garçon.

— C'est ça. » Et Fishkin-Ratto gagnèrent leur pari. Stan arrivait tous les jours à midi et demi et emmenait Charlie au restaurant du studio. Ils parlaient du scénario de ce dernier pendant le déjeuner. Après quoi, Charlie retournait travailler et Stan quittait le studio.

« Est-ce qu'on n'est pas censés bosser toute la journée ? demanda Charlie.

— Où t'as vu écrit ça ? »

Puisque personne ne le surveillait, Charlie aurait aussi bien pu partir, mais il n'avait nulle part où aller. Plus facile de rester dans le petit bureau et essayer d'écrire. Cela ne venait pas aussi facilement que tout le monde le disait. C'était une chose de produire ce qu'il savait désormais être une version décousue et romancée de deux cent cinquante pages, mais il avait plus de mal à réduire ses idées au genre de clichés et de gestes reconnaissables dont les scénarios semblaient être faits. Mais il bossait dur, écoutait Stan et rendait ses feuillets à la fin de la journée. Le retour de Ratto, quand ils passèrent enfin un peu de temps ensemble, ne fut pas très satisfaisant. Cette réunion était prévue à dix-sept heures trente, et au moment où il entrait dans le bureau, Ethyl apportait une bouteille de whisky, deux verres et un seau à glaçons.

« C'est l'heure du casting, dit Bill et ils sirotèrent du whisky en essayant de décider quel acteur serait le plus à même de jouer Charlie.

— Brando, bien sûr, déclara Bill, les yeux rivés sur son verre. Mais je crois qu'il est devenu plus ou moins fou. Qu'est-ce que tu dis de Paul Newman ? »

Charlie lui demanda son avis sur ce qu'il avait écrit.

« Continue comme ça. Si tu as des questions, demande à Ethyl ou Stan Winger. » Il haussa les épaules et grimaça, la lumière rebondissant sur ses lunettes. « Tu veux fumer un joint ? »

De retour au motel dans la soirée, Charlie appela chez lui. Jaime travaillait désormais à la maison dans l'ancien bureau de Charlie et son livre prenait forme. Kira parla de déménager à Hollywood, de vivre à l'hôtel avec Charlie. « Qu'est-ce que tu ferais ? lui demanda Charlie. Je suis au boulot toute la journée, comme tout le monde.

— Et ici, qu'est-ce que je fais ? » demanda-t-elle. Sa voix devenait plus grave, pensa-t-il. « J'en ai marre, papa, dit-elle un soir. Quand est-ce qu'on va avoir une vraie vie de famille ? »

Jamais, pensa Charlie, et il changea de sujet, sachant que ça ne résolvait rien. Après ces appels, il buvait un verre ou fumait un joint, puis sortait se balader sur le Sunset Strip. Durant la semaine, l'endroit n'était pas trop assailli de monde, et c'était agréable de s'y promener, de ne penser à rien de plus urgent qu'à un endroit où dîner. Plusieurs restaurants avaient gagné sa faveur, et particulièrement l'Imperial Garden, un restaurant japonais très orné sur trois étages où les serveuses étaient toutes des Japonaises à peine débarquées, la plupart incapables de parler anglais. Charlie aimait ressortir son japonais rouillé avec elles. S'il n'avait pas envie de manger japonais, il y avait le Schwab, le drugstore d'en face, où il pouvait se payer un hamburger ou un pavé de saumon. Sinon, il passait des soirées d'une intense solitude à lire dans sa chambre. Il lut les romans de Stan et fut soufflé par leur qualité, même s'ils manquaient parfois d'une vraisemblance de base. Les scènes d'action fonctionnaient, les dialogues étaient formidables, et Stan avait un délicieux sens de l'ironie. Stan serait toujours un bien meilleur écrivain que lui. Il savait faire ce que Charlie n'avait jamais pu apprendre : comment balancer les mots sur le papier. Charlie éprouva un pincement de jalousie indigne devant le talent de Stan à capter le banal alors que lui s'agrippait à ses grandes idées qui, pour autant, ne sortaient jamais comme il fallait. Ou bien peut-être que Stan n'écrivait que de la camelote pop, alors que Charlie voulait plus que ça. La littérature, le grand art. Dégage, Leo. Pousse-toi de là, Herman.

Et au bout des six semaines, Charlie n'avait pas résolu les problèmes de la nouvelle version, ainsi que Bill le lui dit.

« Je suis viré ? demanda Charlie.

— Bien sûr que non », dit Bill sans sourire.

75

Ils avaient rendez-vous avec Bud Fishkin dès son retour de Paris. En attendant, Charlie rentra à San Francisco aussi terrifié que s'il rapportait un mauvais bulletin scolaire. Même si Jaime n'était pas sa mère.

De toute façon, il n'avait jamais rapporté de bulletin à sa mère, seulement à son père qui ânonnait pendant une heure sur ce qu'était la responsabilité avant de perdre connaissance, ivre mort. Dans le vol PSA 17 pour San Francisco, repensant à son vieux papa, il se sentit encore plus mal. Chnoque, le surnommaient ses amis. Le vieux chnoque du dépôt de bois. Il te chargera ton camion sans problème, mais lui demande pas de faire le compte, ça lui prendra la matinée et il aura tout faux, le front plissé, les petits doigts sales et boudinés enroulés autour du crayon. Son pauvre vieux papa. Charlie ne lui écrivait jamais, ne voulait même pas remettre les pieds dans le Montana. Son père avait toujours eu de si grands projets, il était tellement optimiste, et tellement bête. Il n'y avait pas d'autre mot. Charlie en avait pris un coup le jour où il avait compris que le problème de son père, c'était la bêtise. Pas l'ignorance. Pas le simple entêtement, même s'il était têtu. La bêtise. Un homme plein de rêves bêtes.

Que ça lui plaise ou non, il était exactement comme son père. Lui aussi avait des rêves déraisonnables. Lui aussi était d'une stupidité insupportable, un homme stupide avec des tonnes de vocabulaire. S'il y réfléchissait attentivement, Charlie rêvait de devenir le roi du monde. Ça ne suffirait pas d'écrire et d'être publié. Sinon pourquoi se faire chier avec Hollywood ? Hollywood n'avait rien à voir avec le fait de bien écrire. Au contraire, il apprenait à moins bien écrire. Comment convaincre, comment persuader, filouter les gens jusqu'à ce qu'ils y croient. Suspendre leur scepticisme. Malheureusement, c'était son propre scepticisme que Charlie avait suspendu, et maintenant qu'il revenait à la réalité, il s'aperçut qu'il n'avait rien gagné avec ce voyage en dehors de l'argent sur son compte en banque. Et autre chose, aussi. Une impression grandissante de dépréciation.

Voir Jaime à l'aéroport adoucit automatiquement son état et ses dispositions. Elle était en retard et ne l'attendait pas à la descente de l'avion, mais alors qu'il sortait de l'aéroport, il reconnut sa petite silhouette qui approchait. Elle avait les cheveux plus longs qu'à son départ, ils lui arrivaient aux épaules, et étaient d'un blond presque blanc. Et bien sûr, un type lui collait aux basques, Charlie voyait ses lèvres bouger pendant qu'il baratinait Jaime. Un grand type, veste en jean, cheveux longs, noirs et gras. Parfait.

« Jaime ! » rugit Charlie et il s'élança vers elle, bras tendus. Elle le vit, leva les bras en l'air et son visage s'illumina, le gars derrière affichant un sourire stupide pendant que Charlie et Jaime s'enlaçaient.

« Bon sang, Charlie », dit Jaime. Ils s'embrassèrent goulûment et l'esprit de Charlie se vida. Quand il eut retrouvé toutes ses facultés intellectuelles, ils marchaient bras dessus bras dessous et l'inconnu avait disparu. Dommage. Charlie avait espéré que le gars le provoquerait, histoire de pouvoir décharger sa frustration sur cette cible commode.

Durant le grand trajet le long de Bayshore, Jaime s'excusa de ne pas être venue lui rendre visite à Los Angeles. « Je suis désolée, dit-elle. J'étais pétrifiée à l'idée d'aller là-bas.

— Pourtant c'est formidable. Tu adorerais. Et si on déménageait ? On pourrait acheter une petite maison à Laurel Canyon. Kira irait au lycée d'Hollywood, dont le niveau est aussi élevé que la colline qui porte son nom. On fréquenterait les Fishkin, les Ratto, les Newman et tous les autres...

— Oh, arrête. Je suis contente que tu sois là. »

Ils s'arrêtèrent à North Beach et déjeunèrent au Enrico, en terrasse, dans l'air doux de San Francisco, écoutant le rugissement des camions qui passaient sur Broadway. Un vieux couple. Pas besoin de se jeter au lit. Les poches gonflées de l'or d'Hollywood, Charlie avait des tournées à payer, des amis auprès de qui se vanter. Ils ne regagnèrent pas Mill Valley avant vingt-deux heures passées, ivres comme des bourriques, et chanceux de n'avoir pas été ramassés par la police. Sur la route, Charlie dit à Jaime tout ce qu'il allait lui faire, et elle lui expliqua comment elle voulait qu'il s'y prenne. En arrivant à la maison, débordants de désir, ils trouvèrent Kira réveillée qui les attendait, une silhouette longiligne assise seule à la table du dîner.

« Mais bon sang vous étiez où ? » demanda-t-elle dans une imitation bizarre de sa mère. Charlie essaya de la prendre dans ses bras, mais elle se dégagea, jurant de sa jeune voix énervée, pendant que Charlie riait. « Je suis à la maison, nom d'un chien ! hurla-t-il.

— Tu es bourré, répliqua sa fille avec mépris.

— Oh, tais-toi et bois un coup, gloussa Jaime.

— Je ne boirai jamais. » Kira claqua la porte de sa chambre. Charlie et Jaime se regardèrent. Au milieu du bourdonnement qui régnait dans le crâne de Charlie, il s'entendit dire : « Qu'est-ce qu'on fait ?

— On est soûls, dit Jaime. On va se coucher.

— Ce n'est pas comme ça que j'imaginais mon retour », répondit Charlie avec sérieux, mais Jaime le prit par le bras et le conduisit dans leur chambre. Ils se déshabillèrent.

« J'ai besoin d'une douche, déclara Jaime. Tu empestes. » Elle rit sottement et, nue, alla à leur salle de bains. Charlie la suivit et finalement ils firent l'amour sur le carrelage.

Le lendemain matin, la maison était silencieuse. Il était allongé dans son lit avec une légère migraine due à leur nuit de beuverie, mais rien d'inhabituel. Dehors, des linottes, un geai buissonnier, le sifflement des hirondelles. Il était de nouveau chez lui. Il se leva et parcourut les pièces. La porte du bureau était fermée, Jaime devait sûrement travailler. Kira était à l'école, sans doute honteuse d'avoir des ivrognes pour parents. Charlie soupira, puis se rendit dans la cuisine pour se préparer un thé. En attendant que l'eau bouille, il s'avança dans l'herbe. Le soleil atténuait la brume à l'est de la baie, l'éparpillement des bateaux. Ce serait amusant de sortir faire de la voile dans la journée, si c'était possible, et tout oublier. Il rentra dans la maison en se disant : il faut que je m'organise.

Il était assis là en caleçon quand Jaime sortit du bureau avec sa tasse de café. « Tu es réveillé », dit-elle avant d'aller dans la cuisine. Quand elle en revint, elle s'assit avec lui. « Ça fait quoi d'être à la maison ? »

Il lui sourit péniblement. « C'est comme une gueule de bois. Je crois que je me fais vieux.

— Je pense qu'on devrait divorcer », déclara Jaime en le regardant dans les yeux. De la vapeur s'élevait de sa tasse.

Charlie attendit la chute. Au bout d'un moment, il réalisa qu'elle attendait qu'il réagisse. « Vraiment ?

— Tu ne nous aimes plus vraiment, dit-elle calmement.

— J'ai appelé tous les soirs, s'entendit répondre Charlie. De quoi tu parles, bon sang ? Un divorce ? Pourquoi ?

— Tu ne nous aimes plus. Peu importe le nombre d'appels. Et par ailleurs, ça n'était pas tous les soirs. La vérité, c'est que je crois que je ne t'aime plus non plus.

— C'est qui ? demanda Charlie froidement.

— Personne », dit Jaime trop vite. Elle prit sa tasse de café à deux mains. Elles tremblaient. C'était donc ça. Charlie sentit son visage se glacer avant d'être assailli par une bouffée de chaleur. Un connard quelconque.

« Je le tuerai, dit-il à Jaime d'une voix la plus égale possible. Comment s'appelle-t-il ? »

Jaime retourna dans la cuisine. Charlie se demanda pourquoi, alors que sa vie s'effondrait, il éprouvait une petite étincelle de joie.

76

La maison appartenait à Jaime. Charlie n'avait qu'à signer quelques papiers. Ils ne se donnèrent pas la peine de divorcer sur-le-champ puisqu'il n'y avait pas de projet de remariage. Ils avaient tout le temps devant eux pour obtenir un divorce par consentement mutuel à vingt-cinq dollars, ce qui économiserait les gros frais d'avocats. Tous deux détestaient les avocats. Jaime vendrait la maison et retournerait s'installer à San Francisco avec Kira, Charlie pouvait garder l'appartement de Telegraph Hill, où il emménagea le jour où Jaime lui annonça qu'elle ne l'aimait plus. Sinon, bien sûr, il pouvait aller se faire foutre. Aller vivre à L.A. C'était un homme libre. Sans doute pour la première fois de sa vie. À Wain, il avait été terriblement limité par la vie de village, avait fui en s'engageant dans l'armée, s'était senti terriblement limité par la vie militaire, s'était retrouvé en Corée où les Chinois l'avaient capturé et jeté dans un camp. S'en étaient suivis l'Opération Big Switch, Tokyo et le service des tuberculeux où il avait signé sa propre fin en devenant obsédé par la littérature. Puis il s'était enfermé dans l'institution du mariage où il avait dépéri durant treize années. Mais voilà, il était enfin libre. Et se sentait horriblement mal.

Pourquoi ne pas quitter Telegraph Hill, ce premier soir, boire comme un trou, lever la première fille croisée et refaire sa vie ? Il n'avait pas prévu d'être déprimé. Descendant les marches de Kearny, il se rappela la nuit où Jaime et lui les avaient gravies ensemble pour la première fois. Elle comme un petit chamois bondissant, Charlie haletant et soufflant. Vous savez, ses poumons. Arrivé sur Broadway, les larmes roulaient sur ses joues et dans sa barbe. Ce pauvre vieux salaud de Charlie, se dit-il. Il n'y aurait pas un bar qui ne soit pas plein de ses souvenirs d'elle. Le Tosca, encore plus le Enrico, pour sûr. Le Vesuvio, le Twelve Adler ou le Jazz Workshop où ils s'étaient tenus par la main et avaient tapé du pied en écoutant Dizzy Gillespie. Dieu merci, le Pool Hall de Mike n'existait plus parce qu'il n'aurait pas pu non plus y entrer, ni au Yank Sing où ils avaient partagé des dim sum. Il parcourut les allées de la librairie City Lights et se retrouva nez à nez avec Shig Murao derrière le comptoir, Shig qui avait toujours fait un gringue outrancier à Jaime quand ils passaient. Charlie sentit les larmes revenir et s'en alla sans un mot. Sur Columbus, il y avait un bar topless fréquenté par des Philippins, et Charlie entra. Devant un gin tonic mal préparé, il réalisa que North Beach appartenait à Jaime. En fait, tout San Francisco lui appartenait. Qu'il le veuille ou non, il lui faudrait partir pour Los Angeles.

Une carrière dans le cinéma, alors ? Puisqu'il avait totalement échoué comme romancier. Une jeune Chinoise très belle dansait nue sur le bar et Charlie resta là à fixer le fond de son verre. Comment avait-il pu se méprendre à ce point pendant tant d'années ? Pas juste sur l'écriture, mais sur tout. Le grand réaliste n'était au fond qu'un romantique, et ridicule, par-dessus le marché. La Chinoise n'était pas complètement nue. Charlie regarda ses chaussures brillantes à talons rouges sans vouloir lever les yeux. Toutes des salopes, se dit-il, puis il eut tout de suite honte. Jaime n'était pas une salope. Et cette Chinoise travaillait simplement pour gagner sa vie. Charlie quitta les lieux et le brouillard froid lui rafraîchit agréablement le visage. Il remonta lentement la colline jusqu'à son appartement.

Impossible de fermer l'œil. Jaime était partout dans l'appartement, bien sûr. Et leur fille. Qui, en rentrant de l'école, avait découvert que sa vie était détruite. Kira avait fondu en larmes et s'était jetée sur son père. Charlie prit le temps d'expliquer que ce n'était la faute de personne, mais Kira fusillait Jaime du regard à travers ses larmes et dit : « Dieu te maudisse, maman », puis avait disparu dans sa chambre en courant.

Oublie le sommeil. Souviens-toi de Kim Song où le mot d'ordre était « On les emmerde ! ». Sauve ta peau d'abord, abruti. Charlie se leva et s'habilla. Il n'était même pas minuit. Il jeta un regard circulaire à l'appartement. Il ne voulait rien garder. Quand il avait posé ses valises là, en 57-58, il n'avait que sa machine à écrire, son sac de couchage, quelques livres, des vêtements de rechange. À présent, l'appartement débordait d'affaires de Jaime. Seule une poignée de livres lui appartenait. Des manuels de classe pour la plupart, rien qui vaille la peine d'être emporté. Les livres auxquels il tenait étaient chez lui, Kerouac, Hemingway, Steinbeck, Faulkner, O'Hara, Jones, Melville, Tolstoï, Joyce, les poids lourds, ses concurrents. Il pourrait passer dans la matinée les récupérer, juste les siens, aucun de ceux qu'ils avaient achetés ensemble. Non. C'était tellement puéril. Ces livres étaient pour Kira. Après ça, il sut qu'il n'y avait rien, strictement rien qu'il voulait emporter avec lui, et, au volant de la petite Porsche, il prit la direction du sud. Jaime pourrait louer une voiture. Jaime pourrait fermer l'appartement, gérer les agents immobiliers et les avocats, il signerait tout ce qu'elle lui demanderait de signer. Histoire d'être absolument bouddhiste sur ce coup. Les possessions matérielles, pouah ! Le cœur brisé, il se souvint de leurs longues conversations sur le bouddhisme. Il ne voulait plus la revoir. Une lâcheté, naturellement. S'il la voyait pour prendre des affaires et qu'il fonde en larmes, elle se demanderait ce qu'elle avait bien pu lui trouver.

Elle l'avait quitté non pas à cause d'un autre homme, mais parce qu'il n'arrivait pas à la hauteur de ses espérances. Quand ils s'étaient rencontrés, c'était un champion, bourse d'études, Saxon Award, un manuscrit monstre dont tout le monde pensait qu'il serait le prochain grand livre de guerre. Le prochain grand livre de guerre avait été *Catch 22* que Charlie avait lu avec une admiration réticente la première fois, et puis avec un amour inconditionnel la deuxième et la troisième fois. Le prochain grand livre de guerre avait été *La Ligne rouge*. Jaime avait épousé un imposteur. Et son départ pour Hollywood avait été la goutte d'eau qui avait fait déborder le vase. Elle avait supporté d'être mariée à un raté, un raté honorable, et même à un barman, mais pas à un gigolo.

Bref, Hollywood l'avait aspiré dans son tourbillon. Très bien, il accuserait Hollywood. Charlie n'était qu'un petit gars de la campagne, il ne savait pas. Il avait fait de son mieux, essayé d'écrire une œuvre d'art, mais on ne l'avait pas laissé faire. Il ramassa les quelques affaires qu'il avait sous la main. Il descendrait à Hollywood et laisserait son bagage littéraire derrière lui. Pour devenir scénariste. Froidement. Efficacement. Écrirait de la merde pour de l'argent. Stan pourrait l'aider. Stan connaissait les ficelles. Dieu savait comment ils les avait apprises avec toutes ses années de prison, mais il les connaissait, et Charlie avait bien l'intention de suivre son exemple. Quelque part en son for intérieur, il se disait que s'il amassait assez de cet or hollywoodien, il parviendrait à la reconquérir.

« Tu es pathétique », se dit-il tout haut. Il posa son carton afin de fermer la porte à clé pour la dernière fois. Quand il l'avait ouverte, le premier jour, il savait exactement qui il était et ce que serait sa vie. Tout cela venait d'exploser en vol.

77

Stan était inquiet. Son vieil ami revint du nord de la Californie en faisant une tête à croire qu'on avait tué son chien. Mais Charlie refusa de parler et se contenta de grogner que tout allait bien. Stan ne voulait pas être indiscret. C'était génial d'avoir Charlie dans les parages. Chez lui, ça ne se passait pas si bien que ça et il avait besoin d'un camarade avec qui boire. Pour tout dire, il avait toutes les peines du monde à s'adapter à la vie conjugale. Non pas que Carrie soit défaillante en quoi que ce soit, c'était plutôt le contraire. Carrie gérait son magasin, la comptabilité, nettoyait à fond l'appartement, préparait le dîner, était quasiment toujours prête à faire l'amour et était assez perspicace pour savoir quand Stan, lui, n'en avait pas envie. Qu'est-ce qui n'allait pas chez elle ? Rien.

Alors pourquoi Stan se sentait-il si piégé ? C'était comme si, après sa conditionnelle, on l'avait condamné à la perpétuité. Perpétuité, 1 chacun, av. f. blonde. Débattant avec lui-même, il se demanda s'il n'avait pas tout renié pour une paire de gros seins et un blond platine. Des pensées méprisables, mais qui étaient bien là. À sa sortie, la première fois, il l'aimait. Elle avait tout fait pour lui. C'était si nouveau que quelqu'un prenne soin de lui qu'il n'avait pas bougé le petit doigt et laissé les choses advenir, investissant son énergie dans son business à lui, l'écriture. Ce qui était génial, puisque justement, à Hollywood, l'écriture était un business. Mais cet enchaînement d'heureux hasards lui paraissait un peu poisseux. Bien sûr, il avait connu un long enchaînement de hasards malheureux, alors peut-être que ça s'équilibrait plus ou moins. Mais non. Il n'y avait pas d'équilibre ailleurs dans la vie, ainsi qu'il l'avait constaté, alors pourquoi devrait-il y en avoir là ? Autre chose entrait en jeu, une chose qu'il n'aimait pas. Le facteur taulard. Combien de ses coups de chance étaient dus à son statut d'ancien taulard ? En général, ça jouait contre vous, mais Hollywood était un lieu à part, et ici, ça semblait bien fonctionner pour Stan. Fishkin et Ratto adoraient traîner avec un ex-taulard. Stan en était sûr parce que quand quelqu'un passait au bureau ou qu'ils déjeunaient ensemble, ça finissait toujours par être mentionné. Fishkin et Ratto s'en vantaient.

Au début, ça amusait Stan, mais après son infraction et son renvoi brutal dans le système, il eut beaucoup de temps pour réfléchir, dehors en plein cagnard, plié en deux à tailler dans la manzanita. Parallèlement, le gros contrat pour son livre tomba à l'eau et ses amis de New York ou d'Hollywood ne vinrent pas le voir, ne l'appelèrent pas, n'écrivirent pas et n'admettaient même pas le connaître. Sa vie à l'extérieur se résumait à une seule personne, Carrie. Quand il sortit, elle était là, vigoureuse, belle, attendant de reprendre leur vie commune. Bien sûr, quand ils apprirent qu'il était dehors, quand il appela Ziggie pour dire : « Désolé d'avoir mis si longtemps à te rappeler », c'est avec joie que ses amis d'Hollywood refluèrent autour de lui. Le contrat pour *Au cinquième jour de canicule* ainsi qu'ils l'appelaient désormais, suspendu jusqu'à son retour, serait relancé.

« Tu ne peux pas promouvoir un livre depuis une cellule de prison, expliqua Fishkin. Et le grand format, le poche, les ventes à l'étranger et le film, tout ça va ensemble. » Plutôt logique, mais Stan avait encore trop présentes à l'esprit les nombreuses heures passées allongé sur sa couchette la nuit à penser à l'effondrement de son existence et à la perte de ses nouveaux amis.

Il essaya d'expliquer tout cela à Charlie, installé au bar du Troubadour à boire de la bière. « J'aime bien Bud Fishkin, dit-il. Mais après mon infraction, il s'est tout bonnement évaporé. Le film sur lequel on travaillait, adapté de mon premier roman, a été annulé, le réalisateur est parti faire autre chose, et je crois que Fishkin l'a accompagné. Quand je suis sorti et qu'il a reparu, j'étais devenu un peu cynique. » Charlie ne quittait pas son verre des yeux. « Tu vas bien ? »

Charlie ne le regarda même pas. « Ouais. »

C'était sûrement Jaime. Charlie ne voulait pas admettre que tout n'était pas rose au paradis. Du fait de son mariage soi-disant parfait, Charlie avait honte. Bizarrement, alors que du rock bruyant parvenait de la salle de spectacle de l'autre côté du mur, Stan se demanda s'ils n'avaient pas épousé la mauvaise femme. Stan avait toujours aimé Jaime, l'avait idolâtrée. Maintenant qu'elle était une romancière à succès, elle ferait une compagne idéale pour Stan s'il perçait à Hollywood. Il en était tout près, se disait-il. Ils feraient un super couple. Ce qui laisserait Charlie avec Carrie. Ils s'entendaient bien, s'envoyaient des vannes et Carrie était le genre de femme pionnière dont Charlie avait besoin pour encourager son désir soit d'écrire de la grande littérature soit de traîner tout le temps. Il paraissait clair que Charlie ne serait pas heureux dans le monde du cinéma, si jamais ils faisaient un film. Carrie pourrait l'entretenir. Stan, lui, n'en avait pas besoin. Plus maintenant.

Était-il possible que Stan ne sache pas comment aimer ? Il avait lu sur le sujet. Il aurait voulu accepter le verdict : puisque aucun amour ne lui avait été donné, aucun amour ne pourrait venir de lui. Un fait psychologique simple. Mais il n'y croyait pas tellement. Il avait aimé Linda McNeill, d'un amour adolescent, peut-être, mais qui lui avait semblé assez vrai. Il avait croisé pas mal de psychopathes, et peu importait ce que disaient les livres, il n'en était pas un. Ce n'était pas qu'il ne pouvait pas aimer, juste qu'il n'aimait pas. Et tant qu'il serait marié à Carrie, il n'était pas en position d'aller chercher l'amour. Il était incapable de lui être déloyal.

« Je m'inquiète pour Carrie », dit-il à Charlie qui se borna à grogner avant de descendre la moitié de sa bière. Tenace, Stan poursuivit. « Elle est formidable, mais le soir on reste là à ne rien faire. On n'a vraiment pas grand-chose à se dire, tu vois ? Si elle fait la compta et que je bouquine, ça va. Mais à table, on n'a rien à se raconter. C'est un peu moche. »

Après cette amorce, Stan garda le reste pour lui. Peut-être Charlie broyait-il du noir à cause de son manuscrit. Son premier jet avait été épouvantable, Stan l'avait lu parce que Fishkin était inquiet. « Est-ce que ce mec peut écrire ? » lui avait-il demandé. En regardant le texte, les gros blocs de mise en place et les dialogues de cinq pages, Stan aurait dit non. Mais il connaissait Charlie, bon sang, il lui avait appris à écrire. Charlie pouvait faire mieux que ça.

« Alors ? voulut savoir Fishkin.

— Tu veux mon opinion ? dit Stan à Fishkin avec un sourire. Embauche-moi et tu verras. Ça me fera plaisir de vous donner un coup de main. » Mais pour le bien de Charlie, il céda et participa à certaines réunions gratuitement afin que son ami ait un allié. Assis dans le bureau de Fishkin à peine plus grand que celui de Ratto, ils étaient cinq en comptant la secrétaire de Bud, Jane, qui prenait des notes, les autres lançant des idées. Stan trouva bizarre qu'on dépense autant de temps et d'efforts de cette manière, mais il n'avait pas à se plaindre. Quant au film de Charlie, Stan avait peu d'espoir. Fishkin-Ratto et Charlie allaient à l'affrontement. De toute évidence, Charlie voulait faire le film sur son expérience. Fishkin-Ratto voulaient une œuvre plus universelle, avec plus de choses en jeu.

« Je veux que ce film parle de toutes les guerres, surtout du Viêtnam, dit Fishkin, les yeux brillants. On va faire un film contre la guerre !

— Très bien », dit Charlie. Il était assis dans le fauteuil bas en cuir rouge de Fishkin, ses longues jambes étendues sous la table basse. « Mais on ne peut pas transformer la Corée en Viêtnam. Ça n'est pas la même chose, point barre.

— Mais dans l'idée, insista Fishkin.

— Rien à voir, insista Charlie.

— Écoute, lui dit Stan quand ils furent seuls dans le petit bureau de Charlie. Tu n'es pas obligé de t'opposer à ces mecs. Écoute simplement ce qu'ils ont à dire, reviens à ta table et écris ce qui te plaît. » Charlie n'arrivait pas à saisir que les réunions sur l'intrigue n'avaient rien à voir avec le scénario. « Ils ne font qu'échanger des idées, expliqua Stan. Tu prends ce qui t'intéresse, tu oublies le reste.

— Eh ben, ils te tiennent bien en laisse, en tout cas », dit Charlie méchamment. Stan comprit qu'il avait peur. Hollywood pouvait faire très peur. Enfin, alors qu'ils étaient une fois de plus en train de se mettre minables, Charlie s'effondra et reconnut que Jaime l'avait jeté dehors.

« La vache », dit Stan. De plus en plus ivre, Charlie partit en vrille et se lança dans un grand déballage sur son manque de talent, son incapacité à aimer, sa détresse. Stan confessa la même chose. Une soirée atroce. Stan dut reconduire Charlie à son hôtel, et ça lui fit du bien, le petit mec conduisant le grand, même s'il était soûl lui aussi et qu'il dut passer la nuit au motel.

78

Carrie Winger était heureuse que Stan ait un véritable ami. Son mari était un homme complexe et cela lui brisait le cœur de ne pas pouvoir l'aimer. Elle avait essayé, mais on ne tire pas de sang d'un navet. Fascinée par le prestige de cet homme, elle avait pensé qu'en se mariant elle serait plus amoureuse, mais non. Ce n'était pas l'homme avec qui elle voulait avoir des enfants. Leur mariage s'installa dans le respect et la luxure. Il n'y avait ni bagarres ni disputes. Stan lui faisait totalement confiance et la laissait gérer tout l'argent. Sauf celui d'Hollywood. Elle avait essayé de s'entendre avec Evarts Ziegler et les autres, mais la moindre conversation l'énervait. Tous des Juifs, bien sûr, ou si ce n'était des Juifs, tout comme. Carrie n'avait rien contre les Juifs, malgré les délires de son père à table sur les Juifs, les communistes et les pédés, qui la faisaient simplement rire. Mais ces gens d'Hollywood dégageaient quelque chose qui la rendait extrêmement nerveuse, et, les aisselles auréolées de sueur, elle était toujours contente de raccrocher le téléphone.

Son magasin lui occupait de plus en plus l'esprit et le cœur. Elle l'avait rêvé, l'avait concrétisé, avait connu les nuits d'insomnie à s'angoisser, il était à elle. Stan y venait rarement. « Je ne suis pas un bec sucré, lui avait-il dit avec un petit sourire. Ça devrait te plaire, non ? »

Ça lui plaisait. Elle s'était plus ou moins attendu à ce qu'il cherche automatiquement à en prendre le contrôle à sa sortie, puisqu'il était un homme. Son vieux patron avait ri bêtement quand elle lui avait annoncé qu'elle ouvrait sa propre boutique. Mais la blague s'était retournée contre lui, et durant des mois après la démission de Carrie il l'avait appelée nuit et jour pour tenter d'éviter la faillite. « Je ne trouve personne de valable », se plaignait-il désespérément au téléphone.

Elle se retint de lui dire : « C'est pas de chance, hein ? » Elle compatissait sincèrement et le conseilla autant que possible, mais à un moment donné, elle dut lui dire clairement qu'elle était partie et qu'il devrait se débrouiller sans elle.

Il faudrait que Stan fasse pareil. Quand elle aurait trouvé le moyen de le quitter sans trop l'amocher. Stan était assez sensible, même s'il essayait de le cacher. Il nourrissait de grands doutes sur sa capacité à être quelqu'un de bien, un bon écrivain, un bon amant, un bon mari. Il était tout cela, et elle le lui dit. Cependant, elle ne l'aimait pas.

Charlie fut d'une aide précieuse. Un homme merveilleux, massif mais plein de grâce, beau tout en étant banal, avec un grand sourire et des yeux marron chaleureux. D'après Stan, Charlie n'était qu'un grand bébé perdu dans les rouages d'Hollywood, un bébé qui avait besoin de toute l'aide que Stan pouvait lui procurer. Ils passaient beaucoup de temps ensemble, Stan dormait souvent chez Charlie, à l'hôtel. Carrie ne s'inquiétait jamais d'une éventuelle incartade de Stan. Et si cela arrivait, elle était persuadée de pouvoir le deviner sur-le-champ. Stan était énigmatique pour les autres, mais pas pour elle.

L'argent maintenait leur couple. Stan gagnait des sommes répugnantes en travaillant pour le cinéma. Si elle voulait ouvrir un autre magasin, il lui faudrait beaucoup d'argent. La nouvelle boutique devrait être à Hollywood ou Westwood, elle ne savait pas encore, mais elle avait besoin d'un meilleur emplacement. C'était ce qui comptait le plus. Elle riait encore en pensant à sa chance d'avoir trouvé cette adresse pour le Malibu Candy, entre les riches clients de Venice et ceux de Washington Boulevard. Elle ne savait pas qu'il y avait autant de junkies en emménageant, mais ils furent ses premiers clients et, avec le temps, les meilleurs, capables de faire la queue pour consommer boîte après boîte de chocolats exotiques. Elle avait travaillé dur et appréciait ce coup de pouce du sort, et espérait qu'il se reproduirait pour son autre magasin. Si ça marchait, elle en ferait une franchise, vendrait les droits pour ouvrir des Malibu Candy n'importe où avec ses recettes et ses modes de production. Mais elle ne pouvait pas y arriver sans Stan et ne pouvait pas garder Stan sans un peu d'hypocrisie.

Un dimanche matin, Stan était en ville occupé à elle ne savait trop quoi. Elle le croyait avec Charlie, mais ce dernier apparut en traînant les pieds devant les escaliers et frappa à la porte de derrière.

« Bonjour, Charlie, dit-elle en lui ouvrant.

— Stan est à la maison ? » Il portait un tee-shirt blanc et un jean, les mains enfoncées dans ses poches arrière.

« Non, mais entre. » Les sonnettes d'alarme retentirent dans sa tête. Charlie était-il venu lui faire des avances ? Elle lui proposa une tasse de café et ils s'assirent à la table du petit déjeuner, le soleil se déversant par les fenêtres. Charlie avait l'air blessé. « Tu vas bien ? demanda-t-elle.

— Oui, bien sûr, dit-il en souriant douloureusement. Je pensais que Stan serait ici.

— Je crois qu'il est en ville.

— Bon sang », dit Charlie.

Elle voulait le faire sourire. « Peut-être qu'il a une maîtresse.

— Oh non », dit Charlie. L'air inquiet, il se leva. « Je ne devrais pas être ici.

— Allez, reste assis, c'était une plaisanterie. » Cela lui arracha un demi-sourire, mais le visage de Charlie revint à la douleur. « Je vais te préparer des œufs au bacon. »

Il ne répondit rien, resta là les mains croisées, les yeux rivés sur son café. Elle se leva, fit cuire des tranches de bacon et des œufs brouillés. Quand elle mit les assiettes sur la table, Charlie regarda la sienne et dit : « Je ne peux rien avaler. »

Carrie versa du ketchup sur ses œufs. « Les problèmes de cœur. »

Charlie rit, soupira et déballa tout. Sa femme l'avait quitté. Il souffrait terriblement. Il n'avait pas réalisé à quel point il l'aimait. Il l'avait négligée. Tenue pour acquise. Avait laissé mourir leur amour. Et voilà qu'il mourait de douleur. Il n'en revenait pas de la douleur.

« Je comprends », dit-elle et elle lui toucha la main. Il avait su que Stan ne serait pas là. Il avait besoin de la compassion d'une femme. Il ne s'en rendait sans doute même pas compte. Il était monté dans sa voiture et avait roulé à l'aveugle pour atterrir ici.

« Assieds-toi une minute. Essaye de manger ton petit déjeuner. Je reviens tout de suite. »

Elle descendit au magasin. Maria servait les clients. Comme on était dimanche, il n'y avait personne dans l'arrière-boutique en train de fabriquer les chocolats. Un ou deux clients goûtaient les échantillons gratuits en étudiant l'étalage. Elle pouvait compter sur Maria pour maintenir le lieu propre, pas de morceaux de chocolat sur le comptoir, le sol balayé. Tout semblait aller. Elle retourna à l'étage. Charlie était devant son petit déjeuner, devenu immangeable et froid. Il avait besoin de perdre un peu de poids. Elle s'imagina l'emmener courir sur la plage. Elle aimait courir tôt le matin. Si Charlie emménageait sur la plage, il pourrait aller courir avec elle. Ça soulagerait sa douleur.

« Charlie », s'entendit-elle dire. Il se tourna pour la regarder, ses grands yeux tristes serrant le cœur de Carrie. Elle tendit la main et il la prit. « Viens », dit-elle doucement en le conduisant dans la chambre.

SIXIÈME PARTIE

La vie littéraire

79

Prenez l'esprit de Bouddha à venir. À venir parce que quand votre esprit de Bouddha naît, vous devenez un esprit éclairé. Impossible de se tromper, Jaime en était encore à la phase pré-éclairée, une parfaite créature ouverte et aimante, sensible à tout et totalement naïve, la dupe des sens. Pour l'instant, Jaime était si sensible qu'elle ne pouvait pas ouvrir les yeux, par peur de ce qu'elle verrait. Plus facile de rester allongée là les yeux clos, l'oreiller inconnu sous sa tête, les draps inconnus sur son corps. Une chambre d'hôtel ? Elle espérait être seule. Son esprit de Bouddha à venir se débrouillait toujours mieux seul. Jaime était devenue une bouddhiste en autodéfense. Rien d'autre ne semblait fonctionner, même si le bouddhisme lui-même n'avait rien d'un simple mécanisme, ce qui ne lui posait aucun problème. Après la vie, rien. D'accord. Peut-être qu'en se disant bouddhiste, en fait elle disait : je ne suis pas chrétienne, je ne suis pas juive, je ne suis certainement pas musulmane, et pourtant je crois à quelque chose. L'univers ? Non. Plus grand. Plus aimant. Quelque chose. Bouddha a l'air d'un bon gars. Faisons-lui porter le chapeau.

Elle remua. Où qu'elle soit, il n'y avait pas beaucoup de lumière dans la pièce. Elle ferma les yeux plus fort et essaya de reconstituer la soirée de la veille. Ça n'était plus un choc de se réveiller amnésique, mais ça lui rappelait de vieilles sensations terrifiantes, celles de la reprise de l'école le lundi matin. Voyons voir. Reviens au déjeuner d'hier. Le déjeuner au Enrico. Était-ce hier ou avant-hier ? Elle déjeunait au Enrico quasiment tous les vendredis. Donc aujourd'hui on devait être samedi. Pas d'école pour Kira. Puis, la mémoire lui revenant, un courant froid lui passa sur la peau. Son corps se couvrit de sueur. Kira avait disparu. Jaime ouvrit les yeux. De grandes fenêtres derrière des rideaux vert foncé qui ressemblaient à de la soie. Une chambre d'homme et, vu ce qui s'y trouvait, un homme riche. Elle se tourna et vit Brighton Forester lui sourire depuis le seuil de la pièce, ses cheveux blancs ébouriffés, son beau visage rouge penché sur le côté, bienveillant.

« Tu es réveillée », dit-il. Bon sang, elle avait dû coucher avec lui. Brighton Forester, quelqu'un qu'elle connaissait depuis des années, du moins de loin. Pas l'un de ses héros. Un membre de l'establishment de San Francisco, un homme fortuné, l'auteur d'un unique bon livre publié. Et, à ce qu'elle en savait, marié.

« Où est ta femme ? » demanda Jaime. Avec humour, espéra-t-elle. Quel fils de pute ! Il la poursuivait de ses assiduités depuis des années et voilà qu'elle se retrouvait dans son lit. Ils avaient dû baiser, mais elle ne s'en souvenait même pas. Elle cligna des yeux péniblement, les doigts recourbés sur le bord de la couverture.

« À la montagne », répondit Brighton. Il portait un peignoir en tissu éponge. « Pourquoi ? » Apparemment, les gens de la haute se tapaient qui ils voulaient. Tout en jouant les hypocrites sur le sujet, bien sûr. Motus et bouche cousue, etc. Jaime avait mal aux yeux. Elle repensa à Kira. Kira avait disparu.

« Que s'est-il passé la nuit dernière ? » demanda-t-elle. Brighton entra dans la chambre, le regard toujours chaleureux et bienveillant, et s'assit au bord du lit. Jaime se redressa et se pinça le nez pour stopper la douleur. Rien à faire.

Il expliqua qu'ils s'étaient croisés à une fête qu'ils avaient quittée avec un petit groupe de gens, et avaient fini au lit. Il sourit gentiment. Il l'aimait bien, manifestement, le reste mis à part. Elle l'aimait bien, pour ce que ça valait. Un homme gentil, grand, belle carrure, raffiné, sorti de Princeton, et ainsi de suite. Mais elle devait penser à Kira. Elle devait se rappeler la veille, en détail. Comment Jaime savait-elle que Kira avait disparu ? L'école avait-elle appelé ?

« Il faut que je me lève, dit-elle à Brighton. Ma fille a disparu. »

En bas, dans la salle du petit déjeuner, Brighton expliqua à Jaime en prenant un café qu'elle avait déjà réglé le problème. « Tu ne parlais que de ça la nuit dernière. De ta fille qui s'était enfuie à Los Angeles.

— Los Angeles ? » Elle aurait voulu se mordre la langue. Son amnésie lui faisait terriblement honte. Mais Brighton était calme, encourageant. Kira avait pris un bus pour Los Angeles, expliqua-t-il. Pour être avec son père. Le bus devait être en train d'arriver à l'instant où ils parlaient.

Jaime sirota son café, s'efforçant d'intégrer l'information. Tout d'abord rassurée de savoir que Kira avait mis ses menaces à exécution. Puis le sentiment terrible revint. « Comment le sais-tu ? » Il sourit. « Tu me l'as dit. Tu te souviens ? Tu t'es arrêtée sur Van Ness pour appeler.

— Appeler qui ?

— Je ne sais pas. »

Il n'était d'aucune aide, bon sang. Jaime fila de là le plus vite possible et refusa que Brighton la reconduise chez elle. « Je peux prendre le bus », dit-elle en lui plantant un baiser censé indiquer qu'il ne s'agissait que d'amitié, et après avoir franchi la grosse porte d'entrée, elle se retrouva sur Cherry Street, à Pacific Heights. Elle descendit California Street. C'était une douce matinée bleue, mais elle n'arrivait pas à en profiter. Elle prit le bus jusqu'à la Dix-huitième Avenue et remonta à pied vers le nord et Lake Street. Son appartement était au croisement de la Dix-septième et de Lake, à un numéro du cul-de-sac. Le *Chronicle* était posé sur le paillasson brun-rouge, comme si tout était normal. Elle ramassa le journal, ouvrit la porte et gravit la petite volée de marches jusque chez elle. « Kira ! » cria-t-elle en vain. Personne ne répondit. Tuffy le chat était enroulé sur le lit de Jaime. Il leva les yeux vers elle, puis se rendormit. Jaime se déshabilla et prit une douche, encore dans l'attente que ses idées s'éclaircissent. Rien ne se passa, ou à peine. Elle vérifia son répondeur. Plusieurs messages, aucun de Kira ni de Charlie. Elle se demandait s'ils étaient ensemble, et si oui, comment Charlie le prenait. Être responsable d'une ado de quinze ans à Hollywood. Et de Kira, en plus, avec son esprit si indépendant (euphémisme), qui dépassait déjà sa mère de dix-huit centimètres et qui continuait de grandir. Le corps d'une femme (là aussi, merci bien, euphémisme) et la façon de penser qui allait avec. Jaime avait initié une conversation sur le sexe, une fois, mais tout ce que Kira avait dit était : « Merde, quoi, maman », avant de sortir. Trop grande, trop intelligente, trop jolie. Et maintenant, bon, Jaime n'avait pas envie d'employer le mot « fugueuse », mais elle n'en voyait pas d'autre. Comme la moitié des gamins de ce pays. Tout le monde le faisait. Jaime n'avait pas envie que sa fille soit la dernière hippie fugueuse.

Elle appela Charlie à son hôtel. Il n'était pas là et ne décrocha pas. Quand le réceptionniste revint en ligne, Jaime demanda : « Est-ce que vous avez vu ma fille ? Sa fille ? Vous avez enregistré son arrivée ?

— Non », répondit le réceptionniste d'une voix polie et distante, et Jaime raccrocha, le visage rouge de culpabilité. Où peut bien être Kira, bordel ? Elle pensa appeler l'école, mais on était samedi. Non ? Elle vérifia dans le journal. Oui, samedi 12 avril 1975. Puis ça lui revint. Vendredi, la veille, donc, elle avait terminé d'écrire, s'était douchée et était sortie déjeuner au Enrico avec des amis, son groupe habituel à cette heure-là. L'école avait appelé. Kira était partie à midi sans permission. Pourrait-elle se pencher sur la question ? À Drew, on avait de l'affection pour Jaime, et on ferait presque n'importe quoi pour l'une des anciennes élèves les plus célèbres. Mais là, ils ne pourraient rien faire. Elle se rappela avoir décidé, dans un accès de colère contre Kira, de ne pas attendre qu'elle rentre à la maison. Elle s'était donc rendue au Enrico. Elle engueulerait Kira d'avoir séché les cours à son retour. Sauf que Jaime n'était jamais rentrée, que Kenny Gross, Richard Brautigan et elle étaient restés ensemble à se soûler, Jaime se jetant sur le téléphone régulièrement entre deux verres pour appeler chez elle. Kira n'avait jamais répondu. Jaime avait dû conclure, avec l'intelligence que confère l'ivresse, que Kira s'était enfuie à Los Angeles. Alors qu'elle pouvait être n'importe où, y compris dans de sales draps. Jaime repoussa toute autre spéculation.

Elle alla dans la chambre de sa fille, espérant plus ou moins la voir dans son lit. Non. Jaime essaya de voir s'il manquait des vêtements, mais ne reconnut pas la moitié des affaires dans le placard, sur les chaises et le lit. Les gamines s'échangeaient sans cesse leurs habits. Certains étaient assez étranges : un mini-short en cuir bleu qu'elle était certaine de n'avoir jamais vu auparavant, une veste en cuir qui devait coûter une fortune. Jaime réalisa qu'elle ne savait presque rien de Kira. Après la rupture qui les avait amenées à vivre ensemble, Jaime n'en avait pas plus appris sur sa fille. Au contraire. Kira, qui rendait sa mère responsable de la situation, s'était renfermée sur elle-même. Kira avait mis Charlie, qui bien sûr n'était pas quelqu'un de mauvais, sur un piédestal. Les écrivains ne devraient jamais se marier entre eux, de toute façon, songea Jaime. On est trop égoïstes.

À cette pensée, elle commença à se détendre. Kira la comprenait assez bien. Sa fille la blesserait, avec une précision chirurgicale, en utilisant toutes les faiblesses qu'elle lui connaissait, puis rentrerait à la maison. Inutile d'appeler la police ou de faire un drame, il suffisait d'attendre qu'elle revienne. Jaime fondit en larmes, mais même là, ça n'était dû qu'à cette fichue gueule de bois. Kira allait bien. C'était Jaime qui souffrait.

80

L'idée avait paru si simple et bonne, presque un exercice, écrire une nouvelle sur une jeune femme que Jaime avait à peine connue, mais dont la fin tragique l'avait terriblement affectée. Dans la vraie vie, la jeune femme s'appelait Mary Bergendaal. Jaime garda le prénom pour la note virginale, et lui donna

Rosendaal pour patronyme. Rose, aux airs de poupée, et scandinave. La vraie Mary avait joué du pipeau dans l'orchestre symphonique de Portland et s'était suicidée à l'âge de vingt-quatre ans. Charlie, rentrant à la maison un soir, lui en avait parlé parce qu'elle et Charlie l'avaient croisée un après-midi en ville, en compagnie de Marty Greenberg. Jaime se rappelait une petite blonde douce, pendue au bras de Marty et qui ne disait pas un mot, le regard dans le vague.

« C'était la copine de Marty ? » avait-elle demandé à Charlie après l'avoir vue. Il s'était contenté de rire. Un mois plus tard, Mary se tuait en se faisant sauter le caisson d'un coup de fusil. Charlie s'était senti affreusement mal, d'avoir ri, surtout. « Mon Dieu, ces choses qu'on a dites sur elle. »

Jaime avait commencé son histoire en partant de l'extérieur, les personnages principaux réagissant au suicide, puis avait jeté ce qu'elle venait d'écrire pour mettre Mary au centre. Si elle parvenait à décrire Mary de l'intérieur, peut-être qu'elle pourrait donner vie à toute la compassion qu'elle éprouvait pour elle et découvrir à la fin de l'histoire la raison de son suicide. C'était l'évidence même. Elle s'était tuée parce qu'elle était en colère. C'était une mort vengeresse. C'était la reine du pipeau qui taillait des pipes royales, sauf que cette fois, c'était le canon d'un fusil qu'elle avait pris entre ses lèvres. Fini le pipeau, les gars ! L'histoire s'était développée au fur et à mesure qu'elle se replongeait dans ses souvenirs de Portland. Elle avait assez de matière pour en faire une belle novella. Une histoire sur Portland, qui tournerait autour de Mary sans se limiter à elle. Au bout de cinquante-six pages, elle se dit qu'elle atteindrait sans doute les deux cents. Jusqu'à présent, son instinct quant à la longueur de ses textes ne l'avait jamais trompée. Ce jour-là, elle avait mal à la tête et son estomac lui jouait des tours, mais ça ne l'arrêterait pas. Écrire avec une gueule de bois, picorer les mots péniblement, une lettre à la fois, faire une pause et les regarder avec incompréhension, cela produisait souvent les meilleures œuvres. Elle ne savait pas pourquoi. Elle transpirait d'angoisse en pensant à l'absence mystérieuse de Kira, mais elle ne pouvait rien y faire à part tout oublier et écrire. Si jamais vous cédiez, restiez au lit, vous laissiez gagner par l'angoisse, vous finissiez les bras autour des genoux dans un état de terreur pure. « Je ne peux pas travailler ! Je vais mourir ! » Au lieu de quoi elle se jeta aveuglément dans son texte et laissa venir les mots sans réfléchir.

À un moment, elle se redressa, haletante, en se demandant quelle serait la prochaine phrase et s'aperçut qu'elle en avait terminé pour la journée. Une fine pellicule de sueur couvrait son corps. Elle rassembla les pages qu'elle avait écrites. Quatre, ça suffisait. Elle se leva, légèrement chancelante, et, dans la salle de bains, enleva son tee-shirt et sa culotte et passa sous l'eau chaude de la douche. Son esprit était presque vide. Elle se lavait les cheveux quand elle repensa à Kira. Et merde. Les bonnes ondes apportées par le travail disparurent avec l'eau de la douche. Elle était sous le jet, sans défense, la pire mère d'Amérique. Pas étonnant que sa fille se soit enfuie, pas étonnant qu'elle ne plaise à aucun homme bien. Elle n'était qu'une vieille pute écervelée.

Vêtue de son tee-shirt bleu préféré et de son jean, elle était assise à son bureau à corriger et relire les pages du matin quand Kira apparut par la porte de derrière. « Salut, maman », dit-elle avant d'aller ouvrir le frigo. Le visage de Jaime vira au rouge. Toujours assise, les bras ballants, elle fut submergée par le soulagement autant que par la colère. Manifestement, Kira avait simplement passé la journée dans l'appartement du dessus. Elle n'avait pas fugué. Elle avait rendu visite aux voisins, un couple d'artisans, des gens bien, des amis. Si Jaime avait été à la maison et non pas ivre à North Beach, elle l'aurait su. Comme pour souligner ce détail, sa migraine redoubla d'intensité. « Oh, grogna-t-elle tandis que Kira entrait dans son bureau, portant des vêtements que Jaime n'avait encore jamais vus. Où est-ce que tu étais passée, bon sang ? demanda Jaime d'une voix anxieuse et pleurnicharde.

— Et toi, où t'étais passée, bon sang ? demanda Kira en l'imitant méchamment.

— Où as-tu trouvé ces vêtements ? »

Kira prit la pose, les bras écartés comme un top model. « Tu aimes ? » Elle portait un pantalon pattes d'ef en panne de velours rose pâle et un chemisier en soie vert émeraude avec de longues manches bouffantes. « Je les ai empruntés.

— Tu n'étais pas là quand je suis rentrée », lui reprocha Jaime et elle le regretta immédiatement.

Kira lui sourit. « À quelle heure tu es rentrée, maman ? » répliqua-t-elle.

Jaime sourit à son tour et l'incident fut clos. Elle avait oublié d'engueuler Kira pour avoir séché l'école. Kira alla se changer et ressortit par la porte de derrière.

« Où vas-tu ? questionna Jaime même si elle le savait.

— Je remonte là-haut.

— Tu ne les embêtes pas, rassure-moi ? » demanda Jaime comme une formalité. Le couple du dessus adorait que Kira vienne les voir.

« J'apprends la sculpture. » Jaime écouta Kira monter l'escalier en bois. Quel foutu soulagement. Maintenant, si seulement cette gueule de bois voulait bien se dissiper, sa vie pourrait reprendre son cours normal. Le téléphone sonna. Charlie.

« Que se passe-t-il ? » demanda-t-il, la voix fatiguée. Charlie faisait un film, ou du moins espérait-il en faire un. Il en avait commencé tellement, mais rien ne s'était concrétisé. « Où est Kira ? »

Jaime avait oublié de rappeler l'hôtel. « Oh, ce n'est rien. »

Il y eut une pause, de la friture sur la ligne, puis Charlie dit : « Le réceptionniste m'a dit que tu voulais savoir si elle était ici.

— J'ai cru qu'elle avait fugué. » Elle eut du mal à prononcer ces mots. Elle était sur la défensive quand elle parlait à Charlie. Elle s'expliqua tant bien que mal, mais Charlie ne sembla pas convaincu.

« Il doit se passer quelque chose si tu croyais qu'elle était descendue ici.

— Ça ne serait pas plus simple si tu la prenais avec toi ? dit sèchement Jaime. Et comment avance le film ?

— Bien, dit Charlie plein de sarcasme. Comment avance le livre ?

— Bien », dit-elle en imitant son intonation.

Charlie gloussa. « Laisse-moi parler à Kira.

— Elle est à l'étage en train d'apprendre l'artisanat. » Charlie connaissait les voisins du deuxième et les aimait bien.

« Comment vas-tu ? demanda-t-il après un silence.

— Ça va. Grosse cuite.

— Tu as écrit, ce matin ?

— Oui. Et toi ?

— Oui. Stan va passer pour qu'on aille à la piscine lever des starlettes.

— Dis-lui bonjour de ma part.

— Dis à Kira que je l'aime.

— Je n'y manquerai pas.

— Salut.

— Salut, Charlie. » Elle raccrocha. Elle ferait bien de prendre une autre douche. Elle se prit le front. Il semblait chaud. Elle aurait dû deviner, la veste en cuir était un indice gros comme une maison. Kira ne fuguerait jamais sans l'emporter. Jaime se dit qu'elle perdait la tête. Pas massivement, mais goutte à goutte.

« Un écoulement de cerveau », dit-elle dans le vide.

81

Kenny Gross connaissait lui aussi les voisins du dessus et passait beaucoup de temps dans leur chambre du fond à fumer de l'herbe et à écouter du rock'n'roll. Ils vendaient la meilleure marijuana de San Francisco ou presque. À ce moment-là, ils fournissaient une sensemilla de Santa Barbara, à vingt dollars les trente grammes, et elle les valait jusqu'au dernier cent, de l'avis de Kenny. Lui-même avait tenté d'importer de la marijuana, mais le deal s'était très mal passé, et Kenny s'était retrouvé à trois heures du matin allongé sur l'autoroute de San Bernardino avec les voitures qui lui fonçaient dessus. La sienne avait atterri sur le toit quelque part non loin de là après avoir effleuré un bus rempli de passagers. Kenny gisait sur le dos, attendant de se faire écraser. Il était conscient et savait qu'il allait mourir d'une seconde à l'autre. Il avait laissé tomber la religion des années plus tôt, et pourtant, la Vierge Marie semblait flotter au-dessus de lui, à environ trois mètres, d'après son évaluation. Elle était là, parallèle au sol, en robe blanche, avec un châle bleu à liseré doré sur la tête qui lui tombait sur les épaules.

« Lève-toi », lui intima-t-elle. Les véhicules filaient à toute allure autour de lui. « Lève-toi et va jusqu'au bord de la route, dit-elle d'une voix calme.

— Je ne crois pas en toi, dit Kenny.

— Lève-toi et marche jusqu'au bord de la route », répéta-t-elle avant de se volatiliser. Kenny se mit debout et marcha jusqu'au bord de la route. Il y avait beaucoup de circulation à cette heure de la matinée. Sa voiture était là, retournée, et de la fumée s'élevait du moteur. Le clignotement rouge des gyrophares approchait. Kenny descendit du bas-côté et se cacha dans les buissons. Il n'était pas blessé, juste contusionné et un peu étourdi. Quand les flics partirent à sa recherche armés de lampes torches, il s'en alla, et finit par tomber sur un chemin qui menait à un restoroute pour camionneurs. Il lui fallut une partie de la journée pour trouver le garage de la patrouille des autoroutes où sa voiture avait été remorquée. Il se présenta au type de garde et déclara qu'il voulait récupérer ses affaires dans le véhicule. Ce qui exigea un peu de cran, et Kenny avait les nerfs à vif en rejoignant sa voiture réduite à l'état d'épave. Seulement il avait deux chaussettes cachées au niveau des ailes avec environ une livre de marijuana dedans. Si les flics avaient trouvé le matos, alors il marchait droit dans un piège. Mais il avait investi tout son argent jusqu'au moindre cent dans cette cargaison et il avait bien l'intention de la récupérer. Par un miracle inexplicable, elle était toujours là. Sans jeter de coup d'œil alentour, il sortit les deux grosses chaussettes et les glissa dans le sac en papier avec ses sous-vêtements sales. Ainsi chargé de ses affaires, il fit un signe de tête et remercia le gars qui lui ouvrit la grille pare-cyclone toute grande. Après avoir parcouru deux rues le cœur au bord des lèvres, il se détendit. Ils ne l'arrêteraient pas. C'était pendant qu'il attendait le bus pour San Francisco, ses possessions sur les genoux, qu'il se rappela l'apparition de la Vierge Marie. Une hallucination visuelle ?

« En tout cas, merci », dit-il dans le vide et il décida de se retirer du business de la dope. Sauf en tant que consommateur, bien sûr. Ce qui l'amena à l'appartement du deuxième sur la Dix-septième Rue. Ce fut une coïncidence incroyable quand il découvrit que Jaime et Kira vivaient en dessous, une coïncidence étonnante et très plaisante. Leurs vies n'arrêtaient pas de se croiser. Ça voulait peut-être dire quelque chose.

Le mariage de Kenny n'avait pas tenu. Pas à cause de Brenda. Apparemment, elle avait attendu toute sa vie qu'un homme se présente, l'épouse, la féconde plus ou moins tous les ans, et la batte comme plâtre pour la maintenir dans le rang. Autrement, ça déraillait. Brenda était calme et détendue, la parfaite femme au foyer, et, d'un coup, elle devenait folle. Kenny travaillait chez lui, autant pour écrire que pour gérer sa petite affaire de livres rares, donc il était tout le temps là, sauf quand il partait à la chasse aux livres. Leur appartement était situé sur Pine Street, entre Leavenworth et Jones. Un quartier pas terrible, mais l'appartement était confortable, au troisième étage, et Kenny s'y sentait bien. Il avait publié quatre livres pour enfants qui rapportaient tous régulièrement de jolies sommes, rien de mirifique, mais suffisantes pour que Kenny n'ait pas à s'angoisser et que sa femme reste à la maison. Cela convenait bien à Brenda, mais après avoir fait le ménage, la lessive et passé l'aspirateur, elle s'ennuyait et se mettait à boire de la bière. Quatre-vingt-dix pour cent du temps, ça ne posait pas de problème. Kenny était dans son micro-cagibi à écrire ou à gérer ses livres, et elle était à la table de la cuisine, radio allumée, à descendre des bières et à lire le journal. Sauf que parfois, elle se sentait seule, et alors, elle venait lui parler. Pas juste parler, mais parler et parler et parler, les mots dégringolant de sa bouche comme un torrent de montagne sur des roches granitiques, ainsi qu'il se le disait avec ironie pendant qu'il endurait cette cataracte verbale. Et pas juste des mots, mais des mots durs. Brenda Feeney Gross était catholique et elle voulait avoir des bébés. « Écoute, si ce n'est pas ma faute, c'est ta faute, et si ce n'est pas ta faute, alors je ne sais pas à qui revient la faute, mais c'est forcément la faute de quelqu'un », et ainsi de suite jusqu'à ce qu'il ait envie de la gifler à qui mieux mieux, ou plutôt non, ce qu'il voulait vraiment, c'était lui massacrer la tête à coups de poing, lui casser les dents, entendre son nez se casser, voir le sang gicler. Et merde. Quelle âme abominable. Si une telle chose existait. Une âme immortelle. Coincée à jamais dans la même personnalité. Merci bien, mon Dieu.

Bêtement, Kenny avait raconté à Brenda son expérience avec la Vierge Marie. Il parla du pouvoir de l'enfance, que nos croyances enfantines ne disparaissent jamais entièrement. Elle le prit comme un véritable miracle, et lui brandit son absence de foi. « L'enfer éternel, mon ami, lui dit-elle. Et tu m'entraînes avec toi.

— C'est des conneries, tout ça. » Mais un sentiment désagréable lui disait qu'elle avait raison.

« Tu remarques que la Vierge n'a fait aucun commentaire au sujet de l'herbe », dit-elle une autre fois, l'air de rien. Ils avaient arrêté de boire et étaient désormais accros à la marijuana. Mais, défoncée, elle pouvait être pire que tout, se glissait dans son cagibi tel un cobra gigantesque, sifflant à ses oreilles tout ce qui lui traversait l'esprit. Jamais rien d'essentiel. Kenny lui expliqua de toutes les manières imaginables qu'il était du genre accommodant, mais qu'il devait avoir la paix durant ses heures de travail.

« Travail ? Tu appelles ça du travail ? » Le vrai travail s'effectuait à coups de pioche et de pelle, selon elle. « Appelle ça du travail si ça te chante, mais ça n'en est pas. » Un rire méprisant remonta de sa gorge.

« Dans ce cas, comment expliques-tu qu'on me paye pour le faire ?

— Parce que tu es un criminel ! » hurla-t-elle. Les vertus apaisantes de la marijuana semblaient avoir un effet contraire sur Brenda.

Il aurait pu supporter ces intrusions si seulement elle l'avait aimé. Ce n'était pas le cas. Après le mariage, elle annonça clairement que le sexe la dégoûtait, sauf à des fins de reproduction. Les rares fois où ils s'amusèrent un peu sexuellement furent dans des moments d'ébriété ou quand ils planaient. Après quoi, elle culpabilisait toujours. Elle n'était pas une bonne catholique non plus. Elle n'allait jamais à la messe. Ironiquement, quand elle le quitta enfin, ce fut pour s'enfuir avec un prêtre.

Kenny déprima pendant quatre mois, mais pas au point de ne plus pouvoir écrire. Quand il vendit son quatrième livre, il emménagea dans un appartement sur Arguello, joli avec une belle surface et deux chambres, juste au cas où il rencontrerait une femme qu'il pourrait aimer pour de bon. Il le décora lui-même, passant le hangar de Clement Street au peigne fin durant des semaines ainsi que le Busvan de l'Embarcadero, se dégotant de vieux meubles en bois et de très beaux tapis orientaux pour une bouchée de pain. Il faisait en sorte que son nouvel appartement soit toujours impeccable, sans lien avec ses précédents appartements de célibataire. Brenda partie, il se sentit autorisé à boire à nouveau de la bière, et c'est ce qu'il fit.

Il était facile de rencontrer des femmes chez les voisins de Jaime, même si elles n'étaient pas du genre à se marier, ni même à accepter des rendez-vous. Des femmes du genre inaccessible. Du genre riche et belle. Les Pogozi fournissaient les musicos, de jeunes rockeurs friqués, de jeunes artisans friqués n'ayant rien d'autre à faire que d'essayer des bijoux et fumer de l'herbe. Karla Pogozi fabriquait des bijoux avec de l'or vingt-quatre carats, de lourds colliers et des boucles d'oreilles, pendant que son mari, Vili, sculptait de petits animaux et des pipes à hasch dans de l'ivoire ou des bois exotiques. Quelle que soit l'heure du jour ou de la nuit, il y avait des gens dans l'appartement, installés dans la pièce du fond. Un endroit génial où traîner, et Kenny ne s'en privait pas, même quand il avait de quoi fumer chez lui. La compagnie y était toujours agréable, la drogue merveilleuse, la musique géniale. Et les femmes y étaient délicieuses, tout de cuir ou de soie vêtues. Dommage qu'elles soient toutes prises. Et dommage que Kenny ne gagne pas assez d'argent pour les intéresser. Mais il devait rester optimiste. Il était bel homme. L'une d'elles l'adopterait peut-être.

82

Le problème avec le fait d'écrire sur Portland était que Jaime avait été plus heureuse à cette époque, dans son souvenir. Peu importait que sa vie actuelle ait exactement réalisé toutes ses attentes. À Portland, dans leur vieille bicoque miteuse de Lake Grove, ils étaient jeunes et conscients de leur pouvoir, avec leurs jeunes et brillants amis, les peintres, les écrivains et les rêveurs de Portland. Et Kira était bébé. Tout cela semblait si facile.

Elle s'aperçut qu'elle ne savait plus pourquoi elle avait choisi d'écrire sur cette époque et ces gens. Non pas pour montrer combien ça avait été merveilleux, mais pour montrer ce que les exclues de ce bonheur avaient ressenti. Celles qui n'étaient invitées ni aux fêtes ni aux concerts privés, mais seulement pour tailler des pipes dans des voitures ou dans les escaliers derrière l'Auditorium de Portland. Celles qui apprenaient que le talent, la persévérance et l'envie ne suffisaient pas. Il fallait d'abord *plaire*. Jaime avait toujours plu, et pour entrer dans le personnage de Mary, elle dut se départir de sa peau de femme plaisante, de sa beauté et de son charme. Au bout d'un moment, cela devint facile, mais le tout était de pouvoir redevenir elle-même après le travail. Quand c'était impossible, elle tournait en rond toute la journée comme une petite fille effacée et peu sûre d'elle, traversée par des vagues de musique qui bloquaient la moindre pensée rationnelle. La musique faisait partie du processus. Jaime avait toujours aimé avoir de la musique en fond pendant qu'elle écrivait, pour s'isoler des autres bruits et adoucir son humeur. En général le jazz diffusé sur KJAZ, mais pour écrire l'histoire de Mary, elle se limita à de la musique classique, Bach, Haydn et Mozart. Mary était un peu snob, décida Jaime avec affection. Elle était intègre. Elle trouvait Beethoven un peu débraillé et romantique. Haydn était son idéal.

La routine était simple. Quelle que soit l'heure à laquelle elle rentrait la veille au soir, elle se levait à six heures, six heures et demie. Enfilait son jogging gris et ses baskets, réveillait Kira, puis traversait Park

Presidio jusqu'à l'entrée dérobée du Mountain Lake Park, ressortait par la Cinquième Avenue qu'elle remontait jusqu'à Clement Street, cap à l'ouest jusqu'à la Dix-septième et son appartement. Une marche de deux kilomètres, commencée dans un état d'abêtissement maussade et terminée dans l'anticipation joyeuse de la journée de travail. Pour éviter de tuer cette joie dans l'œuf, elle rentrait le journal mais ne l'ouvrait pas, se le gardant pour plus tard. Si Kira n'était pas encore levée, elle la secouait et préparait du thé. Autrement, c'était Kira qui se chargeait de faire bouillir l'eau. Elles parlaient peu durant cette heure-là, Kira groggy de sommeil et Jaime se fondant déjà dans la mentalité de Mary Rosendaal. Kira ne l'interrogeait jamais sur ce qu'elle écrivait. À ce qu'en savait Jaime, sa fille n'avait lu aucun de ses livres. Bien qu'il aurait été typique de Kira de la lire en cachette sans le dire. C'était plutôt normal, mais Jaime avait envie que sa fille l'admire. Lui dise qu'elle aimait son travail, qu'elle savait qu'il était important et qu'elle comprenait pourquoi sa mère était si étrange. Apparemment, elles n'étaient pas assez proches pour avoir ce genre de discussion, et Jaime ne voulait pas la lui imposer. Elle avait déjà bien assez saccagé leur vie de famille.

À quinze ans, Kira semblait plutôt en avoir dix-huit ou dix-neuf, mûre et déjà prête à tout casser, ce qui expliquait en partie pourquoi Jaime ne ramenait pas d'hommes à la maison. Sa fille était belle, mais d'une beauté capable de se traduire en contrat de top model ou en mariage d'argent ; la beauté de la jeunesse. Le genre qui, avec l'âge, donnerait une vraie beauté pleine de chien. Jaime l'espérait. Elle préférerait éviter que sa fille soit top model ou actrice. Elle ne voulait surtout pas qu'un de ses amis écrivains séduise sa fille. Il ne manquerait plus qu'un de ces salauds l'épouse. Bref, plutôt que de voir les gens chez elle, elle les retrouvait au Enrico ou au Tosca, mais de toute façon, qui pouvait dire si Kira était encore vierge ? Ou si elle avait de l'herpès. Ou la chaude-pisse.

Tout ceci atterrit dans *La Joueuse de pipeau*. Le personnage de Mary devint la deuxième fille de Jaime, quelqu'un qu'elle connaissait depuis la naissance, qu'elle protégerait au prix de sa vie. Jaime pleurait souvent pendant qu'elle écrivait, sachant que quoi qu'elle fasse, malgré son amour pour sa douce petite Mary, il lui faudrait la tuer. Parfois, désespérée, elle souhaitait trouver une porte de sortie pour Mary Rosendaal. Mais il ne pouvait pas y avoir d'issue. Le but du livre était de montrer, sans fard, une certaine vérité, et il n'était plus possible de faire machine arrière simplement parce qu'elle avait le cœur brisé. Foutue Mary Rosendaal, qui avançait lentement vers la mort.

Elle devait également gérer la différence entre le vrai Marty Greenberg et le personnage dont elle avait besoin pour son histoire. Le vrai Marty Greenberg avait refait surface un peu plus tôt alors qu'elle était encore mariée à Charlie. Elle l'avait croisé au Tosca où ils avaient bu des cappuccinos et parlé de la philosophie développée dans *Je et tu* de Martin Buber, l'un des héros de Marty. La dernière fois qu'ils s'étaient vus, Marty avait posé la main sur le genou dénudé de Jaime et l'avait serré de manière significative. « On devrait faire l'amour », avait-il déclaré avec un sourire sincère et en la regardant dans les yeux.

Elle repoussa sa main. « Vraiment ? Pourquoi ?

— Tout le monde devrait faire l'amour avec tout le monde. C'est ça, la véritable idée derrière *Je et tu*. »

Elle apprit plus tard que Marty avait tenté cette approche débile avec la plupart des femmes de sa connaissance, et certains hommes. Kenny Gross avait été scandalisé. Son ancien collègue du *Breckenridge* lui avait fait des avances. « Chasse les nuages de ton esprit, lui avait dit Marty. L'amour c'est l'amour. »

Après quoi Marty avait emménagé à Berkeley, et Jaime ne l'avait plus revu. Elle fit de son mieux pour que ses sentiments personnels n'interfèrent pas négativement avec le personnage. Le livre exigeait que le faux Marty soit quelqu'un de bien, un homme gentil, intelligent, amical, tout sauf compatissant. Par ailleurs, son livre parlait de froideur. Et du poids des mots, de leur sens. Des expressions telles que « tailler une pipe ».

Marty le philosophe devait donc se transformer en Marty le maquereau, sans toutefois perdre de son charme. Un problème littéraire complexe. Elle espérait que son inconscient le résoudrait.

83

Jaime ne ramenait peut-être pas d'homme à la maison, mais elle en cherchait un. Elle n'avait pas baissé les bras. Elle ne cherchait pas forcément un mari, juste quelqu'un avec qui passer du temps, parler, penser, quelqu'un pour elle. Elle avait trente-cinq ans et souffrait de sa solitude. Les mâles ne manquaient pas dans les parages, mais les hommes, si. Les jours où ça n'allait pas du tout, quand elle écrivait *La Joueuse de pipeau* et buvait beaucoup, elle restait à la maison avec la télévision allumée, enveloppée dans une robe de chambre, une serviette en turban sur la tête, inutile de s'habiller puisque personne n'était dupe, et elle tentait de décider si oui ou non elle devait mettre fin à ses jours, et rêvait de se choisir délibérément un homme riche à épouser. Un imbécile quelconque qui l'aimait pour son travail.

Chère Madame Froward,
Je vous écris afin de vous dire combien j'apprécie vos livres, surtout Washington Street, *même si j'ai aussi lu et aimé tous les autres. Continuez comme ça, s'il vous plaît ! Je travaille à K.C. pour Hallmark, l'entreprise qui fabrique des cartes de vœux, si bien que d'une certaine façon nous sommes un peu collègues, même si, bien sûr, je ne me considère pas comme un écrivain de fiction. Je viens à S.F. de temps en temps et aimerais, à l'occasion, vous inviter à déjeuner. Si vous trouvez que j'abuse de votre temps, je m'en excuse, mais dans le cas contraire, faites-le-moi savoir. Merci.*
Bien à vous,
Charles Drakeman.

Malheureusement, Charles n'avait pas joint de photo ni de copie de sa fiche de salaire. Elle rédigea une réponse aimable et polie pour le remercier sans mentionner la proposition de déjeuner. Il n'y avait vraiment aucun moyen légitime de rencontrer des hommes. Ses parents s'étaient rencontrés pendant un meeting des Brigades des jeunes travailleurs à Berkeley, à l'époque où les communistes essayaient de recruter des lycéens en organisant des soirées bière. Un socialiste à chandail et lunettes sales ? Pas pour Jaime, merci. Pas après Charlie. À bien des égards, Charlie avait été un merveilleux mari même s'il n'avait rien donné au final. En fait, il n'avait jamais prétendu être plus que ce qu'il était, c'était elle qui l'avait vu ainsi, un beau et jeune géant plein de promesses. Qui s'était transformé en clown sous ses yeux.

Elle songea épouser un autre écrivain, ou un artiste, mais ils étaient pires que les socialistes. Aux soirées littéraires, les célibataires gardaient leurs distances alors que les auteurs mariés la draguaient. Ou réagissaient positivement si elle-même jouait les séductrices. Étrange ? Peut-être pas. Peut-être que les écrivains célibataires l'étaient pour une bonne raison. Soit ils étaient gays soit ils ne savaient pas encore qu'ils l'étaient. Les vrais célibataires hétérosexuels étaient rares.

C'est aux soirées de la librairie Minerva's Owl sur Union que le monde des lettres se retrouvait. Si vous étiez un auteur de la région et qu'on ne vous proposait pas une rencontre pour aller signer vos livres là-bas, autant vous suicider tout de suite. Jaime était invitée quel que soit l'auteur. Elle aimait ces soirées informelles dans l'étroite petite boutique, et encore plus quand une des femmes de la bonne société locale circulait discrètement parmi la foule pour évoquer à voix basse une autre soirée qui se tenait ailleurs, très select. Généralement, on s'amusait bien à ces fêtes organisées dans l'une ou l'autre des demeures de Pacific Heights parce qu'on se mêlait aux riches qui étaient, il fallait bien le reconnaître, des gens tout à fait charmants. Ces fêtes conduisaient à d'autres fêtes et, en deux temps trois mouvements, votre nom apparaissait dans le carnet mondain du *Chronicle*. Pourtant, cela ne trompait personne. Ces gens savaient qui faisait partie de la haute et qui n'en était pas. Elle se dit qu'elle ne s'y rendait que pour rencontrer des hommes. Peut-être qu'un riche promoteur ou un héritier propriétaire d'une mine d'or mettrait fin à sa détresse et l'installerait dans une maison sur la colline. Jaime espérait également que ce riche imbécile serait lui aussi grand et beau. Quoi qu'il en soit, Charlie pouvait aller se faire voir.

Elle fit la connaissance de Torry alors qu'une des soirées du Minerva's Owl touchait à sa fin. En fait, elle avait raté la fête. C'était une de ces nuits balayées par la pluie, et comme d'habitude Jaime avait eu un mal de chien à trouver une place. Elle était garée si loin qu'elle dut s'arrêter au Perry au bout de la rue pour se sécher aux toilettes et se payer trois verres. Torvald Hetter sortait du Minerva's Owl à l'instant où elle passait la porte. Il avait publié un roman quelques années plus tôt, un formidable petit roman sur trois pêcheurs perdus dans la Sierra. Un livre sans la moindre femme, et salué comme une sorte de chef-d'œuvre machiste. Sans l'avoir lu, Jaime l'avait aussitôt détesté. Puis un jour, chez un ami, elle vit un exemplaire en poche posé par terre, lut quelques phrases et fut éperdue d'admiration. Elle emprunta le livre et le rapporta chez elle, décidée à lui trouver des faiblesses et à mépriser tout à fait l'auteur de cet unique roman qui était devenu célèbre en un clin d'œil. Mais le livre était un poème. Chaque mot comptait. Jaime avait tendance à réécrire les livres en les lisant, mais il n'y avait là rien à réécrire, et Jaime fut bouleversée par le destin de ces trois hommes des plus ordinaires. Elle détestait toujours l'auteur pour sa célébrité et son talent, mais quand elle se retrouva nez à nez avec lui, elle sourit comme une idiote et dit, légèrement ivre : « Hé, t'es Torry Hetter.

— Ah bon ? » Il lui sourit en retour, entre reconnaissance et concupiscence. Il n'était pas aussi grand que Charlie, mais son visage étroit était d'une beauté classique, grands yeux, paupières lourdes, long nez droit et des lèvres ni pleines ni minces, mais juste comme il fallait. Elle regarda sa belle bouche dire : « Partons d'ici » et sentit sa main sur son coude alors qu'ils sortaient sous la pluie de Union Street, côte à côte, sans un mot.

Jaime n'était pas tout à fait soûle, mais avait envie de l'être. Elle avait déjà décidé de coucher avec Torry s'il tentait quelque chose. Chez elle, si nécessaire. La chambre de Jaime était sur le devant de l'appartement et celle de Kira à l'arrière. Ils chuchoteraient et Kira n'entendrait rien.

« Tu veux t'arrêter ici ? » demanda-t-il. Ils étaient devant le Perry. Le bar était bondé et bruyant, l'entrée prise d'assaut, les buveurs debout jusque sur le trottoir malgré la pluie.

« Non. » Elle le regarda d'un air interrogateur. Si c'était vraiment un homme, il saurait qu'il n'avait qu'à demander ; pas de verre, pas de bavardage, au pieu direct. Il haussa à peine les sourcils, son expression demandant confirmation de ce qu'il pressentait, et sans bouger un muscle du visage, Jaime dit oui, tu as bien compris, et il lui prit la main. Un instant plus tard, ils baisaient dans la voiture de Torry. Son livre n'avait pas été un mensonge. C'était un homme, un vrai. Il la raccompagna à sa voiture.

« Je pourrais te suivre jusque chez toi, dit-il par la vitre, alors que la pluie tombait toujours, et alors elle sut qu'il avait quelqu'un d'autre.

— Pas maintenant », dit-elle, complètement sobre. Elle lui donna son numéro de téléphone et il acquiesça comme s'il l'avait déjà mémorisé. Il ne lui donna pas le sien.

« Je t'appellerai », dit-il et il s'éloigna. Sa voiture était une épave antédiluvienne, une Chevy ou dans ce style. L'intérieur sentait les vieilles chaussettes et les déjeuners rancis. Cela lui rappelait l'odeur des casiers à l'école. Il n'avait donc pas d'argent. Et un seul livre à son actif. Elle avait entendu dire par certains qu'il n'arrivait plus à écrire, et par d'autres, qu'il avait écrit un énorme deuxième roman qui racontait la vie dans un lieu indéterminé, mais qu'il avait été refusé. Elle s'en moquait. La baise avait été intense. Elle se dit que, Dieu merci, elle ne tombait pas amoureuse, mais voulait plus de sexe. Elle savait qu'elle l'appellerait, mais avant ça elle voulait en savoir plus. Avec qui vivait-il ? Craignait-il simplement d'emmener Jaime dans le taudis qui lui servait de toit, ou s'assurait-il que les choses se passent selon ses propres termes ?

À la maison, elle essaya de trouver un exemplaire de son roman, sans succès. Il était vingt-trois heures trente. Elle but un verre de vin pour se calmer les nerfs et était sur le point de se coucher quand le téléphone sonna. Elle savait que c'était Torry.

« Qu'est-ce qui t'a pris si longtemps ? » ronronna-t-elle dans le combiné. Le gloussement par lequel il répondit l'excita.

« Je peux venir ?

— Attends une minute », dit-elle. Elle remonta le couloir et ouvrit la porte de Kira. Kira était assise sur son lit à sculpter un morceau de bois avec un canif. Il y avait des copeaux de bois partout sur sa couverture. Kira leva les yeux. « Bonjour.

— Je croyais que tu dormais.

— Est-ce qu'on va avoir de la compagnie ?

— Il est tard, dors », dit Jaime en fermant la porte. Au téléphone, Jaime dit : « Pas ce soir. »

84

Avec elle, Torry n'était jamais rassasié. Mais après cette première fois, ils ne se virent que l'après-midi. Jaime savait qu'il vivait avec quelqu'un, c'était évident, même si lui n'en parlait jamais. Elle s'en moquait. Elle se disait qu'elle était amoureuse de son corps sublime et de son côté taiseux. Une combinaison parfaite. Elle rêvait de lui, de lui faire l'amour, de la façon dont la lumière tombait sur sa peau. Ils ne pouvaient pas se voir chez Jaime à cause de Kira, et ils ne pouvaient pas aller chez lui, si bien qu'ils prirent l'habitude de se retrouver au Pacific Manor Motel près du Yank Sing où ils buvaient du thé et se gavaient de dim sum.

Torry adorait manger, mais il restait mince et musclé. Elle aimait ce corps comme elle avait aimé celui de Charlie avant qu'il ne devienne mou et gras. Il n'était pas si gros, mais l'était trop pour Jaime. Torry pouvait boire de la bière toute la journée, faire trois ou quatre gros repas et gardait toujours la ligne d'un chien de course. Est-ce que son métabolisme changerait un jour, et bam, il ferait cent vingt kilos ? Sans doute pas. Mère Nature choisissait parfois d'être injuste. Torry était de ces hommes qui semblent toujours avoir faim, avec qui les femmes rêvent de coucher quand elles ne rêvent pas de le nourrir de soupe à la cuillère.

Après avoir ouvert l'oreille quelques semaines, Jaime apprit que Torry était un homme entretenu. La femme qui l'entretenait était elle-même mariée à un homosexuel dont les jeunes conquêtes allaient et venaient sans cesse dans leur manoir de Presidio Heights pendant que la haute société faisait semblant de ne rien voir. Elle s'aperçut que, malgré son image de macho, Torry avait peur que cette riche épouse ne découvre sa liaison avec Jaime et ne lui coupe les vivres, ce qui l'obligerait à se débrouiller seul dans ce monde cruel. Le livre de Torry avait bien marché, n'avait jamais été épuisé et s'était vendu dans une douzaine de pays. L'édition japonaise servait à l'enseignement de l'anglais dans les écoles, ce qui faisait blêmir Jaime d'envie. Une nuit, au Enrico, Brautigan lui dit : « Chaque fois que je vais au Japon, on me parle de Torry-san. » Richard lui-même marchait bien au Japon, et ces temps-ci il ne sortait qu'avec des Japonaises. « Je leur dis que le nouveau livre de Torry-san avance bien. »

Ça n'était pas le cas. Ce fait, parmi tant d'autres concernant Torry-san, aurait dû éloigner Jaime, mais cela ne fit que la rapprocher de lui. Foutu Torry. Il se levait tous les matins dans son appartement mystère du quartier de Mission et tentait de mettre ses tripes dans l'écriture. Pendant ce temps, Eleanor Plinckerd, sa bonne femme de la haute, jouait les éditrices impitoyables. Torry rendait page après page rédigée au stylo-plume dans sa graphie claire et minuscule, Eleanor les lisait en silence, un ongle tapotant le papier, les lèvres pincées, le front plissé. « C'est la meilleure éditrice que j'aie jamais eue, dit-il un après-midi. Elle ne lâche rien. » Eleanor avait des critères élevés, du moins en matière de littérature. Son père avait hérité son amour de la littérature de son propre père en même temps qu'une fortune considérable et Eleanor faisait vivre la tradition. Son père avait rencontré James Joyce et avait un exemplaire d'*Ulysse* signé.

« Ah oui ? À quoi ressemble son écriture ? demanda Jaime. À des gribouillis d'alcoolo ?

— Je n'ai jamais vu le livre, dit Torry avec un sourire ironique. Je ne suis jamais allé dans leur maison. »

Sa fascination sexuelle dura jusqu'au moment où il devint évident qu'il avait plus besoin d'elle qu'elle de lui. Quelle garce je fais, pensait-elle souvent. À présent, c'était son désir puissant pour elle qui commandait leur relation et il parlait librement d'Eleanor. Qui avait étudié à Radcliffe, quasiment Harvard, donc, parlait français et italien, avait été assez belle à une époque, du moins c'est ce que Jaime avait entendu. En regardant sa photo dans le *Chronicle*, Jaime aurait dit qu'elle avait au moins cinquante ans, mais ces femmes se faisaient souvent tirer la peau, lifter ou retoucher de sorte qu'il était difficile de leur donner un âge. Jusqu'au jour où, doucement, elles tombaient en poussière. Qu'elle soit bien plus âgée que Torry faisait relativement plaisir à Jaime, mais pas tant que ça. Eleanor n'était pas sa rivale, se rappelait-elle. Jaime devait simplement se considérer comme la maîtresse de l'homme entretenu par la riche dame dont le mari était à voile et à vapeur. Je fais enfin partie de la haute, se dit-elle.

Cette bonne société ne lui apportait rien. Au mieux, elle écrivait une page et demie qu'elle déchirait et jetait avec rage dans la corbeille. Le travail de Torry, si on pouvait parler de travail, consistait ces temps-ci à se lever le matin, boire des tasses de café à la chaîne, puis à sombrer dans la mélancolie. Il ne s'éclairait que quand il voyait Jaime, qui commença à avoir l'impression d'être l'Armée du salut. Puis un jour il ne vint pas.

Jaime avait interdiction d'appeler, au cas où tu-sais-qui serait là. Elle devait toujours attendre qu'il appelle et s'excuse et la supplie de le voir. Pas cette fois. Par la voix du *Chronicle,* Jaime finit par apprendre que Torvald Hetter était à Cannes pour le festival. Dans le carnet mondain du même jour, elle lut que M. et Mme E. Stanton Plinckerd étaient également à Cannes pour le festival. Là, petite surprise. Elle n'avait pas pensé se sentir si mal. Elle passa environ trois jours de profonde déprime, puis, debout devant le frigo à ouvrir une brique de kéfir, son histoire sur Mary Bergendaal lui revint d'un coup en mémoire, et la douleur disparut lentement. Mary était beaucoup plus intéressante que Torry de toute façon. Et au moins, Mary ne geignait pas.

Jaime s'attendait plus ou moins à voir Torry au Enrico ce vendredi-là. Le festival de Cannes était terminé. Torry ne fréquentait pas le Enrico mais il savait que Jaime y passait religieusement tous ses vendredis, et penserait que c'était le lieu public approprié pour la croiser. Jaime redoutait ce moment, mais elle n'allait certainement pas renoncer à son déjeuner avec ses amis uniquement parce que ce loser pleurnichard, cette grosse mauviette avec son air d'affamé pouvait surgir et la supplier de le pardonner. Elle avait raison, son intuition avait vu juste. Torry était au bar, près du distributeur de cigarettes, et il observait les clients en terrasse de l'autre côté de la vitre. Le bar était plein à craquer, la journée ensoleillée, et Jaime faillit manquer Charlie installé à une table dehors, sourire aux lèvres, qui la regardait avec des yeux plissés.

« Salut, bébé », dit-il.

« Deux secondes, lui dit Jaime, l'esprit soudain vide. Je vais me chercher un verre au bar et je reviens tout de suite. » Charlie était en compagnie de gens qu'elle ne regarda même pas. Elle entra et fit face à Torry. Elle voulut le saluer et s'asseoir, au lieu de quoi elle lança : « Bon sang, où t'étais passé ? » et fut à deux doigts de mettre les poings sur les hanches comme une ménagère furibarde. Torry sembla modérément choqué. Ses voisins de comptoir, bien sûr, n'en perdaient pas une miette. Bob le barman se pencha en avant, lui aussi attentif. « Je vais prendre un kir, lui dit-elle.

— J'ai eu une urgence », se justifia Torry avec son sourire de travers. Tenter l'ironie pour s'en sortir. En vérité, son amour soi-disant inconditionnel, la soi-disant obsession qu'elle provoquait chez lui avaient été anéantis par un voyage gratuit à Cannes. « Sale petite pute », répétait-elle sans pouvoir se retenir. Charlie lui donnait peut-être du courage, qui sait ? Durant un moment qui ne dura qu'un instant, Torry fut incapable de contrôler son expression. Enfin, il parvint à sourire.

« OK. Pense ce que tu veux.

— Je dois rejoindre mon mari », dit-elle et elle sortit. Une lucidité furieuse l'avait saisie. Il n'y avait pas de chaises. Le trottoir était envahi de gens bien habillés caquetant entre deux bouchées. Jaime fit un signe à Kenny le serveur qui se précipita à l'intérieur et revint en courant avec une chaise. Elle s'assit à côté de Charlie, dos au bar. « Merci, Kenny », dit-elle. Elle sourit à Charlie ainsi qu'à ses trois compagnons. Elle fut surprise de s'apercevoir que Kenny Gross était parmi eux. « Oh, salut, Kenny, dit-elle en riant. Il y a trop de Kenny par ici. » Elle sourit aux deux autres en attendant que Charlie les lui présente. Eux aussi souriaient, mais l'un d'eux plus poliment. « Nom d'un chien !

— Salut, Jaime », dit Stan Winger. Il avait les yeux qui brillaient. Il tendit le bras par-dessus la table pour lui prendre la main. Ils s'étaient salués une ou deux fois au téléphone, mais c'était la première fois qu'elle le revoyait depuis l'Oregon. Il avait complètement changé, avec son bronzage, ses tempes grisonnantes et l'énorme montre en or à son poignet. Sa main était chaude et sèche. Son regard franc. Toutes les traces du gamin triste et mal dégrossi avaient disparu.

« On dirait que la prison t'a réussi », dit-elle avec un petit sourire. Stan rit, et après une seconde, les autres aussi.

« C'est sûr que la prison fait de toi un homme, confirma Stan. Si elle ne fait pas de toi une femme d'abord. » Tout le monde rit, y compris les gens des tables voisines. Ou peut-être riaient-ils à leurs propres plaisanteries. Elle tourna la tête l'air de rien, s'esclaffant toujours, et vit Torry la fusiller du regard, furieux, par la vitre.

« Jaime, je te présente Bud Fishkin », dit Charlie et elle tourna le visage vers l'homme à sa gauche. Il était d'une beauté sombre, avec de grands yeux noirs et un sourire décontracté.

« J'aime beaucoup votre travail. » Il lui serra la main légèrement mais fermement.

Elle savait par son agent que Fishkin-Ratto avaient refusé tout ce qu'elle avait produit. Elle lui adressa un sourire hypocrite. Mais ensuite, celui de Stan lui remontait tellement jusqu'aux oreilles qu'elle ne put que le lui rendre. « Tu as l'air en forme.

— Toi aussi.

— On est ici pour pitcher notre film », déclara Charlie fièrement. Il posa sa grande main sur son épaule avec familiarité et elle sentit la vieille électricité de Charlie la parcourir. Il avait toujours ce toucher, pensa-t-elle, et soudain elle se sentit très bien. Non seulement elle avait la meilleure revanche possible sur Torry, mais en plus elle voyait Stan Winger, une personne qu'elle aimait vraiment.

Ils discutèrent, puis ouvrirent le menu. « C'est Fishkin-Ratto qui payent, ne lésinez pas », dit Fishkin. Pendant qu'ils parlaient de ce qu'ils allaient prendre, Torry passa devant Jaime, lui effleurant l'épaule avant de disparaître hors de vue.

« Qui c'est ? » demanda Charlie. Jaime s'imagina soudain Charlie en faire baver à Torry. « Torvald Hetter. L'auteur de *Perdus au paradis*.

— La vache ! dit Stan. Mon livre préféré. » Il regarda Jaime et rit. « Écrit par un homme, j'entends.

— Ce livre a tourné trois fois chez nous, raconta Fishkin. À chaque nouveau président d'Universal. Cinq ou six scénarios, dont deux écrits par Torry. Personne n'arrive à sortir quelque chose de ce satané truc.

— C'est trop simple », dit Stan.

Jaime savait qu'Hollywood avait rendu Torry dingue. Ils l'avaient amadoué, l'avaient mis dans des avions pour aller parler à des réalisateurs connus ou à des stars qui voulaient jouer ses personnages machos, et l'option lui avait rapporté beaucoup d'argent. Mais jamais un film, jamais le gros lot.

« Pourquoi c'est si problématique ? » demanda Kenny, comme d'habitude le plus calme à la table. Il s'était adressé à Stan, mais Bud Fishkin répondit.

« Un film sans femmes.

— Ni armes, ajouta Stan.

— Ni morts, renchérit Bud. Pourtant le livre continue de se vendre dans le monde entier. J'étais à Paris l'autre jour, et dans une librairie, j'en ai vu une grosse pile.

— Ça doit briser le cœur d'Hollywood de ne pas pouvoir se faire de blé là-dessus, dit Charlie sérieusement, non sans une petite lueur dans l'œil.

— Ça me brise le cœur à moi », rétorqua franchement Fishkin, et Jaime se dit que, finalement, elle l'aimait bien. Elle avait entendu parler de ce salaud tout miel pendant des années, mais elle s'aperçut qu'il était en fait charmant. C'était peut-être son mode opératoire. Et maintenant que Torry était reparti furibond, ce vendredi serait des plus agréables.

Le film pour lequel ils venaient chercher un financement n'avait en fait pas encore été écrit. Ils n'avaient qu'un synopsis de vingt-neuf pages écrit par Stan et Charlie au cours d'un week-end marathon. Stan possédait une maison dans les collines d'Hollywood, et tous deux s'étaient installés autour de la piscine à boire des Dos Equis, manger des doubles cheeseburgers du McDonald's et échanger des idées. Ils pensaient tenir une histoire à fort potentiel sur deux types de Toledo, Ohio, deux frères issus de la classe ouvrière qui, après une beuverie, dévalisent une banque et s'enfuient à Las Vegas où ils gagnent gros mais se font dépouiller de tout leur argent en une nuit par des prostituées. Après quoi ils retournent à Toledo et à leur vie d'avant. Le titre provisoire était *La Course folle*, mais ne plaisait à personne. Ils avaient écumé toutes les majors, il ne leur restait plus qu'à venir ici pour discuter avec les producteurs opportunistes tels que Fantasy ou Zoetrope. Le matin même, ils avaient eu une réunion avec Fred Roos de Zoetrope, et ils voyaient les gens de Fantasy dans l'après-midi, puis ils sauteraient dans un avion pour rentrer à Hollywood dans la nuit.

« J'espérais te trouver ici, dit Charlie à Jaime.

— Pourquoi tu ne m'as pas appelée ? » Il se contenta de sourire et de hausser les épaules.

« Quand est-ce que tu viens à Los Angeles ? lui demanda Stan.

— Il faudra d'abord me payer un million de dollars », dit-elle en souriant à Fishkin.

Il rit et dit : « Si ça ne tient qu'à moi... » et laissa la phrase en suspens. Ils se séparèrent à quatorze heures trente. Ils avaient rendez-vous chez Fantasy à Berkeley à seize heures. Alors qu'ils se levaient et lançaient des au revoir confus, Charlie baissa les yeux vers Jaime et dit : « Est-ce que je peux te voir ce soir ? »

Se trouver face à Charlie la déstabilisait, même si ça n'aurait pas dû. « Je croyais que tu reprenais l'avion.

— Je préférerais rester. » Il lui prit les mains. Stan et Fishkin se tenaient non loin. Cherchait-il à s'exhiber ?

« Non », dit-elle et elle se sentit aussitôt mal. Les traits de Charlie se froissèrent et il prit un coup de vieux sous les yeux de Jaime. Charlie perdait ses cheveux mais cela n'entamait pas sa beauté, au contraire, pensa-t-elle. Sa barbe grisonnait et, soudain, elle remarqua l'éclat de ses lentilles de contact. Charlie prenait de l'âge.

« D'accord », dit-il doucement et il lui lâcha les mains.

Stan fut moins doux. Il la serra violemment dans ses bras et lui murmura à l'oreille. « Tu m'as sauvé la vie. Dans l'Oregon. Je ne l'oublierai jamais. » Il s'écarta d'elle ; son visage débordait d'amour. « Merci.

— Stan, dit-elle, les larmes aux yeux.

— Je suis vraiment heureux de vous avoir rencontrée, dit Bud Fishkin en lui serrant la main avec chaleur. Je vais me pencher sur quelques petites choses. Qui est votre agent ?
— Ziegler-Ross », dit-elle. « N'oubliez pas », voulut-elle ajouter mais elle se retint. Ça n'était pas un mauvais bougre. Ils s'en allèrent. Elle entra dans le bar et s'assit à côté du distributeur de cigarettes. L'endroit était désormais quasiment désert à l'exception d'un ou deux ivrognes au bout du comptoir et de quelques autres aux tables, trop soûls pour reprendre le travail, supposa-t-elle. Elle crevait d'envie de boire un Lemon Hart et orange, mais commanda un kir à la place. Un Lemon Hart équivaudrait à cinq kirs. Il lui restait beaucoup de verres à boire.

FIN

TERMINER CARPENTER : UNE POSTFACE

Au début des années 1990, une partie de mon job à la grande librairie d'occasion Moe's de Berkeley consistait à parcourir le gigantesque rayon de littérature et à en sortir les livres qui ne se vendaient pas. Je fus le seul des employés à réclamer ce travail parce que c'était ce qui m'intéressait le plus, et parce que cela flattait ma vanité de pouvoir déclarer que « je dirigeais la section littérature ». Des codes inscrits discrètement au crayon dans le coin opposé au prix de vente révélaient la date où le titre avait atterri sur l'étagère. Au bout de six, huit mois, vous baissiez le prix. Après un ou deux de ces rabais, deux options se présentaient : mettre le livre avec les invendus sous l'escalier ou l'emporter chez vous pour le lire. À cause de son titre formidable et de la notice publicitaire rédigée par Norman Mailer, j'ai eu envie d'ouvrir *Deux comédiens*. Et c'est là, entre les rayonnages, en découvrant la prose énergique de Don Carpenter, sa vision des choses si humaine, ironique et captivante, que j'ai décidé de ramener le livre chez moi. Je l'ai lu. Je l'ai adoré. Ensuite, je suis descendu fureter dans notre pochothèque et j'ai trouvé un exemplaire de *Sale temps pour les braves*, le premier roman de Carpenter, remarketé avec une illustration de type Tom of Finland sur la jaquette afin qu'il soit rangé dans la catégorie « littérature gay » (« Roman percutant d'un voyou des rues inévitablement condamné à la prison – et à la découverte de lui-même... »). J'ai lu *Sale temps pour les braves* et me suis aperçu que cela faisait deux chefs-d'œuvre d'affilée. Les jaquettes de ces deux ouvrages – la distance entre le roman de formation situé dans le nord de la Californie de *Sale temps pour les braves* et les frasques de deux comédiens dans l'industrie du divertissement – suggéraient que j'avais affaire à un écrivain qui, échouant à réussir comme auteur, avait émigré à Hollywood pour, comme tant d'autres, disparaître de la circulation.

Ensuite, j'ai décidé – selon mes habitudes d'obsessionnel compulsif face à la découverte d'un romancier aux titres épuisés – de faire un tour au Serendipity Books de Peter Howard, une librairie légendaire façon Borges regroupant à peu près tous les livres jamais publiés et qui se trouvait juste au bout de ma rue. Ma visite s'est apparentée au genre de recherches qu'on fait aujourd'hui sur Google. Et de fait, j'ai trouvé chez Serendipity une longueur d'étagère avec tous les premiers Carpenter, dont un exemplaire signé de *Blade of Light* que j'ai acheté et que je possède encore. J'ai aussi dégoté trois livres de la fin des années 1980 publiés par Jack Shoemaker chez North Point Press. Il semblait non seulement que Carpenter avait survécu à Hollywood, mais encore qu'il vivait dans la région. Après avoir lu quelques-uns de ses autres livres, j'ai caressé l'idée de monter à Marin County et de me présenter à Carpenter comme son « plus grand fan » (« et je dirige la section littérature ! »). Apparemment, pour le croiser, il suffisait de traîner autour de la place centrale de Mill Valley pendant quelques heures et de passer la tête dans un ou deux cafés. Je n'ai pas pu le faire, et pour le meilleur ou pour le pire, je ne saurai jamais si ça valait le coup de le connaître. En 1995, j'ai appris qu'à soixante-quatre ans, souffrant de plusieurs maladies qui entamaient sérieusement sa capacité de travail, Carpenter s'était suicidé.

J'avais beau ne pas être seul dans mon enthousiasme, il fallut un moment pour que les admirateurs éparpillés de Carpenter se rencontrent. Pendant des années, il ne fut « disponible » qu'en tant que personnage dans quelques anecdotes racontées par Annie Lamott dans son manuel d'écriture, *Bird by Bird*, ouvrage talismanique par ailleurs dédié à Carpenter. George Pelecanos et moi avons chacun de notre côté soutenu *Sale temps pour les braves* auprès d'Edwin Frank à la *New York Review Books*, et quand il est ressorti dans leur collection de rééditions accompagné d'une introduction de Pelecanos, d'autres fans tels que Ken Ticker, Charles Taylor ou Sarah Weinman ont pu lui rendre hommage, de même que les lecteurs connaissent les autres titres de Carpenter ou le formidable scénario de *Payday*. Pour nous tous, Carpenter, même s'il est difficile à étiqueter et qu'il n'a jamais vraiment connu le succès de son vivant, était un auteur qui comptait, de ceux qu'on n'oublie pas, mais qui au contraire prend de plus en plus de place dans les mémoires. Cela encouragea les gardiens – Shoemaker et la fille de Carpenter, Bonnie – d'un volumineux roman inédit de réfléchir à une publication, avec plus de vingt ans de retard. C'est ici que commence l'histoire d'*Un dernier verre au bar sans nom* (*Fridays at Enrico's*).

Quand Shoemaker m'a demandé si je voulais intervenir sur le manuscrit « inachevé » qui lui avait été transmis par les ayants droit, j'étais surexcité, dans tous mes états. Un seul paragraphe inédit de Carpenter me faisait l'effet d'un cadeau, mais que se passerait-il si le livre n'était pas bon, ou pas assez bon ? Vers la fin, beaucoup d'écrivains dérapent, et même si j'étais content que les quelques derniers livres de Carpenter existent, ce n'était pas eux que je relisais religieusement ou que je recommandais aux autres. En même temps, qui étais-je pour freiner la publication d'un livre ? J'adore les reliques, les fragments, les lettres, toutes les traces laissées par un écrivain que j'admire. J'aime *Le Château*, et *La Fêlure* et *Le Mystère d'Edwin Drood*. Néanmoins, peut-être serait-il pervers de faire suivre la redécouverte de *Sale temps pour les braves* par une œuvre négligeable. Surtout tant que les formidables romans hollywoodiens ou d'autres que Carpenter avait terminés de son vivant et que des lecteurs, bien que trop peu nombreux, avaient adoptés, restaient épuisés.

Mon inquiétude était inappropriée. Je laisserai à d'autres le soin de placer *Un dernier verre au bar sans nom* parmi les meilleurs titres de Carpenter – je suis trop impliqué pour jouer ainsi le rôle d'évaluateur – mais j'ai été emporté dès la première page du manuscrit, plus comme un lecteur reconnaissant que comme une infirmière au triage. La voix était là, l'architecture solide, les intentions astucieuses de Carpenter abouties. La fin aussi était belle. Savoir que le livre était bien là, que Carpenter l'avait mené à son terme, qu'il soit publié ou non, rendait le monde plus vaste, pas énormément, mais de manière décisive. J'ai dit à Shoemaker qu'il devait le publier et que je serais de la partie. Je ne pouvais pas résister à l'opportunité de m'autocongratuler en débarquant dans le projet tel Mariano Rivera surgissant pour se lancer dans la neuvième manche.

J'ai retapé tout le livre à la machine afin de m'imprimer la syntaxe de Carpenter dans le corps et d'avoir confiance en moi sur les changements que j'effectuerais. En fait, j'ai surtout élagué. La version brute de Carpenter répétait certains motifs, annonçait certaines choses au début pour des effets qui n'étaient repris qu'à la fin, de sorte que j'ai effacé les premières occurrences. Il utilisait beaucoup trop la conjonction « mais », et ses personnages « souriaient » beaucoup trop souvent – et ils sourient sans doute toujours trop, mais j'ai fait ce que j'ai pu. J'ai retiré certains éléments pour les inclure de nouveau dans le texte : un passage apparemment sans intérêt sur un gardien de parking, par exemple, servait quelques pages plus loin de source d'inspiration à Stan Winger pour écrire une histoire. Carpenter était subtil. Entre autres subtilités, il faut noter le choix de limiter le vocabulaire, au risque de paraître répétitif, mais qui confère au roman une certaine intégrité, une humilité, ramenant la voix au niveau des personnages et de leur monde. J'aurais tout fichu en l'air si j'avais tenté d'imposer des variantes. J'ai été obligé de chambouler quatre ou cinq chapitres – ils commençaient de manière bancale, mais se rétablissaient après une ou deux pages que je mettais donc en exergue. Par rapport à tout ce que j'ai enlevé, les morceaux que j'ai ajoutés sont peu nombreux, des transitions manquantes, plus une ou deux béances inexplicables. En tout, ce livre ne doit pas contenir plus de cinq ou huit pages de ma main, et j'aimerais croire que vous ne pourriez jamais les repérer, au cas où vous auriez envie de vous prêter à ce jeu. Pour être honnête, le travail s'est surtout résumé à l'intégration d'informations : le livre a prouvé sa qualité par son *refus* d'être altéré tandis que je le manipulais, de même qu'une maison se révèle saine après qu'on a vécu un certain temps dedans.

Un dernier verre au bar sans nom est un roman sur les écrivains, avec beaucoup d'écrivains. Mais jamais on ne s'en sent exclu parce que aucun des personnages, y compris ceux qui publient, n'appartient vraiment au « milieu » littéraire. Ils restent des marginaux, des gens combatifs, définis par leur lutte ne serait-ce que pour croire qu'ils ont le droit de répondre à leur vocation, sans même parler de la transformer en carrière. En s'arrachant simultanément au destin des travailleurs ordinaires, mais aussi à ce qu'on appelle avec prétention ou préciosité la « vie d'artiste » – arrachement dont la boisson est le médiateur – les personnages de Carpenter rappellent ceux de Richard Yates. Cela s'explique peut-être en partie par le réalisme dans la description de certaines existences des années 1950 et 1960, mais en définitive, ce livre-ci me rappelle plus particulièrement celui de Yates, le sous-estimé *Young Hearts Crying* (autrement dit *Jeunes gens en pleurs* ; un des pires titres qui soit, je vous l'accorde, ce qui n'aide pas le livre). Bien sûr, il y avait de l'ironie à réécrire un manuscrit qui parle non seulement d'écrivains travaillant à leur manuscrit, mais aussi d'auteurs dont des éditeurs réécrivent les textes et qui, voyant le résultat, se sentent amèrement trahis. Cette tâche a même réussi à me faire prendre douloureusement conscience de mes habitudes dactylographiques, tant Carpenter aborde ce détail appartenant désormais au passé du métier (*Blade of Light*, le deuxième roman de Carpenter, contient également une scène importante où un personnage apprend à taper à la machine). Je n'avais pas retapé de manuscrit complet depuis les miens au début des années 1990. C'est une bonne habitude que je vais peut-être garder.

En revanche, les écrivains de ce livre, comme Carpenter lui-même, sont éloignés de l'establishment littéraire à un point inimaginable pour Richard Yates : quasiment cinq mille kilomètres d'incompréhension les séparent. Dans un texte tendre et révélateur sur son très bon ami Richard Brautigan intitulé « Mon Brautigan, un portrait de mémoire », Carpenter a écrit : « Les années passant, [nos] promenades et nos discussions traitèrent de plus en plus de ce que Richard appelait la mafia littéraire de la côte Est. Le travail de Richard était connu et respecté dans le monde entier, traduit dans un grand nombre de langues, mais était pour le moins mal accueilli aux États-Unis. Il résuma la chose à une compétition entre la côte Est et la côte Ouest, ce qu'elle était peut-être, ou pas. » Le ton de ce paragraphe est typique de Carpenter, bienveillant et pragmatique sans être cynique. Traditionnellement, la côte Ouest célébrée par les lettres américaines est allégorique, encode le *Manifest Destiny*, présente cet espace comme propice, d'un point de vue existentiel, pour expérimenter des notions telles que l'utopie ou la réinvention de soi, même si cela n'aboutit qu'à la faillite de ces projets. Les écrits de Raymond Chandler, Nathanael West, Ken Kesey, des Beat et même de Brautigan ressortent à cette idée (ironiquement, il s'agit fondamentalement de la vision que l'Est a de l'Ouest). La Californie des livres de Don Carpenter, du nord au sud, ou les passages situés à Portland, dans l'Oregon, offrent quelque chose de plus simple, mais d'une certaine manière, de plus étrange. Carpenter écrit comme quelqu'un pour qui l'Ouest est une véritable géographie, dotée d'une culture qui lui est propre, un lieu où vivre les dilemmes de l'existence plutôt que comme une boîte de Petri où se développeraient les cellules du Destin américain. C'est aussi pour cette raison que sa vision de « l'écrivain à Hollywood » évite les clichés qui empoisonnent ce genre littéraire.

Puisque je parle de Brautigan, on a longtemps suggéré que le projet d'*Un dernier verre au bar sans nom* avait commencé pour Carpenter comme une tentative de témoigner de leur amitié, ou même de faire une biographie. Je ne vois pas trop en quoi cela explique le livre que nous avons aujourd'hui sous les yeux si ce n'est que, souvent, les romanciers partent d'une idée qui aboutit à tout à fait autre chose. Manifestement, Carpenter était familier du territoire mis en scène dans le livre, si bien que les portraits ou autoportraits qu'on peut retrouver ici – et les deux y sont sans aucun doute – ont été répartis sur plusieurs personnages pour être ensuite compris dans cet autre type de vérité qu'exige, de par sa forme, un roman. Pour ce que ça vaut, le personnage de Stan Winger – mon préféré – semble clairement inspiré de la vie de Malcolm Braly, l'auteur multirécidiviste de *On the Yard*, d'après moi l'autre meilleur roman carcéral de la littérature américaine, après *Sale temps pour les braves*, bien sûr.

Je n'ai cependant aucune preuve que Carpenter ait connu Braly personnellement, et j'avoue ne pas avoir effectué beaucoup de recherches. À vrai dire, j'en connais à peine plus sur la vie de Carpenter lui-même que vous en lisant les jaquettes de ses livres, les quelques mentions dans la biographie encyclopédique de Brautigan par William Hjorstberg ou le charmant site bénévole (www.doncarpenterpage.com), tenu par l'estimable et modeste « Chris ». C'est d'ailleurs grâce au site que j'ai découvert, dans les pages scannées de cette précieuse interview de 1975, que Don Carpenter n'avait passé qu'une seule nuit derrière les barreaux : « Seaside, dans l'Oregon. Je transportais six canettes de bière dans la rue. Délit d'intention. Voilà à quoi se résume mon expérience de la prison. » Dans ce cas, comment Carpenter a-t-il réussi à produire ces portraits de détenus d'une compassion incroyable dans *Sale temps pour les braves*, *Blade of Light* et désormais dans *Un dernier verre au bar sans nom* ? De la façon habituelle : grâce à son oreille, sa curiosité, ses failles, son talent. Dans la même interview, à propos de *Blade of Light*, Carpenter dit clairement qu'il envisage l'incarcération comme une condition de base, celle des êtres enfermés dans un corps, et des corps enfermés dans un destin : « Il est à l'intérieur, là, et il sait qu'il est piégé, comme tu sais que t'es pris au piège ici, tu piges ?… Je veux dire, on est tous prisonniers de ce truc. On se réveille tous à trois heures du mat en se disant : "Comment je vais sortir de là ?… Est-ce que je peux repartir de zéro ? Est-ce que je peux faire quoi que ce soit pour devenir quelqu'un d'autre ?" » Pensez que ces mots viennent d'un homme qui, en 1975, était encore en pleine santé et ne risquait pas encore de devenir aveugle. Au moment d'*Un dernier verre au bar sans nom*, difficile de ne pas voir en Stan Winger, à l'isolement, occupé à trouver les mots justes pour donner une description vivante du goût si frais d'un premier verre de bière, l'autoportrait d'un écrivain au corps défaillant qui reconstitue un monde de plaisirs sensuels duquel il est de plus en plus exclu. De même, vers la fin d'*Un dernier verre au bar sans nom*, la romancière Jaime Froward réfléchit au temps de son apprentissage dans les bois à l'extérieur de Portland, celui où elle apprenait à écrire tout en s'occupant d'un nouveau-né, des jours affreusement solitaires et confinés, mais qui, rétrospectivement, sont les plus beaux qu'elle ait connus. C'est dans la portion d'expérience humaine que nous offre ce livre que nous approchons le plus de ce que Carpenter pourrait nous donner en guise de Mémoires, Carpenter qui a dit par ailleurs : « Si je pouvais exprimer mes idées sur l'univers sans passer par la fiction, je le ferais. » Heureusement pour nous, il en était incapable.